한국어역 만엽집 4

- 만엽집 권 제5·6 -

한국어역 만엽집 4

- 만엽집 권제5·6 -

이연숙

도서
출판 박이정

대장정의 출발
이연숙 박사의 『한국어역 만엽집』 간행을 축하하며

이연숙 박사는 이제 그 거대한 『만엽집』의 작품들에 주를 붙이고 해석하여 한국어로 본문을 번역한다. 더구나 해설까지 덧붙임으로써 연구도 겸한다고 한다.

일본이 자랑하는 대표적인 고전문학이 한국에서 재탄생하게 된 것이다. 다만 총 20권 전 작품을 번역하여 간행하기 위해서는 오랜 세월을 기다리지 않으면 안 된다. 현재 권제4까지 번역이 되어 3권으로 출판이 된다고 한다.

『만엽집』 전체 작품을 번역하는데 오랜 세월이 걸리는 것은 틀림없다. 그러나 대완성을 향하여 이제 막 출발을 한 것이다. 마치 일대 대장정의 첫발을 내디딘 것과 같다.

이 출발은 한국, 일본뿐만이 아니라 전 세계적으로도 대단한 일이라고 할 수 있다.

사실 『만엽집』은 천년도 더 된 오래된 책이며 방대한 분량일 뿐만 아니라 단어도 일본 현대어와 다르다. 그러므로 『만엽집』의 완전한 번역은 아직 세계에서 몇 되지 않는다.

영어, 프랑스어, 체코어 그리고 중국어로 번역되어 있는 정도이다.

한국어의 번역에는 김사엽 박사의 번역이 있지만 유감스럽게도 전체 작품의 번역은 아니다. 그 부분을 보완하여 이연숙 박사가 전체 작품을 번역하게 된다면 세계에서 외국어로는 다섯 번째로 한국어역 『만엽집』이 탄생하게 되는 것이다. 중국어 번역은 두 사람에 의해 이루어졌으므로 이연숙 박사는 세계의 영광스러운 6명 중의 한 사람이 되는 것이다.

『만엽집』의 번역이 이렇게 적은 이유로 몇 가지를 들 수 있다.

첫째, 이미 말하였듯이 작품의 방대함이다. 4500여 수를 번역하는 것은 긴 세월이 필요하므로 젊었을 때부터 시작하지 않으면 안 되는 것이다.

둘째로, 『만엽집』은 시이기 때문이다. 산문과 달라서 독특한 언어 사용법이 있으며 내용을 생략하여 압축된 부분도 많다. 그러므로 마찬가지로 방대한 분량인 『源氏物語』이상으로 번역하기가 어려울 것이다.

셋째로, 고대어이므로 정확한 의미를 파악하기가 힘이 든다는 것이다. 더구나 천년 이상 필사가 계속되어 왔으므로 오자도 있다. 그래서 일본의 『만엽집』전문 연구자들도 이해할 수 없는 단어들이 있다. 외국인이라면 일본어가 웬만큼 숙달되어 있지 않으면 단어의 의미를 찾아내기가 불가능한 것이다.

넷째로, 『만엽집』의 작품은 당시의 관습, 사회, 민속 등 일반적으로 문학에서 다루는 이상으로 광범위한 분야에 대한 지식이 없으면 이해하기 어려운 것이다. 번역자로서도 광범위한 학문적 토대와 종합적인 지식이 요구되는 것이다. 그러므로 어지간해서는 『만엽집』에 손을 댈 수 없는 것이다.

간략하게 말해도 이러한 어려움이 있는 것이다. 과연 영광의 6인에 들어가기가 그리 쉬운 일이 아님을 누구나 알 수 있을 것이다.

그러나 이연숙 박사는 이것이 가능하다고 생각된다. 아직 젊을 뿐만 아니라 오랜 세월 동안 『만엽집』의 대표적인 연구자로서 자타가 공인하는 업적을 쌓아왔으므로 그 성과를 토대로 하여 지금 출발을 하면 그렇게 오랜 세월이 걸리지 않을 것이라 생각된다. 고대 일본어의 시적인 표현도 이해할 수 있으므로 번역이 가능하리라 확신을 한다.

특히 이연숙 박사는 향가를 깊이 연구한 실적도 평가받고 있는데, 향가야말로 일본의 『만엽집』에 필적할 만한 한국의 고대문학이므로 『만엽집』을 이해하기 위한 소양이 충분히 갖추어졌다고 생각되기 때문이다.

이러한 여러 점을 생각하면 지금 이연숙 박사의 『한국어역 만엽집』의 출판 의의는 충분히 잘 알 수 있는 것이다.

김사엽 박사도 『만엽집』 한국어역의 적임자의 한 사람이었다고 생각되며 사실 김사엽 박사의 책은 일본에서도 높이 평가되고 있고 山片蟠桃상을 받은 바 있다. 그러나 이 번역집은 완역이 아니다. 김사엽 박사는 완역을 하지 못하고 유명을 달리하였다.

그러므로 그 뒤를 이어서 이연숙 박사는 『만엽집』을 완역하여서 위대한 업적을 이루기를 바란다. 그런 의미에서도 이 책의 출판의 의의가 큰 것을 알 수 있다.

이러한 대장정의 출발로 나는 이연숙 박사의 『한국어역 만엽집』의 출판을 진심으로 기뻐하며 깊은 감동과 찬사를 금할 길이 없다. 전체 작품의 완역 출판을 기다리는 마음 간절하다.

2012년 6월

中西 進

『萬葉集』은 629년경부터 759년경까지 약 130년간의 작품 4516수를 모은, 일본의 가장 오래된 가집으로 총 20권으로 이루어져 있다. 『만엽집』은, 많은(萬) 작품(葉)을 모은 책(集)이라는 뜻, 萬代까지 전해지기를 바라는 작품집이라는 뜻 등으로 해석되고 있다. 이 책에는 이름이 확실한 작자가 530여명이며 전체 작품의 반 정도는 작자를 알 수 없다.

일본의 『만엽집』을 접한 지 벌써 30년이 지났다. 『만엽집』을 처음 접하고 공부를 하는 동안 언젠가는 번역을 해보아야겠다는 꿈을 가지게 되었다. 그러나 작품이 워낙 방대한데다 자수율에 맞추고 작품마다 한편의 논문에 필적할 만한 작업을 하고 싶었던 지나친 의욕으로 엄두를 내지 못하여 그 꿈을 잊고 있었는데 몇 년 전에 마치 일생의 빚인 것처럼, 거의 잊다시피 하고 있던 번역에 대한 부담감이 다시 되살아났다. 그것은 생각해보니 다음과 같은 이유에서였던 것 같다.

먼저 자신이 오래도록 관심을 가지고 연구한 분야가 개인의 연구단계에 머물고만 있을 것이 아니라, 보다 많은 사람들에게 실질적인 도움을 줄 수 있었으면 하는 바람 때문이었던 것 같다.

『만엽집』을 번역하고 해설하여 토대를 마련해 놓으면 전문 연구자들이 연구 대상 작품을 번역해야 하는 부담을 덜고 시간을 절약할 수 있을 것이며, 국문학 연구자들도 번역을 통하여 한일 문학 비교연구가 가능하게 되어 연구의 지평을 넓힐 수 있을 것이기 때문이었다.

다음으로 일본에서의 향가연구회 영향도 있었던 것 같다.

1999년 9월 한일문화교류기금으로 일본에 1년간 연구하러 갔을 때, 향가에 관심이 많은 일본 『만엽집』 연구자와 중국의 고대문학 연구자 6명이 향가를 연구하자는데 뜻이 모아져, 산토리 문화재단의 지원으로 향가 연구를 하게 되었으므로 그 연구회에 참여하게 되었다. 정기적으로 모여 신라 향가 14수를 열심히 읽고 토론하였다. 외국 연구자들과의 향가연구는 뜻 깊은 것이었다. 한국·중국·일본 동아시아 삼국의 고대 문학 연구자들이 한자리에 모여 각국의 문헌자료와 관련하여 향가 작품에 대한 생각들을 나누며 연구를 하는 동안, 향가가 그야말로 이상적으로 연구되고 있다는 생각이 들었다.

연구 결과물이 『향가-주해와 연구-』라는 제목으로 2008년에 일본 新典社에서 출판되었다. 이 책이 일본의 연구자들뿐만 아니라 일반인들도 한국의 문화와 정신을 잘 이해할 수 있는 계기가 될 수 있듯이, 마찬가지로 『만엽집』이 한국어로 번역된다면 우리 한국인들도 일본의 문화와 정신을 이해하는데 도움이 될 수 있을 것이라 생각되었다. 그래서 講談社에서 출판된 中西 進 교수의 『만엽집』(1985)을 텍스트로 하여 권제1부터 권제4까지 작업을 끝내어 2012년에 3권으로 펴내었다.

책이 출판되고 나서 여러분들께서 깊은 관심을 보이시고 많은 격려를 하여주셨으므로 용기를 얻었다. 힘들기는 하지만 꼭 필요한 작업이므로 반드시 해내어야겠다는 각오를 다시 하게 되었다.

마침 작년 9월부터 1년간 연구년이었으므로 작업에 집중할 수 있었다. 그리하여 이번에 우선 『만엽집』 권제 5, 6, 7을 2권으로 출판하게 되었다. 권제5는 講談社에서 출판된 中西 進 교수의 『만엽집』 1(2011)을, 권제6과 권제7은 『만엽집』 2(2011)를 텍스트로 사용하였다.

『만엽집』 권제5는 雜歌만으로 구성되어 있으며, 長歌가 10수, 短歌가 104수로 총 114수가 실려 있는데, 大和가 아니라 筑紫의 大宰府 관료들의 작품들을 모은 것이며, 한문 문장이 많다는 점, 중국문헌과 불교경전의 인용이 많다는 점 등이 특징이다. 야마노우헤노 오쿠라(山上憶良)의 작품이 많으므로 山上憶良을 권제5의 편찬자로 보기도 하는데 그는 특히 백제에서 건너간 도왜인 작가로 추정되는 점에서 주목된다.

『만엽집』 권제6도 雜歌만으로 구성되어 있으며, 短歌가 23수, 長歌가 137수, 旋頭歌(577 577 형식)가 1수로 총 161수 수록되어 있다. 723년부터 744년까지의 작품들인데 대부분이 행행 때의 從駕 작품, 大宰府 관계의 작품, 『田邊福麿歌集』의 작품들로 구성되어 있다.

『만엽집』권제5는 한문이 많을 뿐만 아니라 체제가 복잡하여 꽤 번거로운 작업이었는데 끝내고 나니 한 고개를 넘었다는 느낌이었다. 권제6은 長歌가 비교적 많았으므로 나름대로 한 고개였다.

힘든 고개들을 잘 넘을 수 있도록 인도해주시는 하나님께 영광을 돌려 드리며, 마지막 교정 작업을 도와준 가족들에게도 고마움을 표한다.

講談社의 『만엽집』을 번역할 수 있도록 허락하여 주시고 추천의 글까지 써주신 中西 進 교수님, 많은 격려를 하여 주신 辰巳正明 교수님께 깊이 감사를 드린다.

이번에도 『만엽집』노래를 소재로 한 작품들을 표지에 사용할 수 있도록 허락하여 주신 일본 奈良縣立萬葉文化館의 中山 悟 관장님과 자료를 보내어 주신 西田彩乃 학예원께 감사드린다.

그리고 이 책이 출판될 수 있도록 도와주신 박이정의 박찬익 사장님과 편집부에 감사드린다.

2013. 12. 2.

四皆 向 靜室에서

이 연 숙

일러두기

1. 왼쪽 페이지에 萬葉假名, 일본어 훈독, 가나문, 左注(작품 왼쪽에 붙어 있는 주 : 있는 작품의 경우에 해당함) 순으로 원문을 싣고 주를 그 아래에 첨부하였다.
2. 오른쪽 페이지에는 원문과 바로 대조하면서 볼 수 있도록 작품의 번역을 하였다.
   그 아래에 해설을 덧붙여서 노래를 알기 쉽게 설명하면서 차이가 나는 해석은 다른 주석서를 참고하여 여러 학설을 제시함으로써 이해를 돕고자 하였다.
3. 萬葉假名 원문의 경우는 원문의 한자에 충실하려고 하였지만 훈독이나 주의 경우는 한국의 상용한자로 바꾸었다.
4. 텍스트에는 가나문이 따로 있지 않고 필요한 경우에 한자 위에 가나를 적은 상태인데, 번역서에서 가나문을 첨부한 이유는, 훈독만으로는 읽기 힘든 경우가 있으므로 작품을 정확하게 읽을 수 있도록 돕기 위함과 동시에 번역의 자수율과 원문의 자수율을 대조해 볼 수 있도록 하기 위함이었다. 권제5부터 가나문은 中西 進의 『校訂 萬葉集』(1995, 초판)을 사용하였다. 간혹 『校訂 萬葉集』과 텍스트의 읽기가 다른 경우가 있었는데 그럴 경우는 텍스트를 따랐다.
5. 제목에서 인명에 '천황, 황태자, 황자, 황녀' 등이 붙은 경우는 일본식 읽기를 그대로 적었으나 해설에서는 위 호칭들을 한글로 바꾸어서 표기를 하는 방식을 택하였다. 한글로 바꾸면 전체적인 읽기가 좀 어색한 경우는 예외적으로 호칭까지 일본식 읽기를 그대로 표기한 경우도 가끔 있다.
6. 인명이나 지명과 같은 고유명사는 현대어 발음과 다르고 학자들에 따라서도 읽기가 다르므로 텍스트인 中西 進의 『萬葉集』 발음을 따랐다.
7. 고유명사를 일본어 읽기로 표기하면 무척 길어져서 잘못 띄어 읽을 수 있기 때문에 가능하면 성과 이름 등은 띄어쓰기를 하였다.
8. 『만엽집』에는 특정한 단어를 상투적으로 수식하는 수식어인 마쿠라 코토바(枕詞)라는 것이 있다. 어원을 알 수 있는 것도 있지만 알 수 없는 것도 많다. 中西 進 교수는 가능한 한 해석을 하려고 시도를 하였는데 대부분의 주석서에서는 괄호로 묶어 해석을 하지 않고 있다. 이 번역서에서도 괄호 속에 일본어 발음을 그대로 표기를 하고, 어원이 설명 가능한 것은 해설에서 풀어서 설명하는 방향으로 하였다. 그러므로 번역문을 읽을 때에는 괄호 속의 枕詞를 생략하고 읽으면 내용이 연결이 될 수 있다.
9. 『만엽집』은 시가집이므로 반드시 처음부터 읽어 나가지 않아도 되며 필요한 작품을 택하여 읽을 수 있다. 그런 경우를 위하여 필요한 사항은 가능한 한 작품마다 설명을 하려고 하였다. 그러므로 작자나 枕詞 등의 경우, 같은 설명이 여러 작품에 보이기도 하는 것은 이런 이유 때문이다.
10. 번역 부분에서 극존칭을 사용하기도 하였는데 이것은 음수율에 맞추기 힘든 경우, 음수율에 맞추기 위함이었다.

11. 권제5의 경우 제목이 없이 바로 한문으로 시작되는 경우는, 中西 進의 『萬葉集』의 제목을 따라서 《 》속에 표기하였다.

12. 해설에서 사용한 大系, 私注, 注釋, 全集, 全注 등은 주로 참고한 주석서들인데 다음 책들을 요약하여 표기한 것이다.

大系：日本古典文學大系 『萬葉集』 1~4 [高木市之助 五味智英 大野晋 校注, 岩波書店, 1981]
全集：日本古典文學全集 『萬葉集』 1~4 [小島憲之 木下正俊 佐竹昭廣 校注, 小學館, 1981~1982]
私注：『萬葉集私注』 1~10 [土屋文明, 筑摩書房, 1982~1983]
注釋：『萬葉集注釋』 1~20 [澤瀉久孝, 中央公論社, 1982~1984]
全注：『萬葉集全注』 1~20 [伊藤 博 外, 有斐閣, 1983~1994]

차례

작품 목록

- 야마노우혜노 오미 오쿠라(山上臣憶良)의 마츠라(松浦) 노래 3수 (868~870)
- 히레후리(領巾麾) 봉우리를 읊은 노래 1수 (871)
- 後人이 追和한 1수 (872)
- 最後人이 追和한 노래 1수 (873)
- 最々後人이 追和한 노래 2수 (874~875)
- 書殿에서 송별연을 했던 날의 일본 노래 4수 (876~879)
- 감히 나의 개인적 느낌을 담은 노래 3수 (880~882)
- 미시마노 오호키미(三嶋王)가, 후에 마츠라 사요히메(松浦佐用姫)의 노래에 追和한 1수 (883)
- 大典 아사다노 므라지 야수(麻田連陽春)의, 오호토모노키미 쿠마코리(大伴君熊凝)를 위해 생각을 말한 노래 2수 (884~885)
- 야마노우혜노 오미 오쿠라(山上臣憶良)의, 쿠마코리(熊凝)를 위해 생각을 말한 노래에 답한 1수와 短歌 (886~891)
- 가난한 자와 극빈자가 문답한 노래 1수와 短歌 (892~893)
- 야마노우혜노 오미 오쿠라(山上臣憶良)의, 무사히 잘 다녀오라는 노래 1수와 短歌 (894~896)
- 야마노우혜노 오미 오쿠라(山上臣憶良)의, 중병에 걸려 스스로 애도하는 글 1수
- 야마노우혜노 오미 오쿠라(山上臣憶良)의, 세상 도리가, 잠시 만나면 헤어지고 떠나기는 쉽고 머물기는 어려움을 슬퍼하며 탄식하는 시 1수와 序
- 야마노우혜노 오미 오쿠라(山上臣憶良)의, 병이 겹쳐 아이들을 생각하는 노래 1수와 短歌 (897~903)
- 남자, 이름을 후루히(古日)라고 하는 자를 슬퍼하는 노래 1수와 短歌 (904~906)

만엽집 권 제6 목록

- (神龜) 5년(728) 戊辰 나니하노 미야(難波宮)에 행행하였을 때 쿠루마모치노 아소미 치토세(車持朝臣 千年)가 지은 노래 4수 (950~953)
- 같은 행행 때에 카시하데노 오호키미(膳王)가 지은 노래 1수 (954)
- 大宰少貳 이시카하노 아소미 타리히토(石川朝臣足人)의 노래 1수 (955)
- 帥 오호토모(大伴)卿이 답한 노래 1수 (956)
- [神龜 5년(728)] 겨울 11월 大宰의 관료들이 카시히(香椎)廟를 참배하였을 때 帥 오호토모(大伴)卿이 지은 노래 1수 (957)
- 大貳 오노노 아소미 오유(小野朝臣老)가 지은 노래 1수 (958)
- 토요노 미치노쿠치(豊前)守 우노노 오비토 오히토(宇努首男人)가 지은 노래 1수 (959)
- 帥 오호토모(大伴)卿이 멀리 떨어져 있는 요시노(吉野)의 離宮을 생각하며 지은 노래 1수 (960)
- 같은 卿이 스키타(次田) 온천에 머물렀을 때 학 소리를 듣고 지은 노래 1수 (961)
- 天平 2년(730) 庚午에 칙명으로 擢駿馬使 오호토모노 미치타리 스쿠네(大伴道足宿禰)를 보낼 때, 勅使인 오호토모노 미치타리 스쿠네(大伴道足宿禰)를 장관의 집에서 접대한 날 후지이노 므라지 히로나리(葛井連廣成)가 소리에 응하여 읊은 노래 1수 (962)
- [天平 2년(730)] 겨울 11월, 오호토모노 사카노우헤노 이라츠메(大伴坂上郎女)가 나고(名兒)산에서 지은 노래 1수 (963)
- 마찬가지로 사카노우헤노 이라츠메(坂上郎女)가 도읍을 향하여 돌아가는 바닷길에서 해변의 조개껍 질을 보고 지은 노래 1수 (964)
- [天平 2년(730)] 겨울 12월 大宰府 帥 오호토모(大伴)卿이 상경할 때, 娘子가 지은 노래 2수 (965 ~966)
- 大納言 오호토모(大伴)卿이 곧 답한 노래 2수 (967~968)
- (天平) 3년(731) 辛未에 大納言 오호토모(大伴)卿이 나라(寧樂) 집에 있으면서 고향을 생각하며 지은 노래 2수 (969~970)
- (天平) 4년(732) 壬申에 후지하라노 우마카히(藤原宇合)卿이 서해도 절도사로 파견되었을 때, 타카하 시노 므라지 무시마로(高橋連蟲麿)가 지은 노래 1수와 短歌 (971~972)

- (聖武)천황이 절도사인 卿들에게 술을 내리는 노래 1수와 短歌 (973~974)
- 中納言 아베노 히로니하(安倍廣庭)卿의 노래 1수 (975)
- (天平) 5년(733) 癸酉 쿠사카(草香)산을 넘을 때 카미코소노 이미키 오유마로(神社忌寸老麿)가 지은 노래 2수 (976~977)
- 야마노우헤노 오미 오쿠라(山上臣憶良)가 중병에 걸렸을 때의 노래 1수 (978)
- 오호토모노 사카노우헤노 이라츠메(大伴坂上郎女)가 생질인 오호토모노 스쿠네 야카모치(大伴宿禰家持)에게 준 노래 1수 (979)
- 아베노 아소미 무시마로(安倍朝臣蟲麿)의 달 노래 1수 (980)
- 오호토모노 사카노우헤노 이라츠메(大伴坂上郎女)의 달 노래 3수 (981~983)
- 토요노 미치노쿠치(豊前)國의 娘子의 달 노래 1수 (984)
- 유하라노 오호키미(湯原王)의 달 노래 2수 (985~986)
- 후지하라노 아소미 야츠카(藤原朝臣八束)의 달 노래 1수 (987)
- 이치하라노 오호키미(市原王)가 연회에서 父인 아키노 오호키미(安貴王)를 축복하는 노래 1수 (988)
- 유하라노 오호키미(湯原王)가 술을 마시는 노래 1수 (989)
- 키노 아소미 카히토(紀朝臣鹿人)의 소나무 노래 1수 (990)
- 마찬가지로 카히토(鹿人)의 하츠세(泊瀨)강의 노래 1수 (991)
- 오호토모노 사카노우헤노 이라츠메(大伴坂上郎女)가 元興寺 마을을 읊은 노래 1수 (992)
- 마찬가지로 이라츠메(郎女)의 초승달 노래 1수 (993)
- 오호토모노 스쿠네 야카모치(大伴宿禰家持)의 초승달 노래 1수 (994)
- 오호토모노 사카노우헤노 이라츠메(大伴坂上郎女)가 친족들과 연회할 때의 노래 1수 (995)
- (天平) 6년(734) 甲戌에 아마노 이누카히노 스쿠네 오카마로(海犬養宿禰岡麿)가 명령에 응한 노래 1수 (996)

  [天平 6년(734)] 봄 3월에 나니하노 미야(難波宮)에 행행하였을 때의 노래 6수
- 작자를 아직 잘 알 수 없는 노래 1수 (997)

- 후나노 오호키미(船王)의 노래 1수 (998)
- 모리베노 오호키미(守部王)의 노래 2수 (999~1000)
- 야마베노 스쿠네 아카히토(山部宿禰赤人)의 노래 1수 (1001)
- 아베노 아소미 토요츠구(安倍朝臣豊繼)의 노래 1수 (1002)
- 츠쿠시노 미치노시리(筑後)守 후지이노 므라지 오호나리(葛井連大成)가 멀리 어부의 낚싯배를 보고 지은 노래 1수 (1003)
- 쿠라츠쿠리노 스구리 마스히토(按作村主益人)의 노래 1수 (1004)
- (天平) 8년(736) 丙子 여름 6월에 요시노(吉野) 離宮에 행행하였을 때 야마베노 스쿠네 아카히토(山部宿禰赤人)가 명령에 응하여 지은 노래 1수와 短歌 (1005~1006)
- 이치하라노 오호키미(市原王)가 혼자인 것을 슬퍼한 노래 1수 (1007)
- 이무베노 오비토 쿠로마로(忌部首黒麿)가, 친구가 늦게 오는 것을 원망한 노래 1수 (1008)
- [天平 8년(736)] 겨울 11월에 카즈라키노 오호키미(葛城王) 등에게 타치바나(橘)姓을 내렸을 때 지은 노래 1수 (1009)
- 타치바나노 스쿠네 나라마로(橘宿禰奈良麿)가 명령에 응한 노래 1수 (1010)
- 겨울 12월에 후지이노 므라지 히로나리(葛井連廣成)의 집에서 연회하는 노래 2수 (1011~1012)
- (天平) 9년(737) 丁丑 봄 정월에 橘少卿과 여러 大夫 등이, 彈正尹 카도베노 오호키미(門部王)의 집에서 연회하는 노래 2수 카도베노 오호키미(門部王), 타치바나노 아야나리(橘文成) (1013~1014)
- 에노이노 오호키미(榎井王)가 후에 追和한 노래 1수 시키노 미코(志貴親王)의 아들이다. (1015)
- 봄 2월에 여러 大夫들이 左少辨 코세노 아소미 스쿠나마로(巨勢朝臣宿奈麿)의 집에서 연회하는 노래 1수 (1016)
- 여름 4월, 오호토모노 사카노우헤노 이라츠메(大伴坂上郎女)가 아후사카(相坂)산을 넘었을 때 지은 노래 1수 (1017)
- (天平) 10년(738) 戊寅에 元興寺의 중이 스스로 탄식한 노래 1수 (1018)

- 이소노카미노 오토마로(石上乙麿)卿이 토사(土佐)國에 유배되었을 때의 노래 3수와 短歌 (1019~1023)
- 가을 8월에 右大臣 타치바나(橘) 집에서 연회하는 노래 4수 (1024~1027)
- (天平) 11년(739) 己卯에 (聖武)천황이 타카마토(高圓) 들에서 사냥을 했을 때 마을 안으로 달아난 작은 짐승을 잡아 천황이 있는 곳에 바치려고 하여 오호토모노 사카노우헤노 이라츠메(大伴坂上郎女)가 지은 노래 1수 (1028)
- (天平) 12년(740) 庚辰 겨울 10월에 大宰少貳 후지하라노 아소미 히로츠구(藤原朝臣廣嗣)가 모반하여 군사를 일으켰으므로 이세(伊勢)國에 행행하였을 때 河口의 行宮에서 内舍人 오호토모노 스쿠네 야카모치(大伴宿禰家持)가 지은 노래 1수 (1029)
- (聖武)천황이 지은 노래 1수 (1030)
- 타지히노 마히토(丹比真人) 屋主의 노래 1수 (1031)
- 사사(狹殘) 행궁에서 오호토모노 스쿠네 야카모치(大伴宿禰家持)가 지은 노래 2수 (1032~1033)
- 미노(美濃)國의 타기(多藝) 行宮에서 오호토모노 스쿠네 아즈마히토(大伴宿禰東人)가 지은 노래 1수 (1034)
- 오호토모노 스쿠네 야카모치(大伴宿禰家持)가 지은 노래 1수 (1035)
- 후하(不破) 行宮에서 오호토모노 스쿠네 야카모치(大伴宿禰家持)가 지은 노래 1수 (1036)
- (天平) 15년(743) 癸未 가을 8월에, 内舍人 오호토모노 스쿠네 야카모치(大伴宿禰家持)가 쿠니노미야코(久邇京)를 찬미하여 지은 노래 1수 (1037)
- 타카오카노 므라지 카후치(高丘連河内)의 노래 2수 (1038~1039)
- 아사카노 미코(安積親王)가 左少辨 후지하라노 아소미 야츠카(藤原朝臣八束) 집에서 연회한 날, 内舍人 오호토모노 스쿠네 야카모치(大伴宿禰家持)가 지은 노래 1수 (1040)
- (天平) 16년(744) 甲申 봄 정월에 여러 卿大夫들이 아베노 아소미 무시마로(安倍蟲麿)朝臣 집에서 연회하는 노래 1수 (1041)
- 같은 달 11일에 이쿠지(活道) 언덕에 올라가 한 그루의 소나무 밑에 모여 연회하는 노래 2수 (1042~1043)

- 나라노 미야코(寧樂京)의 황폐해진 터를 마음 아파하며 안타깝게 여겨 지은 노래 3수 작자는 알수 없다 (1044~1046)
- 나라(寧樂) 옛 도읍을 슬퍼하여 지은 노래 1수와 短歌 (1047~1049)
- 쿠니(久邇) 새 도읍을 찬미하는 노래 2수와 短歌 (1050~1058)
- 봄날, 미카(三香)들이 황폐한 자취를 슬퍼하고 가슴 아파하여 지은 노래 1수와 短歌 (1059~1061)
- 나니하노 미야(難波宮)에서 지은 노래 1수와 短歌 (1062~1064)
- 미누메(敏馬) 포구를 지나갈 때 지은 노래 1수와 短歌 (1065~1067)

만엽집

권 제5

雜謌[1]

大宰帥大伴卿[2]報凶問[3]謌一首

禍故重疊, 凶問累集. 永懷崩心之悲, 獨流斷腸之泣. 但依兩君[4]大助, 傾命纔

継耳. [筆不盡言, 古今所歎]

793　余能奈可波　牟奈之伎母乃等　志流等伎子　伊与余麻須万須　加奈之可利家理

世の中は 空しきものと 知る時し いよよますます かなしかりけり[5]

よのなかは むなしきものと しるときし いよよますます かなしかりけり

> 左注　神龜五年六月二十三日

---

1 雜歌 : 紀州本 · 細井本에는 기록되어 있지 않아 본래 없었을 가능성이 크다. 권제1과 같은 항목이지만 내용은 많이 다르다.
2 大伴卿 : 오호토모노 타비토(大伴旅人)를 말한다.
3 凶問 : 흉사 소식인데, 神龜 5년(728) 3월 타가타(田形)황녀 사망을 말하는 것인가.
4 兩君 : 凶問을 전한 사람과 大宰府에서 사망한 아내의 죽음을 위로하는 사람 두 사람인가.
5 かなしかりけり : 비애와 함께 자신에 대한 애석한 마음이 있다. 본래 空은 이 애석함을 버리게 하는 사상이 있으므로 작자는 空에 대한 반발도 있다.

雜歌

大宰帥 오호토모(大伴)卿의, 흉사 소식에 답한 노래 1수

좋지 않은 일이 겹치고 불길한 소식이 계속 들렸습니다. 오랫동안 억장이 무너지는 듯한 슬픔을 안고 혼자 애간장이 끊어지는 것 같은 눈물을 흘립니다. 다만 두 사람의 큰 도움으로 늙은 목숨을 겨우 이어갈 뿐입니다 [말하고 싶은 것을 다 표현하지 못하는 것은 예나 지금이나 탄식하는 바입니다].

793 이 세상 삶은/ 허망한 것이라고/ 깨닫고 보니/ 드디어 더욱 더욱/ 슬펐던 것입니다

> ### 🌸 해설
>
> 아내가 사망한 것을 비롯해서 불행이 겹쳐 가까운 사람들의 사망 소식을 듣는 일이 많아졌습니다. 언제까지나 억장이 무너지는 듯한 슬픔을 안고 혼자 애간장이 끊어지는 것 같은 눈물을 흘립니다. 다만 당신 두 사람의 큰 도움으로 꺼져가는 노쇠한 목숨을 겨우 지탱할 뿐입니다[말하고 싶은 것을 붓이 충분히 표현하지 못하는 것은 예로부터 사람들이 탄식한 바입니다.
>
> 이 세상에서의 삶은 일시적인 것이어 무상하다는 것을 알았으므로 새삼 더욱 슬펐던 것입니다라는 내용이다.
>
> 私注에서는 위의 서문과 이 작품을 오호토모노 타비토(大伴旅人)가, 아내인 오호토모노 이라츠메(大伴郎女)가 사망하였다는 소식을 듣고 조문하러 간 두 사람에게 답하여 보낸 편지와 노래라고 하였다[『萬葉集私注』 3, p.7]. '凶問'을 조문으로 보았던 것이지만 대부분의 연구자들은 사망 소식으로 보고 있다. 사망 소식으로 보아야 할 것이다.
>
> 大宰帥는 大宰府의 장관으로 종3위에 상당하는 관직이다. 大宰府는 筑前國 御笠郡에 있었으며 九州 전체를 관할하고 외국과의 절충 사무를 관할하는 관청이었다. 오호토모노 타비토(大伴旅人)는 오호토모노 야스마로(大伴安麿)의 아들이며 오호토모노 야카모치(大伴家持)의 아버지이다.
>
> 私注에서는 '兩君大助'를, '兩君은 명확하지 않지만, 후에 旅人이 병들었을 때 庶弟인 稻公·생질 胡麿 두 사람을 유언을 남기기 위하여 大宰府로 불렀다는 기록이 권제4의 567번가 左注에 보인다. 어쩌면 이 두 사람을 가리키는 것인지도 모르겠다. 그렇다면 나라(奈良)에서 온 두 사람의 조문에 답하고 있는 것이 된다. 권제8의 1472번가의 左注에 旅人의 아내가 사망하였을 때 칙사로 石上堅魚가 파견되고 있는 것이 보이므로 이 兩君을 堅魚와 그를 수행했던 사람으로 보는 설이 있지만 아마 그렇지는 않을 것이다'고 하였다[『萬葉集私注』 3, p.5].

좌주 神龜 5년(728) 6월 23일

《蓋聞…》

蓋[1]聞, 四生[2]起滅, 方夢皆空, 三界[3]漂流, 喻環不息. 所以, 維摩大士在于方丈, 有懷染疾之患, 釋迦能仁, 坐於雙林, 無免泥洹之苦. 故知, 二聖至極, 不能拂力負[4]之尋至, 三千世界[5], 誰能逃黑闇[6]之搜來. 二鼠[7]競走, 而度目之鳥旦飛, 四蛇[8]爭侵, 而過隙之駒夕走. 嗟乎痛哉. 紅顔共三從[9]長逝, 素質与四德[10]永滅. 何圖, 偕老違於要期, 獨[11]飛生於半路. 蘭室屏風徒張, 斷腸之哀弥痛, 枕頭明鏡空懸, 染筠[12]之淚逾落. 泉門一掩, 無由再見. 嗚呼哀哉. 愛河波浪已先滅, 苦海煩惱亦無結. 從來猒離此穢土. 本願託生彼浄刹.

---

1 蓋 : 이하 시문 작자의 이름은 기록되지 않았다. 야마노우헤노 오쿠라(山上憶良)의 작품이라고 생각된다. 타비토(旅人)의 아내의 죽음에 대한 애도문과 애도시이다.
2 四生 : 태생·난생·습생·화생으로 생물의 태어나는 방법을 말한다.
3 三界 : 욕계·색계·무색계를 말한다.
4 力負 : 『장자』에 나오는 고사로, 계곡이나 연못에 숨겨 놓은 배나 산과 같은 견고한 것도 힘 있는 자가 밤에 짊어지고 달린다고 하였다. 만물은 모두 변화한다는 것을 비유한 것이다.
5 三千世界 : 수미산을 중심으로 한 세계가 一世界이다.
6 黑闇 : 흑암이라고 하는 이름의 여인을 말하는데 죽음을 나타낸다.
7 二鼠 : 흑백의 두 마리 쥐로 낮과 밤을 가리킨다.
8 四蛇 : 생물을 이루고 있는 4대 요소. 地·水·火·風을 뱀에 비유하였다.
9 三從 : 父·夫·子를 따르는 부녀의 덕.
10 四德 : 婦德(貞順)·婦言(辭令)·婦容(婉娩)·婦功(糸枲)으로 부인의 心得을 말한다.
11 獨 : 한 개의 날개로 난다.
12 染筠 : 순임금이 사망하였을 때 왕비가 흘린 눈물이 대나무의 푸른 껍질을 물들여서 반점이 있는 대나무가 생겨나게 되었다고 하는 고사를 말한다.

《대체로 듣기를…》

　　대체로 듣기를, 모든 생물이 태어나고 죽는 것은 꿈과 같이 허망하며, 三界를 떠도는 것은 마치
둥근 고리가 멈추지 않는 것과 같다. 그래서 유마대사도 方丈의 방에서 질병을 앓았고 석가도 사라
쌍수 밑에서 죽음의 고통을 벗어나지 못했다고 하는 것이다. 그러므로 알았다. 더할 나위 없는
두 사람의 성인조차 변화가 찾아오는 것을 물리치지 못하였고, 삼천세계에서 누구도 어두운 죽음의
그림자가 다가오는 것을 피할 수 없다는 것을. 낮과 밤, 두 마리의 쥐는 다투어서 달려가고, 인생은
눈앞을 날아가는 새처럼 하루아침에 사라지고, 또 4마리의 뱀이 다투어 침범하고, 일생은 틈 사이를
달려가는 말처럼 하루 저녁에 사라져버린다. 아아! 원통한 일이로다.
　　고운 얼굴은, 삼종과 함께 영원히 사라지고, 흰 피부도 四德과 함께 영원히 사라져 버린다. 어찌
생각하였을까. 해로하자고 한 약속을 어기고, 홀로 인생의 남은 길을 날며 살아갈 것이라는 것을.
화려한 방에 병풍은 덧없이 쳐져 있고, 애를 끊는 듯한 슬픔은 더욱 깊어지고, 머리맡의 맑은 거울은
공허하게 걸려 있고, 대나무를 물들였다는 눈물은 더욱 흐르네. 황천문은 한번 닫히면 다시 만날
방법이 없네. 아아! 애통한 일이로다.
　　애욕의 파도는 이미 사라졌지만/ 번뇌의 바다도 아직 건널 수 없네/
　　원래 이 穢土를 꺼려했는데/ 이제 진정으로 저 정토에 살고 싶네

　　다음과 같이 듣고 있다. 모든 생물이 태어나고 죽는 것은 꿈과 같이 허망하며, 욕계·색계·무색계의
三界를 떠도는 것은 마치 둥근 고리처럼 멈추지 않고 계속 반복되는 것과 같다. 그래서 유마대사도 사방
1丈의 방에서 질병의 고통을 가지고 있었으며 석가도 사라쌍수 밑에서 죽음의 고통을 벗어나지 못했다고
하는 것이다. 이처럼 더할 나위 없는 두 사람의 성인조차 다가오는 죽음을 피하지 못했고, 삼천세계에서
누구도 어두운 죽음의 그림자가 다가오는 것을 피할 수 없다는 것을 알게 되었다. 낮과 밤이라는 두 마리의
쥐는 다투어서 달려가서 시간의 빠르기를 겨루고, 인생은 마치 눈앞을 날아가는 새처럼 하루아침에 사라
지는 짧은 것이며, 또 지수화풍의 4요소로 이루어진 사람의 몸은 그 요소들이 서로 침범하여 일생은 틈
사이를 달려가는 말처럼 하루 저녁에 사라져버리는 순간적인 것이다. 아아! 원통한 일이로다.
　　젊을 때의 고운 얼굴은, 婦德과 함께 영원히 사라지고, 젊었을 때의 흰 피부도 부인의 네 가지 心得과
함께 영원히 사라져 버린다. 왜 생각하였을까. 부부가 해로하자고 했던 약속을 어기고, 외로운 새가 되어
인생의 남은 길을 살아갈 것이라는 것을. 화려한 방에 병풍은 덧없이 쳐져 있고 애를 끊는 듯한 슬픔은
더욱 깊어지고, 머리맡의 맑은 거울은 보는 사람도 없이 허망하게 걸려 있고, 눈물이 대나무에 떨어져
반점이 되었다고 하는 그런 눈물은 더욱 많이 흐르네. 황천으로 들어가는 문은 한번 닫히고 나면 다시
열리지 않으니 죽은 아내를 다시 만날 방법이 없네. 아아! 애통한 일이로다.

　　애욕의 파도는 이미 사라졌지만/ 번뇌의 바다도 아직 건널 수 없네
　　원래 이 穢土를 꺼려했는데/ 이제 진정으로 저 정토에 살고 싶네

　　위의 한문 서문과 한시, 그리고 다음의 日本挽歌(794번가)와 反歌(795~799)는 야마노우헤노 오쿠라(山
上憶良)가 오호토모노 타비토(大伴旅人)의 아내의 죽음을 슬퍼하여 지은 것이다.

日本挽謌¹一首

794 大王能　等保乃朝庭等　斯良農比　筑紫國尒　泣子那須　斯多比枳摩斯提　伊企陀尒母
伊摩陀夜周米受　年月母　伊摩他阿良祢婆　許々呂由母　於母波奴阿比陀尒　宇知那毗枳
許夜斯努礼　伊波牟須弊　世武須弊斯良尒　石木乎母　刀比佐氣斯良受　伊弊那良婆
迦多知波阿良牟乎　宇良賣斯企　伊毛乃美許等能　阿礼乎婆母　伊可尒世与等可　尒保鳥
能　布多利那良毗爲　加多良比斯　許々呂曾牟企弓　伊弊社可利伊摩須

大君の　遠の朝廷と　しらぬひ　筑紫の國に　泣く子なす　慕ひ來まして　息だにも　いまだ休
めず　年月も　いまだあらねば　心ゆも　思はぬ間に　うち靡き　臥しぬれ　言はむ術　爲む術知
らに　石木をも　問ひ放け知らず　家ならば　形はあらむを　うらめしき　妹の命の²　我をばも
如何にせよとか　鳩鳥の　二人並び居　語らひし　心背きて　家さかりいます

おほきみの　とほのみかどと　しらぬひ　つくしのくにに　なくこなす　したひきまして　いきだ
にも　いまだやすめず　としつきも　いまだあらねば　こころゆも　おもはぬあひだに　うちなびき
こやしぬれ　いはむすべ　せむすべしらに　いはきをも　とひさけしらず　いへならば　かたちは
あらむを　うらめしき　いものみことの　あれをばも　いかにせよとか　にほどりの　ふたりならび
ゐ　かたらひし　こころそむきて　いへさかりいます

---

1 日本挽謌 : 일본어로 지은, 전통 의례에 의한 만가를 말한다.
2 妹の命の : 죽은 자에 대한 존경으로 '命'을 붙인 것이다.

일본 挽歌 1수

794 우리 대왕의/ 머나먼 조정으로/ (시라누히)/ 츠쿠시(筑紫)의 나라에/ 우는 애처럼/ 나를 그리며 와서/ 숨 돌릴 틈도/ 아직 얻지 못하고/ 세월도 많이/ 흐르지 않았는데/ 마음으로도/ 생각지도 않았는데/ 병이 들어서/ 누워버렸네/ 뭐라 말하지/ 어찌 할지 모르고/ 돌 나무에게/ 물을 수도 없으니/ 집에 있다면/ 살아 있었을 것인데/ 원망스러운/ 저승에 간 아내는/ 나는 어떻게/ 하라고 하는 걸까/ 논병아린양/ 둘이 나란히 하여/ 얘기하였던/ 마음을 저버리고/ 집을 떠나 사라지네

🌸 **해설**

우리 대왕의 머나먼 곳에 있는 조정(政廳)인 츠쿠시(筑紫)國으로, 나의 아내는 우는 아이처럼 나를 그리워하며 따라와서 아직 채 숨을 돌릴 틈도 없었으므로, 그리고 세월도 그다지 흐르지 않았으므로 아내가 죽으리라고는 꿈에도 생각하지 않았는데 아내는 병이 들어서 누워버렸네. 뭐라고 말을 해야 할지 어찌해야 할 지 알 수가 없고 돌과 나무에게 물어볼 수도 없네. 만약 아내가 집에 있었다면 생기 있는 모습을 보였을 것인데, 이제 나를 두고 저승으로 가버린 원망스러운 아내는 도대체 나에게 어떻게 하라고 하는 것인가. 마치 논병아리처럼 둘이서 사이좋게 나란히 있으면서 이야기를 주고받던 마음을 저버리고 아내는 집을 떠나서 그 혼이 멀리 사라지네라는 내용이다.

'家ならば 形はあらむを'를 私注에서는, '유해를 집에 두었더라면 형체만은 남아 있을 것'이라고 해석을 하였다[『萬葉集私注』3, p.794]. 全集에서는 '나라(奈良) 집에 그대로 있게 했다면 죽지 않았을 텐데, 筑紫에 데리고 오자마자 사망하여 버렸으므로 후회하여 말한 것'이라고 하였다[『萬葉集』2, p.51].

反詞

795 伊弊尒由伎弖　伊可尒可阿我世武　摩久良豆久　都摩夜佐夫斯久　於母保由倍斯母

家に行きて　如何にか吾がせむ　枕づく　妻屋さぶしく　思ほゆべしも

いへにゆきて　いかにかあがせむ　まくらづく　つまやさぶしく　おもほゆべしも

796 伴之伎与之　加久乃未可良尒　之多比己之　伊毛我己許呂乃　須別毛須別那左

愛しきよし　かくのみからに　慕ひ來し　妹が情の　術もすべなさ

はしきよし　かくのみからに　したひこし　いもがこころの　すべもすべなさ

797 久夜斯可母　可久斯良摩世婆　阿乎尒与斯　久奴知許等其等　美世摩斯母乃乎

悔しかも　かく知らませば　あをによし[1]　國内ことごと　見せましものを

くやしかも　かくしらませば　あをによし　くぬちことごと　みせましものを

---

1 **あをによし**: 보통 나라(奈良)에 연결되는 **枕詞**이다. 여기에서는 먼 조정이라는 의식에 근거하여 **筑紫**의 國內에 연결되었다.

反歌

....

795   집에 돌아가서/ 나는 어찌 해야 할까/ (마쿠라즈쿠)/ 침실도 쓸쓸하게/ 생각이 되겠지요

🌸 해설

　아내를 장사지낸 이곳에서 이제 집으로 돌아가면 나는 어떻게 해야 할까. 베개를 나란히 하여 둔 침실도 이젠 아내가 없으니 틀림없이 쓸쓸하게 생각이 되겠지요라는 내용이다.

796   불쌍하게도/ 이리 짧은 목숨을/ 그리워서 온/ 아내의 마음속은/ 어찌할 방도 없네

🌸 해설

　이 정도로 나를 그리워하여 따라온 아내의 마음을 생각하면 어떻게 할 방법이 없어 애석하다는 내용이다.

797   애석하구나/ 이럴 줄 알았다면/ (아오니요시)/ 츠쿠시(筑紫) 구석구석/ 보여줄 걸 그랬네

🌸 해설

　정말 애석한 일이로구나. 이렇게 아내가 저 세상으로 가버릴 줄 알았다면 아내가 살아 있을 때, 푸른 흙이 좋다고 하는 이곳 츠쿠시(筑紫) 구석구석을 구경시켜 주었더라면 좋았을 텐데. 그렇게 하지 못해서 매우 안타깝다는 내용이다.

798 伊毛何美斯　阿布知乃波那波　知利奴倍斯　和何那久那美多　伊摩陀飛那久尒

妹が見し　棟の花は　散りぬべし　わが泣く涙　いまだ干なくに

いもがみし　あふちのはなは　ちりぬべし　わがなくなみだ　いまだひなくに

799 大野山　紀利多知和多流　和何那宜久　於伎蘇乃可是尒　紀利多知和多流

大野山¹　霧立ち渡る　わが嘆く　息嘯²の風に　霧立ちわたる

おほのやま　きりたちわたる　わがなげく　おきそのかぜに　きりたちわたる

[左注]　神龜五年七月廿一日³　筑前國守山上憶良上⁴

---

1 **大野山** : 大城山. 大宰府의 배후에 있으며 타비토(旅人)의 아내의 매장지이다.
2 **息嘯** : 오키(息)와 우소(嘯)를 줄인 것이다. 한숨을 말한다. 고대에는 내쉬는 숨이 안개와 구름이 된다고 믿었다.
3 **廿一日** : 797번가까지가 장송 때의 작품이고, 798번가 이하가 이날의 작품이다. 완성해서 바치고 순행에 나섰던 것인가.
4 **山上憶良上** : 야마노우헤노 오쿠라(山上憶良)가 타비토(旅人)에게 바친 것이다.

798   아내가 봤던/ 멀구슬나무 꽃은/ 곧 질 것 같네/ 내가 흘리는 눈물/ 아직 안 말랐는데

❀ 해설

　아내가 보았던 멀구슬나무의 꽃은 곧 져버릴 것만 같네. 아내가 사망하였으므로 슬퍼서 내가 흘리는 눈물은 아직 채 마르지도 않았는데라는 내용이다.
　아내가 늘 보던 멀구슬나무의 꽃이 지고 나면 아내를 떠올릴 수 있는 추억거리가 사라지게 된다는 안타까운 마음을 이렇게 표현하였다.

799   오호노(大野)산에/ 안개 자욱 끼었네/ 내 탄식하는/ 한숨의 바람으로/ 안개가 자욱 끼네

❀ 해설

　오호노(大野)산에는 안개가 자욱하게 끼어 있네. 내가 아내 잃은 슬픔 때문에 탄식하며 내쉬는 한숨이 안개가 되어 자욱하게 끼었네라는 내용이다. 아내가 사망하고 나서 그 슬픔으로 인해 늘 한숨을 내쉬고 살고 있음을 알 수 있다.

　좌주　神龜 5년(728) 7월 21일 츠쿠시(筑前)國守 야마노우헤노 오쿠라(山上憶良上) 올림
　이 좌주는 793번가 다음의 한문 서문부터 799번가까지 전체에 해당되는 것이다. 이 작품들은 야마노우헤노 오쿠라(山上憶良上)가, 아내를 잃은 오호토모노 타비토(大伴旅人)의 마음을 위로하고자 大伴旅人의 입장이 되어서 지어 올린 것이다.

令反或情[1]謌一首幷序

或有人. 知敬父母, 忘於侍養, 不顧妻子, 輕於脫屣. 自稱倍俗先生[2]. 意氣雖揚靑雲之上, 身體猶在塵俗之中. 未驗修行得道之聖, 蓋是亡命山澤之民. 所以指示三綱, 更開五教[3], 遣之以謌, 令反其或. 歌曰

800 父母乎　美礼婆多布斗斯　妻子美礼婆　米具斯宇都久志　余能奈迦波　加久叙許等和理　母智騰利乃　可可良波志母与　由久弊斯良祢婆　宇既具都遠　奴伎都流其等久　布美奴伎提　由久智布比等波　伊波紀欲利　奈利提志比等迦　奈何名能良佐祢　阿米弊由迦婆　奈何麻尒麻尒　都智奈良婆　大王伊摩周　許能提羅周　日月能斯多波　阿麻久毛能　牟迦夫周伎波美　多尒具久能　佐和多流伎波美　企許斯遠周　久尒能麻保良叙　可尒迦久尒　保志伎麻尒麻尒　斯可尒波阿羅慈迦

父母を[4]　見れば尊し　妻子[5]見れば　めぐし愛し　世の中は　かくぞ道理　黐鳥[6]の　かからはしもよ　行方知らねば[7]　穿沓を　脱き棄る如く　踏み脱きて　行くちふ人は[8]　石木より　生り出し人か　汝が名告らさね[9]　天へ行かば　汝がまにまに[10]　地ならば　大君います　この照らす　日月の下は　天雲の　向伏す極み　谷虫莫の　さ渡る極み　聞し食す　國のまほらぞ　かにかくに[11]　欲しきまにまに　然に[12]はあらじか

---

1 或情：산속으로 망명한 사람을 가리킨다. 그 당시에 생업을 버리고 살던 곳을 떠나 산속으로 들어간 사람이 많아서 조정에서는 그러한 것을 금하였다.
2 倍俗先生：가공의 이름이다. **烏有**선생, **安處**선생 등 중국의 문학작품에 많이 보인다.
3 五敎：유교의 오륜을 말한다.
4 父母を：『萬葉集』에는 母父의 순서로 된 것이 많다.
5 妻子：다른 작가는 거의 사용하지 않았으며 야마노우헤노 오쿠라(山上憶良)가 많이 사용하였다.
6 黐鳥：끈끈이(黐)는 새를 잡는 재료이며 이것으로 잡은 새가 黐鳥이다.
7 行方知らねば：여기까지가 제1 단락이다. **背俗先生**의 심정인데 실제로는 **憶良**의 심정이다.
8 行くちふ人は：**背俗先生**을 말한다.
9 汝が名告らさね：여기까지가 제2 단락이다. 도리에 벗어난 사람의 태도인데 실제로는 **憶良**의 논리이다.
10 天へ行かば 汝がまにまに：완전하게 하늘에 갈 수 있다면 그것으로 좋지만 仙草를 먹고 하늘로 돌아가는 것이 신선사상에서는 믿어지고 있었다.

갈팡질팡하는 마음을 바로 잡는 노래 1수와 序

어떤 사람이 있다. 부모를 공경해야 한다는 것을 알지만 부양하는 것을 잊어버리고, 처자를 돌보지 않아 벗어던져버린 신보다도 가볍게 여기고 있다. 그리고 자칭 倍俗선생이라고 말하고 있다. 마음은 비록 푸른 구름 위에 오르지만, 몸은 역시 티끌 속에 머물고 있다. 수행하여 득도한 성자의 표시도 아직 없다. 아마도 이것이 산속으로 도피한 백성일 것이다. 따라서 三綱을 보이고 五敎의 가르침을 주고 또 노래를 보내어서 미혹된 마음을 되돌리려 한다. 그 노래에 말하기를,

800 　부모님을요/ 보면 존귀하고요/ 처자를 보면/ 무척 사랑스럽네/ 세상살이는/ 이것이 도리일세/ (모치도리노)/ 번거롭고 귀찮네/ 끝이 없기 때문에/ 너덜해진 신/ 벗어 던져버리듯/ 벗어버리고/ 달아나려는 사람/ 돌 나무에서/ 태어난 사람인가/ 당신 이름 말해요/ 하늘에 간다면/ 그대 마음대로/ 땅에 있으면/ 대왕께서 계시는/ 이리 빛나는/ 해와 달 아래서는/ 하늘 구름이/ 떠가는 끝 쪽까지/ 두꺼비가요/ 건너가는 데까지/ 다스리시는/ 멋진 나라이지요/ 어찌되었든/ 생각을 하는 대로/ 그러하지 않을까요

해설

어찌할 바를 모르고 갈팡질팡하는 사람이 있다. 부모를 공경해야 한다는 것을 알면서 부양하는 것을 잊어버리고, 처자를 돌보지 않아 벗어던져버린 신보다도 가볍게 여기고 있다. 그리고 세상의 도리를 저버린 사람이라는 뜻으로 스스로 倍俗선생이라고 말하고 있다. 마음만은 푸른 구름보다도 높아서 의기양양하지만, 몸은 역시 티끌 같은 이 세상 속에 머물고 있으며 도를 닦은 성자의 표시도 아직 드러나지 않고 있다. 아마도 이것이 세상에서 말하는 '산속으로 도피한 백성'일 것이다. 따라서 그에게 세 가지의 사항을 보이고 다섯 가지의 가르침을 주고 또 노래를 보내어서 어찌할 바 모르는 마음을 되돌려 바로 잡으려고 한다. 그 노래에 말하기를,

ちちははを みればたふとし めこみれば めぐしうつくし よのなかは かくぞことわり もちど
りの かからはしもよ ゆくへしらねば うげぐつを ぬきつるごとく ふみぬきて ゆくちふひと
は いはきより なりでしひとか ながなのらさね あめへゆかば ながまにまに つちならば おほ
きみいます このてらす ひつきのしたは あまくもの むかぶすきはみ たにぐくの さわたるき
はみ きこしをす くにのまほらぞ かにかくに ほしきまにまに しかにはあらじか

부모님을 보면 무척 존귀하고, 처자를 보면 무척 가련하고 사랑스럽네. 세상살이는 이런 것이 도리인 것이네. 그렇게 생각하니 마치 새가 끈끈이 풀에 걸려 꼼짝 할 수 없는 것처럼, 아무리 벗어나려고 해도 인간 세상의 그러한 도리를 벗어날 수가 없으니 번거롭고 귀찮고 힘이 드네. 부모처자에 대한 생각은 아무리 하더라도 끝이 없는 것이므로. 낡은 신을 벗어서 던져 버리듯이 부모처자를 버리고 세상살이에서 벗어나려고 하는 사람은 부모도 없는 돌이나 나무에서 태어난 사람인 것인가. 도대체 당신은 어떠한 사람 인지 이름을 말해 보세요. 그대가 만약 하늘에라도 간다면 그대가 하고자 하는 대로 부모처자에게 얽매이 지 않고 마음대로 해도 되겠지만 그대로 이 세상에 사는 것이라면, 대왕이 계시는 이 빛나는 해와 달 아래에서는, 하늘의 구름이 멀리 떠가는 끝 쪽까지, 두꺼비가 건너가는 그 경계 부근까지 대왕이 다스리는 멋진 나라이지요. 어찌 되었든 당신이 생각하는 대로 해도 좋겠지만 세상의 도리는 위에서 말한 것과 같지 않을까요라는 내용이다.

全集에서는 'かからはしもよ'를 '서로 의지하고 싶네'로 해석하였다[『萬葉集』 2, p.54]. 私注에서는, '다음 의 두 편과 함께 야마노우헤노 오쿠라(山上憶良)가 神龜 5년(728) 7월 21일, 嘉摩郡에서 지은 것임을 알 수 있다. 서문과 노래로 하나의 종합적 효과를 올리려고 한, 憶良의 새로운 시도일 것이다. 물론 그것은 중국의 詩序를 모방한 것임은 분명하다. 憶良이 嘉摩郡에 있는 것은 이 작품의 내용을 보더라도 國守로서의 部內 순행을 위한 것임을 알 수 있다. (중략) 호구를 기준으로 한 부역이 국가의 최대 수입이었던 율령시대 에는 백성들의 도망은 수입의 고갈을 의미하는 것이었으므로 중대한 문제가 되었다. 율령에 호구의 도망 에 대한 규정이 있는데 책임을 함께 사는 가족에게 지우는 이유일 것이다. 慶雲 4년(707), 元明天皇 즉위의 宣命에는, 산으로 도망한 사람을 창고의 軍器를 훔친 자와 같이 취급하여 100일 이내에 자수하지 않으면 사면의 혜택을 받을 수 없는 정도였다. 憶良은 산으로 도망한 자의 말을 서문에서도 사용하고 있고, "집에 돌아가서 생업에 힘쓰시게"라고 가르치고도 있다. (중략) 위에서 보았듯이 이 1편은 憶良이 선량한 國司로 서 율령의 뜻을 알고 部內를 순행하는 임무를 완수하려고 하는 태도는 충분히 이해할 수 있다. (중략) 물론 이와 같은 문학적 창작이 실제 어느 정도로 효과가 있었던가를 논하자면 오히려 부정적인 답을 할 수밖에 없다. 혹은 그 효과의 정도도 알지 못하고 단순히 시적 표현에 스스로 위로를 받았던 憶良은 迂遠한 독서인이었다고 평가해야 할지도 모른다. 실무는 실무, 문학은 문학으로 볼 수 있는 식견을 憶良이 가지고 있어서 枕詞가 들어간 노래를 짓는 한편 사무적으로는 의외로 깐깐한 관리였는지도 모른다. 그렇 다면 단순한 상상의 테두리를 넘지 않은 것이 된다. 설마 憶良은 이러한 작품으로 자신이 충실하게 직무를 수행하고 있는 것을 보이고자 한 것은 아닐 것이다. 그가 민첩한 수완이 있지도 않고 비리를 저지르지도 않은 것은 그가 말하는 그의 빈핍한 생활로 알 수 있다. 가장 자연스러운 상상은, 노래를 좋아하는 大宰府 장관인 旅人에게 순행 중에, 직무를 노래로 보여주고 싶었다고 보면 어떨까 한다'고 하였다[『萬葉集私注』 3, pp.25~27].

反謌

801　比佐迦多能　阿麻遲波等保斯　奈保々々尓　伊弊尓可弊利提　奈利乎斯麻佐尓

ひさかたの　天路は遠し　なほなほに[1]　家に歸りて　業[2]を爲まさに

ひさかたの　あまぢはとほし　なほなほに　いへにかへりて　なりをしまさに

思子等謌[3]一首幷序

釋迦如來, 金口[4]正說, 等思衆生, 如羅睺羅.[5, 6] 又說, 愛無過子. 至極大聖, 尚有愛子之心. 況乎世間蒼生, 誰不愛子乎.

802　宇利波米婆　胡藤母意母保由　久利波米婆　麻斯提斯農波由　伊豆久欲利　枳多利斯物能曾　麻奈迦比尓　母等奈可可利提　夜周伊斯奈佐農

瓜[7]食めば　子ども思ほゆ　栗食めば　まして思はゆ　何處より[8]　來りしものそ　眼交に[9]もとな懸りて　安眠し寢さぬ

うりはめば　こどもおもほゆ　くりはめば　ましてしのはゆ　いづくより　きたりしものそ　まなかひに　もとなかかりて　やすいしなさぬ

1　**なほなほに** : 바로.
2　**業** : 생업이다.

反歌

801 (히사카타노)/ 하늘 길은 멀다오/ 조용조용히/ 집에 돌아가서는/ 생업에 힘쓰시게

🌸 해설

하늘까지 가는 길은 머니까 헛된 꿈을 접고 온순하게 집에 돌아가서는 생업에 힘을 쓰는 것이 좋다는 내용이다.

자식을 생각하는 노래 1수와 序

석가여래가 고귀한 입으로 직접 말하기를 "중생을 생각하는 것은 라후라를 생각하는 것과 같다"고 하였다. 또 말하기를 "자식을 사랑하는 것보다 더한 사랑은 없다"고 하였다. 지극히 큰 성인도 역시 자식을 사랑하는 마음을 가지고 있었던 것이다. 하물며 세상 사람으로서 누가 자식을 사랑하지 않겠는가.

802 외를 먹으면/ 아이가 생각나네/ 밤을 먹으면/ 더더욱 생각나네/ 어디로부터/ 태어나온 것일까/ 눈앞에 계속/ 공연히 어른거려/ 잠을 못 들게 하네

🌸 해설

석가여래가 고귀한 자기 입으로 직접 말하기를 "일반적으로 중생을 생각하는 것은 나의 아들 라후라를 생각하는 것과 같다"고 하였다. 또 말하기를 "자식을 사랑하는 것보다 더한 사랑은 없다"고 하였다. 지극히 큰 성인조차 역시 자식을 사랑하는 번뇌를 이렇게 가지고 있었던 것이다. 하물며 세상의 평범한 사람으로서 누가 자식을 귀엽다고 생각하지 않겠는가.

참외를 먹고 있으면 자식이 생각이 나네. 밤을 먹고 있으면 더욱더 자식 생각이 나네. 도대체 자식이라고 하는 것은 어떤 인연에 의해서 세상에 태어난 것인가. 아이 모습이 눈앞에 어른거려서 나를 편하게 잠들지 못하게 하네라는 내용이다.

反謌

....

803   銀母　金母玉母　奈尓世武尓　麻佐礼留多可良　古尓斯迦米夜母

　　　　銀も　金も玉も　何せむに[10]　勝れる寶　子に及かめやも

　　　　しろかねも　くがねもたまも　なにせむに　まされるたから　こにしかめやも

---

3 思子等謌 : 897번가에서 다시 부르고 있다.
4 金口 : 고귀한 입을 말한다.
5 羅睺羅 : 석가가 출가 전에 낳은 아들이다. 라고라(rahura)는 속박하는 것이라는 뜻이다.
6 等思衆生, 如羅睺羅 : 자식에게 필적할 만한 중생에 대한 사랑을 말한 것이다. 오쿠라(憶良)는 반대로 자식에
　대한 사랑을 강조하는 것으로 사용하였다. 愛는 愛苦로 불교에서는 부정되고 있는 것이다.
7 瓜 : 참외를 말한 것인가. 木津川 강변에서 재배되었다고 알려진 것처럼 귀중한 것이었다. 밤도 도회지
　사람들에게는 귀중한 실과였다.
8 何處より : 어느 인연으로.
9 眼交に : 눈과 눈 사이를 말하는데 눈앞이라는 뜻이다.
10 銀も 金も玉も 何せむに : 904번가에 '世の人の 貴び願ふ 七種の 寶もわれは 何せむに'라고 하여 비슷한
　생각이 보인다.

反歌

....

803   은이라는 것/ 금과 옥이라는 것/ 어디에 쓸까/ 뛰어난 보배라도/ 아이보다 나을까

✿ 해설

    은이라는 것, 금과 옥이라고 하는 세상의 귀한 보물도 무슨 소용이 있을까. 아무리 훌륭한 보배라고 하더라고 아이보다 더 귀할까. 전혀 그렇지 않고 이 세상에서 자식이 제일 귀하다는 내용이다.

哀世間難住¹謌一首幷序

易集難排, 八大辛苦², 難逃易盡, 百年賞樂³. 古人所歎, 今亦及之. 所以因作一章之謌, 以撥二毛⁴之歎. 其歌曰

804 世間能 周弊奈伎物能波 年月波 奈何流々其等斯 等利都々伎 意比久留母能波 毛々久佐尓 勢米余利伎多流 遠等咩良何 遠等咩佐備周等 可羅多麻乎 多母等尓麻可志 [或有此句云, 之路多倍乃 袖布利可伴之 久礼奈爲乃 阿可毛須蘇毗伎] 余知古良等 手多豆佐波利提 阿蘇比家武 等伎能佐迦利乎 等々尾迦祢 周具斯野利都礼 美奈乃和多 迦具漏伎可美尓 伊都乃麻可 斯毛乃布利家武 久礼奈爲能 [一云, 尓能保奈須] 意母提乃宇倍尓 伊豆久由可 斯和何伎多利斯 [一云, 都祢奈利之 惠麻比麻欲毗伎 散久伴奈能 宇都呂比尓家利 余乃奈可伴 可久乃未奈良之] 麻周羅遠乃 遠刀古佐備周等 都流伎多智 許志尓刀利波枳 佐都由美乎 多尓伎利物知提 阿迦胡麻尓 志都久良宇知意伎 波比能利提 阿蘇比阿留伎斯 余乃奈迦野 都祢尓阿利家留 遠等咩良何 佐那周伊多斗乎 意斯比良伎 伊多度利与利提 麻多麻提乃 多麻提佐斯迦閇 佐祢斯欲能 伊久陀母阿良祢婆 多都可豆惠 許志尓多何祢提 可由既婆 比等尓伊等波延 可久由既婆 比等尓邇久麻延 意余斯遠波 迦久能尾奈良志 多摩枳波流 伊能知遠志家騰 世武周弊母奈斯

世間の 術なきものは 年月は 流るる如し⁵ 取り續き 追ひ來るものは 百種に 迫め寄り來る⁶ 少女らが 少女さびすと 唐玉⁷を 手本に纏かし [或いはこの句あり, いはく, 白栲の 袖ふりかはし 紅の 赤裳裾引き いへるあり] 同輩兒らと 手携りて 遊びけむ 時の盛り⁸を

---

1 世間難住 : 세간무상을 말한다.
2 八大辛苦 :『대반열반경』 聖行品에 나오는 것으로, 生苦·老苦·病苦·死苦·愛別離苦(사랑하는 사람과 헤어지는 고통)·怨憎會苦(미워하는 사람과도 만나지 않으면 안 되는 고통)·求不得苦(가지고 싶어서 구하지만 얻지 못하는 고통)·五盛陰苦(마음의 움직임에서 일어나는 고통)의 여덟 가지 형태의 고통을 말한다.
3 百年賞樂 : 百年은 '일생'을 말하는 것이며, 賞樂은 눈으로 즐기는 일이다.
4 二毛 : 검은 머리와 흰머리를 가리키는 것으로 노년을 의미한다.
5 年月は 流るる如し : 술어이며 처음 4구가 제목에서 말하는 세간무상에 해당하는 것이다.
6 百種に 迫め寄り來る : 한문 서문의 '八大辛苦'와 같은 것이다.
7 唐玉 : 수입한 구슬이다. 이 전후에서 묘사한 소녀의 모습은 '五節舞(『年中行事秘抄』와 그 외의 기록에 실려 있다)'의 가사에 의해 지은 것이다.
8 時の盛り : 장년의 때를 말한다.

세간무상을 슬퍼한 노래 1수와 序

모이기는 쉽고 떨쳐버리기는 힘든 것은 여덟 가지 큰 辛苦다. 다 하기는 어렵고 쉽게 끝나는 것은 백년의 즐거움이다. 옛날 사람이 탄식한 바이며 지금 역시 그와 같다. 그래서 1章의 노래를 지어 흰 머리카락에 대한 탄식을 떨쳐버리고자 한다. 그 노래에 이르기를,

804 세상 속에서/ 방법이 없는 것은/ 해와 또 달이/ 흘러가는 것이지/ 바짝 붙어서/ 뒤쫓아 오는 것은/ 여러 가지로/ 다가오는 것이지/ 아가씨들이/ 아가씨들답도록/ 멋진 구슬을/ 손목에다 감고서[또는 이 구는, 하얀 옷소매/ 서로 함께 흔들고/ 붉은 색깔의/ 치맛자락을 끌고라고 되어 있는 책도 있다]/ 또래 친구와/ 손을 함께 잡고서/ 놀고 있었을/ 한창 젊은 그 때를/ 잡을 수 없어/ 보내 버리고 나면/ (미나노와타)/ 새까맣던 머리에/ 어느 틈엔가/ 서리가 내렸는가/ 곱기도 하던[혹은, 선명히 붉은/ 얼굴의 위에는요/ 어느 사이에/ 주름이 잡혔는개혹은, 끊이지 않던/ 웃음과 고운 눈썹/ 피는 꽃처럼/ 시들해져 버렸네/ 세상살이 는/ 아마 이런 건가봐/ 굳센 청년들/ 용감한 척 한다고/ 큰 칼일랑은/ 허리에 꿰어 차고/ 사냥용 활을/ 손에 꽉 쥐어 잡고/ 붉은 말에다/ 천 안장을 얹고서는/ 엎드려 타고/ 놀며 돌아 다녔던/ 그런 시간이/ 언제나 있을 건가/ 아가씨들이/ 자고 있는 집 문을/ 밀어 열고 서/ 더듬어 다가가서/ 진주같이 흰/ 팔을 서로 끼고서/ 잤던 그 밤이/ 그리 많지 않고 보니/ 잡은 지팡이/ 허리에 갖다 대고/ 저기가면/ 사람들 싫어하고/ 이리로 오면/ 사람들 미워하니/ 나이든 남자/ 이런 것인가 보다/ 혼이 쇠하는/ 목숨은 아깝지만/ 어찌할 수가 없네

留みかね　過し遣りつれ　蜷[9]の腸　か黒き髪に　何時の間か　霜の降りけむ[10]　紅の〔一は云はく, 丹の穂[11]なす〕面の上に　何處ゆか　皺が來りし〔一は云はく, 常なりし　笑まひ眉引き[12]　咲く花の　移ろひにけり　世間は　かくのみならし[13]〕大夫の　男子さびすと　劍太刀　腰に取り佩き　獵弓[14]を　手握り持ちて　赤駒に　倭文鞍[15]うち置き　はひ乘りて　遊びあるきし　世間や　常にありける　少女らが　さ寝す板戸を　押し開き　い辿りよりて　眞玉手[16]の　玉手さし交へ　さ寝し夜の　幾許もあらねば　手束杖[17]　腰にたがねて　か行けば　人に厭はえ　かく行けば　人に憎まえ　老男は　かくのみならし　たまきはる　命惜しけど　せむ術も無し

よのなかの　すべなきものは　としつきは　ながるるごとし　とりつつき　おひくるものは　ももくさに　せめよりきたる　をとめらが　をとめさびすと　からたまを　たもとにまかし〔あるいはこのく, しろたへの　そでふりかはし　くれなゐの　あかもすそびき〕よちこらと　てたづさはりて　あそびけむ　ときのさかりを　とどみかね　すぐしやりつれ　みなのわた　かぐろきかみに　いつのまか　しものふりけむ　くれなゐの〔あるいはいはく, にのほなす〕おもてのうへに　いづくゆか　しわがきたりし〔あるいはいはく, つねなりし　ゑまひまよびき　さくはなの　うつろひにけり　よのなかは　かくのみならし〕ますらをの　をとこさびすと　つるぎたち　こしにとりはき　さつゆみを　たにぎりもちて　あかごまに　しつくらうちおき　はひのりて　あそびあるきし　よのなかや　つねにありける　をとめらが　さなすいたとを　おしひらき　いたどりよりて　またまでの　たまでさしかへ　さねしよの　いくだもあらねば　たつかづゑ　こしにたがねて　かゆけば　ひとにいとはえ　かくゆけば　ひとににくまえ　およしをは　かくのみならし　たまきはる　いのちをしけど　せむすべもなし

9　蜷 : 우렁이 · 다슬기.
10　霜の降りけむ : 백발이 되는 것이다.
11　丹の穂 : 선명한 붉은색을 말한다.
12　眉引き : 눈썹을 길게 그리는 것이다.
13　かくのみならし : 여기까지가 여성에 대해 묘사한 것이다.
14　獵弓 : '獵弓'은 본래 사냥에 사용하는 활이지만 이 경우는 반드시 사냥을 나가는 것만은 아니다.
15　倭文鞍 : 일본 문양이 들어간 천으로 장식한 안장이다.
16　眞玉手 : '眞', '玉' 모두 미칭이다.
17　手束杖 : 손으로 쥐는 지팡이. 작은 지팡이인가.

모이기는 쉽고 떨쳐버리기는 힘든 것은 여덟 가지 큰 고통이다. 충분히 즐기기가 어렵고 한 순간에 곧 끝나버리는 것은 인생 백 년 동안의 즐거움이다. 옛날 사람도 이것을 탄식한 바이지만 지금도 역시 마찬가지로 사람들이 그것을 반복하여 탄식하고 있다. 그래서 1편의 노래를 지어 검은 머리카락에 흰 머리카락이 나서 늙어가는 것에 대한 탄식을 떨쳐버리고자 한다. 그 노래는 다음과 같다.

　이 세상 속에서 특히 어쩔 도리가 없는 것은 세월이 흘러가는 것이라네. 바짝 붙어서 계속해서 쫓아오는 것은, 생로병사 여러 가지로 모습을 바꾸어서 다가오는 것이지. 소녀들이 순진한 소녀들답게 멋을 부리기 위하여, 수입한 멋진 구슬을 손목에다 감고세[혹은, 이 구는 하얀 옷소매 서로 함께 흔들고 붉은 색깔의 치맛자락을 끌고라고 되어 있는 책도 있다] 같은 또래의 친구들과 서로 손을 잡고서 놀았을 그 때, 그 한창 좋은 때를 잡아 둘 수가 없어서 세월을 보내다보니, 다슬기 창자처럼 검었던 머리카락은 어느 틈엔가 서리가 내려 희어져 버린 것인가. 곱던[혹은 선명할 정도로 혈색 좋게 붉던] 얼굴에는 어디서 주름이 와서 주름진 얼굴이 되었는가[혹은, 끊이지 않던 웃음과 길게 그린 고운 눈썹도, 꽃이 피어서 지는 것처럼 점점 변하여 시들해져 버렸네. 세상살이는 아마 이럴 수밖에 없는 것인가 보다. 멋진 남자가 남자답게 용감한 척 한다고 큰 칼을 허리에 차고, 활과 화살을 손에 꽉 쥐고, 붉은 말 위에 일본식 무늬를 넣어서 짠 안장을 얹어서 엎드려 타고 놀며 돌아 다녔던 세상은 언제까지나 변하지 않았던 것일까. 젊은 여성이 잠을 자고 있는 집의 문을 열고 손으로 더듬어서 여성 곁으로 다가가서는 진주같이 흰 팔을 서로 어긋하여 껴안고 함께 잠을 잤던 그런 밤이 그리 많지도 않고, 드디어 손에 잡은 지팡이를 허리에 꼭 갖다 대고, 저기에 가도 사람들이 싫어하고 여기에 와도 사람들이 미워하니 나이든 남자들이란 이럴 수밖에 없는 것인가 보다. 기력이 쇠약해져서 목숨이 사라져가는 것은 안타깝지만 어찌할 수가 없네라는 내용이다.

　私注에서는 '百年'을 '노년, 노인의 뜻'이라고 해석을 하였다『萬葉集私注』 3, p.32].

　'賞樂'을 注釋・私注에서는, 『代匠記』에서 '賞樂, 賞心樂事四美中, 擧二兼餘'라고 한 것을 인용하고, 四美의 예는 『文選』 謝靈運의 擬魏太子鄴中詩集序에 '天下良辰, 美景, 賞心, 樂事, 四者難幷'이라고 하였는데, '賞樂'은 賞心과 樂事를 말하는 것이라고 하였다(『萬葉集注釋』 5, p.50), 『萬葉集私注』 3, p.32]. 私注에서는, '二毛'는 『예기』에 '不殺厲, 不獲二毛', 『左傳』에 '不重傷, 不禽二毛', 『회남자』에 '不殺餘黃, 不獲二毛'라고 보이며 검은 머리카락과 흰 머리카락을 의미하고 있는데, 憶良은 이 작품에서 노인의 의미로 사용하였다고 하였다『萬葉集私注』 3, p.33].

反詞

805 等伎波奈周　迦久斯母何母等　意母閇騰母　余能許等奈礼婆　等登尾可祢都母

常磐なす　かく¹しもがもと　思へども　世の事なれば　留みかねつも

ときはなす　かくしもがもと　おもへども　よのことなれば　とどみかねつも

> **左注**　神龜五年七月廿一日於嘉摩郡²撰定. 筑前國守山上憶良

《伏辱來書…》

伏辱來書³, 具承芳旨. 忽成隔漢之戀, 復, 傷抱梁⁴之意. 唯羨, 去留⁵無恙, 遂待披雲⁶耳.

謌詞兩首 大宰帥大伴卿⁷

806 多都能馬母　伊麻勿愛弖之可　阿遠尓与志　奈良乃美夜古尓　由吉帝己牟丹米

龍の馬⁸も　今も得てしか　あをによし　奈良の都に　行きて來む爲め

たつのまも　いまもえてしか　あをによし　ならのみやこに　ゆきてこむため

---

1 **かく**: 무엇을 가리키는지 확실하지 않다.
2 **嘉摩郡**: 筑前에 있는 군명. **嘉摩川** 유역이다.
3 **伏辱來書**: 이하의 문장은, 편지 속에 타비토(旅人)로부터 보내어진 노래(806·807)를 인용한 **某氏**가 旅人에게 보낸 답신. **謌詞兩首**는 후에 삽입된 것이다. 성씨를 알 수 없는 여성이 필자이다. 달리 타비토(旅人)의 답신이라고 하는 설도 있다.
4 **抱梁**: 『장자』 등에 보이는 고사로, **尾生**이라는 남자가 다리 밑에서 여자를 기다리다가 물이 불어도 떠나지 않고 다리 기둥을 잡고 죽었다는 데서 유래된 것으로 간절히 기다림을 의미한다.
5 **去留**: 일상생활을 말한다.
6 **披雲**: 문왕이 **姜公**을 만나니, 빛나기가 구름을 열치고 태양을 보는 것 같았다고 하는 고사이며, 귀인을 만난 것을 표현한 것이다.
7 **大伴卿**: 오호토모노 타비토(大伴旅人)이다.
8 **龍の馬**: 준마. 8척 이상의 말을 용이라고 한다.

反歌

....

805   큰 바위 같이/ 그렇게 되고 싶다/ 생각하지만/ 세상일이란 것은/ 목숨 붙들 수 없네

❀ 해설

  언제까지나 변하지 않는 큰 바위처럼 그렇게 오래도록 살고 싶다고 생각을 하지만, 사람이라는 것은
나이가 들어서 죽는 것이 세상의 이치이다 보니 목숨을 붙잡아 둘 수가 없네라는 내용이다.
  全集에서는, 憶良은 國守로서 筑前國 部內를 순행하고 嘉摩郡에 도착하여 잠시 틈을 얻어서 794번가
이하의 12수와 서문을 탈고했다고 하였다『萬葉集』2, p.59].

  좌주 神龜5년(728) 7월 21일 嘉摩郡에서 撰定한다. 筑前國守 야마노우헤노 오쿠라(山上憶良)

《삼가 글월을 받고…》

삼가 글월을 받고, 뜻을 충분히 잘 알았습니다. 갑자기 은하수를 사이에 둔 직녀의 마음이
되고, 또 다리기둥을 잡고 죽은 尾生의 슬픔을 가슴 깊이 느낍니다. 일상생활에 아무 일
없기를 진심으로 바라며, 언젠가 다시 만날 날을 기다릴 뿐입니다.
노래 2수 大宰帥 오호토모(大伴)卿

806   하늘 용마도/ 지금은 갖고 싶네/ (아오니요시)/ 나라(奈良)의 도읍지에/ 갔다 오기 위해서

❀ 해설

  송구스럽게도 주신 편지를 받고 그 마음을 충분히 잘 알 수 있었습니다. 편지를 읽으니 갑자기 은하수를
사이에 둔 견우와 직녀처럼 그리운 마음이 붙일 듯 일고, 尾生이라는 남성이 다리 밑에서 여인을 기다리다
가 물이 불어도 떠나지 않고 기둥을 끌어안고 죽었다는 고사처럼, 계속 그대를 기다리고 있는 슬픔이
가슴 깊이 느껴집니다. 지금 아무쪼록 일상생활에 무사하기를 바라며, 다시 만날 날을 기다릴 뿐입니다.
  노래 2수 大宰帥 오호토모(大伴)卿
  하늘을 나는 용마를 지금은 갖고 싶네요. 그대가 있는 아름다운 나라(奈良)까지 갔다가 이 大宰府에
다시 돌아오기 위하여서는이라는 내용이다.

807　宇豆都仁波　安布余志勿奈子　奴婆多麻能　用流能伊昧仁越　都伎提美延許曾

現には　逢ふよしも無し　ぬばたまの　夜の夢にを[1]　繼ぎて見えこそ

うつつには　あふよしもなし　ぬばたまの　よるのいめにを　つぎてみえこそ

---

1 夢にを : 'を'는 강세를 나타낸다.

현실에서는/ 만날 방법 없네요/ (누바타마노)/ 한밤의 꿈에라도/ 계속 보여 주세요

❀ 해설

　그대가 있는 나라(奈良)와, 제가 지금 있는 이 大宰府는 너무 먼 거리이므로 현실적으로는 도저히 만날 방법이 없네요. 그러니 어두운 밤에 잠을 잘 때 꿈에서나마 그대 모습이 계속 보였으면 좋겠네요라는 내용이다.

　이 편지를 大宰府에 있는 타비토(旅人)에게 보낸 사람은, 나라(奈良)에 있는 타비토(旅人)와 친분이 있는 사람이지만 누구인지는 확실하지 않다.

　中西 進은, 某氏가 旅人에게 보낸 답신이며 某氏를 여성으로 보았다. 그러나 全集에서는, 奈良에 사는 某氏가 旅人에게 보낸 편지를 읽고, 旅人이 그것에 답한 서문과 작품이라고 보았으며, 남녀간의 애정을 나타내는 용어는 단순한 문학적 표현일 뿐이며 某氏는 남성으로 생각하는 것이 좋겠다고 하였다『萬葉集』2, p.59]. 私注에서는, '작자는 大宰帥大伴卿이라고 하였으므로 旅人이다. 작자 이름은 편지 앞에 쓰거나 편지와 가사 다음에 쓰거나 하는 것이 당연한데 '歌詞兩首' 다음에 기록하였는가. 그것을 추측하여 보건대 편지는 오쿠라(憶良)가 旅人을 대신하여 초안한 것이며 憶良은 그것을 그대로 자신의 기록 속에 보관하였다. 그리고 첨부된 가사도 序에 적어 두었는데 그것은 旅人이 직접 지은 것이었으므로 훗날을 위해, 다른 사람들을 위해, 자신을 위해서도 혼동되지 않도록 특히 '歌詞兩首' 다음에 '大宰帥大伴卿'이라고 주를 붙인 것이라고 생각된다'고 하여 서문의 작자는 憶良, 노래의 작자는 旅人으로 보았다. 그리고 서문과 노래를, 나라(奈良)에서 어떤 사람이 보낸 편지에 旅人이 답한 것으로 보았지만, 어떤 사람은 여성이며 니후(丹生)여왕으로 추정하였다『萬葉集私注』3, p.42~45].

　이처럼 서문과 두 작품의 작자를 모두 旅人으로 보는 설과, 두 작품만 旅人이 지은 것이고 서문은 憶良이 지은 것으로 보는 설로 나뉘고 있다. 또 편지를 받는 사람은 奈良에 있는데 그 사람을 여성으로 보는 설과 남성으로 보는 설로 나뉘고 있다.

　'去留'를 全集에서는, 『유선굴』을 인용하여 두 사람이 서로 떨어져 있는 것을 의미한다고 하였다『萬葉集』2, p.60]. 그러면 奈良과 大宰府에 서로 떨어져 살고 있지만이라는 뜻이 된다.

答謌二首

808 多都乃麻乎　阿礼波毛等米牟　阿遠尒与志　奈良乃美夜古邇　許牟比等乃多仁

龍の馬を　吾は求めむ　あをによし　奈良の都に　來む人の爲[1]

たつのまを　あれはもとめむ　あをによし　ならのみやこに　こむひとのたに

809 多陀尒阿波須　阿良久毛於保久　志岐多閇乃　麻久良佐良受提　伊米尒之美延牟

直に逢はず　在らくも多く　敷栲の　枕離らずて　夢にし見えむ[2]

ただにあはず　あらくもおほく　しきたへの　まくらさらずて　いめにしみえむ

---

1 來む人の爲 : 808번가는 806번가에 대한 답가이다.
2 夢にし見えむ : 809번가는 807번가에 대한 답가이다.

답하는 노래 2수

808 하늘 용마를/ 제가 꼭 찾아보죠/ (아오니요시)/ 나라(奈良)의 도읍지에/ 오신다는 분 위해

🌸 **해설**

> 하늘을 난다는 용마를 제가 반드시 찾아내겠습니다. 아름다운 나라(奈良)의 도읍지에 오신다는 그대를 위해서요라는 내용이다.

809 직접 못 만나고/ 있은 지도 오래고/ (시키타헤노)/ 베개 떠나지 않고/ 계속 꿈에 보이죠

🌸 **해설**

> 직접 만나지 못하고 지낸지도 꽤 오래되었으므로 이렇게 그리워하고 있으니 잘 때마다 틀림없이 그대의 꿈에 제가 보이겠지요라는 내용이다.
> 상대방을 생각하고 있으면 자신이 상대방의 꿈에 보인다고 하는 속신이 있었다.

大伴淡等[1] 謹狀

梧桐日本琴一面[2]　對馬結石山[3]孫枝[4]

此琴夢化娘子曰，余託根遙嶋之崇巒，晞軼 九陽之休光．長帶烟霞，逍遙山川之阿，遠望風波，出入鴈木之間，[5] 唯恐百秊之後，[6] 空朽溝壑．[7] 偶遭良匠，散爲小琴．不顧質麤音少，恒希君子[8]左琴．[9]　卽謌曰

---

1 淡等 : 淡(탐)等(토)는 타비토(旅人)를 중국식으로 표기한 것이다. 그 당시 旅人은 65세, 후사사키(房前)는 49세였다.
2 日本琴一面 : 6현으로 되어 있으며 무릎 위에 두고 탄다.
3 結石山 : 對馬島 북서부에 있는 산이다.
4 孫枝 : 줄기에서 나온 가지. 특히 거문고 재료에는 원래 줄기를 베고 난 뒤에 나는 줄기를 사용한다고 한다.
5 鴈木之間 : 『장자』 山木篇에 나오는 고사. 장자가 산속에서 큰 나무를 베지 않고 작은 나무를 베는 사람을 만나 이유를 물은즉 큰 나무는 소용이 없기 때문이라고 말했다. 다음에 아는 집에서 숙박을 하는데 주인은 쓸모가 없다고 울지 않는 기러기를 죽여서 대접을 하였다. 후에 제자가 쓸모가 없어서 살아남게 되고, 쓸모가 없어서 죽임을 당한다면 어떻게 해야 하는 것인지 장자에게 물었다. 장자는 유용과 무용 사이에 있는 것이 좋다고 하였다.
6 百秊之後 : 사망한 후.
7 溝壑 : 계곡.
8 君子 : 후사사키(房前)를 암시한다.
9 左琴 : 『古列女傳』에, 군자는, 책은 오른쪽에 거문고는 왼쪽에 두고 즐긴다고 하였다.

오호토모노 타비토(大伴旅人), 삼가 올리는 편지

오동나무로 만든 일본 거문고 한 面. 츠시마(對馬)의 유이시(結石)山의, 孫枝로 만든 것. 이 거문고가 꿈속에서 소녀가 되어 말하기를, "저는 먼 섬의 높은 산에 뿌리를 내리고, 가지를 태양의 눈부신 빛에 쬐고 있었습니다. 구름과 안개에 둘러싸여 산천 속을 노닐며 멀리 바람과 물결을 바라보지만 소용이 있을지 없을지를 모르고 지내고 있었습니다. 단지 백년 후에 허망하게 계곡에서 썩어버릴 것을 두려워하고 있었습니다. 마침 훌륭한 목수를 만나 베어져서 보잘 것 없는 거문고로 만들어졌습니다. 질도 좋지 않고 소리도 작은 것을 생각하지 않고, 군자의 옆에 두어 주시기를 바랍니다"고 하였습니다. 그리고 소녀는 다음과 같이 노래했습니다.

해설

　오동나무로 만든 일본 거문고 한 대. 츠시마(對馬)의 유이시(結石)山의, 줄기를 베고 난 뒤에 새로 나온 가지로 만든 것.
　이 거문고가 꿈속에서 소녀로 변하여 다음과 같은 말을 하였습니다. "저는, 먼 츠시마(對馬)에 있는 높은 산인 유이시(結石)산에 뿌리를 내리고, 가지를 태양의 눈부신 빛에 쬐고 있었습니다. 항상 구름과 안개에 둘러싸여 마음은 산천과 같은 자연 속을 노닐며 멀리 바람과 물결을 바라보지만 베어서 어디에 유용하게 쓰일 것인지 그렇지 않을 것인지도 알 수 없는 채로 지내고 있었습니다. 단지 생을 마감하고 백년 후에는 허망하게 계곡에서 썩어버리는 것은 아닌가 하고 불안하게는 생각하고 있었습니다. 그런데 마침 운 좋게도 훌륭한 목수를 만나 베어져서 보잘 것 없지만 거문고로 만들어졌습니다. 질도 좋지 않고 소리도 잘 나오지 않는 자신의 처지를 생각하지 않고 염치없게, 군자인 그대의 옆에 계속 두어 주시기를 바랍니다." 그리고 소녀는 다음과 같이 노래했습니다.
　츠쿠시(筑紫)에 있던 오호토모노 타비토(大伴旅人)가 일본 거문고를 후지하라노 아소미 후사사키(藤原朝臣房前)에게 보내면서 첨부한 편지이다. 房前은 養老 원년(717)에 參議가 되었다.
　全集에서는 오호토모노 타비토(大伴旅人)는, 온후하고 풍아를 사랑하는 房前에게 친근감을 느껴 일본 거문고를 보내면서 이 편지를 첨부한 것이며, 제목은 편찬자가 붙인 것이라고 하였다[『萬葉集』 2, p.61].
面은 거문고를 세는 단위이다.

810 伊可尒安良武　日能等伎尒可母　許惠之良武　比等能比射乃倍　和我麻久良可武

いかにあらむ　日の時にかも　聲知らむ　人の膝の上　わが枕かむ[1]

いかにあらむ　ひのときにかも　こゑしらむ　ひとのひざのへ　わがまくらかむ

僕報詩詠曰

811 許等々波奴　樹尒波安里等母　宇流波之吉　伎美我手奈礼能　許等尒之安流倍志

言問はぬ　樹にはありとも　うるはしき[2]　君が手馴れの　琴にしあるべし[3]

こととはぬ　きにはありとも　うるはしき　きみがたなれの　ことにしあるべし

琴娘子答曰

敬奉德音. 幸甚々々　片時覺, 卽感於夢言, 慨然不得止默. 故附公使,[4] 聊以進御耳. [謹狀不具]

天平元年十月七日　附使進上
謹通[5]　中衛高明閣下[6]　謹空[7]

---

1 膝の上 わが枕かむ : 무릎 위에 놓고 타는 것을 남녀가 사랑하는 모습처럼 표현한 것이다.
2 うるはしき : 경외하는, 훌륭한.
3 琴にしあるべし : 주어는 소녀이다.
4 故附公使 : 마침 大宰대감 오호토모노 모모요(大伴百代)가 상경하였다. 대감은 삼등관이며 정6위하에 상당한다.
5 謹通 : 삼가 편지를 올린다는 뜻이다.
6 中衛高明閣下 : 그 당시 후사사키(房前)는 中衛大將이었던 것인가. 『公卿補任』에 의하면 다음해인 天平 2년(730) 10월 1일에 임명되었다. 高明은 존칭이며, 閣下는 각하와 마찬가지로 존칭이다.
7 謹空 : 편지 끝에 쓰는 관용적인 표현이다.

810 그 언젠가 어느/ 날이 되어야만이/ 내 소리 아는/ 사람의 무릎 위에/ 나는 베개 벨까요

언제 나의 음색을 이해해주는 사람의 무릎을 나는 베개로 벨까요라는 내용이다.
어느 날에, 자신의 소리를 이해해주는 사람의 무릎 위에 놓여져서 연주되게 될까요라는 뜻이다.
'聲知らむ'를 全集에서는 '音知らむ'로 읽고, '소리가 좋은 것을 듣고 아는'으로 해석을 하였다. '知音'은
거문고의 명수인 伯牙가 거문고를 잘 탔는데, 鍾子期가 잘 알고 들었다고 하는 고사를 바탕으로 한 것이다
[全集『萬葉集』2, p.63]. 자신의 가치를 인정해주는 것을 말한다.

제가 그 노래에 답하기를,

811 말을 못하는/ 나무이긴 하지만/ 무척 훌륭한/ 사람이 애용을 할/ 거문고가 되겠지요

거문고 소녀가 대답하기를,

"말씀 잘 알았습니다. 행복할 뿐입니다"라고. 문득 눈이 떠져 곧 꿈속의 말에 감동을 받아
감탄하여 가만히 있을 수가 없었으므로, 인편으로 이것을 바칩니다[삼가 말씀드립니다.
不具].

天平 원년(729) 10월 7일 사람에게 부탁하여 올립니다.

中衛府大將, 高明閣下께 올림. 謹空

제가 그 노래에 답하여 노래하였습니다.
비록 말을 하지 못하는 나무이기는 해도 그대는, 매우 훌륭한 사람이 손에서 떼지 않고 늘 아끼면서
사용할 거문고임이 틀림없습니다라고.
거문고 소녀가 대답하여 말하였습니다. "삼가 말씀을 잘 알았습니다. 무척 행복할 뿐입니다"라고. 문득
눈이 떠졌는데 곧 꿈속의 소녀의 말에 감동을 받아 감탄한 나머지 가만히 있을 수가 없었으므로, 인편으로
이것을 바칩니다[삼가 바칩니다. 不具].
天平 원년(729) 10월 7일 사람에게 부탁하여 올립니다.

中衛府大將, 高明각하께 올림. 謹空

'德音'은 유덕한 사람이 하는 말이다. 全集에서는 '편지 끝을 여백으로 남겨두는 것을 예의로 생각하였다'
고 하였다[『萬葉集』2, p.63]. 私注에서는, '위의 편지와 편지 속의 노래는 타비토(旅人)가 지은 것인데 도읍
에 있는 후사사키(房前)에게 올린 것이다. 房前은 그 당시 參議였는데 中衛大將을 겸하고 있었다고 생각된
다. 房前은 不比等의 둘째 아들로 養老 원년(717)에 元明천황이 병이 났을 때 遺詔를 받았을 정도이므로
정부의 실권자였음이 틀림없다. 이 편지는 旅人이 빨리 歸京하고 싶다는 뜻을 담아 부탁한 것이라고 말해
지는데 그것도 부정할 수 없다고 하겠다. 그러나 단순히 거문고를 얻어 그것을 知己인 房前에게 진상했다
고 보는 것이 본래의 뜻일 것이다. 또 생각하건데 적어도 편지 부분은 旅人이 직접 지은 것이라기보다는
오쿠라(憶良)가 대신 쓴 것이라고 생각할 수 있다'고 하였다[『萬葉集私注』3, p.54].

《跪承芳音…》

跪承芳音,[1] 嘉懽交深. 乃, 知龍門[2]之恩, 復厚蓬身[3]之上. 戀望殊念, 常心百倍. 謹和白雲之什, 以奏野鄙[4]之詞. 房前謹狀.

812　許等騰波奴　紀尒茂安理等毛　和何世古我　多那礼乃美巨騰　都地尒意加米移母

　　　言問はぬ　木にもありとも　わが背子が　手馴れの御琴　地に置かめやも

　　　こととはぬ　きにもありとも　わがせこが　たなれのみこと　つちにおかめやも

謹通　尊門　記室
十一月八日附還使大監

---

1 **芳音**: 타비토(旅人)의 편지를 가리킨다.
2 **龍門**: **李膺**의 고사. 그에게 가까이 하면 용문에 오른다고 했다. 존귀한 곳. 旅人을 높여서 말한 것이다.
3 **蓬身**: 자신을 낮춘 표현이다.
4 **野鄙**: 자신을 낮춘 표현이다.

《삼가 편지를 받고…》

삼가 편지를 받고 무척 기쁩니다. 그리고 용문의 은혜가 다시 저의 몸 위에 두터운 것을 알았습니다. 그리워하며 기다리는 마음이 보통 때보다 백배나 더한 것 같습니다. 삼가 멀리서 온 노래에 화답하여 졸렬한 노래를 바칩니다. 후사사키(房前)가 삼가 올립니다.

812   말을 못하는/ 나무이긴 하지만/ 그대께오서/ 애용하신 거문고/ 땅에 놓지 않겠지요

謹通　尊門　記室
11월 8일 돌아가는 대감에게 부칩니다.

🌸 해설

　　삼가 편지를 받고 깊이 감격하고 기뻐하는 바입니다. 그리고 거문고를 보내어주신 고귀한 은혜가 다시 저의 비천한 몸 위에 두터운 것을 알았습니다. 그대를 그리워하며 기다리는 마음은 평소보다 백배나 더한 것 같이 생각됩니다. 먼 筑紫에서 도착한 노래에 삼가 화답하여 졸렬한 노래를 바칩니다. 후사사키(房前)가 삼가 올립니다.
　　비록 말을 하지 못하는 나무이기는 해도 친애하는 그대가 사용하시던 아끼는 거문고를 땅 위에 놓는다든가 하여 함부로 다루는 일이 있을까요. 그런 일이 없이 소중하게 잘 간직하겠습니다.

謹通　尊門　記室
11월 8일 돌아가는 대감에게 부칩니다.

　　'龍門'을 中西 進은, 李膺의 고사와 연관지었는데 全集·私注·注釋·全注에서는 중국 황하 상류지역에 용문산이 있는데 그곳의 오동나무는 거문고의 재료에 좋다고 하는 〈琴賦〉의 李善注에 있는 것과 관련시켰다.
　　大監은 三等官으로 정6위하에 상당한다. 여기서는 오호토모노 모모요(大伴百代)를 말한다. '謹通　尊門　記室'과 '十一月八日附還使大監'을 注釋과 전집에서는 순서를 반대로 하여 '謹通　尊門　記室'을 뒤에 썼다.

《筑前國怡土郡…》

筑前國怡土郡[1] 深江村子負原[2], 臨海丘上, 有二石. 大者長一尺二寸六分, 囲一尺八寸六分, 重十八斤[3]五兩, 小者長一尺一寸 囲一尺八寸, 重十六斤十兩, 並皆墮圓, 狀如鷄子. 其美好者, 不可勝論. 所謂經尺璧是也. [或云, 此二石者肥前國彼杵郡平敷之石, 當占而取之] 去深江驛家二十許里[4], 近在路頭. 公私往來, 莫不下馬跪拜. 古老相傳曰[5] 往者息長足日女命[6], 征討新羅國之時, 用茲兩石, 挿着御袖之中[7], 以爲鎭懷[8]. [實是御裳中矣[9]]所以, 行人敬拜此石. 乃作歌曰

813 可旣麻久波　阿夜尓可斯故斯　多良志比口羊　可尾能弥許等　可良久尓遠　武氣多比良宜弖　弥許々呂遠　斯豆迷多麻布等　伊刀良斯弖　伊波比多麻比斯　麻多麻奈須　布多都能伊斯乎　世人尓　斯口羊斯多麻比弖　余呂豆余尓　伊比都具可称等　和多能曾許　意枳都布可延乃　宇奈可美乃　故布乃波良尓　美弖豆可良　意可志多麻比弖　可武奈何良　可武佐備伊麻須　久志美多麻　伊麻能遠都豆尓　多布刀伎呂可儛

懸けまくは　あやに畏し　足日女　神の命　韓國を　向け平げて　御心を　鎭め給ふと　い取らして　齋ひ給ひし　眞珠なす　二つの石を　世の人に　示し給ひて　萬代に　言ひ継ぐがねと　海の底　沖つ深江の　海上の　子負の原に　み手づから　置かし給ひて[10]　神ながら　神さび坐す　奇魂　今の現に　尊きろかむ

かけまくは　あやにかしこし　たらしひめ　かみのみこと　からくにを　むけたひらげて　みこころを　しづめたまふと　いとらして　いはひたまひし　またまなす　ふたつのいしを　よのひとに　しめしたまひて　よろづよに　いひつぐがねと　わたのそこ　おきつふかえの　うなかみの　こふのはらに　みてづから　おかしたまひて　かむながら　かむさびいます　くしみたまいまのをつつに　たふときろかむ

---

1 筑前國怡土郡 : 이하의 작자를 알 수 없다. 목록에는 오쿠라(憶良)의 작품으로 되어 있다. 筑前의 國司인 憶良이 그곳에서 전승되던 것을 노래로 지어서 大宰府에 올린 것일 것이다. 일종의 보고서 형식이어서 작자 이름이 탈락된 것이다. 『고사기』·『풍토기』의 전승과는 다소 차이가 있다.

2 子負原 : 筑肥線 深江역에서 서남쪽으로 2킬로미터의 거리에 있으며 지금 八幡宮이 있다.

3 十八斤 : 1근은 16냥. 1근은 大和目으로 180刃으로 675그램이다.

4 二十許里 : 1리는 300보, 일보는 6척이다. 약 533.4미터로 현재의 子負原과 거리가 맞지 않는다.

5 古老相傳曰 : 『풍토기』의 관용적인 표현이다. 또한 관료적인 태도를 보여준다.

6 息長足日女命 : 仲哀황후를 말한다.

7 挿着御袖之中 : 크기로 보면 소매 속에 넣는 것은 무리다. 石成長譚이 덧붙여진 것이겠다.

8 鎭懷 : 태중에 있는 應神천황의 태동을 진정시켰다고 하는 전승도 있다. 그러나 여기서는 마음을 진정시켰다는 뜻이다.

9 實是御裳中矣 : 오쿠라(憶良)가 『고사기』·『풍토기』의 지식을 가지고 붙인 注이다.

10 置かし給ひて : 여기까지의 주어는 '神の命'이다. 그 다음부터의 주어는 '奇魂'이다.

《筑前國의 이토(怡土)郡 …》

筑前國의 이토(怡土)郡 후카에(深江)村의 코후(子負)原에는 바다를 바라보는 언덕 위에 2개의 돌이 있다. 큰 돌은 길이가 1尺2寸6分, 둘레는 1尺8寸6分, 무게는 18斤5兩이며, 작은 돌은 길이가 1尺1寸, 둘레가 1尺8寸, 무게가 16斤10兩이다. 두 개 다 타원형이고 모양이 계란 같았다. 그 아름다움은 말로 표현하기가 힘들었다. 이른바 經尺의 구슬이 이것이다 [혹은 말하기를 이 두 개의 돌은 히노 미치노쿠치(肥前)國의 소노키(彼杵)郡의 히라시키(平敷)의 돌로 점을 쳐서 취한 것이라고 한다]. 深江의 驛家에서 20리 정도의 거리에 있으며 길옆에 있다. 공사를 막론하고 왕래할 때에는 모두 말에서 내려 무릎 꿇고 절을 한다고 한다. 옛 노인들이 서로 전하기를, "옛날에 神功왕후(息長足日女命)가 신라를 정벌할 때, 이 두 개의 돌을 소매 안에 넣어 마음을 진정시켰다[정확하게는 치마 속이다]. 그래서 지나가는 사람들이 이 돌을 숭배하여 절을 한다"고 한다. 그래서 노래를 짓기를,

813   말하기조차/ 두렵고도 무서운/ 타라시히메(足日女)/ 신인 神功왕후/ 조선 신라를/ 평정을 하였을 때/ 거칠어진 맘/ 진정을 시키려고/ 취하여서는/ 소중하게 모셨던/ 구슬과 같은/ 아름다운 두 돌을/ 사람들에게/ 보이어 주어서는/ 언제까지나/ 전해질 수 있도록/ 바다 속 깊이/ 후카에(深江)의 바다의/ 바닷가 언덕/ 코후(子負)의 언덕에/ 자신 손으로/ 가져다가 놓고는/ 신격으로서/ 신령스럽게 있는/ 영묘한 혼은/ 지금 눈으로 봐도/ 존귀한 것이라네

✿ 해설

　筑前國의 이토(怡土)郡 후카에(深江)村의 코후(子負)原에는 바다를 바라보는 언덕이 있는데 그 언덕 위에는 돌이 2개 있다. 큰 돌은 길이가 1尺2寸6分이고, 둘레는 1尺8寸6分이며, 무게는 18斤5兩이다. 그리고 작은 돌은 길이가 1尺1寸이고, 둘레가 1尺8寸이며, 무게는 16斤10兩이다. 두 개의 돌 모두 타원형인데, 형태는 계란 모양이었다. 그 돌은 무척 아름다워서 말로 표현하기가 힘들 정도였다. 세상에서 말하는 직경이 1척이나 되는 구슬은 이것을 말하는 것이다[혹은 말하기를 이 두 개의 돌은 히노 미치노쿠치(肥前)國의 소노키(彼杵)郡의 히라시키(平敷)의 돌인데 점을 쳐서 이곳에 가지고 오게 되었다고 한다]. 그 돌은 深江의 驛家에서 20리 정도 떨어진 곳에 있으며 길옆에 있다. 공적인 일로든지 사적인 일로든지 이곳을 지나갈 때에는 사람들이 모두 말에서 내려서 무릎을 꿇고 절을 한다고 한다. 옛날 노인들이 전하는 말에 의하면 "옛날에 神功왕후(息長足日女命)가 신라로 출병했을 때, 이 두 개의 돌을 소매 안에 넣어서 마음을 진정시켰다[정확하게는 치마 속이다]고 한다. 그래서 지나가는 사람들이 이 돌을 숭배하여서 절을 한다"고 한다. 그래서 노래를 지었다.
　입에 올려서 말로 하는 것조차 두려운 존귀한 일이다. 타라시히메(足日女)[신인 神功왕후]가 신라를 평정을 할 때에 거칠어진 마음을 진정을 시키려고 손에 취하여서는 소중하게 여겼던 아름다운 구슬과 같은 두 개의 돌을, 세상 사람들에게 보여 주어서 언제까지나 오래도록 그에 관한 이야기가 전해질 수 있도록 하기 위하여, 후카에(深江)의 바다를 바라보는 코후(子負) 언덕에, 神功왕후 자신이 직접 가져다 놓았네. 신격으로서 신령스럽게 있는 그 영묘한 돌은 지금 눈으로 보아도 무척 존귀한 것이네라는 내용이다.

814　阿米都知能　等母尓比佐斯久　伊比都夏等　許能久斯美多麻　志可志家良斯母

天地の　共に久しく　言ひ継げと　此の奇魂　敷かしけらしも[1]

あめつちの　ともにひさしく　いひつげと　このくしみたま　しかしけらしも

左注　右事傳言, 那珂郡伊知郷蓑嶋[2]人建部牛麿是也

---

1 敷かしけらしも : '敷く'는 그 땅을 통치한다는 뜻이다.
2 郷蓑嶋 : 福岡市, 筑前 蓑嶋역 부근이다.

이 〈鎭懷石歌〉는 목록에 〈山上憶良詠鎭懷石歌一首幷短歌〉라고 되어 있는데 목록을 따른다면 이 작품의 작자는 山上憶良이 된다. '鎭懷'는 노래의 내용으로는 마음을 진정시킨 것이지만, 『고사기』・『일본서기』 등에서는 당시 應神王이 神功왕후의 태중에 있었으므로 태동을 진정시켰다고 하는 전승도 전해지고 있다. 全集에서는, 당시의 계량법을 정확하게 알 수는 없지만 오늘날의 기준으로 보면, 큰 돌은 길이가 37.5센티미터, 둘레가 55센티미터, 무게가 11킬로그램, 작은 돌은 길이가 32.5센티미터, 둘레가 53.5센티미터, 무게가 10킬로그램 정도 된다고 하였다『萬葉集』 2, pp.64~65].

814 하늘과 땅과/ 함께 영원 무궁히/ 전해지도록/ 이 영묘한 혼은요/ 이 땅 통치하겠지

❀ 해설

천지와 함께 오래도록 이야기가 전해지도록 하기 위하여, 이 영묘한 돌에 깃들어 있는 혼은 이곳을 통치하겠지라는 내용이다.

'奇魂 敷かしけらしも'를 中西 進은, '영묘한 혼은 통치하겠지'로 해석을 하였는데 全集에서는 '영묘한 돌을 놓아둔 것 같으네'로 해석을 하였다『萬葉集』 2, p.66].

좌주 위의 일을 전하여 말한 것은, 나가(那珂)郡 이치(伊知)의 사토미(鄕簑)섬의 사람 타케베노 우시마로(建部牛麿)이다.

建部牛麿는 누구인지 알 수 없다.

梅花歌[1] 卅二首并序

天平二年正月十三日, 萃于帥老[2]之宅, 申宴會也. 于時, 初春令月,[3] 氣淑風和, 梅披鏡前之粉,[4] 蘭[5]薰珮[6]後之香. 加以, 曙嶺移雲, 松掛羅[7]而傾盖, 夕岫結霧 鳥封縠[8]而迷林. 庭舞新蝶 空歸故鴈. 於是盖天坐地, 促膝飛觴. 忘言一室之裏,[9] 開衿煙霞之外. 淡然[10]自放, 快然自足. 若非翰苑,[11] 何以攄情. 詩紀落梅之篇.[12] 古今夫何異矣. 宜賦園梅聊成短詠.[13, 14]

---

1 梅花歌 : 그 당시 매화는 **外來**의 식물로 귀중한 것으로 여겨졌다. **大宰府**에 있는 타비토(旅人)의 집에 핀 매화를 둘러싸고 품격이 있는 연회를 베풀며 지은 노래이다. 서문의 필자는 **旅人**이다. 이하 **序** 부분은 왕희지의 〈**蘭亭序**〉의 형식과 같다.

2 帥老 : 旅人을 말한다. '老'는 존칭에도 비칭에도 사용한다.

3 令月 : '令'은 좋다는 뜻이다.

4 鏡前之粉 : 여인이 거울 앞에서 단장하는 흰 분인데 매화의 흰색을 말한다.

5 蘭 : 여기서는 매화에 대해 **香草**를 들어서 표현한 것이며 실재의 것은 아니다.

6 珮 : 본래 허리띠에 장식하는 구슬인데 여기에서는 '몸에 차고' 있는 정도의 뜻이다.

7 羅 : 얇고 투명한 비단이다. 구름을 비단에 비유한 것이다.

8 縠 : 오글쪼글한 비단의 종류인데 안개를 이렇게 비유하였다.

9 忘言一室之裏 : 말을 잊을 정도로 사물의 참뜻을 얻은 상태를 말한다.

10 淡然 : 마음에 맺힌 것이 없는 상태를 말한다.

11 翰苑 : 문필을 말한다.

12 落梅之篇 : 중국의 『시경』에 매화 열매가 떨어지는 시가 있고 **樂府體**의 시에도 〈梅花落〉이라는 제목이 많다.

13 短詠 : 短歌를 말한다.

14 宜賦園梅聊成短詠 : 서문 다음의 32수의 노래는 네 그룹으로 나뉘는데, 각각 둥글게 앉아 돌아가며 노래를 부른 모양이다.

梅花歌 32수와 序

天平 2년 정월 13일에 장관 타비토(旅人) 집에 모여 연회를 열었다. 때는 초봄의 좋은 달로, 공기는 맑고 바람은 부드럽다. 매화는 거울 앞의 흰 분처럼 희게 피어 있고, 난초는 향주머니처럼 향기를 풍기고 있다. 그 뿐만이 아니라 새벽녘의 산봉우리에는 구름이 떠가고 있고, 소나무는 비단 같은 구름을 쓰고 마치 비단 우산을 쓰고 있는 것처럼 보이며, 저녁 산봉우리에는 안개가 끼어 새는 안개에 갇혀 숲 속을 헤매고 있다. 정원에는 다시 나비가 춤을 추고, 하늘에는 작년의 기러기가 돌아간다. 이에 하늘을 우산으로 하고 땅을 자리로 하여, 무릎을 가까이 하여 술잔이 오고 간다. 이미 자리에는 말을 잊었고, 대자연을 대하여 마음을 열고 있다. 기분대로 각자 행동하며 완전히 즐거워하고 있다. 만약 붓에 의존하지 않는다면 어떻게 마음을 표현할 수가 있겠는가. 중국에도 落梅의 시들이 있다. 예나 지금이나 다른 것이 없으니, 정원의 매화에 의지해 약간의 노래를 지어보지 않겠는가.

🌸 해설

天平 2년(730) 정월 13일에 大宰帥 타비토(旅人)경의 집에 모여서 연회를 열었다. 때는 바야흐로 초봄의 좋은 정월로, 공기는 맑고 바람은 부드럽다. 매화는 미녀가 거울 앞에서 단장하는 흰 분처럼 희게 피어 있고, 난초는 몸을 단장한 향처럼 향기를 풍기고 있다. 그 뿐만이 아니라 새벽녘의 산봉우리에는 구름이 떠가고 있고, 소나무는 엷은 비단 같은 구름이 위에 걸리어 있으므로 마치 비단 우산을 쓰고 있는 것처럼 보이며, 저녁 무렵의 산봉우리에는 안개가 끼어 있어서, 새는 마치 막과 같은 엷은 안개에 갇혀서 숲 속을 헤매며 울고 있다. 정원에는 올해 새로 나타난 나비가 모습을 보이며 춤추며 날고 있고, 하늘에는 작년의 기러기가 날아가려고 하고 있다. 여기에, 하늘을 비단 우산으로 하고 땅을 자리로 하여, 사람들은 서로 무릎을 가까이 하여 술잔을 주거니 받거니 하며 돌리고 있다. 이미 연회 자리에는 서로 말을 할 필요도 없이 화기애애하며, 대자연을 대하여 마음을 열고 있다. 완전히 각자가 기분이 나는 대로 행동하며 모두 매우 즐거워하고 있다. 문필에 의존하지 않는다면 어떻게 이 마음을 잘 표현할 수가 있을까. 중국의 한시에도 落梅의 시들이 있는데, 옛날이나 지금이나 다를 리가 없으니 정원의 매화를 소재로 하여 어쨌든 약간의 노래를 지어보지 않겠는가.

815　武都紀多知　波流能吉多良婆　可久斯許曾　烏梅乎乎岐都々　多努之岐乎倍米 [大貳紀卿¹]

正月立ち　春の來らば　かくしこそ　梅を招き²つつ　樂しきを經め³

むつきたち　はるのきたらば　かくしこそ　うめををきつつ　たのしきをへめ

816　烏梅能波奈　伊麻佐家留期等　知利須義受　和我覇能曾能尒　阿利己世奴加毛 [少貳小野大夫⁴]

梅の花　今咲ける如　散り過ぎず　わが家の園に　ありこせぬかも [少貳小野大夫]

うめのはな　いまさけるごと　ちりすぎず　わがへのそのに　ありこせぬかも

817　烏梅能波奈　佐吉多流僧能々　阿遠也疑波　可豆良尒須倍久　奈利尒家良受夜 [少貳粟田大夫⁵]

梅の花　咲きたる園の　靑柳⁶は　縵にすべく　成りにけらずや

うめのはな　さきたるその　あをやぎは　かづらにすべく　なりにけらずや

1　紀卿 : '紀'는 성인데, 이름은 알 수 없다.
2　梅を招き : 첫 부분의 주술적인 노래로 장수를 비는 뜻으로 본다.
3　815번가는 『古今集』・『琴歌譜』 등에 비슷한 노래가 있다.
4　小野大夫 : 오노노 오유(小野老)를 말한다. 大夫는 5위를 일컫는 것이다.
5　粟田大夫 : 粟田人上이라고 하기도 하고 粟田人이라고 하기도 한다.
6　靑柳 : 楊도 柳도 버들인데 柳는 수양버들이다. 머리에 둘러 장식을 할 수 있을 정도로 가는 가지가 자란 기쁨을 노래한 것이다.

815 정월이 되어/ 새 봄이 돌아오면/ 이처럼 계속/ 매화를 초대하여/ 즐거운 날 보내세 [大貳
키(紀)卿]

🌸 해설

　새해가 되어 정월이 되면 오늘과 같이 이렇게 계속해서 매화를 초대하여서는 즐겁게 지내봅시다라는
내용이다.
　매화를 의인화한 것인데 해마다 매화를 보며 새 봄을 즐기자는 뜻이다.

816 매화꽃이요/ 지금 피어 있듯이/ 지는 일 없이/ 우리 집의 정원에/ 피어 있길 바라네 [少貳
오노(小野)大夫]

🌸 해설

　매화꽃이 지금 이렇게 아름답게 피어 있듯이, 지지 말고 우리 집의 정원에 계속 이대로 피어 있었으면
좋겠네라는 내용이다.

817 매화꽃이요/ 피어 있는 정원의/ 푸른 버들은/ 머리 장식 하도록/ 되지 않았는가요 [少貳
아하타(粟田)大夫]

🌸 해설

　매화꽃이 아름답게 피어 있는 정원에, 또한 푸른 버들도 마침 머리에 둘러서 장식을 하기에 좋을 정도로
잘 자랐으니 더욱 즐겁다는 내용이다.
　일본 사람들은 버들가지들로 둥글게 테를 만들어서 머리에 얹어 장식을 하고 놀았다.
　全集에서는 '粟田大夫'에 대해, '아하타노 아소미 히토카미(粟田朝臣人上)로 보는 설이 있지만 人上은
그 당시에 정5위상이므로, 앞의 노래의 작자인 오노노 오유(小野老)보다 지위가 높고 위계 순서대로 배열
한 이 작품의 앞뒤의 예와 맞지 않는다. 종5위상이었던 아하타노 히토(粟田人)가 아닐까 하는 설이 있다'고
하였다[『萬葉集』 2, p.69].

818 波流佐礼婆　麻豆佐久耶登能　烏梅能波奈　比等利美都々夜　波流比久良佐武 [筑前守山上[1]大夫]

春されば　まづ咲く宿[2]の　梅の花　獨り見つつや[3]　春日暮らさむ

はるされば　まづさくやどの　うめのはな　ひとりみつつや　はるひくらさむ

819 余能奈可波　古飛斯宜志惠夜　加久之阿良婆　烏梅能波奈尓母　奈良麻之勿能怨 [豊後守大伴大夫[4]]

世の中は　戀[5]繁しゑや　かくしあらば　梅の花にも　成らましものを

よのなかは　こひしげしゑや　かくしあらば　うめのはなにも　ならましものを

---

1 山上 : 야마노우헤노 오쿠라(山上憶良)를 말한다.
2 咲く宿 : 작자의 집을 말한다.
3 見つつや : 강한 부정의 뜻을 내포한 의문을 나타낸다.
4 大伴大夫 : 이름은 알 수 없다. 오호토모노 미요리(大伴三依)라는 설이 있다.
5 戀 : 인간뿐만 아니라 만물에 대한 사랑이다.

818   봄이 되면은/ 먼저 피는 우리 집/ 매화꽃을요/ 나 혼자서 보면서/ 봄날 보낼 것인가 [츠쿠
      시노 미치노쿠치(筑前)守 야마노우헤(山上)大夫]

❋ 해설

　봄이 되면 우리 집에서 가장 먼저 피는 매화꽃을 어떻게 나 혼자서 보면서 봄날의 하루를 지내는 일을
할 수 있을 것인가. 그럴 수 없으니 함께 매화를 보자는 내용이다.
　'まづ咲く宿の'의 '宿'을 中西 進은 작자의 집으로 보았지만, 全注에서는 '咲く宿'을 연회가 열리고 있는
타비토(旅人)의 집으로 보았다『萬葉集全注』5, p.97]. 작자의 집으로 보면 연회에서 불린 노래로는 분위기
가 맞지 않게 된다. 연회가 열리고 있는 旅人의 집으로 보는 것이 좋을 듯하다.
　全集에서는, '연회석에서 자신의 고독의 세계를 읊은 노래인가『萬葉集』2, p.69]라고 하였다. 이것은
'獨り見つつや 春日暮らさむ'를 '혼자 보면서 봄날을 보내는 것인가'로 해석을 하였기 때문이다. 그렇게
해석을 하면 역시 연회석에서의 노래로는 내용이 어울리지 않게 된다. '宿'을 旅人의 집으로 보고, '獨り見つ
つや 春日暮らさむ'를 中西 進의 '나 혼자서 보면서 봄날 보낼 것인가'의 뜻을 취하되, 나 혼자 보낼 수
없으니 모두 함께 매화를 보면서 봄날을 즐겁게 지내자로 해석을 하면 무리가 없을 것 같다.

819   세상 속에는/ 사랑 끊이지 않네/ 이러한 것이면/ 매화꽃으로라도/ 되었으면 좋겠네 [토요
      노 미치노시리(豊後)守 오호토모(大伴)大夫]

❋ 해설

　이 세상은 사랑 때문에 괴로워하는 일이 정말 끊이지 않고 많네. 그렇다면 차라리 무심하게 피는 매화꽃
이라도 되어 버리고 싶네. 그렇다면 사랑의 고통을 당하지 않아도 될 것인데. 무심한 매화꽃이 아닌 것이
원망스럽네라는 내용이다.
　'成らましものを'의 'を'를 원문에서 '怨'으로 표기한 것이 흥미롭다. 매화꽃이 되었으면 좋겠다는 단순한
희망사항만이 아니라 매화꽃이 아닌 것이 원망스럽다는 뜻까지 보여주고 있음을 알 수 있다. 오호토모노
미요리(大伴三依)는 이 때 정6위상 정도였다고 추정되고 있다.

820 烏梅能波奈　伊麻佐可利奈理　意母布度知　加射之介斯弖奈　伊麻佐可利奈理 [筑後守葛井大夫¹]

梅の花　今盛りなり　思ふどち²　挿頭にしてな　今盛りなり

うめのはな　いまさかりなり　おもふどち　かざしにしてな　いまさかりなり

821 阿乎夜奈義　烏梅等能波奈乎　遠理可射之　能弥弖能々知波　知利奴得母與斯 [笠沙弥³]

青柳　梅⁴との花を　折りかざし　飲みての後は　散りぬともよし⁵

あをやなぎ　うめとのはなを　をりかざし　のみてののちは　ちりぬともよし

---

1 **葛井大夫**: 후지이노 오호나리(**葛井大成**)이다. 귀화인계 출신으로 후지이노 히로나리(**葛井廣成**)의 형이다.
2 **どち**: 서로 마음이 맞는 동지라는 뜻이다.
3 **笠沙弥**: 사미 만제이(**沙弥滿誓**)이며 출가하기 전의 성이 笠이다. 그 당시에 造觀世音寺의 別當이었다.
4 **靑柳 梅**: 푸른 버들과 매화꽃이라는 뜻인가.
5 **散りぬともよし**: 그 정도로 만족한다는 뜻이다.

820 매화꽃은요/ 지금이 한창이네/ 여러분이여/ 머리 장식합시다/ 지금이 한창이네 [츠쿠시노 미치노시리(筑後)守 후지이(葛井)大夫]

❀ 해설

매화꽃은 지금 만개하여서 한창이네요. 그러니까 친애하는 여러분들. 모두 꽃을 꺾어서 머리에 얹어 꾸미며 장식을 합시다. 매화꽃은 지금 만개하여서 한창이네요라는 내용이다.
당시 일본은 남성들도 꽃이나 나무 가지 등을 꺾어서 머리를 꾸미고 노는 것을 풍류로 생각했다.

821 푸른 버들과/ 매화꽃을요 함께/ 꺾어 꾸미고/ 마시고 난 뒤에는/ 지고 말아도 좋아 [카사노 사미(笠沙彌)]

❀ 해설

푸른 버들과 매화꽃을 꺾어서 머리를 장식하고 술을 마시네. 그렇게 놀고 난 뒤에는 매화꽃은 져버린다 해도 상관이 없네라는 내용이다.
제1, 2구의 '靑柳 梅との花を'는 '靑柳と梅の花とを(푸른 버들과 매화꽃을)'이라는 뜻인 듯한데 위와 같이 특이하게 표현하였다.
注釋에서는 사미 만제이(沙彌滿誓)는, '출가하기 전의 이름이 笠朝臣麻呂. 笠金村과 笠女郎도 동족이다. 和銅 연간 美濃守로서 정치적으로 공적을 쌓았고, 吉蘇道를 닦았으며, 養老 연간에는 안찰사로 尾張・參河・信濃 세 지역을 관할하고 右大辨을 거친 뒤 元明太上皇이 병이 났을 때 출가를 허락받았다'고 하고 말석에 앉게 된 것은 출가하였기 때문이라고 하였다『萬葉集注釋』 5, p.100].
私注에서도, '속세에 있을 때의 위계가 大貳 정도이지만 출가하였으므로 말석에 앉았던 것이겠다. 그렇다고 해도 위의 작가들은 오늘의 正客인 주인보다 상석에 있다. 독자들은 또 滿誓의 노래에 이르러 비로소 즐기고 있는 사람들의 소리를 들을 수가 있을 것이다. 滿誓는 旅人의 부하 관료가 아니어 자유로운 입장이었으므로 이러한 작품을 지을 수가 있었을 것이다'고 하였다『萬葉集私注』 3, pp.73~74].
全集에서도, 종4위상까지 되었는데 손님 중에 최후에 놓인 것은 출가했기 때문일 것이라고 하였다『萬葉集』 2, p.70].

822　和何則能尓　宇米能波奈知流　比佐可多能　阿米欲里由吉能　那何列久流加母 [主人][1]

　　わが園に　梅の花散る　ひさかたの　天より雪[2]の　流れ來るかも

　　わがそのに　うめのはなちる　ひさかたの　あめよりゆきの　ながれくるかも

823　烏梅能波奈　知良久波伊豆久　志可須我尓　許能紀能夜麻尓　由企波布理都々
　　[大監伴氏百代]

　　梅の花　散らくは何處[3]　しかすがに　この城の山[4]に　雪は降りつつ

　　うめのはな　ちらくはいづく　しかすがに　このきのやまに　ゆきはふりつつ

---

　1 主人 : 오호토모노 타비토(大伴旅人)이다.
　2 雪 : 꽃이 떨어지는 것을 눈에 비유하였다.
　　위의 작품들은 주빈 그룹이 지은 것이다.
　3 梅の花 散らくは何處 : 눈앞의 정원은 매화가 만개하였다는 뜻이다. 반쯤 생각을 달리 하면서 城山의 실제
　　풍경으로 노래 내용을 바꾸고 있다.
　4 城の山 : 大野山이다. 天智 4년(665) 산꼭대기에 성을 만들었다.

822 우리 정원에/ 매화꽃이 지네요/ (히사카타노)/ 하늘에서 흰 눈이/ 내리고 있나 봐요 [주인]

✿ 해설

　　우리 집 정원에 매화꽃이 지고 있네요. 아니면 아득히 먼 하늘에서 흰 눈이 내리고 있는 것일까요라는 내용이다. 매화꽃이 떨어지는 것을 흰 눈이 내리는 것에 비유하였다.
　　〈매화가〉 총 32수는 네 개의 그룹으로 나뉘어져 지어진 것인데, 815번가부터 822번가까지 8수는 주빈 그룹이 지은 것이다.

823 매화꽃이요/ 지는 곳은 어딘가/ 그렇다 해도/ 이 키(城)의 산에는요/ 눈이 계속 내리네
　　[大監 반시노 모모요(伴氏百代)]

✿ 해설

　　매화꽃이 지는 곳은 어디인가. 그렇다 하더라도 이 키(城)의 산에는 눈이 계속 내리네라는 내용이다.
　　全集, 私注 등 대부분의 주석서에서는 '散らくは何處'를 '지는 곳은 어디인가'와 같이 의문문으로 보고 있다. 그러나 井村哲夫는 旅人卿의 노래 822번가에 반문하는 것으로 해석하는 것은 문제가 있다고 보았다. 그 이유로 '그렇게 되면 旅人卿의 작품을 반박하는 것 같이 되어 좌중의 흥도 깨어져 버리기 때문이다. 만약 매화꽃이 지는 것이 사실이 아니라고 하더라도 旅人의 노래에 맞추어서 작품을 짓는 것이 예의'라고 하여 '과연 이곳 정원뿐만 아니라 여기저기 어디서나 지고 있습니다'로 해석을 하였다[『萬葉集全注』 5, pp.101~102]. 이렇게 해석하는 것이 822번가와도 맞는 것 같다. 작자 大監 伴氏百代는 오호토모노 모모요(大伴百代)를 말한다. '伴氏'는 大伴氏를 중국식으로 표현한 것이다[『萬葉集私注』 3, p.75]. 大伴百代는 오호토모노 타비토(大伴旅人)가 大宰帥였던 天平 2년(730)경에 大宰대감으로 있었다.

824   烏梅乃波奈　知良麻久怨之美　和我曾乃々　多氣乃波也之尓　于具比須奈久母 [小監¹阿氏奥嶋²]

梅の花　散らまく惜しみ　わが園の　竹の林に　鶯鳴くも

うめのはな　ちらまくをしみ　わがそのの　たけのはやしに　うぐひすなくも

825   烏梅能波奈　佐岐多流曾能々　阿遠夜疑遠　加豆良尓志都々　阿素毗久良佐奈 [小監土氏百村³]

梅の花　咲きたる園の　青柳を　かづらにしつつ　遊び暮さな

うめのはな　さきたるそのの　あをやぎを　かづらにしつつ　あそびくらさな

---

1 小監 : 大宰府의 3등관으로 종6위상에 상당한다.
2 阿氏奥嶋 : 아베노 오키시마(阿倍奥嶋)를 말한다.
3 土氏百村 : 하니시노 모모무라(土師百村)이다. 학예사였다.

824   매화꽃이요/ 질 것이 안타까워/ 우리 정원의/ 대나무 숲에서는/ 휘파람새가 우네 [小監
       아시노 오키시마(阿氏奧嶋)]

　　매화꽃이 지려고 하는 것을 아쉬워해서 우리 집 정원의 대나무 숲에서는 휘파람새가 우네라는 내용이다.
　　작자 阿氏奧嶋를 中西 進은 아베노 오키시마(阿倍奧嶋)로 보았고, 私注에서는 누구인지 알 수 없다고
하였으며, 全集에서는 阿倍朝臣息嶋인가라고 하였다〔『萬葉集』 2, p.70〕. '阿氏'는, 아베(阿倍)를 중국식으로
표기한 것이다. 小監은 대감 다음의 관직이다. 정원은 2명이었다.

825   매화 꽃송이/ 피어 있는 정원의/ 푸른 버들을/ 머리장식 하고서/ 놀면서 보냅시다 [小監
       토시노 모모무라(土氏百村)]

　　매화꽃이 피어 있는 정원의 푸른 버들을 꺾어서 둥근 테를 만들어 머리에 얹어 장식을 하고서는 술을
마시고 또 음식을 먹고 하면서 오늘 하루를 즐겁게 놉시다라는 내용이다.
　　'土氏'는, 하니시(土師)氏를 중국풍으로 표기한 것이다. 하니시노 모모무라(土師百村)는 養老 5년(721)
정월에 정7위상으로 오쿠라(憶良)와 함께 退朝한 후에 동궁(聖武천황)을 모셨다고 한다〔『속일본기』〕. 土師
氏가 관장하는 옛날 樂舞에 楯臥舞가 있었다. 同族에 天平勝寶 4년(752) 大佛開眼會 때 楯臥舞頭인 牛勝,
唐古樂頭 虫麻呂 등이 있다〔『萬葉集全注』 5, p.103〕. 私注에서는 학술사였다고 알려지고 있다고 하였다〔『萬
葉集私注』 3, p.76〕.

826 有知奈毗久 波流能也奈宜等 和我夜度能 烏梅能波奈等遠 伊可尓可和可武 [大典史氏大原[1]]

うち靡く[2] 春の柳と[3] わが宿の 梅の花とを 如何にか分かむ[4]

うちなびく はるのやなぎと わがやどの うめのはなとを いかにかわかむ

827 波流佐礼婆 許奴礼我久利弖 宇具比須曾 奈岐弖伊奴奈流 烏梅我志豆延尓 [小典山氏若麿]

春されば 木末隠れて 鴬そ 鳴きて去ぬなる 梅が下枝に[5]

はるされば こぬれがくれて うぐひすそ なきていぬなる うめがしづえに

---

1 史氏大原 : 미상이다.
2 うち靡く : 몽롱한 상태의 봄을 묘사한 것이다.
3 春の柳と : 꼭 야외의 버들만은 아니다.
4 分かむ : 우열을 판단하는 것이다.
5 梅が下枝に : 아래쪽 가지에서 우는 것을 말한다.

826   (우치나비쿠)/ 봄의 버드나무와/ 우리 정원에/ 피어 있는 매화를/ 어떻게 구별할까 [大典
       시시노 오호하라(史氏大原)]

🌸 해설

아지랑이가 피는 봄에 아름답게 싹이 돋은 버들과, 우리 집 정원에 아름답게 피어 있는 매화꽃은 어느 쪽이 더 좋다고 판단을 할 수 있을까. 판단을 할 수 없을 정도로 양쪽 모두 다 좋다는 내용이다.
'うち靡く'를 全集에서는, '봄이 되면 가지와 잎이 자라서 바람에 흔들리므로 수식하게 된 것인가'라고 하였다『萬葉集』 2, p.71].
全集에서는 '大典은 大宰府의 제4등관의 상석이다. 정원이 2명이며, 정7위상에 상당한다. 全集에서는, '史氏는 史部인가. 大原은 알 수 없다'고 하였다『萬葉集』 2, p.70]. 私注에서는; '史氏는 史戶氏, 또는 文氏 등의 윤색일 것이라고 하였다『萬葉集私注』 3, p.77].

827   봄이 오면은/ 가지 끝에 숨어서/ 휘파람새는/ 울며 옮겨간다네/ 아래쪽의 가지로 [小典
       산시노 와카마로(山氏若麿)]

🌸 해설

봄이 오면 휘파람새는 가지 끝에서는 모습도 감추어 버리고, 울며 아래쪽의 가지로 옮겨가는 것 같다는 내용이다.
小典은 제4등관으로 大典 다음의 위계이다. · 정8위상에 상당한다.
山氏若麿는 야마구치노 이미키 와카마로(山口忌寸若麿)인데 어떤 사람인지 알 수 없다.

828 比等期等余　乎理加射之都々　阿蘇倍等母　伊夜米豆良之岐　烏梅能波奈加母 [大判事[1]丹氏麿[2]]

人毎に　折り挿頭しつつ　遊べども[3]　いや愛づらしき　梅の花かも

ひとごとに　をりかざしつつ　あそべども　いやめづらしき　うめのはなかも

829 烏梅能波奈　佐企弖知理奈波　佐久良婆那　都伎弖佐久倍久　奈利弖阿良受也 [藥師[4]張氏福子[5]]

梅の花　咲きて散りなば　櫻花　継ぎて咲くべく　なりにてあらずや

うめのはな　さきてちりなば　さくらばな　つぎてさくべく　なりにてあらずや

---

1 **大判事** : 사법관으로 종6위하에 상당하는 관직이다.
2 **丹氏麿** : 丹治氏比인가. 麿는 어떤 사람인지 알 수 없다.
3 **遊べども** : 그래도 싫증나는 일이 없이.
4 **藥師** : 의사로 大宰府에 2명 있었다. 정8위상에 상당한다.
5 **張氏福子** : 『家傳』에 方士라고 하였다. 그 당시의 경전을 베끼는 사람 중에 **張上福**이 있는데 형제인가.

828   사람들마다/ 꺾어 머리에 꽂고/ 놀고 있지만/ 더욱 마음 끌리는/ 매화꽃이로구나 [大判事
       탄시노 마로(丹氏麿)]

🌸 해설

   연회에 참석한 사람들은 누구나 다 매화꽃을 꺾어서 머리에 장식하고 놀고 있지만 그래도 보면 볼수록
더욱 마음이 끌리는 매화꽃이로구나라는 내용이다.
   井村哲夫는, '이 작품부터 노래의 배열 순서가 작자의 위계 서열을 벗어나고 있는 것 같다. 즉 大判事(종6
위하 상당), 藥師(정8위상 상당), 筑前介(종6위상 상당), 壹岐守(종6위하 상당), 神司(정7위하 상당), 大令史
(大初位上 상당), 小令史(大初位下 상당), 藥師(정8위상 상당), 陰陽師(정8위상 상당), 算師(정8위상 상당),
大隅目(大初位下 상당), 筑前目(종8위하 상당), 壹岐目(少初位上 상당), 對馬目(少初位上 상당), 薩摩目(大初位
下 상당), 土師氏(不明), 小野氏(不明), 筑前拯(종7위하 상당), 小野氏(不明)의 순서로 되어 있다. 연회 당일
여러 사람의 좌석 순서는 당연히 위계 관직상의 서열에 따라서 배치되어 있었을 것이다. 이 작품 앞까지의
노래는 좌석 순서를 따라서 불리어졌지만, 연회도 절정에 이르러 이 작품이 불릴 즈음에는 신분이나 지위
의 상하를 가리지 않고 마음 놓고 즐기는 상태가 된 것인지도 모르겠다'고 하였다[『萬葉集全注』 5, p.105].

829   매화꽃이요/ 피어서 져버리면/ 벚꽃이 있죠 / 뒤이어서 피도록/ 되어 있는 것 아닌가 [藥師
       챠우시노 후쿠시(張氏福子)]

🌸 해설

   매화꽃이 피었다가 져버린다면 섭섭하겠지만 벚꽃이 그 뒤를 이어서 곧 피는 계절이 다가오니 위안이
된다는 내용이다.
   私注에서는 張氏는 귀화인일 것이며, 武智麿傳에 그와 교제를 하였던 方士에 張福子라는 사람이 있는데
이 사람일 것이라고 하였다[『萬葉集私注』 3, p.78].

830　萬世尓　得之波岐布得母　烏梅能波奈　多由流己等奈久　佐吉和多留倍子 [筑前介[1]佐氏子首[2]]

萬代に　年は来経とも　梅の花　絶ゆることなく　咲き渡るべし[3]

よろづよに　としはきふとも　うめのはな　たゆることなく　さきわたるべし

831　波流奈例婆　宇倍母佐枳多流　烏梅能波奈　岐美乎於母布得　用伊母祢奈久介 [壹岐守[4]板氏安麿[5]]

春なれば　宜も[6]咲きたる　梅の花　君[7]を思ふと　夜眠も寝なくに

はるなれば　うべもさきたる　うめのはな　きみをおもふと　よいもねなくに

1　筑前介：2등관으로 종6위상에 상당한다.
2　佐氏子首：佐伯氏인가. 어떤 사람인지 알 수 없다.
3　咲き渡るべし：그렇지 않으면 안 된다는 기분을 나타낸다.
　　이 작품까지가 제2그룹 사람들에 의한 것이다.
4　壹岐守：종6위하에 상당한다.
5　板氏安麿：이타모치노 야스마로(板持安麿)로 후에 大史가 되었다.
6　宜も：더욱 좋은 일은.
7　君：매화를 말한다.

830 만년 후에도/ 해는 새로 오지만/ 매화꽃은요/ 멈추는 일이 없이/ 아마 계속 피겠죠 [筑前介 사시노 코오비토(佐氏子首)]

❀ 해설

천년만년 세월은 지나가지만 매화꽃은 멈추는 일이 없이 아마도 계속해서 아름답게 피겠지요. 즉 매화 꽃이 만년 뒤에도 여전히 계속 필 것이라는 내용이다.

831 봄이 됐다고/ 정말 아름답게 핀/ 매화꽃이여/ 그대 생각하면은/ 밤에도 잘 수 없네 [이키 (壹岐)守 한시노 야스마로(板氏安麿)]

❀ 해설

봄이 되면 자연의 이법을 따라서 정말 아름답게 피는 매화꽃이여! 매화꽃 그대를 생각하니 밤에도 잠을 잘 이룰 수 없네라는 내용이다.

私注에서는, '매화를 그대라고 부른 것은 대나무를 그대라고 부른 것과 마찬가지로 중국문학의 영향이라고 하였다[『萬葉集私注』 3, p.79].

全集에서도 '매화를 그대라고 부른 것은 당나라의 소설적 배경을 취한 것'으로 보고 작자 板氏安麿는 이타모치노 므라지 야스마로(板茂連安麻呂)로 추정을 하였다[『萬葉集』 2, p.72].

832　烏梅能波奈　乎利弖加射世留　母呂比得波　家布能阿比太波　多努斯久阿流倍斯 [神司[1]荒氏稲布[2]]

梅の花　折りてかざせる　諸人は[3]　今日の間は　樂しくあるべし

うめのはな　をりてかざせる　もろひとは　けふのあひだは　たのしくあるべし

833　得志能波尓　波流能伎多良婆　可久斯己曾　烏梅乎加射之弖　多努志久能麻米 [大令史[4]野氏宿奈麿[5]]

毎年に　春の來らば　かくしこそ　梅を挿頭して　樂しく飲まめ

としのはに　はるのきたらば　かくしこそ　うめをかざして　たのしくのまめ

---

1 神司 : 제사를 맡은 관리이다. **大宰府**에 **主神** 1명이 있었는데 정7위하에 상당한다.
2 荒氏稲布 : 누구인지 알 수 없다.
3 諸人は : 모든 사람. '人皆'보다 강조한 표현이다.
4 大令史 : 判事大令史인데 사법 서기관이다. **大宰府**에 1명 있었다.
5 野氏宿奈麿 : 오노노 스쿠나마로(小野淑奈麿)인가. 후에 정8위하 **出雲目**이 되었다.

832   매화꽃을요/ 꺾어서 장식을 한/ 사람들 모두/ 오늘 하루 동안은/ 참으로 즐겁겠지요 [神司
코우시노 이나시키(荒氏稻布)]

해설

매화꽃을 꺾어서 머리에 장식을 하고 즐겁게 놀고 있는 사람들은 모두 오늘 하루 동안 틀림없이 즐겁겠지요라는 내용이다

全集에서는, '神司는 神事를 맡은 관리인데 主神이라고 써야 맞지만 일본식으로 표기한 것이라고 하였다 [『萬葉集』 2, p.72].

注釋에서는, '荒氏는 荒木, 荒木田, 荒田, 荒田井 등의 성이 보이지만 어느 것인지 알 수 없다'고 하였다[『萬葉集注釋』 5, p.130].

833   매년 해마다/ 봄이 찾아온다면/ 이렇게 하여/ 매화로 머리 꾸며/ 즐겁게 마셔보자 [大令史
야시노 스쿠나마로(野氏宿奈麿)]

해설

해마다 봄이 되면 이렇게 매화꽃을 꺾어서 머리에 장식을 하고 즐겁게 술을 마시자는 내용이다.

私注에서는, '타비토(旅人)의 讚酒歌는 遊飲訓으로 많은 사람들이 이해하고 있었던 것 같다. 이날의 연회는 그 실천일 것이다'고 하였다[『萬葉集私注』 3, p.80].

834　烏梅能波奈　伊麻佐加利奈利　毛々等利能　己惠能古保志枳　波流岐多流良斯 [小令史[1]
田氏肥人[2]]

梅の花　今盛りなり[3]　百鳥の　聲の戀しき[4]　春來たるらし

うめのはな　いまさかりなり　ももどりの　こゑのこほしき　はるきたるらし

835　波流佐良婆　阿波武等母比之　烏梅能波奈　家布能阿素毗尓　阿比美都流可母 [藥師高氏
義通[5]]

春さらば　逢はむと思ひし　梅の花　今日の遊び[6]に　あひ見つる[7]かも

はるさらば　あはむともひし　うめのはな　けふのあそびに　あひみつるかも

---

1 小令史：大宰府에 1명이 있었다. 大令史의 下官이다.
2 田氏肥人：누구인지 알 수 없다.
3 今盛りなり：이것을 근거로 하여 다음 내용을 추정한다.
4 戀しき：마음이 끌려 사랑스럽다.
5 高氏義通：고구려계의 도래인인가.
6 遊び：遊宴을 말한다.
7 あひ見つる：'あひ'는 만난 기분을 말하며, 앞의 '逢う'와 함께 의인화하여 연회의 일원으로 하였다.

834   매화꽃은요/ 지금이 한창이네/ 각양 새들의/ 노래 소리 정겨운/ 봄이 온 듯하네요 [小令史

덴시노 우마히토(田氏肥人)]

해설

매화꽃은 만개하여서 지금이 절정이네. 여러 종류의 새들이 즐겁게 지저귀는 소리가 정겹게 생각되는 봄이 온 것이겠지요라는 내용이다.

全集에서는, '田氏는 田口・田中・田邊 등을 말한 것인가. 肥人은 미상'이라고 하였다『萬葉集』 2, p.72].

835   봄이 오면은/ 만나려고 생각한/ 매화꽃을요/ 오늘 연회에서야/ 만나볼 수 있었네 [藥師

카우시노 기츠우(高氏義通)]

해설

봄이 되면 만나려고 생각하고 있던 매화꽃을 오늘의 연회에서 만나 볼 수가 있었다는 내용이다. 全集에서는, '高氏는 高田・高橋・高向・高丘田' 등을 줄여 말한 것인가. 혹은 고구려로부터 귀화한, 원래 '카우'로 音讀하는 일족의 사람인가. 義通은 미상'이라고 하였다『萬葉集』 2, p.73].

836　烏梅能波奈　多乎利加射志弖　阿蘇倍等母　阿岐太良奴比波　家布尓志阿利家利 [陰陽師[1]
礒氏法麿[2]]

梅の花　手折り挿頭して　遊べども　飽き足らぬ[3]日は　今日にしありけり

うめのはな　たをりかざして　あそべども　あきだらぬひは　けふにしありけり

837　波流能努尓　奈久夜汙隅比須　奈都氣牟得　和何弊能曾能尓　汙米何波奈佐久 [笇師[4]志氏
大道[5]]

春の野に　鳴くや鶯　懐けむと　わが家の園に　梅が花咲く

はるののに　なくやうぐひす　なつけむと　わがへのそのに　うめがはなさく

1　陰陽師: 점복을 맡은 자로 大宰府에 1명 있었으며 정8위상에 상당한다.
2　礒氏法麿: 미상이다.
3　飽き足らぬ: 충족한 기분을 말한다.
4　笇師: 算師. 大宰府에 1명이 있었다. 정8위상에 상당한다.
5　大道: 시키노 므라지 오호미치(志紀連大道). 『家傳』에 보인다.

836   매화꽃을요/ 꺾어 머리 장식해/ 놀고 있지만/ 싫증 아니 나는 날/ 오늘이었습니다요 [陰陽師 기시노 노리마로(礒氏法麿)]

🌸 **해설**

매화꽃을 꺾어서 머리를 장식까지 하고 하루 종일 즐겁게 놀고 있지만 그래도 싫증이 나지 않고 여전히 흥겨운 오늘이었습니다라는 내용이다.

全集에서는, '礒氏는 礒部氏인가. 法麿는 미상'이라고 하였다[『萬葉集』 2, p.73].

私注에서는 '礒氏는 礒部氏인가. 礒城氏인가. 法麿는 미상'이라고 하였다[『萬葉集私注』 3, p.82].

837   봄날 들판에/ 우는 휘파람새를/ 불러들이려/ 우리 집의 정원에/ 매화꽃이 피었네 [筭師 시시노 오호미치(志氏大道)]

🌸 **해설**

봄에 들판에서 울고 있는 휘파람새를 집 안으로 불러들이려고 우리 집의 정원에는 매화꽃이 피네라는 내용이다.

私注에서는, 'わが家の園に'를 '이 정원에'라고 해석하였다[『萬葉集私注』 3, p.82].

838 烏梅能波奈　知利麻我比多流　乎加肥尓波　宇具比須奈久母　波流加多麻氣弖 [大隅目[1]
榎氏鉢麿[2]]

梅の花　散り亂ひ[3]たる　岡傍には　鶯鳴くも　春かた設けて[4, 5]

うめのはな　ちりまがひたる　をかびには　うぐひすなくも　はるかたまけて

839 波流能努尓　紀理多知和多利　布流由岐得　比得能美流麻提　烏梅能波奈知流 [筑前目[6]田
氏眞上[7]]

春の野に　霧り立ち渡り　降る雪と　人の見るまで　梅の花散る

はるののに　きりたちわたり　ふるゆきと　ひとのみるまで　うめのはなちる

---

1 大隅目：大隅는 鹿兒島縣이며, 目은 4등관이다. 大隅에 1명이 있었다.
2 榎氏鉢麿：미상이다.
3 散り亂ひ：시야를 어지럽히며 꽃이 떨어지는 것을 말한다.
4 設けて：일이 갖추어진 상태인데, 'かた(片)設けて'는 반쯤 실현된 상태를 말한다.
5 이 작품까지는 제3 그룹이 지은 것이다.
6 筑前目：종8위하 상당.
7 田氏眞上：미상.

838   매화꽃이요/ 지면서 흩날리는/ 언덕 주위엔/ 휘파람새가 우네/ 봄이 되는가 보다 [大隅
目 카시노 하치마로(榎氏鉢麿)]

❁ 해설

  매화꽃이 어지럽게 떨어지고 있는 언덕 주변에는 휘파람새가 울고 있네. 거의 봄이 되었는가 보다라는
내용이다.
  私注에서는 榎氏는 榎井氏인가라고 하였다『萬葉集私注』 3, p.83].

839   봄날 들판에/ 안개가 잔뜩 끼어/ 눈이 내리나/ 사람이 볼 정도로/ 매화꽃이 지네요 [筑前目
덴시노 마카미(田氏眞上)]

❁ 해설

  봄날 들판 전체를 흐리게 하면서 내리는 눈인가 하고, 사람들이 생각하고 볼 정도로 매화꽃이 많이
지고 있네요라는 내용이다.
  매화꽃이 많이 떨어지고 있는 상태를 과장하여 눈이 내리는 것에 비유하였다.

840　波流楊那宜　可豆良尓乎利志　烏梅能波奈　多礼可有可倍志　佐加豆岐能倍尓 [壹岐目村
氏彼方]

春柳 蘰に折りし[1] 梅の花 誰か浮かべし[2] 酒坏の上に

はるやなぎ かづらにをりし うめのはな たれかうかべし さかづきのへに

841　于遇比須能　於登企久奈倍尓　烏梅能波奈　和企弊能曾能尓　佐伎弖知流美由 [對馬目高
氏老[3]]

鴬の 聲聞くなへに 梅の花 吾家の園に 咲きて散る見ゆ[4]

うぐひすの おときくなへに うめのはな わぎへのそのに さきてちるみゆ

1 蘰に折りし：영탄.
2 浮かべし：앞의 내용과 함께 풍류의 동작이다. 술잔에 누가 띄워 놓았는지를 강조하는 것은 풍류가 아니다.
3 高氏老：高向村主老이다.
4 散る見ゆ：앞에서는 청각적인 소리를, 여기에서는 시각적인 눈앞의 풍경을 대비하여 표현하였다.

840 봄 버들잎을/ 장식하려 꺾었네/ 매화 꽃잎도/ 누가 띄워 놓았네/ 술잔의 위에다가 [壹岐目
손시노 오치카타(村氏彼方)]

🌸 해설

나는 봄버들을 머리에 장식하려고 꺾은 것이네. 매화꽃도 누군가가 술잔 위에 띄워 놓았네라는 내용이다.
그런데 '春柳'를 '蘰'을 상투적으로 수식하는 枕詞로 보고 '장식 하려고 꺾은/ 매화꽃잎을/ 누가 띄워
놓았네/ 술잔의 위에'로 해석한 경우도 있다.
私注에서, '술잔에 매화를 띄운 것은, 국화를 담기도 하는 중국 풍속의 영향을 받은 것으로 당시 상류계
층의 취미였을 것이다. 정월에 매화술을 마시는 것은 四民月令에 있다고 하므로 아마도 오래된 민간 행사
였을 것이다'고 하였다[萬集私注』 3, p.84].

841 휘파람새의/ 소리를 듣는 순간/ 매화꽃이요/ 우리 집의 정원에/ 피어 지는 것 보네 [對馬目
카우시노 오유(高氏老)]

🌸 해설

휘파람새의 우는 소리를 들음과 동시에, 매화꽃이 우리 집의 정원에서 지는 것이 보이네라는 내용이다.
全集에서는, '聲聞くなへに'를 '音聞くなへに'로 훈독하고 '音'은 '音信이라는 뜻으로 휘파람새 소리를 봄이
오는 신호로 해석하여 말한 것'으로 보았으며, 또 『萬葉集』에는 꽃이 지는 것을 '咲きて散る' 등과 같이
'咲き'를 붙여서 표현한 경우가 많다'고 하였다[『萬葉集』 2, p.74].

842 和我夜度能　烏梅能之豆延尓　阿蘇毗都々　宇具比須奈久毛　知良麻久乎之美 [薩摩目高氏海人[1]]

わが宿の　梅の下枝に　遊びつつ　鶯鳴くも　散らまく[2]惜しみ

わがやどの　うめのしつえに　あそびつつ　うぐひすなくも　ちらまくをしみ

843 宇梅能波奈　乎理加射之都々　毛呂比登能　阿蘇夫遠美礼婆　弥夜古之敍毛布 [土師氏御道[3]]

梅の花　折り挿か頭しつつ　諸人の　遊ぶを見れば　都しぞ思ふ[4] [土師氏御道]

うめのはな　をりかざしつつ　もろひとの　あそぶをみれば　みやこしぞもふ

844 伊母我陛邇　由岐可母不流登　弥流麻提尓　許々陀母麻我不　烏梅能波奈可毛 [小野氏國堅[5]]

妹が家に　雪かも降ると　見るまでに　ここだも亂ふ　梅の花かも

いもがへに　ゆきかもふると　みるまでに　ここだもまがふ　うめのはなかも

1　高氏海人 : 미상.
2　散らまく : 윗가지의 꽃이 질 것이라는 뜻이다.
3　土師氏御道 : 이하 3명에 관직명이 붙어 있지 않은데 資人인가.
4　都しぞ思ふ : 도읍에서도 매화꽃을 장식하는 遊宴이 있었다.
5　小野氏國堅 : 이 때 젊은 나이였으며 후에 아후미(近江)의 少掾이 되었다.

842   우리 집 정원/ 매화 아래 가지에/ 놀고 있으며/ 휘파람새 우네요/ 지는 것이 아쉬워 [薩摩
       目 카우시노 아마히토(高氏海人)]

🌸 해설

우리 집 정원의 매화나무 아래쪽 가지 이쪽저쪽을 날아다니면서 휘파람새가 울고 있구나. 만약 윗가지
에서 울면 꽃이 질 것을 안타까워해서라는 내용이다.

843   매화 꽃송이/ 꺾어 머리에 꽂고/ 여러 사람들/ 노는 것을 보면은/ 나라(奈良) 생각납니다
       [하니시시노 미미치(土師氏御道)]

🌸 해설

매화꽃송이를 꺾어서 머리에 꽂아 장식을 하고 여러 사람들이 즐겁게 놀고 있는 것을 보니 도읍지인
나라(奈良)가 생각이 나는군요라는 내용이다.
私注에서는, '土師氏御道는 권제4에 水道라는 이름의 작품이 있으며, 관직명을 붙이지 않은 것은 타비토
(旅人)와 사적인 관계로 筑紫에 있었던 사람일까. 혹은 資人의 한 사람일까. 나라(奈良)를, 생각한다고
한 것은 이 자리의 여러 작품 중에서는 실질적이고 특색이 있지만 수준이 높다고는 할 수 없다고 하였다『
萬葉集私注』3, p.86].

844   그녀의 집에/ 눈이 내리는가고/ 생각될 정도/ 이리도 흩날리는/ 매화꽃인가보다 [오노시
       노 쿠니카타(小野氏國堅)]

🌸 해설

사랑하는 그녀의 집에 눈이 내리고 있는 것인가 하고 생각될 정도로 눈앞에 온통 떨어지고 있는 매화꽃
이여라는 내용이다.
갑자기 '그녀의 집'이라고 한 것은 엉뚱하다.

845　宇具比須能　麻知迦弖尓勢斯　宇米我波奈　知良須阿利許曾　意母布故我多米 [筑前掾[1]門氏石足[2]]

鶯の　待ちかてにせし　梅が花　散らずありこそ　思ふ子[3]がため

うぐひすの　まちかてにせし　うめがはな　ちらずありこそ　おもふこがため

846　可須美多都　那我岐波流卑乎　可謝勢例杼　伊野那都可子岐　烏梅能波那可毛 [小野氏淡理[4]]

霞立つ　長き春日を　挿頭せれど　いや懐しき　梅の花かも

かすみたつ　ながきはるひを　かざせれど　いやなつかしき　うめのはなかも

---

1 筑前掾 : 종7위상에 상당한다.
2 門氏石足 : 카도베노 이하타리(門部石足)이다.
3 思ふ子 : 앞의 작품의 '妹(그녀)', 이 작품의 제1구의 '鶯', 그리고 사람들을 '매화를 생각하는 子'라고 하였다.
4 小野氏淡理 : 오노노 아소미 타모리(小野朝臣田守). 당나라 식으로 표기한 것이다. 후에 少貳로 내려갔다.

845 휘파람새가/ 기다리고 있었던/ 매화꽃이여/ 지지 말고 있게나/ 사랑하는 자들 위해 [筑前 掾 몬시노 이하타리(門氏石足)]

🌸 해설

> 휘파람새가 애타게 기다리고 있던 매화꽃이여. 지지 말고 계속 그대로 피어 있어 주렴. 너를 사랑하는 자들을 위해서라는 내용이다.
>
> '思ふ子'를, 中西 進은 '妹(그녀)'·'鶯'·'사람들'로 보았는데, 全集에서는 '그 아이를 위해서'로 해석을 하였고 『萬葉集』 2, p.75], 私注에서는 '鶯'으로 보았으며, 앞에 筑前目의 작품이 있었는데, 지금 筑前掾이 등장한 것은 작품 순서가 반드시 관직 순서가 아닌 것인지, 아니면 이 작자가 지각한 것인지도 모르겠다고 하였다 [『萬葉集私注』 3, p.87].
>
> 全集에서는 門部石足을 '카도베노 이소타리'로 읽었다[『萬葉集』 2, p.75].

846 아지랑이 핀/ 길고도 긴 봄날을/ 장식하여도/ 더욱 마음 끌리는/ 매화꽃인가보다 [오노시노 타모리(小野氏淡理)]

🌸 해설

> 아지랑이가 피는 봄날, 해가 긴 하루를 온종일 매화꽃을 꺾어서 머리에 장식을 하고 놀아도 싫증이 나기는커녕 오히려 더욱 마음이 끌리는 매화꽃이로구나라는 내용이다.
>
> 私注에서는 '小野氏淡理'를 傳不明이라 하였으며, '이상 32명은 帥大貳까지도 포함하고 있지만, 하급 관료, 관직이 없는 사람도 함께 교유하고 있으므로, 관직보다는 문필에 대한 소양을 기준으로 하여 모인 것일 것이다'고 하였다[『萬葉集私注』 3, pp.87~88].

員外[1]思故鄕[2]謌兩首[3]

847   和我佐可理　伊多久々々多知奴　久毛尒得夫　久須利波武等母　麻多遠知米也母

わが盛り　いたく降ちぬ　雲に飛ぶ　藥はむとも　また變若ちめやも

わがさかり　いたくくたちぬ　くもにとぶ　くすりはむとも　またをちめやも

848   久毛尒得夫　久須利波牟用波　美也古弥婆　伊夜之吉阿何微　麻多越知奴倍之

雲に飛ぶ　藥[4]はむよは[5]　都見ば　いやしき[6]吾が身　また變若ちぬべし

くもにとぶ　くすりはむよは　みやこみば　いやしきあがみ　またをちぬべし

1　員外 : 員은 **數**. '員外'는 **付錄**이라는 뜻이다. 요시다노 요로시(吉田宜)에게 노래 32수 전체를 보낼 때 첨부한
　것인가.
2　故鄕 : 나라(奈良)를 가리킨다.
3　兩首 : 작자는 타비토(旅人)인가.
4　飛ぶ 藥 : 무한한 생명을 얻어 자유자재로 비행하게 되는 약을 말한다. 『포박자』에 보인다.
5　よは : 보다는.
6　いやしき : 요시다노 요로시(吉田宜)에 대한 자기 비하의 뜻을 담았다.

員外, 고향을 생각하는 노래 2수

847   내 한창 때는/ 완전히 지나갔네/ 구름 위를 날/ 약을 먹는다 해도/ 다시 젊어질까요

✿ 해설

　　내 몸은 한창 왕성한 시기가 이미 지나서 많이 쇠약해졌네. 구름 위라도 날 수 있게 되는 仙藥을 먹는다고 해도 다시 젊어질 수는 없을 것이라는 내용이다.

　　私注에서는, '員外는 매화연 32명 각각 1수의 이외라는 뜻으로 말하자면 순번 이외의 작품이라는 뜻인데, 작자는『萬葉集』권제5를 오쿠라(憶良)가 기록한 것이라는 설에 따르면 당연히 憶良이 되는데, 타비토(旅人)에게는 권제3의 331번가에 이 작품과 비슷한 작품이 있으므로 旅人의 작품일지도 모르겠다. (중략) 또 타비토(旅人)의 작품을 모방하여 憶良이 이렇게 지었다고 생각할 수도 있다. (중략) 다음 작품과 848번가와 아울러 생각하면 憶良이 요시다노 요로시(吉田宜)에게 나라(奈良)에서 근무하기를 원하는 내심이 있어서 지은 것인지도 모르겠다'고 하여[『萬葉集私注』3, p.89] 憶良이라고 보았다. 全集에서는, '작자에 대해서는 旅人, 憶良, 아사다노 므라지 야수(麻田連陽春) 등 여러 설이 있다. 대체로 旅人, 또는 旅人을 대신하여 지은 작자인 憶良으로 보는 설이 온당'하다고 하였다[『萬葉集』2, p.75]. 注釋에서는, 작자를 旅人으로 보았으며, '이 2수는 앞의 매화가 외에, 도읍인 奈良을 생각하는 작품을 지어 첨부한 것이다. 매화 노래는 앞의 32수로 끝난 것이지만 이것을 도읍에 있는 吉田宜에게 보낼 때 이하 6수를 첨부한 것이라고 보아야만 할 것이다. 이하 6수를 매화가의 부록으로 보지 말아야 한다고 나는 생각한다'고 하였다[『萬葉集注釋』5, pp.148~149].

848   구름 위를 날/ 仙藥 먹기보다는/ 도읍지 보면/ 비천한 이내 몸이/ 다시 젊어지겠지

✿ 해설

　　구름 위를 날 수 있다는 仙藥을 먹기보다는 오히려 한번이라도 도읍인 나라(奈良)를 보기만 한다면 비천한 이 몸이라 할지라도 틀림없이 다시 젊어지겠지요라는 내용이다.

　　私注에서는 'いやしき를, '겸손을 나타낸 것으로, 반드시 위치가 낮은 것은 아니겠지만 이러한 표현은 타비토(旅人)보다도 오쿠라(憶良)를 생각하게 하는 점이 많다. 이것은 명백히 도읍에서의 관직을 바라는 뜻일 것이다'고 하였다[『萬葉集私注』3, p.89].

後追和梅歌四首[1]

849　能許利多留　由棄仁末自例留　宇梅能半奈　半也久奈知利曾　由吉波氣奴等勿

残りたる　雪にまじれる[2]　梅の花　早くな散りそ　雪は消ぬとも

のこりたる　ゆきにまじれる　うめのはな　はやくなちりそ　ゆきはけぬとも

850　由吉能伊呂遠　有婆比弖佐家流　有米能波奈　伊麻左加利奈利　弥牟必登母我聞

雪の色を　奪ひて[3]咲ける　梅の花　今盛りなり　見む人もがも[4]

ゆきのいろを　うばひてさける　うめのはな　いまさかりなり　みむひともがも

---

1 四首 : 작자는 타비토(旅人)인가.
2 雪にまじれる : 땅 위와 나무 위의 흰색을 말한다.
3 雪の色を 奪ひて : 한문 서적의 번역어이다. 849번가의 'まじる'를 확대한 표현이다.
4 見む人もがも : 'もがも'는 願望을 나타낸다.

후에 매화 노래에 追和한 노래 4수

849 아직 남았는/ 눈에 섞이어 있는/ 매화꽃이여/ 빨리 지지 말게나/ 눈 없어지더라도

🌸 **해설**

　아직도 남아 있는 눈에 섞여서 피는 매화꽃이여. 눈은 곧 없어지더라도 매화꽃은 지지 말고 그대로 있어 주게나라는 내용이다.

　全集에서는, '매화가 32수가 완성된 후에 다시 추가 한 노래. 追和歌는 追和詩를 모방한 것. 이 작품의 작자에 대해서도 여러 설이 있지만 타비토(旅人)이거나, 그 代作者인 오쿠라(憶良)일 것이다'고 하였다[『萬葉集』 2, pp.75~76]. 私注에서는, '憶良의 작품일 것이다. 앞의 2수가 旅人의 작품이라고 하더라도 이하 4수는 憶良이 자신이 지은 것을 기록한 것이라고 생각된다'고 하였다[『萬葉集私注』 3, p.90]. 이처럼 〈後追和梅歌四首〉의 작자에 대해서는 旅人으로 보는 설과 憶良으로 보는 설이 있다.

850 눈꽃의 색깔을/ 빼앗은 듯이 피는/ 매화꽃은요/ 지금이 한창이네/ 볼 사람 있었으면

🌸 **해설**

　마치 눈의 흰색을 빼앗은 것처럼 새하얗게 피어 있는 매화꽃은 만개하여 지금이 한창이네. 그러므로 이 아름다운 매화꽃을 함께 보아줄 누군가가 있으면 좋겠네라는 내용이다.

851　和我夜度尓　左加里尓散家留　宇梅能波奈　知流倍久奈里奴　美牟必登聞我母

わが宿に　盛りに咲ける[1]　梅の花　散るべくなりぬ　見む人もがも

わがやどに　さかりにさける　うめのはな　ちるべくなりぬ　みむひともがも

852　烏梅能波奈　伊米尓加多良久　美也備多流　波奈等阿例母布　左氣尓于可倍許曾[一云,
伊多豆良尓　阿例乎知良須奈　左氣尓于可倍許曾]

梅の花　夢に語らく[2]　風流びたる　花と我思ふ　酒に浮べこそ[一は云はく, いたづらに　我を散らすな　酒に浮べこそ]

うめのはな　いめにかたらく　みやびたる　はなとあれもふ　さけにうかべこそ[あるはいはく, いたづらに　あれをちらすな　さけにうかべこそ]

---

1 咲ける : 존속을 나타내며, 제4구의 'べく'는 반드시 그렇게 될 것을 말한다.
2 語らく : 語る의 명사형이다.

851 우리 정원에/ 한창 곱게 피었는/ 매화꽃이요/ 질 것 같이 되었네/ 볼 사람 있었으면

🌸 **해설**

우리 집 정원에 한창 아름답게 만개하여 있는 매화꽃이 지금이라도 곧 질 것만 같네. 꽃이 지기 전에 아름다운 이 매화꽃을 보아줄 사람이 있었으면 좋겠네라는 내용이다.

全集에서는, "散るべくなりぬ'가 타비토(旅人)의 싸리를 노래한 1542번가의 끝의 2구와 같으므로 이 〈後追和梅歌四首〉도 旅人의 작품으로 보는 설이 있다'고 하였다『萬葉集』 2, p.76]. 私注에서는, '오히려 권제8의 1542번가는 旅人이 오쿠라(憶良)의 작품을 모방한 것이라고 볼 수 있다'고 하여 이 작품이 憶良의 작품이라고 하였다『萬葉集私注』 3, p.91].

852 매화꽃이요/ 꿈에서 말하기를/ 풍류가 있는/ 꽃이라 생각하니/ 술에다 띄워주세요[어떤 책에는 말하기를, 허망하게끔/ 나를 지게 마세요/ 술에다 띄워주세요]

🌸 **해설**

매화꽃이 꿈속에 나타나서 작자에게 말하기를, 매화꽃 자신은 다른 꽃과 달리 풍류가 있는 꽃이라고 생각을 하니 술에다 띄워주었으면 좋겠다고 했다는 내용이다.

全集에서는, '810번가 앞의 〈梧桐日本琴〉의 편지와 마찬가지로 당나라 소설 『유선굴』과 비슷하다'고 하였다『萬葉集』 2, p.76]. 私注에서는, '매화꽃이 꿈에 나타났다는 표현은, 후사사키(房前)에게 보낸 편지에 거문고가 꿈에 나타난 것과 비슷하다. 그 편지는 오쿠라(憶良)가 초안한 것이라는 것은 이미 말하였다. 그것도 憶良이 자유롭게 사용할 수 있는 표현의 하나였는지 모르겠다. 이것을 가지고 旅人의 작품이라고 하는 것은 표면적인 것만 보았기 때문일 것이다. 오히려 憶良이 요시다노 요로시(吉田宜)에게 하고 싶은 말을 한 것이라고 볼 수 있다'고 하였다『萬葉集私注』 3, p.92].

遊於松浦河¹序²

余以暫往松浦之縣逍遙, 聊臨玉嶋之潭遊覽, 忽値釣魚女子³等也. 花容無雙, 光儀無匹. 開柳葉於眉中, 發桃花於頰上. 意氣凌雲, 風流絶世. 僕問曰, 誰鄕誰家兒等. 若疑神仙者乎. 娘等皆咲答曰, 兒等者漁夫之舍兒,⁴ 草菴之微者, 無鄕無家.⁵ 何足稱云. 唯性便水, 復, 心樂山. 或臨洛浦⁶而徒羨玉魚,⁷ 乍臥巫峽⁸以空望烟霞.⁹ 今以邂逅相遇貴客,¹⁰ 不勝感應, 輒陳款¹¹曲 而今而後, 豈可非偕老哉. 下官¹²對曰, 唯々¹³敬奉芳命. 于時日落山西, 驪馬¹⁴將去. 遂申懷抱,¹⁵ 因贈詠謌曰

---

1 松浦河 : 玉島川. 佐賀縣 東松浦郡 濱玉町을 흐른다.
2 序 : 작자명을 기록하지 않았다. 서문과 처음의 2수(853·854번가)는 旅人의 작품이라고 생각된다. 855번
　 가 이하는 大宰府의 관료들이 지은 것인가. 모두 요시다노 요로시(吉田宜)에게 보낸 것이다.
3 釣魚女子 : 松浦川에서는 남자가 고기를 잡아도 잡히지 않고 여자만 잘 잡는다고 하는 전설이 있으며 이것은
　 神功왕후 전설에서 유래한 것이다. 이 서문은 이 전설에 바탕한 허구이다.
4 漁夫之舍兒 : 바로 다음에 이어지는 '草菴之微者'를 말하기 위해 이렇게 표현하였다. 그 당시 도시 사람들은
　 어부를 비천하다고 생각하였다.
5 無鄕無家 : 어부와 대응한다.
6 洛浦 : 중국의 洛水의 물가. 그곳의 여신을 말하였다. 〈洛神賦〉가 당시에 유명하였다. 다음의 巫峽과 함께
　 『유선굴』에 보인다.
7 玉魚 : '玉'은 미칭이다.
8 巫峽 : 중국 巫山의 골짜기다. 그곳의 여신를 말하였다. 〈高唐賦〉가 당시에 유명하였다.
9 烟霞 : 구름과 안개를 말한다.
10 貴客 : 타비토(旅人)를 가리킨다.
11 輒陳款 : 마음을 다하는 것이다.
12 下官 : 스스로를 낮추어 말한 것이다. 『유선굴』에도 있다.
13 唯々 : 승낙하는 것이다.
14 驪馬 : 검은 말인데 타비토(旅人)가 타는 말이다.
15 懷抱 : 마음 속.

마츠라(松浦)강에서 노는 序

나는 잠시 마츠라(松浦) 지방에 가서 거닐면서 잠깐 타마시마(玉嶋)천의 물가에 서서 유람한 적이 있었는데, 뜻하지 않게 고기를 낚고 있는 소녀들을 만나게 되었다. 아름다운 모습은 견줄 데가 없고, 눈부신 자태는 비할 데가 없었다. 눈썹은 버들잎이 돋은 것 같고, 볼은 복숭아꽃이 핀 듯하다. 그 기품은 구름을 뛰어넘고, 그 풍류는 빼어났다. 나는 물었다. "어느 마을의 어느 집안 딸인가. 아니면 선녀들인가"하고. 소녀들은 모두 미소 지으며 대답하기를 "우리들은 어부의 딸로 초막에 살고 있는 천한 사람들이며, 마을도 집도 없습니다. 어떻게 이름을 말할 정도가 되겠습니까. 다만 나면서부터 물을 가까이 하고, 마음속에서 산을 즐기고 있습니다. 어떤 때는 落水가에서 부질없이 물고기를 부러워하기도 하고, 어떤 때는 巫山의 신선 골짜기에 누워 안개를 바라보기도 합니다. 지금 우연히 귀한 분을 만나 감동한 나머지 정중하게 마음속을 털어놓은 것입니다. 이제부터는 어찌하여 해로하지 않을 수가 있겠습니까"라고 하였다. 나는 "예예. 삼가 명령에 따르지요"라고 대답하였다. 그 때 해가 서산에 져서, 검은 말을 달려 돌아가려 할 때 마음속의 생각을 말하여 노래를 보내었다. 그 노래에 말하기를,

853　阿佐里須流　阿末能古等母等　比得波伊倍騰　美流尒之良延奴　有麻必等能古等

漁する　海人の兒どもと　人はいへど　見るに知らえぬ　良人の子[1]と

あさりする　あまのこどもと　ひとはいへど　みるにしらえぬ　うまひとのこと

---

853   물고기 잡는/ 어부의 자식이라/ 그대는 말해도/ 보면 알 수 있네요/ 귀한 집 딸인 것을

❋ 해설

나는 잠시 마츠라(松浦) 지방에 가서 거닐면서 잠깐 타마시마(玉嶋)천의 물가에 서서 유람한 적이 있었는데, 뜻하지 않게 고기를 낚고 있는 소녀들을 만나게 되었다. 소녀들의 꽃 같이 아름다운 모습은 견줄 데가 없고, 눈부신 자태는 비할 데가 없었다. 눈썹 쪽은 버들잎이 돋은 것처럼 부드럽고, 볼 주위는 마치 복숭아꽃이 핀 듯 발그스레하게 곱다. 그 기품은 구름을 뛰어넘은 것처럼 높고, 그 풍류는 이 세상의 것으로는 생각되지 않았다. 우아한 모습은 세상 사람인 것 같지가 않다. 그래서 나는 물었다. "어느 마을의 어느 집안 딸인가. 아니면 선녀들인가"하고. 소녀들은 모두 미소 지으며 대답하기를 "우리들은 어부의 딸로서 누추한 집에서 살고 있는 천한 사람들로, 말씀 드릴만한 마을도 없고 집도 없습니다. 어떻게 이름 따위 말씀드릴 필요가 있겠습니까. 다만 태어날 때부터 물을 가까이 하고, 마음속으로 산에서 노는 것을 좋아할 뿐입니다. 어떤 때는 落水가에서 놀며 쓸데없는 일이지만 물고기를 부러워하기도 하고, 어떤 때는 巫山의 신선 골짜기에 누워서 안개를 바라보기도 합니다. 지금 우연히 당신과 같은 고귀한 분을 만나 감동한 나머지 정중하게 마음속을 털어놓은 것입니다. 이제부터는 어찌하여 함께 백발이 될 약속을 맺지 않을 수가 있겠습니까"라고 하였다. 나는 "예예 잘 알았습니다. 삼가 명령에 따르지요"라고 말할 뿐이었다. 그러나 때는 해가 서산에 지고, 검은 말을 달려 돌아가지 않으면 안 되었다. 곧 마음속의 생각을 말하여 노래를 보내었다. 그 노래에 말하기를,

고기를 낚는 천한 신분의 자식이라고, 비록 그대는 말을 하지만 보면 금방 알 수가 있습니다. 그대는 좋은 집안의 딸인 것을요라는 내용이다.

全集에서는, '이 서문과 노래는『문선』의 情賦群과 당나라 소설인『유선굴』등을 모방하여 지은 허구이다. 작자에 대해서는 근세 이래로 旅人으로 보는 설과 憶良으로 보는 설이 있다. 〈매화가 32수〉의 서문과 마찬가지로 도읍에 있는 요시다노 요로시(吉田宜)에게 보이기 위하여 旅人이 憶良에게 대신 짓도록 부탁을 한 것이라고도 생각된다'고 하였다[『萬葉集』2, pp.76~77]. 私注에서는, '遊於松浦河'의 '遊'도『유선굴』의 '遊'임은 말할 필요가 없다고 하여 서문이『유선굴』의 영향을 받은 것임을 논하였다[『萬葉集私注』3, p.96].

答詩曰

854 多麻之末能　許能可波加美尓　伊返波阿礼騰　吉美乎夜佐之美　阿良波佐受阿利吉

玉島の　この川上に　家はあれど　君を恥しみ[1]　顯さずありき

たましまの　このかはかみに　いへはあれど　きみをやさしみ　あらはさずありき

蓬客[2]等更贈謌三首

855 麻都良河波　可波能世比可利　阿由都流等　多々勢流伊毛何　毛能須蘇奴例奴

松浦川　川の瀬光り　鮎釣ると　立たせる妹が　裳の裾濡れぬ

まつらがは　かはのせひかり　あゆつると　たたせるいもが　ものすそぬれぬ

---

1 君を恥しみ : 그대에 비해 자신이 부끄러워져서.
2 蓬客 : 미천한 나그네라는 뜻이다.

답하는 노래에 말하기를

854   타마시마(玉島)의/ 이 강의 상류 쪽에/ 집이야 있지만/ 그대를 부끄려서/ 확실하게 말
못했죠

🌸 해설

사실 타마시마(玉島)강의 상류 쪽에 저희들의 집이 있지만, 그대가 너무나도 훌륭했으므로 부끄러워서
제가 어디에 사는지, 우리 집안이 어떤지에 대해 사실대로 분명하게 말씀드리지 못하고 말았습니다라는
내용이다.
'顯す'는 사는 마을이나 집 등 신상을 밝히는 것을 말한다.

미천한 나그네가 다시 보내는 노래 3수

855   마츠라(松浦)강의/ 강여울 빛날 정도/ 메기 낚느라/ 서서 있는 그대의/ 치맛자락 젖었네

🌸 해설

마츠라(松浦)강의 강여울이 빛날 정도로 아름답고, 거기에서 은어를 낚느라고 서 있는 그대의 치맛자락
은 물에 젖어 있네요라는 내용이다.
'蓬客'은 서문 속의 주인공을 말한다. '蓬'은 쑥의 일종인데 그것이 바람에 이리저리 날리는 것에서 '방랑
하는 여행자'라고 해석되기도 한다.
제목의 '蓬客等'이 복수로 되어 있는 것에 대해 全集에서는, '이 3수와 858~860번가의 〈여성들이 다시
답하는 노래 3수〉의 실제 작자에 대해 타비토(旅人)도 오쿠라(憶良)도 아닌 大宰府의 관료들이 아닐까
하는 설도 있는데 '蓬客等'의 표기도 그것과 관계가 있을지 모르겠다'고 하였다『萬葉集』 2, p.79].

856　麻都良奈流　多麻之麻河波尓　阿由都流等　多々世流古良何　伊弊遲斯良受毛

　　　松浦なる　玉島川に　鮎釣ると　立たせる子らが　家道知らずも[1]

　　　まつらなる　たましまがはに　あゆつると　たたせるこらが　いへぢしらずも

857　等富都比等　末都良能加波尓　和可由都流　伊毛我多毛等乎　和礼許曾末加米

　　　遠つ人[2]　松浦の川に　若鮎[3]釣る　妹が手本[4]を　われこそ卷かめ

　　　とほつひと　まつらのかはに　わかゆつる　いもがたもとを　われこそまかめ

---

1 내용이, 855번가에 대해서 답을 하면서 주제인 853번가로 돌아가고 있다.
2 遠つ人: '멀리 있는 사람을 기다린다'는 뜻인데, '기다리다'의 일본어 발음인 '마츠'가 소나무(마츠)와 같으므로 연결시킨 것이다.
3 若鮎: '와카유'로 읽는데 이것은 '와카(若: 어린), 아유(鮎: 은어)'를 줄인 것이다.
4 手本: 손목이다. 팔을 베개로 한다는 것은 잠자리를 함께 한다는 뜻이다.

856   마츠라(松浦)의요/ 타마시마(玉島) 강에서/ 은어 낚느라/ 서 계신 그대들의/ 집 가는 길 모르네

❀ 해설

마츠라(松浦)에 있는 타마시마(玉島) 강에서 은어를 낚기 위해 서 있는 그대들의 집으로 가는 길을 나는 알 수가 없다는 내용이다.
그러니 그대들의 집으로 가는 길을 알려주면 좋겠다는 뜻을 담았다.

857   (토오츠히토)/ 마츠라(松浦)의 강에서/ 은어를 낚는/ 그대의 손목/ 나는 베고 싶네요

❀ 해설

멀리 있는 사람을 기다린다고 하는 뜻을 지닌 마츠라(松浦)의 강에서 어린 새끼 은어를 낚고 있는 그대의 팔을 나는 베개로 하여 함께 잠을 자고 싶네요라는 내용이다.

娘等更報謌三首

858　和可由都流　麻都良能可波能　可波奈美能　奈美邇之母波婆　和礼故飛米夜母

若鮎釣る　松浦の川の　川波の　並にし思はば　われ戀ひめやも[1]

わかゆつる　まつらのかはの　かはなみの　なみにしもはば　われこひめやも

859　波流佐礼婆　和伎覇能佐刀能　加波度尓波　阿由故佐婆斯留　吉美麻知我侶尓

春されば　吾家の里の　川門[2]には　鮎子さ走る　君待ちがてに

はるされば　わぎへのさとの　かはとには　あゆこさばしる　きみまちがてに

860　麻都良我波　奈々勢能與騰波　与等武等毛　和礼波与騰麻受　吉美遠志麻多武

松浦川　七瀬の淀[3]は　よどむとも　われはよどまず　君をし待たむ

まつらがは　ななせのよどは　よどむとも　われはよどまず　きみをしまたむ

1　戀ひめやも：'や'는 강한 부정을 동반한 의문을 나타낸다. 'も'는 감탄을 나타낸다.
2　川門：강의 좁은 곳으로 건너는 곳이다.
3　七瀬の淀：원래 '瀬(여울)'와 '淀(웅덩이)'은 반대되는 것인데, '瀬'와 '瀬' 사이에 보이는 작은 '웅덩이'를 말한 것인가.

여성들이 다시 답한 노래 3수

858   새끼 은어를/ 낚는 마츠라(松浦) 강의/ 강 물결처럼/ 엔간히 생각하면/ 내가 사랑할까요

🌸 해설

    새끼 은어를 낚고 있는 마츠라(松浦) 강의 강 물결처럼 그저 그렇게 보통 정도로만 생각을 했다면 어찌하여 이렇게 애타게 그리워할까요라는 내용이다. 그대를 깊이 생각하기 때문에 그리워한다는 뜻이다.
    '川波の(카하나미 : 강 물결)'의 '나미(波)'와 '並に(나미니 : 보통으로)'의 '나미'가 발음이 같으므로 연결시킨 것이다.

859   봄이 오면은/ 제가 사는 마을의/ 강나루에는/ 은어가 재빠르죠/ 님 기다림 힘들어

🌸 해설

    봄이 오면 제가 사는 마을의 강이 좁은 곳에서는 은어가 재빠르게 움직이고 있지요. 그대를 기다리기 힘들어서 그렇답니다라는 내용이다.
    은어의 재빠른 움직임에, 강을 건너서 오는 님을 기다리는 작자의 마음을 투사한 것이다. 대부분의 주석서에서 '君待ちがてに'를 '님을 기다리기가 힘들어서 은어가 재빠르게 움직이고 있다'고 해석하고 있는데 다소 어색하다. 님을 기다리느라 마음이 안정되지 않은 상태로 해석을 하거나, '님을 열심히 기다리고 있다'는 뜻으로 이해를 하면 될 것 같다.

860   마츠라(松浦) 강의/ 웅덩이 웅덩이에/ 물이 막혀도/ 저는 막히지 않고/ 그대를 기다리죠

🌸 해설

    마츠라(松浦) 강의 여러 웅덩이에 물이 고여서 흐르지 않고 그대로 멈추어 있더라도 저는 그렇게 머뭇거리며 멈추는 일이 없이 그대를 계속 기다리지요라는 내용이다.
    적극적인 사랑의 마음을 이렇게 표현하였다.

後人追和之詩三首 帥老[1]

861 麻都良河波　可波能世波夜美　久礼奈爲能　母能須蘇奴例弖　阿由可都流良武

　　　松浦川　川の瀬早み[2]　紅の　裳の裾濡れて　鮎か釣るらむ

　　　まつらがは　かはのせはやみ　くれなゐの　ものすそぬれて　あゆかつるらむ

862 比等未奈能　美良武麻都良能　多麻志末乎　美受弖夜和礼波　故飛都々遠良武

　　　人皆の　見らむ[3]松浦の　玉島を　見ずてやわれは　戀ひつつ居らむ

　　　ひとみなの　みらむまつらの　たましまを　みずてやわれは　こひつつをらむ

1　**帥老**：오호토모노 타비토(**大伴旅人**)를 말한다. 따라서 853번가부터의 작품은 **旅人**이 아닌 사람의 작품으로
　도 볼 수 있으며, 한편으로는 멋을 부려 기입한 것이라고도 볼 수 있다. 여기까지가 요시다노 요로시(**吉田宜**)
　에게 보낸 것으로 상대방의 입장이 되어서 유희적으로 지어서 보낸 3수이다.
2　**瀬早み**：여울의 물살 빠르기에 따라서 빛나며 튀는 포말, 또렷하게 비치는 붉은 치마를 상상하였다.
3　**人皆の 見らむ**：자신은 현재 보지 않고 있으며, 다음에 계속 아쉬워하겠지라는 뜻이다.

後人이 追和한 시 3수 帥老

861 마츠라(松浦) 강의/ 강여울이 빨라서/ 붉은 색깔의/ 치맛자락 적시며/ 은어 낚고 있나요

❀ 해설

마츠라(松浦) 강의 물살이 빠르기 때문에 소녀들의 붉은 색깔의 치맛자락이 젖는 것이겠지요. 그렇게 치맛자락을 적시면서 은어를 낚고 있는 것일까요라는 내용이다.
帥老는 오호토모노 타비토(大伴旅人)이다. 그렇다면 中西 進도 설명하였듯이 앞의 작품들은 旅人의 작품이 아닌 것으로 되어 버리기도 한다. 이 문제를 해결하기 위하여는 井村哲夫가 注記 '帥老'에 대해, '이하 3수의 작자에 대한 注이면서 동시에, 이 작품들이 연회석에서 흥을 돋우기 위하여 불리어졌을 때, 이 3수를 후대 사람의 입장에서 부른 사람이 타비토(旅人)卿이었다는 사실도 기록하고 있는 것이라 생각된다'고 한 것을 참고할 만하다[『萬葉集全注』 5, p.135].

862 사람들 모두/ 보고 있을 마츠라(松浦)/ 타마시마(玉島)를/ 보지 않고 나는요/ 그리워할 것인가

❀ 해설

사람들이 모두 보고 있을 마츠라(松浦)강의 타마시마(玉島)를, 나는 지금 보지 않고, 앞으로 계속 보고 싶어하며 그리워하고 있을 것인가라는 내용이다.
中西 進과 대분의 주석가들은 '見らむ'를 현재 추량으로 해석을 하였으나, 井村哲夫는 과거형으로 보아 '사람들이 모두 보았다고 하는 마츠라(松浦)강의 타마시마(玉島)를 혼자 보지 못해서 분하네'로 해석하였다 [『萬葉集全注』 5, p.135].

863　麻都良河波　多麻斯麻能有良尓　和可由都流　伊毛良遠美良牟　比等能等母斯佐

　　松浦川　玉島の浦に　若鮎釣る　妹らを見らむ　人の羨しさ[1]

　　まつらがは　たましまのうらに　わかゆつる　いもらをみらむ　ひとのともしさ

---

1 羨しさ: 수가 적음. 바라는 마음이 간절함을 나타내었다.

863   마츠라(松浦) 강의/ 타마시마(玉島) 포구에서/ 은어를 낚는/ 소녀들 보고 있을/ 사람들이 부럽네

해설

마츠라(松浦) 강의 타마시마(玉島) 포구에서 은어를 낚고 있는 소녀들을 보고 있을 사람들이 매우 부럽다는 내용이다.

위의 작품군들은 遊於松浦河序 853-答詩曰 854-蓬客等更贈謌三首(855-857)-娘等更報謌三首(858-860)-後人追和之詩三首 帥老(861-863)의 구성으로 되어 있다.

小島憲之는, '文選·遊仙窟 두 책을 혼합해서 이용한 수법은 「遊於松浦河序」에도 보인다. 이 서문과 작품군들은 文選情賦(高唐賦·神女賦·洛神賦)와 『遊仙窟』을 포함한 『遊仙窟』 취미(신선취미)를 드러낸 것이며 형식상으로 보아도 遊仙窟의이다. 이것은 주인공(余·僕·下官)과 고기 낚는 여인들과의 증답으로 엮은 픽션이며, 序 +歌+答詩(答歌)+更贈歌+更報歌의 형식으로 진행된다. 『遊仙窟』도 詩·報詩·(更)贈詩 등, 여러 가지로 구성하여 이야기를 진행시켜서, 신선굴에서 노는 주인공과 여인들 사이에 시가 여러 번 교환된다'고 하였다『上代日本文學と中國文學』中(1980, 塙書房), p.1027]. 그리고 『遊仙窟』이 일본에 전래된 것은, 신라에 전래되어 있던 것이 일본에 이입된 것이라고도 생각할 수 있다고 하였다『上代日本文學と中國文學』中, p.1019].

井村哲夫는, '筑紫에는 神功王后와 관계된 전설이 적지 않다. 玉島川 낚시 전설도 그 중의 하나이다. 신라를 정벌할 때 성패 여부를 점치면서, 바늘을 구부려서 낚시 바늘을 만들고 밥알을 낚시밥으로 하고, 치마의 실을 풀어서는 낚시줄로 하여 은어를 낚았다. 그 지방 부녀자들은 해마다 4월 상순에는 은어 새끼를 낚는 행사를 연다고 한다는 것이다. 天平 2년(730) 초여름 무렵에 오호토모노 타비토(大伴旅人)는 그 지역을 방문해서 이러한 민속 행사를 볼 기회가 있었던 것일까. 제사 의식이므로 시골 부녀자들도 神功王后의 모습을 연상하게 하는 귀부인으로 치장을 하고 있었던 것인지 모른다. 그러한 민속 행사에서 본 시골 부녀자들의 모습을 선녀들에 비유하고, 또한 『遊仙窟』 취미의 '淡彩一抹의 小篇으로 구성한 것이 旅人의 유머였다'고 하였다『萬葉集全注』5, p.137].

《吉田宜書簡》

宜啓.[1] 伏奉四月六日賜書.[2] 跪開封函,[3] 拜讀芳藻.[4] 心神開朗, 似懷泰初[5]之月, 鄙懷除祛, 若披樂廣[6]之天. 至若羈旅邊城,[7, 8] 懷古舊[9]而傷志, 年矢[10]不停, 憶平生[11]而落淚, 但達人[12]安排,[13] 君子無悶. 伏冀, 朝宜懷翟之化,[14] 暮存放龜之術,[15] 架[16]張趙[17]於百代, 追松喬[18]於千齡耳. 兼奉垂示, 梅苑芳席, 群英[19]擒藻, 松浦玉潭, 仙媛贈答, 類杏壇各言之作,[20] 疑衡皐稅駕[21]之篇. 耽讀吟諷, 戚謝歡怡.[22] 宜戀主之誠, 々, 逾犬馬, 仰德之心, 々同葵藿. 而碧海分地, 白雲隔天, 徒積傾延.[23] 何慰勞緒. 孟秋膺節.[24] 伏願萬祐日新. 今因相撲部領使,[25] 謹付片紙. 宜謹啓. 不次[26]

---

1 宜啓 : 이하 요시다노 요로시(吉田宜)가 타비토(旅人)에게 보낸 답신이다.
2 書 : 타비토(旅人)의 편지를 말한다. 매화연 · 松浦川에서의 작품을 기록하였다.
3 函 : 편지를 넣은 상자다.
4 芳藻 : 훌륭한 문장이다. 타비토(旅人)의 이름으로 요시다노 요로시(吉田宜)에게 보내어진 〈매화가 32수〉와 그 서문, 松浦川의 증답가와 서문을 포함한 편지를 말한다.
5 泰初 : 위나라 사람이다. 『世說新語』에 그의 용모가 '日月이 품에 들은 것 같다'고 한 것에 의한 것이다.
6 樂廣 : 진나라 사람이다. 보는 사람이 '운무를 헤치고 푸른 하늘을 보는 것 같다'고 했다고 한다.
7 至若羈旅邊城 : 여기서부터는 타비토(旅人)의 편지 내용이다.
8 邊城 : 大宰府를 말한다.
9 古舊 : 神功왕후의 고사를 말하는 것인가.
10 年矢 : 화살과 같이 빠른 세월을 말한다.
11 平生 : 나이가 젊었을 때를 말한다.
12 達人 : 밝은 덕이 있는 사람을 말한다. 생사에 얽매이지 않고 크게 본다고 한다.
13 排 : 추이, 변화를 말한다.
14 懷翟之化 : 후한의 魯恭이 현령으로서 덕 있는 정치를 하였으므로 그 덕이 동물들에게도 미쳐서 꿩도 그 곁에 와서 머물렀다고 하는 고사를 말한다.
15 放龜之術 : 진나라 孔愉가 余不亭이라는 곳에 갔을 때 잡혀 있는 거북을 사서 놓아 주었는데 그 덕으로 인해 후에 그 지방의 영주가 되었다고 하는 고사를 말한다.
16 架 : 기록에 올리는 것을 말한다.
17 張趙 : 한나라의 훌륭한 관료였던 張敞 · 趙廣漢을 말한다.
18 松喬 : 松은 신농 때의 사람 赤松子이며, 喬는 주나라의 태자 王子喬를 말한다. 모두 신선이라 불리었다.
19 群英 : 많은 뛰어난 사람들.
20 杏壇各言之作 : 공자의 杏壇에서 제자들이 이야기한 고사를 말한다.
21 衡皐稅駕 : '衡'은 香草, '皐'는 연못, '稅'는 놓는 것을 말한다.
22 戚謝歡怡 : '戚'은 친밀한 것, '怡'는 즐기는 것이다.
23 傾延 : 오로지 사모하는 마음으로 목을 길게 뺀 것을 말한다.
24 孟秋膺節 : 7월, 節은 가을을 맞이한 것을 말하는 것인가.
25 相撲部領使 : 7월 7일의 씨름 대회에 힘 있는 사람들을 각지에서 데리고 상경하는 使者를 말한다. 지금은 돌아가는 길이다.
26 不次 : 편지 끝에 쓰는 관습적 표현이다.

《요시다노 요로시(吉田宜)의 편지》

요로시(宜)가 말씀드립니다. 삼가 4월 6일에 보내어 주신 편지를 잘 받았습니다. 정중하게 무릎을 꿇고 편지가 담긴 상자를 열어 훌륭한 글을 읽었습니다. 그로써 제 마음은 밝게 열려, 마치 위나라 사람인 泰初가 달을 품에 넣은 것 같은 기분이었으며, 마음의 울적함이 사라져 옛날 사람이 진나라 사람인 樂廣을 만나 마치 푸른 하늘을 보는 것 같다고 한 것과 같은 기분입니다. 이곳 도읍에서 먼 변방인 大宰府를 다니시며 마츠라(松浦)강에 가셔서는 옛날을 회상하니 마음이 아프기도 하고, 세월이 흘러가버린 젊었을 때의 날들을 생각하면 저절로 눈물이 난다고 편지에 쓰셨습니다. 그러나 達人의 경지에서 생사를 세상의 흐름에 맡기고, 군자로서 번민이 없이 지내는 수밖에 없습니다. 아무쪼록 엎드려 바라옵기는, 아침에는 꿩조차도 따르게 했다는 魯恭과 같은 덕을 베푸시고, 저녁에는 孔愉가 거북을 놓아준 것과 같은 仁術을 베푸시어, 지방관으로서 항상 仁政을 베푸시고, 漢의 張敞·趙廣漢과 같은 훌륭한 관리로서의 이름을 백년 후까지도 전하고, 赤松子·王子喬처럼 千歲의 장수를 누리시기를 바랄 뿐입니다. 또한 보여주신 것처럼 梅花宴에 뛰어난 많은 사람들이 훌륭한 노래를 짓고, 松浦 강변에서 선녀와 노래를 주고받은 것은, 마치 孔子의 杏壇에서 사람들이 의견을 말한 것 같으며, 저 〈洛神賦〉에서 작자가 香草가 난 못에서 말을 수레에서 풀어 쉬게 했다고 하는 것과 비슷하게 뛰어납니다. 반복해서 읽고는 입으로 읊어보고 하며 마음 속 깊이 감사하며 기뻐하고 있습니다. 요로시(宜) 제가 卿을 그리워하는 마음은 개와 말이 주인을 그리워하는 것보다 더하고, 높은 덕을 존경하는 마음은 해바라기가 항상 태양을 바라보는 것과 같습니다. 그러나 그대가 계시는 츠쿠시(筑紫)와 제가 있는 나라(奈良) 사이에는 푸른 바다가 가로막고 있어서 거리가 멀며, 흰 구름이 하늘을 가르고 있어서 헛되이 오로지 사모하고 있을 뿐입니다. 어떻게 하면 괴로운 이 마음을 위로할 수 있겠습니까. 오늘은 마침 7월 7일 節日입니다. 부디 날마다 가호가 있기를 빕니다. 마침 스모우(相撲)의 部領使가 그곳으로 내려가므로 그 편에 부탁하여 삼가 짧은 편지를 드립니다.

　宜, 謹啓, 不次

![꽃] **해설**

　杏壇은 강의하는 단상이며 공자가 杏壇 위에 앉아 있고 제자들이 그 곁에서 독서를 했다고 하는 『장자』 어부편의 기록이 있으며, 『논어』에 각자 그 뜻을 말하라는 내용이 있다. 매화연에서 사람들이 각자 매화를 소재로 하여 노래한 것을, 공자의 강단에서 제자들이 각자 자신들의 생각을 이야기한 것에 비유한 것이다. '衡皐稅駕'는 〈神女賦〉에 曹子建이 洛川에 가서 香草가 난 못에서 말을 수레에서 풀어 쉬게 했다고 하는 내용을 말한 것인데, 타비토(旅人) 등이 松浦川에서 논 것을 비유한 것이다. 全集에서는 '相撲部領使로, '部領使는 징용된 백성을 인솔하는 관료이다. 이 무렵 궁중에서 7월 7일 칠석제의 여흥으로 씨름 대회가 열렸는데 (『속일본기』 天平 6년), 전국에 칙사를 파견하여서 씨름 선수를 모집하게 한 적이 있었다(『속일본기』 神龜 5년(728) 4월). 이 편지는 7월 10일에 쓴 것이므로 돌아가는 部領使에게 부탁한 것이다'고 하였다[『萬葉集』 2, p.83]. 867번가 뒤의 좌주를 보면 天平 2년(730) 7월 10일에 쓴 것으로 되어 있다.

奉和諸人¹梅花謌²一首

864 於久礼爲天　那我古飛世殊波　弥曾能不乃　于梅能波奈尓忘　奈良麻之母能乎

後れ居て　長戀ひせずは　御園生³の　梅の花にも　ならましものを

おくれゐて　ながこひせずは　みそのふの　うめのはなにも　ならましものを

和松浦仙媛謌⁴一首

865 伎弥乎麻都　々々良乃于良能　越等賣良波　等己与能久尓能　阿麻越等賣可忘

君を待つ⁵　松浦の浦の　娘子らは　常世の國の　天娘子かも

きみをまつ　まつらのうらの　をとめらは　とこよのくにの　あまをとめかも

---

1 諸人 : 매화 연회에 모인 사람들을 말한다.
2 梅花謌 : 매화연에서 지어진 노래를 가리킨다.
3 御園生 : 타비토(旅人) 저택의 정원이다.
4 松浦仙媛謌 : 853번가부터의 작품을 말한다.
5 君を待つ : 859·860번가 등의 작품에서 '그대를 기다린다'고 하는 내용을 이어받고 있으면서 동시에 '마츠'
　의 발음을 제2구의 '마츠(松)'와 연결시키고 있다.

여러 사람의 매화 노래에 답하여 올리는 노래 1수

864　뒤에 남아서/ 늘 그리기보다는/ 타비토(旅人) 정원/ 매화꽃이 차라리/ 되고 싶은 것이네

❀ 해설

　매화 연회의 회중에 참가하지 못하고 뒤에 남아서 오랫동안 그리워하고 있기보다는 차라리 타비토(旅人) 저택의 정원의 매화꽃이라도 되는 것이 더 좋겠다는 내용이다.
　이 작품에서의 '長戀ひせずば'는 남녀간의 사랑이 아니라 남성이 남성을 친애하는 마음을 말한 것이다. 요시다노 므라지 요로시(吉田連宜)가, 타비토(旅人)가 보낸 매화노래에 답한 작품이다.

마츠라(松浦) 미인들의 노래에 답한 노래 1수

865　(키미오마츠)/ 마츠라(松浦)강 포구의/ 아가씨들은/ 신선들 사는 나라/ 선녀들인가 봐요

❀ 해설

　그대가 오기를 기다린다고 하는 뜻을 지닌 마츠라(松浦)강 포구의 아가씨들은 저렇게 아름다운 것을 보니 사람이 아니라 아마도 신선들이 사는 나라의 선녀들인가 봅니다라는 내용이다.
　'君を待つ'는 상투적인 수식어로도 볼 수 있다. '기다리다'는 일본어로 '待つ(마츠)'인데, '松(마츠)'와 발음이 같으므로 이렇게 연결시켜 표현한 것이다. 요시다노 므라지 요로시(吉田連宜)가 853번가 이하의 작품들에 답한 노래이다. '常世の國'은 봉래라고도 불리며 불로불사의 신선이 사는 곳을 말한다. 제5구 '阿麻越等賣可忘'을 中西 進・私注・全注에서는 각각 '天娘子かも・天少女かも・天處女かも'로 읽어 선녀로 보았다. 그러나 全集과 注釋에서는 '海人娘子かも・海人少女かも'로 읽었다. '娘子・少女・處女'는 같은 뜻이므로 별 문제가 없다. 결국 '阿麻'를 '天'과 '海人'으로 훈독한 것이 차이나는 부분이다. 注釋에서는, '이 작품 외에 '海人處女'(권제1의 5번가)를 비롯하여 『萬葉集』 전체에 19용례가 보이는데 모두 海人(어부)의 딸이라는 뜻으로 사용되고 있고 天女는 예가 없으며, 후대의 『新古今集』에 '天少女'가 보이게 되므로, '海人少女'로 읽어야 한다'고 하였다 [『萬葉集注釋』 5, pp.192~193]. 萬葉假名 '阿麻(아마)'로 보면 '天(아마)', '海人(아마)' 어느 쪽으로든 읽을 수 있다. 그런데 제4구에 '常世の國の'라고 하여 신선향을 말하고 있으므로 '天娘子かも'로 읽어 '선녀들인가'로 보는 것이 좋을 듯하다.

思君未盡, 重題二首

866　波漏々々尒　於忘方由流可母　志良久毛能　知弊仁邊多天留　都久紫能君仁波

遙遙に　思ほゆるかも　白雲[1]の　千重に隔てる　筑紫の國は

はろはろに　おもほゆるかも　しらくもの　ちへにへだてる　つくしのくには

---

1 白雲: 서왕모가 노래했다고 하는 **白雲謠**를 바탕으로 한 것이다. 574번가와 812번가의 서문 참조.

그대를 생각하는 마음이 여전해서 다시 지은 노래 2수

866   아득히 멀리/ 생각이 되는군요/ 흰 구름이요/ 천 겹으로 막아 논/ 츠쿠시(筑紫)의 나라는

❋ 해설

　　흰 구름이 천 겹으로 겹겹이 길을 가로막고 있는 츠쿠시(筑紫)의 나라는 도읍인 이곳 나라(奈良)에서는 아득하게 먼 곳으로만 생각이 됩니다라는 내용이다.

　　요시다노 므라지 요로시(吉田連宜)가 타비토(旅人)를 생각해서 지은 노래이다.

　　제2구 'おもほゆるかも'를 私注에서는 'おもはゆるかも'로 읽었다『萬葉集私注』3, p.117. 全集에서는, 'ほ(호)'의 萬葉假名 '方'은 보통 'は(하)'를 표기하는데 사용되는 글자이지만 그것과 모음이 같은 '忘'을, 작자인 요시다노 요로시(吉田宜)는 'も(모)'에 사용하고 있는 것으로 미루어 생각하면 'ほ(호)'로 읽어도 무방하다. 고대 중국의 어느 시기(秦나라 등)의 소리에 의한 것이라 생각된다. 이것은 吉田宜가 백제로부터의 귀화인인 것과 관련이 있는 것인가'라고 하였다『萬葉集』2, p.84.

867　柹美可由伎　氣那我久奈理奴　奈良遲那留　志滿乃己太知母　可牟佐飛仁家里

君が行き 日長くなりぬ¹ 奈良路²なる 山齋³の木立も 神さびにけり

きみがゆき けながくなりぬ ならぢなる しまのこだちも かむさびにけり

[左注]　天平二年七月十日

---

1 **君が行き 日長くなりぬ** : 권제1의 85번가에 같은 표현이 보인다.
2 **奈良路** : 나라(奈良)와 같다.
3 **山齋** : 연못과 동산이 있는 정원이다.

867 그대 떠난 지/ 날이 많이 지났네/ 나라(奈良)에 있는/ 댁의 정원 나무도/ 우거져 있겠지요

🌸 해설

그대가 그곳으로 떠나고 나서 이미 많은 날이 지났습니다. 나라(奈良)에 있는 댁의 정원 나무들도 손질이 되지 않아 많이 우거져 황폐한 상태가 되어 있겠지요라는 내용이다.

私注에서는, '작자 요시다노 요로시(吉田宜)는 文武천황 4년(700) 8월, 학예를 위해 칙명으로 환속을 한 승려 惠俊이다. 그 때 이름을 '吉宜'로 받았다. 吉은 출가하기 전의 성일 것이다. 백제 출신이지만 선조는 일본인이라고 한다. 和同 7년(714) 정월 종5위하. 神龜 원년(724) 5월에는 종5위하로 吉智首와 함께 姓 吉田連을 받았다. 나라(奈良)의 田村에 살았기 때문이라고 한다. 따라서 吉田는 '키치타'일 것이다. 天平 2년(730) 3월에 陰陽, 醫術, 七曜頒曆 등을 지켜가기 위하여 여러 박사들에게 제자들을 가르치게 하고 물품을 내린 적이 있는데, 宜는 그 박사들 중에 첫 번째로 이름이 올라가 있다. 의술에 의한 것이다'고 하였다[『萬葉集私注』 3, p.119].

[좌주] 天平 2년(730) 7월 10일

注釋에서는, '이것은 위의 편지와 노래(866·867)의 날짜다. (중략) 이 날짜 다음에 타비토(旅人)와 후사사키(房前)가 주고받은 편지(811·812)처럼 받는 사람의 이름이 있어야만 하는데 생략된 형태이다. 私注에서는 권제5를 오쿠라(憶良)의 手記로 보고 있으므로, 받는 사람 이름을 생략한 것이라고 단정하였지만 旅人의 手記라고 해도 마찬가지라고 생각된다. 房前의 경우는 수신자의 이름이 있지만 모두 수신자 이름이 있다고는 생각되지 않는다. 808·809 작품에 대해서도 무언가 左注가 있어야만 하는데 생략되어 있다. 나는 위에서 말했듯이 旅人에게 보낸 것이라 생각하므로, 당연히 旅人의 주변에서 수신자 이름을 생략하고 기록하였던가, 혹은 야카모치(家持)가 오늘날과 같은 형식으로 편찬하였을 때 잘라버리거나 했다고도 볼 수 있다고 생각한다. 다음의 憶良의 작품에는 7월 11일의 날짜가 보이지만 한편은 나라(奈良)에서, 다른 쪽은 筑前에 있으므로 旅人의 손에 들어간 것은 말할 것도 없이 憶良의 작품이 먼저이다. 그런데 이 작품이 앞에 실린 것은 『萬葉集』 전체를 통해서 편집 방침이 작품의 연대순으로(가끔 예외는 있지만) 하는 것이므로 家持가 父인 旅人의 편지 상자에 남아 있는 증답의 노래 자료를 정리할 때 기록의 연대순으로 배열하였던 것이라 생각된다'고 하였다[『萬葉集注釋』 5, pp.196~197]. 注釋에서는 두 가지 문제를 다루고 있다. 첫째는 수신자 이름이 생략된 것인데 이것은 旅人 주변에서 생략하고 기록을 했거나, 旅人의 아들인 家持가 후에 정리할 때 수신자명을 잘라버리고 지금의 형태로 정리를 하였다는 것이다. 둘째는 866·867 번가는 후사사키(房前)가 旅人에게 보낸 것이며, 868~870번가는 憶良이 旅人에게 보낸 것인데 房前은 7월 10일 날짜로 보내었지만 奈良에서 보낸 것이며, 憶良은 7월 11일에 보낸 것이지만 旅人과 같이, 奈良에서는 먼 大宰府와 筑前에 있었으므로 旅人은 憶良의 편지를 먼저 받았을 것임에도 불구하고 권제5에 실린 순서는 날짜 순서대로 했기 때문이라는 것이다. 지극히 당연한 설명으로 문제될 것이 없다.

《憶良謹啓》

憶良,[1] 誠惶頓首, 謹啓.

憶良聞, 方岳諸侯,[2] 都督刺使,[3] 並依典法, 巡行部下, 察其風俗.[4] 意內多端, 口外難出. 謹
以三首之鄙謌, 欲寫五藏之鬱結. 其謌曰

868   麻都良我多   佐欲比賣能故何   比列布利斯   夜麻能名乃尾夜   伎々都々遠良武

        松浦縣   佐用比賣の子が   領巾振りし   山の名のみや[5]   聞きつつ居らむ

        まつらがた   さよひめのこが   ひれふりし   やまのなのみや   ききつつをらむ

---

1 憶良 : 이하 마츠라(松浦)에 함께 가지 못한 오쿠라(憶良)의 인사말이다. 타비토(旅人)에게 보낸 것인가.
　4월 6일의 松浦行이라고 하면 너무 사이가 뜨고 노래 내용도 다르므로, 7월에 다시 旅人이 松浦에 갔다고
　생각된다.
2 方岳諸侯 : 方岳은 중국 사방의 산으로 泰山·衡山·華山·恒山이다. 諸侯는 여러 나라의 군주로 주나라
　시대 제후들은 方岳에서 천자를 배알했다. 여기서는 일본의 國司를 가리킨다.
3 都督刺使 : 도독은 위나라 이후 여러 곳에 설치되어 여러 주를 관할한 관청이다. 여기서는 大宰府를 가리킨
　다. 刺使는 漢·唐의 各州의 장관이다. 일본의 조정의 國司에 상당하는 것이지만 大宰府 관내의 國司·관료
　들을 말하는 것인가.
4 方岳~察其風俗 : 이 직무 때문에 松浦에 갈 수 없다는 뜻이다.
5 山の名のみや : 보지 않고라는 뜻이다.

《오쿠라(憶良)가 삼가 올립니다》

오쿠라(憶良)가 머리 조아리며 삼가 올립니다.

오쿠라(憶良)는 다음과 같이 듣고 있습니다. '여러 지방의 國司나 大宰府의 관료들은 모두 규례에 따라 관할 구역을 순행하고 민정을 시찰해야 한다'고. 마음속에 생각하는 것은 많고 말로 표현하기가 힘듭니다. 그래서 보잘 것 없지만 삼가 3수의 노래로 몸속의 울적함을 씻어보고자 합니다. 그 노래는,

해설

오쿠라(憶良)는 다음과 같이 듣고 있습니다. '중국에서는 옛날부터 제후를 비롯하여 군현의 장관이 되는 사람들은 모두, 법령이 정한 것을 따라 관할 구역을 순행하고 그 풍속을 시찰했다'고 하는 것입니다. 그것을 생각하니 마음속에 이것저것 생각하는 것이 많고, 그렇다고 해서 입 밖으로 내어서 말하기는 힘이 듭니다. 그래서 보잘 것 없지만 삼가 3수의 노래로 마음속에 맺힌 응어리를 씻어 보고자 합니다. 그 노래는,

868　마츠라(松浦) 연안/ 사요히메(佐用比賣) 처녀가/ 너울 흔들은/ 산의 이름만을요/ 듣고 있는 것일까

해설

마츠라(松浦)강의 연안에 있는 산에서 사요히메(佐用比賣) 처녀가 긴 너울을 흔들었다고 하는 그 산을 직접 보지는 못하고 이름만을 듣고 있어야 하는 것인가라는 내용이다.

결국 마츠라(松浦)에 가고 싶다는 마음을 이렇게 표현하였다. '領巾'에 대해 全集에서는, '여자들이 장식으로 어깨에 걸치던 가늘고 긴 천이다. 원래 주술적인 힘이 있어서 이것을 흔들면 원하는 것이 이루어진다고 믿어졌다'고 하였다[『萬葉集』 2, p.85].

869　多良志比賣　可尾能美許等能　奈都良須等　美多々志世利斯　伊志遠多礼美吉 [一云, 阿由
都流等]

帶日賣 神の命の¹ 魚釣らず² と　御立たし³せりし　石を誰見き [一は云はく, 鮎釣る⁴と]⁵

たらしひめ かみのみことの なつらすと みたたしせりし いしをたれみき [あるいはいはく, あゆつると]

870　毛々可斯母　由加奴尓都良遅　家布由伎弖　阿須波吉奈武遠　奈尓可佐夜礼留

百日しも 行かぬ松浦路⁶ 今日行きて 明日は來なむを 何か障れる⁷

ももかしも ゆかぬまつらぢ けふゆきて あすはきなむを なにかさやれる

左注　天平二年七月十一日⁸　筑前國司山上憶良謹上

---

1 帶日賣 神の命の：神功왕후. 三韓 출병 때의 이야기를 말한다.
2 魚釣らす：높임말이다.
3 御立たし：높임말이다.
4 鮎釣る：『고사기』에는 메기라고 전해지며, 『일본서기』·『풍토기』에는 그냥 물고기라고 전한다.
5 이 작품은 松浦에 간 것을 부러워하는 노래이다.
6 百日しも 行かぬ松浦路：筑前의 國府에서 玉島까지 직선거리로 40킬로미터이다.
7 何か障れる：한문 序의 이유와 심정을 노래한 1수이다.
8 七月十一日：이날 타비토(旅人) 등이 마츠라(松浦)로 출발한 것인가.

869　타라시히메(帶日賣)/ 신인 神功왕후가/ 고기 낚느라/ 서서 계시었었던/ 돌을 누가 봤을까

[어떤 책에는, 은어 낚느라]

해설

　타라시히메(帶日賣)신인 神功왕후가 고기를 낚느라고 그 위에 서 있었던 돌을 도대체 누가 보았다고 하는 것일까라는 내용이다.

　神功왕후가 신라정벌을 할 때 정벌이 성공할 것인지에 대한 여부를 점치기 위해 고기를 낚았다는 전설이 『일본서기』 권제9 神功皇后 攝政前紀에 다음과 같이 보인다.

　'여름 4월 임인 삭의 갑진(3일)에 肥前國에 도착하여 옥도(玉島)里의 작은 강가에서 식사를 하였다. 이때 왕후가 바늘을 구부려서 낚시 바늘을 만들고 밥알을 낚시 미끼로 하고, 치마의 실을 풀어서 낚시 줄로 하고는 강 속의 바위 위에 올라가서 낚시를 던져서 기원하며 말하기를 "짐이 서쪽, 보물이 많은 나라 신라를 정벌하려고 한다. 만약 일을 성취할 수 있다면 물의 고기가 낚시를 물어라"고 하였다. 그리고 낚시대를 올려서 은어를 얻었다. 이에 왕후가 말하기를 "귀한 것을 얻었다"고 하였다'라는 기록이 보인다 [坂本太郎 외 3인 교주, 『일본서기』 上(岩波書店, 1981) pp.332~333].

870　백일 정도도/ 안 가는 마츠라(松浦)길/ 오늘 가서는/ 내일 올 수 있는데/ 무엇이 방해하나

해설

　그곳까지 가는데 100일이나 걸리는 것도 아닌 마츠라(松浦)에 가는 길은, 오늘 가면 내일은 돌아올 수 있는 것을 도대체 무엇이 그곳에 가는 것을 방해하는 것일까라는 내용이다.

　中西 進은 筑前의 國府에서 玉島까지 직선거리가 약 40킬로미터라고 하였다. 全集에서는 大宰府가 있었던 二日市에서 浜崎까지는 약 6킬로미터의 거리라고 하였다『萬葉集』 2, p.86].

　이 작품은 잡무 때문에 마츠라(松浦)에 갈 수 없었던 오쿠라(憶良)의 섭섭한 마음을 표현한 것이다.

　[좌주]　天平 2년(730) 7월 11일 筑前國司 야마노우헤노 오쿠라(山上憶良) 삼가 올립니다.

　私注에서는, '部內를 순행 중이던 憶良이 府에 있던 타비토(旅人)에게 보낸 것'이라고 하였다『萬葉集私注』 3, p.124].

《領巾麾山序》

大伴[1]佐提比古郎子[2], 特被朝命, 奉使藩國[3]. 艤棹[4]言[5]歸, 稍赴蒼波. 妾也松浦 [佐用嬪面[6]], 嗟此別易, 歎彼會難. 即登高山之嶺, 遙望離去之船, 悵然斷肝, 黯然[7]銷魂. 遂脫領布[8]麾之, 傍者莫不流涕. 因号此山曰領巾麾之嶺[9]也. 乃作歌曰

871　得保都必等　麻通良佐用比米　都麻胡非亦　比例布利之用利　於返流夜麻能奈

遠つ人　松[10]浦佐用姫　夫戀に　領巾振りしより　負へる山の名

とほつひと　まつらさよひめ　つまごひに　ひれふりしより　おへるやまのな

1　**大伴** : 여기서부터 875번가까지가 한 묶음인데, 다만 서문과 871번가가 한 사람의 작품, 872번가는 다른 사람의 작품, 873번가와 서문에 '佐用比賣'의 주를 첨가한 정리자가 또 다른 한 사람, 그리고 874·875번가는 또 다른 사람으로 오쿠라(憶良)라고 생각된다.

2　**大伴佐提比古郎子** : 사데히코(狹手彦)이다. 카나무라(金村)의 아들로 宣化 2년(538)·欽明 23년(574)에 삼한 정벌을 나섰던 장군이다(『일본서기』).

3　**藩國** : 蕃國과 같다. 조선을 가리킨다.

4　**艤棹** : 출범할 준비를 말한다.

5　**言** : 조사.

6　**佐用嬪面** : 후에 삽입한 注記이다. 逸文 『肥前風土記』에는 '오토히메'라고 하였다.

7　**黯然** : 黯은 暗으로 빛깔을 잃는 것이다.

8　**領布** : 목에 걸쳤던 긴 천인데 본래 혼을 부르는 주술적인 도구였던 것이 후에 복식이 되었다.

9　**領巾麾之嶺** : 佐賀縣 唐津市 동쪽에 있는 鏡山으로 238미터이다.

10　**遠つ人 松** : 마츠(松·待)의 발음을 이용하여 도령을 기다리는 내용을 겹쳐서 표현하였다.

《히레후리(領巾麾)산의 序》

오호토모노 사데히코(大伴佐提比古) 도령은 특별히 조정의 명령으로 藩國에 파견되었다. 출범 준비를 하고 가서 점점 푸른 바다로 나아갔다. 그 때 여성, 마츠라(松浦)—이름을 사요히메(佐用比賣)라고 했다—는 헤어지기 쉽고 다시 만나기 힘든 것을 탄식하였다. 곧 높은 산봉우리에 올라가서 멀리 사라져 가는 배를 바라보고는 실의에 차서 애간장이 끊어지고, 눈앞이 깜깜해져 혼이 나갈 정도였다. 마침내 너울을 벗어서 흔들었다. 옆에 있던 사람 중에서 눈물을 흘리지 않는 사람은 없었다. 이로 인해서 이 산을 히레후리(領巾麾)산이라고 한다. 그래서 노래를 지어 말하기를

871 (토오츠히토)/ 마츠라(松浦) 사요히메(佐用比賣)/ 님 그리워해/ 너울 흔든 때부터/ 붙여진 산의 이름

해설

오호토모노 사데히코(大伴佐提比古) 도령은 특별히 조정의 명령을 받아서 蕃國인 조선의 任那에 파견되었다. 배를 출발시킬 준비를 하여서 출발해 가서 점점 푸른 바다로 나아갔다. 그 때 한 명의 여성, 마츠라(松浦)—이름을 사요히메(佐用比賣)라고 했다—는 헤어지기 쉽고 다시 만나기 힘든 것을 탄식하였다. 곧바로 높은 산봉우리에 올라가서 멀리 사라져 가는 배를 바라보고는 실의에 찬 나머지 애간장이 끊어지는 듯, 눈앞이 깜깜해져 정신을 잃을 정도였다. 결국 목에 걸쳤던 너울을 벗어들고 흔들었다. 옆에서 그것을 보던 사람 중에서 눈물을 흘리지 않는 사람은 없었다. 이 일로 인해서 이 산을 히레후리(領巾麾)산이라고 한다. 그래서 노래를 지어 말하기를,

멀리 있는 사람을 기다린다고 하는 뜻에서 붙여진 마츠라(松浦) 사요히메(佐用比賣)가 사랑하는 사람을 그리워한 나머지 목에 걸치고 있던 너울을 벗어들고 흔들었다고 해서 그때부터 붙여진 산의 이름이라는 내용이다.

'遠つ人 松'는 '松·待'의 일본어 발음이 '마츠'이므로 이것을 이용하여서 '마츠라(松浦)'를 말하면서 동시에 '도령을 기다리는 마츠라(松浦)'의 뜻을 중의적으로 표현한 것이다.

『일본서기』권제18 宣化천황 2년(538)조를 보면 '겨울 10월 임진 삭(1일)에 천황은 신라가 임나에 해를 끼치므로 오호토모노 카나무라(大伴金村)大連에게 명령하여, 그 아들 이와(磐)와 사데히코(狹手彦)를 보내어서 임나를 돕게 하였다. 이 때 磐은 筑紫에 머물러 그곳을 다스리고 삼한에 대비하였다. 사데히코(狹手彦)는 임나에 가서 임나를 안정시키고 또 백제를 구하였다'고 하였다[『일본서기』下(岩波書店, 1981), p.59]. 또 『일본서기』권제19 欽命천황 23년(574)조를 보면 '8월에 천황은 대장군 오호토모노 므라지 사데히코(大伴連 狹手彦)를 보내어, 병사 수만을 거느리고 고구려를 정벌하게 하였다. 狹手彦은 이에 백제의 계책을 이용하여 고구려를 쳐서 무찔렀다. 그 나라 왕이 담을 넘어 달아났다. 狹手彦은 마침내 승리하여 궁에 들어가 진귀한 보화와 뇌물·七織帳·鐵屋를 가지고 돌아왔다. 舊本에는 말하기를 鐵屋은 서쪽의 높은 누각 위에 있다.

後人追和

872　夜麻能奈等　伊賓都夏等可母　佐用比賣何　許能野麻能閇仁　必例遠布利家牟

　　　山の名と　言ひ継げとかも　佐用姫が　この山の上に　領布を振りけむ

　　　やまのなと　いひつげとかも　さよひめが　このやまのへに　ひれをふりけむ

織帳은 고구려 왕의 침실에 치는 것이라고 한다. 七織帳을 천황에게 바쳤다. 갑옷 두 벌·금장식이 된 칼 두 자루·조각이 된 청동으로 만든 종 세 개·오색의 기 둘·미녀 히메(媛)(媛은 이름이다)와 더불어 從女 아타코(吾田子)를 소가노 이나메노 스쿠네(蘇我稻目宿禰) 대신에게 보내었다. 이에 대신은 마침내 두 여자를 맞아들여 아내로 삼아 카루(輕)의 曲殿에 살게 하였다. 鐵屋은 長安寺에 있다. 이 절이 어디에 있는지를 알 수 없다. 어떤 책에 말하기를 11년에 大伴狹手彦連이 백제와 함께 고구려의 王陽香을 比津留都로 내쫓았다고 한다[『일본서기』下(岩波書店, 1981), p.126]. 한국과의 역사적 관련성을 보이는 사료를 바탕으로 하면서 남녀간의 이별을 소재로 한 작품이다. 私注에서는, '작자는 기록되어 있지 않지만 이전부터 야마노우헤노 오쿠라(山上憶良)로 생각되고 있었는데, 憶良은 868번가에 의해 마츠라(松浦)를 보지 않았으므로 이 서문과 노래 모두 타비토(旅人)의 작품이라고 契沖이 다른 학설을 제시하였다. 契沖은 憶良이 보낸 7월 11일자의 편지를, 旅人이 部內를 순행하러 갔는데 憶良은 함께 따라가지 않았다고 해석하였으므로 거기에 이미 오해가 있는 점은 논한 바와 같다. 권제5의 성질로 보아도 작자를 기록하지 않은 이 서문과 노래가 憶良의 작품인 것은 이전부터의 전승대로 받아들여야 한다. 憶良은 순행 중에, 가까운 히레후리산의 전설을 듣고 한번 보기를 바랐는데 7월 11일자의 편지를 쓴 후에 기회를 얻어 히레후리산을 보고 이 작품을 지었다고 보면 된다. 작품 내용을 보면 히레후리산을 보지 않고 이야기만 듣고 지었다고 해석해도 좋겠지만 아마도 보기는 보았을 것이다'고 하였다[『萬葉集私注』 3, p.130].

後人이 追和함

872   산 이름으로/ 후세에 전하라고/ 사요히메(佐用比賣)는/ 이 산의 위에서요/ 너울 흔든 것일까

🌸 **해설**

산 이름으로 후세에 전하라는 뜻으로 사요히메(佐用比賣)는 이 산 위에 서서, 조선의 임나로 출발하여 떠나가는 사데히코(狹手彦)를 바라보며 너울을 흔들었던 것일까라는 내용이다.

私注에서는 작자에 대해, '憶良의 작품을 본 사람이 지은 것이겠다. 松浦河의 작품 등의 예로 보면, 타비토(旅人)같아 보이기도 하지만 확실하지는 않다. 앞에 松浦河의 追和에 '帥老'라고 기록한 것은 旅人을 존중하였기 때문이며, 여기서는 동료나 부하 관료이므로 생략한 것이기라도 한 것일까'라고 하였다[『萬葉集私注』 3, p.132].

最後人[1]追和

873   余呂豆余尒　可多利都夏等之　許能多氣仁　比例布利家良之　麻通羅佐用嬪面

　　　　万代に　語り継げとし　この岳に　領巾振りけらし　松浦佐用姫

　　　　よろづよに　かたりつげとし　このたけに　ひれふりけらし　まつらさよひめ

最々後人追和二首

874   宇奈波良能　意吉由久布祢遠　可弊礼等加　比礼布良斯家武　麻都良佐欲比賣

　　　　海原の　沖行く船を　歸れとか　領巾振らしけむ　松浦佐用姫

　　　　うなはらの　おきゆくふねを　かへれとか　ひれふらしけむ　まつらさよひめ

---

1 **最後人**：다시 뒤 사람이라는 뜻이며 이른바 최후는 아니다.

最後人이 追和함

873 　만년 후까지/ 얘기로 전하라고/ 이 산 위에서/ 너울 흔들었나봐/ 마츠라(松浦) 사요히메(佐
　　用比賣)

해설

　　만년 후까지도 계속해서 이야기를 하여서 전하라고, 조선의 임나로 출발하여 떠나가는 사데히코(狹手彦)
를 바라보며 마츠라(松浦) 사요히메(佐用比賣)는 이 산 위에서 너울을 흔들었던 것인가 보다라는 내용이다.
　　私注에서는, '같은 취향의 사람들 사이를 그렇게 작품을 가지고 돌면서 追和를 구하였다는 것으로, 당시
大宰府 관료들의 문학 활동이라고 말할 수도 있겠지만 작품 수준은 별로다'고 하였다『萬葉集私注』 3,
p.132].

最最後人이 追和한 2수

874 　넓은 바다의/ 가운데로 가는 배/ 돌아오라고/ 너울 흔들었을까/ 마츠라(松浦) 사요히메(佐
　　用比賣)

해설

　　사데히코(狹手彦)를 태우고 조선의 임나를 향하여, 넓은 바다 한 가운데로 멀리 사라져 가는 배가 다시
돌아오라고 그 배를 향하여 너울을 흔들었던 것일까. 마츠라(松浦) 사요히메(佐用比賣)는이라는 내용이다.

875 由久布祢遠　布利等騰尾加祢　伊加婆加利　故保斯苦阿利家武　麻都良佐欲比賣

行く船を　振り留みかね　如何ばかり　戀しくありけむ　松浦佐用姫

ゆくふねを　ふりとどみかね　いかばかり　こほしくありけむ　まつらさよひめ

書殿[1]餞酒[2]日倭謌四首

876 阿麻等夫夜　等利介母賀母夜　美夜故麻提　意久利摩遠志弓　等比可弊流母能

天飛ぶや　鳥にもがもや　都まで　送り申して[3]　飛び歸るもの[4]

あまとぶや　とりにもがもや　みやこまで　おくりまをして　とびかへるもの

---

1 書殿 : 大宰府의 관청의 書殿(圖書寮의 건물)이다.
2 餞酒 : 타비토(旅人)의 歸京을 위한 송별연이다.
3 申して : 겸양의 뜻이다. 이하 4수 모두 경어가 있다.
4 歸るもの : 逆接的인 영탄이다.

875   떠나는 배를/ 흔들어도 못 잡아/ 어느 정도로/ 그리워 했었을까요/ 마츠라(松浦) 사요히메
       (佐用比賣)

해설

　　사데히코(狹手彦)를 태우고 조선의 임나를 향하여 멀리 떠나가는 배를 너울을 흔들어도 멈추게 할 수가
없었으므로 얼마나 그리웠을까요. 마츠라(松浦) 사요히메(佐用比賣)는이라는 내용이다.
　　注釋에서는 서문과 873번가까지를 타비토(旅人)의 작품으로, 874・875번가는 憶良의 작품으로 보았다
[『萬葉集注釋』 5, p.217]. 私注에서는 서문과 871번가는 憶良이, 872번가는 憶良의 작품을 본 사람이, 873번가
는 두 번째로 憶良의 작품을 본 사람이, 874・875번가는 세 번째로 憶良의 작품을 본 사람이 지은 것이라고
하였다[『萬葉集私注』 3, pp.130~133].
　　全注에서는, '이 일련의 노래들이 사데히코(佐提比古)와 이별할 때의 슬프게 너울 흔드는 행위만을 제재
로 하여 노래 부르고 있다. 즉 이때 大納言으로 귀경하게 된 타비토(旅人)卿을 송별할 때, 보내는 쪽의
석별의 정을, 사요히메(佐用姬)의 슬픈 이야기에 담은 것으로 이 노래들은 송별연에서의 管絃 취향이라고
생각된다'[『萬葉集全注』 5, p.159]고 하고, '871~873번가의 3수에 憶良이 874~875번가 2수를 첨가하여 後
人・最後人 등의 追和 형식으로 구성하여 서문을 붙였다'고 하였다[『萬葉集全注』 5, p.162]. 이 작품군은
작자 이름이 기록되어 있지 않으므로 다양한 학설이 제기되고 있다.

書殿에서 송별연을 했던 날의 일본 노래 4수

876   하늘을 나는/ 새라도 되고 싶네/ 도읍까지도/ 배웅을 하고서는/ 돌아올 수 있을 걸

해설

　　저는 높은 하늘을 나는 새라도 되고 싶은 마음입니다. 그렇다면 타비토(旅人) 당신과 함께 도읍까지도
함께 가서 배웅을 하고 돌아올 수 있을 테니까요라는 내용이다.

877　比等母祢能　宇良夫礼遠留尓　多都多夜麻　美麻知可豆加婆　和周良志奈牟迦

人もねの¹　うらぶれ居るに　龍田山²　御馬近づかば　忘らし³なむか

ひともねの　うらぶれをるに　たつたやま　みまちかづかば　わすらしなむか

878　伊比都々母　能知許曾斯良米　等乃斯久母　佐夫志計米夜母　吉美伊麻佐受斯弓

言ひつつも⁴　後こそ知らめ⁵　とのしくも　さぶしけめやも⁶　君坐さ⁷ずして

いひつつも　のちこそしらめ　とのしくも　さぶしけめやも　きみいまさずして

879　余呂豆余尓　伊麻志多麻比提　阿米能志多　麻乎志多麻波祢　美加度佐良受弓

萬世⁸に　坐し給ひて　天の下　申し⁹給はね　朝廷去らずて¹⁰

よろづよに　いましたまひて　あめのした　まをしたまはね　みかどさらずて

---

1 人もねの : '皆'의 방언인가.
2 龍田山 : 드디어 야마토(大和)에 들어가려고 하는 지점이다.
3 忘らし : 경어이다.
4 言ひつつも : '言ひ'의 내용은 제4구의 '외롭다(さぶし)'를 말한다. 즉 '외롭다고 계속 말하면서도'라는 뜻이다.
5 後こそ知らめ : 제5구가 도치되어 여기에 걸린다.
6 さぶしけめやも : 'やも'는 강한 부정을 가진 의문을 나타낸다. 완전히는 외롭지 않다.
7 君坐さ : 경어이다.
8 萬世 : 一萬歲의 연령이다.
9 天の下 申し : 최고 집정관으로 생각한 인사다. 실제 벼슬은 大納言이다.
10 이 작품은 底本에서는 880번가와 881번가 사이에 있다.

877   사람들 모두/ 서운해 하는데도/ 타츠타(龍田山)산에/ 말이 가까이 가면/ 잊어버리실까요

　　이곳 筑紫의 大宰府에 있는 사람들은 모두 이별을 슬퍼하며 서운해 하고 있는데도, 타고 계신 말이 타츠타(龍田山)산 근처에 도착하여 도읍지인 나라(奈良)가 가까워지게 되면 타비토(旅人) 당신은 우리들을 잊어버리실 것인가요라는 내용이다.
　　私注에서는, '도읍이 가까워지면 뒤에 남아 있는 사람을 잊어버리실 것인가라고 한 것은 무언가 원망 섞인 말투여서 재미가 없다. (중략) 오쿠라(憶良)는 충실한 관료였지 시인은 아니라는 것을 여기에서도 반복해서 말하고 싶게 된다'고 하였다[『萬葉集私注』 3, pp.135~136].

878   말은 하지만/ 후에야 알겠지요/ 정말 완전히/ 쓸쓸해지겠지요/ 그대 계시지 않을 때

　　지금도 타비토(旅人) 당신과의 이별이 슬프다고 우리들이 말은 하고 있지만 아직 완전하게 쓸쓸한 것은 아닙니다. 정말로 쓸쓸해지는 것은 그대께서 나라(奈良)로 돌아가시고 안 계실 그때이겠지요라는 내용이다.

879   만세까지도/ 장수를 하시어서/ 나라의 일을/ 잘 다스려 주세요/ 조정 떠나지 말고

　　타비토(旅人) 그대께서는 아무쪼록 만세까지 오래도록 건강하게 장수하셔서, 조정을 떠나는 일이 없이 계속 나라 정치를 잘 하여 주시기 바랍니다라는 내용이다.
　　오호토모노 타비토(大伴旅人)가 나라(奈良)로 돌아가면 大納言으로서의 임무를 오래도록 잘 수행해 달라는 내용이다. 이 때 旅人은 66세, 憶良은 71세였다고 한다.

敢布私懷謌三首[1]

880 阿麻社迦留　比奈尒伊都等世　周麻比都々　美夜故能提夫利　和周良延尒家利

天ざかる　鄙に五年[2]　住ひつつ　都の風俗　忘らえにけり

あまざかる　ひなにいつとせ　すまひつつ　みやこのてぶり　わすらえにけり

881 加久能未夜　伊吉豆伎遠良牟　阿良多麻能　吉倍由久等志乃　可伎利斯良受提

かく[3]のみや　息衝き居らむ　あらたまの　來經往く年の　限知らずて

かくのみや　いきづきをらむ　あらたまの　きへゆくとしの　かぎりしらずて

882 阿我農斯能　美多麻々々比弖　波流佐良婆　奈良能美夜故尒　咩佐宜多麻波祢

吾が主[4]の　御靈給ひて[5]　春さらば[6]　奈良の都に　召上げ給はね

あがぬしの　みたまたまひて　はるさらば　ならのみやこに　めさげたまはね

左注　天平二年十二月六日　筑前國司山上憶良謹上

---

1 私懷 : 876번가 이하의 공적인 연회에서의 노래에 대해 개인적으로 마음을 담은 노래라는 뜻이다.
2 五年 : 당시 國司의 임기는 4년이었다. 후에 먼 지방은 5년으로 되었다.
3 かく : 시골에서의 생활을 말한다.
4 吾が主 : 타비토(旅人)를 말한다.
5 御靈給ひて : 배려를 해주어서.
6 春さらば : 봄은 정기적인 승진의 계절이다.

감히 나의 개인적 느낌을 담은 노래 3수

880 (아마자카루)/ 시골에 5년이나/ 계속 살면서/ 도읍 생활 풍속도/ 잊어버렸답니다

✿ 해설

도읍인 나라(奈良)로부터 하늘 아득히 멀리 떨어진 곳에 있는 이곳, 大宰府가 있는 筑紫 지방에서 5년이나 계속 살면서 지내다 보니 도회지의 풍습도 자연히 잊어버리고 말았습니다라는 내용이다.

881 이리 지내며/ 한숨 쉬고 있는가/ (아라타마노)/ 지나가는 세월의/ 기한도 모르고는

✿ 해설

이렇게 지방에 5년이나 있기만 하면서 한숨만 쉬고 있는 것인가. 해와 달이 바뀌어 세월은 계속 흘러가는데 이 생활이 언제 끝나는 것인지도 알지 못하고라는 내용이다.

5년이나 筑紫에 있는 것을 탄식한 것이다.

882 그대께서는/ 자비를 베푸셔서/ 봄이 오면은/ 나라(奈良)의 도읍지로/ 부르시길 바래요

✿ 해설

타비토(旅人) 그대께서는 나라(奈良)로 가시면 부디 배려를 해주셔서 봄이 되면 저 오쿠라(憶良)를 도읍지인 奈良으로 불러주시기를 바랍니다라는 내용이다.

이때 旅人에게 奈良으로 불러달라고 부탁한 것은 도읍에서 근무하게 해달라는 청탁은 아닌 것 같다. 그렇게 보면 너무 세속적인 내용이 되어서 憶良의 다른 작품을 통해서 나타난 성격과도 맞지 않고 비루하게 되기 때문이다. 稻岡耕二가, '71세인 憶良이 전근을 부탁했다고 해도 그것은 반드시 영전을 의미하는 것이 아니라, 오히려 관직에서 물러나는 것을 원했다고 보아야만 할 것이다'[稻岡耕二, 「旅人と憶良」, 『上代の文學』(1976, 有斐閣), p.209]라고 한 것처럼 관직에서 사임할 수 있도록 해달라는 의미로 보는 것이 좋을 듯하다. 全注에서도, '憶良은 당시 71세로 병을 앓고 있었다. 관직에서 물러나는 것이 허용되는 나이는 70세였다. 그의 '召上げ給はね'는, 꼭 중앙 관직으로 옮겨달라는 청탁이 아니라 관직에서 물러나는 것을 시사했는 것인지도 모르겠다. 그리고 사실 그렇게 되었으므로'라고 하였다[『萬葉集全注』 5, p.172].

좌주 天平 2년(730) 12월 6일 筑前國司 야마노우헤노 오쿠라(山上憶良) 삼가 올림.

三嶋王[1],
後追和松浦佐用嬪面謌一首[2]

883   於登尓吉岐　目尓波伊麻太見受　佐容比賣我　必礼布理伎等數　吉民萬通良楊滿

音に聞き　目にはいまだ見ず　佐用姫が　領巾振りきとふ　君松浦山

おとにきき　めにはいまだみず　さよひめが　ひれふりきとふ　きみまつらやま

---

1 三嶋王 : 舍人親王의 아들이다.
2 三嶋王~一首 : 이 제목을 쓴 사람은 873번가의 작자이다. 또 전체의 서문을 정리한 사람인가.

미시마노 오호키미(三嶋王)가,
후에 마츠라 사요히메(松浦佐用姫)의 노래에 追和한 1수

883　소문만 듣고/ 눈으로는 아직 못 본/ 사요히메(佐用姫)가/ 너울 흔들었다는/ 님 기다린다
　　　는 산

🌸 해설

　　이야기로만 듣고 눈으로는 아직 직접 보지 못 했네. 사요히메(佐用姫)가 긴 너울을 들고 흔들었다고
하는, 님을 기다린다는 뜻을 지닌 마츠라(浦)산이여라는 내용이다.
　　865번가에서도 보았듯이 '기다리다'는 일본어로 '待つ(마츠)'인데, '松(마츠)'와 발음이 같으므로 이렇게
연결시켜 표현한 것이다.
　　私注에서는, '이 追和는 오쿠라(憶良)로부터 사요히메의 노래를 받고 지어진 것'이라고 하였다['萬葉集私
注』 3, p.140].
　　全集에서는, '누구를 통해서 사요히메 노래를 알았는지는 알 수 없다. 어떤 기회에 871~875번가를 보고
追和한 것일 것이다. 이 작품은 후에 넣은 것이다. 이상으로 타비토(旅人)・憶良이 나오는 『萬葉集』권제5의
전반부는 끝나고 이하 후반부는 憶良및 憶良과 관계있는 작품을 모은 것으로 이루어져 있다'고 하였다[『萬葉
集』 2, p.90]. 井村哲夫도, '『萬葉集』권제5는, 이 노래로 전반・후반 2부로 나누어 볼 수가 있다. 전반은
타비토(旅人)를 중심으로 한 츠쿠시(筑紫) 사람들의, 후반은 타비토(旅人)가 상경하고 없는 츠쿠시(筑紫)의
적료함 속에 야마노우헤노 오쿠라(山上憶良)의 독무대가 된다'고 하였다[『萬葉集全注』 5, p.173].

大伴君熊凝[1]謌二首 大典[2]麻田陽春作[3]

884　國遠伎　路乃長手遠　意保々斯久　計布夜須疑南　己等騰比母奈久

國遠き　道の長手を　おほほしく　今日や過ぎなむ[4]　言問[5]もなく

くにとほき　みちのながてを　おほほしく　けふやすぎなむ　ことどひもなく

885　朝霧乃　既夜須伎我身　比等國尓　須疑加弖奴可母　意夜能目遠保利

朝霧の　消易きあが身　他國に　過ぎかてぬかも　親の目を欲り

あさぎりの　けやすきあがみ　ひとくにに　すぎかてぬかも　おやのめをほり

1　**大伴君熊凝**：886번가의 **序** 참조.
2　**大典**：4등관의 **上位**로 문서를 담당하였는데 정7위상에 상당한다. 매화연에는 보이지 않는다. 신임 관료인가.
3　**麻田陽春作**：代作이다. 두 작품은 다음에 나오는 **憶良追和歌**의 **原歌**로 채록한 것인가.
4　**過ぎなむ**：죽는 것이다.
5　**言問**：부모가 말하는 것이다.

오호토모노키미 쿠마코리(大伴君熊凝)의 노래 2수
大典 아사다노 야수(麻田陽春) 지음

884 고향에서 먼/ 길고 긴 여행길을/ 마음 울적히/ 오늘 죽는 것인가/ 부모 말도 못 듣고

해설

　고향에서 멀리 떨어진 긴 여행길인데 마음도 울적하게 오늘 목숨이 다하여 죽고 마는 것인가. 부모님이 해주시는 따뜻한 위로의 말도 듣지 못하고라는 내용이다.

　'言問もなく'를 中西 進은 부모가 작자에게 해주는 말로 해석을 하였다. 그러나 全集에서는 작자가 부모에게 작별인사를 하는 것으로 해석을 하였다『萬葉集』 2, p.90]. 井村哲夫도 '부모에게 고하지도 못 하고'로 해석하였다『萬葉集全注』 5, p.173].

885 (아사기리노)/ 사라지기 쉬운 몸/ 다른 곳에선/ 죽기가 힘드네요/ 부모 만나고 싶어

해설

　아침 안개가 햇빛이 나면 금방 사라져 없어지듯이 그렇게 없어지기 쉬운 허망한 내 몸입니다. 그렇지만 낯선 다른 지역에서는 쉽게 죽을 수가 없네요. 부모님을 만나고 싶어서요라는 내용이다.

　작자 아사다노 야수(麻田陽春)는, 귀화인 答本氏의 출신으로 원래는 答本陽春이라 칭했으나 神龜 원년 (724) 5월에 麻田連의 성을 내렸고 天平 2년(730) 겨울 大宰府에서 大宰大典, 同3년 3월에 從六位上에 올랐으며 同11년 정월에 外從五位下였으나 石見守의 任官 年月은 알 수 없고 卷五의 유력한 撰者의 한 사람으로 보는 설이 있는데 56세에 사망하였다[小島憲之 校注, 『懷風藻 文華秀麗集 本朝文粹』(岩波書店, 1982), p.505]. 이연숙의 『일본 고대 한인작가 연구』[(박이정, 2003), pp.55~58]에서 麻田陽春에 대해 자세히 설명을 하였다.

　884 · 885번가 두 작품의 창작 배경은 886번가의 서문에서 알 수 있다. 작자가 오호토모노키미 쿠마코리 (大伴君熊凝)의 입장이 되어서 쓴 것이다. 私注에서는, '이 작품의 제목과 다음의 서문에서 大伴君이라고 성을 넣은 것은 『萬葉集』 다른 卷에서는 볼 수 없는 특이한 예이지만, 大伴君은 비천한 성이므로 宿禰姓의 大伴과 혼동되지 않게 하기 위한 것으로 생각된다'고 하였다[『萬葉集私注』 3, p.142].

敬¹和爲熊凝述其志謌六首幷序　筑前國守山上憶良²

大伴君熊凝者, 肥後國益城郡³人也. 年十八歲, 以天平三年六月十七日, 爲相撲使厶國司官位姓名從人,⁴ 參向京都.⁵ 爲天, 不幸, 在路獲疾, 卽於安藝國佐伯郡高庭驛家⁶身故也. 臨終之時, 長歎息曰, 傳聞, 假合之身⁷易滅, 泡沫之命難駐. 所以, 千聖已去, 百賢不留. 況乎凡愚微者, 何能逃避. 但, 我老親並在菴室. 侍我過日, 自有傷心之恨. 望我違時, 必致喪明之泣.⁸ 哀哉我父, 痛哉我母. 不患一身向死之途, 唯悲二親在生之苦. 今日長別, 何世得觀.⁹ 乃作謌六首而死. 其歌曰

886　宇知比佐受　宮弊能保留等　多羅知斯夜　波々何手波奈例　常斯良奴　國乃意久迦袁　百重山　越弖須疑由伎　伊都斯可母　京師乎美武等　意母比都々　迦多良比遠礼騰　意乃何　身志　伊多波斯計礼婆　玉桙乃　道乃久麻尾尒　久佐太袁利　志婆刀利志伎提　等許自母　能　宇知許伊布志提　意母比都々　奈宜伎布勢良久　國尒阿良婆　父刀利美麻之　家尒阿良婆　母刀利美麻志　世間波　迦久乃尾奈良志　伊奴時母能　道尒布斯弖夜　伊能知周疑南
[一云, 和何余須疑奈牟]

---

1 敬 : 관직은 낮지만 야스(陽春)에 대한 경어. 陽春과 오쿠라(憶良)는 친교가 있었던 듯하다.
2 筑前國守山上憶良 : 원자로 그대로의 체제이다. 底本에서는 제목 앞에 작자 이름이 있다.
3 益城郡 : 지금 熊本縣의 上下의 益城郡이 있다.
4 相撲使厶國司官位姓名從人 : 相撲使는 보통 國司가 담당하였다. 정확하게는 官位姓名을 써야 하는데 생략한 형태이다. '厶'는 底本에는 某로 되어 있다.
5 京都 : 나라(奈良)를 가리킨다.
6 驛家 : 지금의 高畑(바타케)인가.
7 假合之身 : 地水火風의 4대 요소가 잠시 모여서 이루어진 몸이라는 뜻이다.
8 喪明之泣 : 子夏가 자식을 잃은 슬픔에 실명하였다고 하는 고사에 의한 것이다.
9 何世得觀 : 두번 다시 같은 인연에 의해 부모 자식으로 되는 곳은 없다.

쿠마코리(熊凝)를 위해 생각을 말한 노래에 삼가 답하는 6수와 序
츠쿠시노 미치노쿠치(筑前)國守 야마노우헤노 오쿠라(山上憶良)

오호토모노키미 쿠마코리(大伴君熊凝)는, 히노 미치노시리(肥後)國 마시키(益城)郡 사람이다. 나이 18세로 天平 3년(731) 6월 17일에 수마히(相撲)의 國使인 某(官位姓名)의 종자가 되어 도읍으로 향하였다. 천명인가, 불행하게도 도중에 병에 걸려 그대로 아키(安藝)國 사헤키(佐伯)郡의 타카바(高庭)의 驛家에서 사망하였다. 임종 때 길게 탄식하며 말하기를, "전하여 듣기를 '임시로 만들어진 몸은 없어지기 쉽고, 물거품 같은 목숨은 잡아 둘 수 없는 것이다'고 하였다. 그러므로 성인도 이미 떠났고, 많은 賢人도 머물러 있지 않다. 하물며 어리석고 천한 사람들이 어찌 피할 수 있겠는가. 다만 나의 노부모는 누추한 집에 있고 나를 기다리며 날들을 보내었다면 자연히 상심시킨 것이 한스럽네. 기다리는 내가 때를 어긴다면 틀림없이 실명하여 눈물 흘리겠지요. 불쌍하군요! 나의 아버지! 마음이 아프군요! 나의 어머니! 내 한 사람이 죽음으로 가는 길은 슬프지 않지만, 다만 부모가 살면서 당할 고통이 슬프네. 오늘 긴 이별을 하면 어느 세상에서 만날 수 있을까"라고 하였다. 그리고 노래 6수를 짓고 죽었다. 그 노래에 말하기를,

886 (우치히사수)/ 조정으로 간다고/ (타라치시야)/ 어머니 손 떠나서/ 익숙치 않은/ 타지방 무척 깊은/ 첩첩한 산을/ 넘어서 지나가서/ 지금이라도/ 도읍을 보고 싶다/ 생각하면서/ 이야기를 했는데/ 이내 몸이요/ 병으로 괴로워서/ (타마호코노)/ 길의 한 쪽 구석에/ 풀 뜯고는/ 작은 가지를 깔아/ 침상으로 해/ 쓰러져 누워서는/ 생각하면서/ 탄식하며 잠자네/ 고향에 있다면/ 아비가 돌보겠지/ 집에 있다면은/ 어미가 돌보겠지/ 세상살이는/ 이러한 것인 걸까/ 마치 개처럼/ 길에 엎어져서는/ 목숨이 끝나는가 [어떤 책에는 말하기를, 내 일생 끝나는가]

うち日さす[10] 宮へ上ると たらちしや[11] 母が手離れ 常知らぬ 國の奧處を 百重山 越えて過ぎ行き 何時しかも 京師を見むと 思ひつつ 語らひ居れど 己が身し 勞はしけ れば 玉桙の 道の隈廻に 草手折り 柴[12]取り敷きて 床じもの うち臥い伏して 思ひつつ 嘆き伏せらく 國にあらば 父とり見まし 家に在らば 母とり見まし 世間は かく[13]のみ ならし 犬じもの 道に伏してや 命過ぎなむ [一は云はく，わが世[14]過ぎなむ[15]]

うちひさす みやへのぼると たらちしや ははがてはなれ つねしらぬ くにのおくかを ももへ やま こえてすぎゆき いつしかも みやこをみむと おもひつつ かたらひをれど おのがみ し いたはしければ たまほこの みちのくまみに くさたをり しばとりしきて とこじもの うちこいふして おもひつつ なげきふせらく くににあらば ちちとりみまし いへにあらば ははとりみまし よのなかは かくのみならし いぬじもの みちにふしてや いのちすぎなむ [あるはいはく，わがよすぎなむ]

---

10 うち日さす : '태양이 빛나게 내리비친다'는 뜻으로 '宮'을 수식하는 상투적인 枕詞이다.
11 たらちしや : 'たらちねの'와 같다. 젖이 많은 어머니라는 뜻이다.
12 柴 : 柴草는 아니다.
13 かく : 부모와 헤어져 죽는 것이다.
14 わが世 : 목숨이다.
15 わが世過ぎなむ : 長歌 끝의 '一云' 또는 반복은 口誦의 경우가 많다.

　　오호토모노키미 쿠마코리(大伴君熊凝)는, 히노 미치노시리(肥後)國 마시키(益城)郡 사람이다. 나이는 18세이며 天平 3년(731) 6월 17일에 수마히(相撲)의 國使인 某(官位姓名)의 종자가 되어 도읍인 나라(奈良)로 향하였다. 그러나 천명인 것일까, 불행하게도 도중에 병에 걸려 그대로 아키(安藝)國 사헤키(佐伯)郡의 타카바(高庭)의 驛家에서 사망하였다. 죽음에 임하여 길게 탄식하며 말하기를, "전하여 들은 바에 의하면 '임시로 잠시 만들어져 있는 것일 뿐인 인간의 몸은 없어지기 쉽고, 물거품 같은 목숨은 잡아 둘 수 없는 것이다'고 하였다. 그러므로 성인이라고 해도 이미 세상을 떠났고, 또 많은 賢人들도 세상에 머물러 있지 않다. 하물며 어리석고 천한 우리 같은 사람들이 어찌 죽음을 피할 수가 있을 것인가. 다만 나의 연로하신 부모는 고향의 누추한 집에 살고 있다. 내가 돌아가는 것을 기다리며 날들을 보내었다면 자연히 상심시킨 결과가 되어서 그것이 한스럽네. 부모님이 기다리고 있는 아들인 내가 돌아가지 않는다면 부모님은 틀림없이 눈앞이 캄캄하여 슬퍼하며 울겠지요. 불쌍한 나의 아버지! 마음이 아픈 일이네요. 나의 어머니! 내 한 사람이 죽음으로 가는 길은 슬프지 않지만, 부모가 이 세상에 남아서 당하게 될 고통을 생각하니 마음이 아프네. 오늘 영원한 이별을 고하면 또 어느 세상에서 만날 수가 있을까"라고 하였다. 그리고 노래 6수를 짓고 죽었다. 그 노래에 말하기를,

　　찬란하게 빛나는 나라(奈良) 조정으로 상경하느라고 젖이 축 처진 나이든 어머니의 곁을 떠나서 보통 때는 경험도 해보지 않아서 익숙지 않은 다른 지방의 무척 깊고 첩첩이 겹친 산들을 넘어서 지나가서 하루라도 빨리, 지금이라도 당장 도읍을 보고 싶다고 생각하면서 함께 가는 일행과 이야기를 했었는데, 내 몸이 병이 들어서 괴로우므로 陽石을 세워놓은 길의 한 쪽 구석에 풀을 손으로 뜯고 작은 가지를 꺾어서 깔아서 임시로 침상을 만들어서는 그 위에 쓰러져 누워서 생각에 잠겨서는 탄식하며 잠을 자네. 내가 만약에 지금 고향에 있다면 아버지가 손을 잡고 보살펴 주시겠지. 만약 내가 집에 있다면 틀림없이 어머니가 또 그렇게 하여 돌보실 텐데. 세상살이는 이렇게 허망한 것인가 보다. 마치 개처럼 길에 엎어져서는 목숨이 끝나는 것일까 [어떤 책에는 말하기를, 내 일생이 끝나는 것인가]라는 내용이다.

　　'타라치시야'는 '足乳ねの'로 보아 젖이 많은으로도 해석할 수 있지만 '垂ら乳ねの'로 보고 나이 들어서 젖이 늘어진 것을 표현한 것이라고도 볼 수 있다. 大系에서는 '玉桙의'를, '현재는 각 지방에서 庚申塔이나 道祖神 등으로 이름이 바뀌고 모양도 바뀌었지만 대부분 삼거리에 세워져 있는 石神 가운데는, 옛날에는 陽石 모양을 한 것이 적지 않았던 것 같다. 동북지방 笠島의 道祖神과 그 외에도 그와 같은 예가 적지 않다. '타마'는 영혼의 '타마'이고 '호코'는 프로이드 류로 해석을 하면 陽石이었던 것이 아닐까. 그것을 삼거리나 마을 입구에 세워서 사악한 것의 침입을 막으려고 하는 미개한 농경사회의 습속이 당시에 아직도 많이 남아 있었던 것은 아닐까. 타마호코가, 길을 수식할 뿐만 아니라, 예가 한 곳에 보일 뿐이지만 마을(里)을 수식하고 있는 예(권제11, 2598)가 있는 것은 주목해야만 한다. 이와 같은 陽石을 마을 입구에 세우는 풍속은 세계 각지의 농경을 위주로 하는 미개사회에서 볼 수 있는 것이다'고 하였다[『萬葉集』 1, 補注 79, p.339].

　　全集에서는, '7월 7일의 궁중 씨름 대회에 맞추기 위해 출발한 것인데, 大宰府에서 도읍인 나라(奈良)까지 가는데 27일, 오는데 14일, 바닷길로는 30일 정도가 걸린다'고 하였다[『萬葉集』 2, p.91].

　　私注에서는, 이 노래는 완전히 쿠마코리(熊凝)가 지은 형식으로 된, 오쿠라(憶良)의 代作인데 憶良이 이러한 作風에 흥미를 가지고 있었던 것은 중국문학 때문인 듯하다고 보았으며 창작 시기는 6월 17일에 출발한 相撲使가 돌아온 후 그것을 전해 듣고 지은 것이기 때문에 아마도 8월 중순 이후일 것이라고 하였다[『萬葉集私注』 3, pp.148~149].

887　多良知子能　波々何目美受提　意保々斯久　伊豆知武伎提可　阿我和可留良武

たらちしの　母が目見ずて[1]　鬱しく　何方向き[2]てか　吾が別るらむ[3]

たらちしの　ははがめみずて　おほほしく　いづちむきてか　あがわかるらむ

888　都祢斯良農　道乃長手袁　久礼々々等　伊可尓可由迦牟　可利弖波奈斯尓 [一云, 可例比波奈之尓]

常知らぬ　道の長手を[4]　くれくれと[5]　如何にか行かむ　糧[6]は無しに [一は云はく, 乾飯は無しに]

つねしらぬ　みちのながてを　くれくれと　いかにかゆかむ　かりてはなしに [あるはいはく, かれひはなしに]

---

1 目見ずて : 만나지 않고.
2 何方向き : 죽음의 세계로 나가는 길을 알지 못하는 것을 말한다.
3 吾が別るらむ : 이 작품에만 '一云'이 없다.
4 道の長手を : 884번가와 같은 句이지만 여기에서는 죽음의 세계에로의 길이다.
5 くれくれと : 'くれ'는 '어둡다(暗)'는 뜻이다.
6 糧 : 식량이다. 여행할 때의 식량은 일반적으로 쌀을 쪄서 말린 것이었다.

887   (타라치시노)/ 어머니 못 만나고/ 맘 울적해서/ 어디를 향하여서/ 나는 떠나가는가

🌸 해설

　　젖이 많은 어머니를 만나지도 못해서 마음이 답답한데 어디를 향하여서 나는 떠나가는 것인가라는
내용이다. 부모를 만나지도 못하고 죽음의 길로 떠나가야 하는 슬픈 마음을 노래한 것이다.
　　'타라치시노'는 '母'를 수식하는 상투어인데 젖이 풍족하다는 뜻도 있지만 나이가 들어 젖이 늘어져
쳐진 상태를 나타낸 것으로도 해석된다. 中西 進은 '젖이 많은'으로 해석을 하였다. 굳이 枕詞를 해석할
필요는 없지만, 쿠마코리(熊凝)가 이미 장성하였고 노래의 내용을 보면 그 부모는 이미 연로하다고 하였으
므로 '젖이 축 늘어진'으로 해석하는 것이 노래 내용과 더 맞을 듯하다.

888   익숙치 않은/ 멀고도 먼먼 길을/ 어두움 속을/ 어떻게 해서 갈까/ 먹을 것은 없는데 [어떤
　　　책에서는, 말린 밥은 없는데]

🌸 해설

　　평소에 다니던 이 세상의 보통 길과는 달라서 익숙하지 않은 죽음의 세계로 가는 그 멀고 먼 길을
캄캄한 어두움 속에서 어떻게 갈까. 먼 길을 갈 때에 먹을 양식도 없는데라는 내용이다.
　　'くれくれと'를 全集에서는 '어두운 마음으로'로[『萬葉集』 2, p.94], 私注에서는 '터벅터벅'으로 해석을 하
였다[『萬葉集私注』 3, p.150]. 어느 쪽으로 해석을 해도 무리는 없다.

889　家尓阿利弖　波々何刀利美婆　奈具佐牟流　許々呂波阿良麻志　斯奈婆斯農等母 [一云，能知波志奴等母]

家に在りて　母がとり見ば　慰むる　心はあらまし　死なば死ぬとも [一は云はく，後は[1]死ぬとも]

いへにありて　ははがとりみば　なぐさむる　こころはあらまし　しなばしぬとも [あるはいはく，のちはしぬとも]

890　出弖由伎斯　日乎可俗閇都々　家布々々等　阿袁麻多周良武　知々波々良波母 [一云，[波々我迦奈斯佐]

出でて行きし　日を數へつつ　今日今日と　吾を待たすらむ　父母らはも [一は云はく，母が悲しさ]

いでてゆきし　ひをかぞへつつ　けふけふと　あをまたすらむ　ちちははらはも [あるはいはく，ははがかなしさ]

891　一世尓波　二遍美延農　知々波々袁　意伎弖夜奈何久　阿我和加礼南 [一云，相別南]

一世には　二遍見えぬ[2]　父母を置きてや　長く[3]吾が別れなむ [一は云はく，あひ別れなむ]

ひとよには　ふたたびみえぬ　ちちははを　おきてやながく　あがわかれなむ [あるはいはく，あひわかれなむ]

---

1 後は：보살펴 준 후에는.
2 二遍見えぬ：한문 서문의 끝부분을 노래한 것이다.
3 長く：永訣을 말한다.

889 집에 있어서요/ 어미가 보살피면/ 위로가 되는/ 마음도 있을 테지만/ 죽으면 죽더라도
[어떤 책에서는, 그 후에 죽더라도]

해설

아플 때 집에 있어서 어머니가 보살피며 간병을 한다면 비록 죽는다고 해도 마음이 한결 편안할 것인데 라는 내용이다.
죽음에 임해서 어머니의 따뜻한 손길을 그리워하는 내용이다.

890 떠나가고 나서/ 날을 계속 세면서/ 오늘 하면서/ 날 기다리고 있을/ 아버지 어머니여 [어떤
책에서는, 어미의 슬픔이여]

해설

내가 집을 떠난 뒤로 날수를 손가락으로 세면서 오늘은 돌아오는 것인가 내일은 돌아오는 것인가 하며
나를 기다리고 있을 아버지 어머니여라는 내용이다.

891 이 세상에선/ 다시 만날 수 없는/ 부모님을요/ 두고서는 영원히/ 나는 이별하는가 [어떤
책에서는, 서로 이별하는가]

해설

이 세상에서 일생을 살아가는 동안 두 번 다시는 만날 수 없는 부모님을 뒤에 남겨 두고 나는 영원히
이별을 하고 가야 하는 것인가라는 내용이다.

貧窮問答[1]歌一首并短哥

892 風雜 雨布流欲乃 雨雜 雪布流欲波 爲部母奈久 寒之安礼婆 堅塩乎 取都豆之呂比 糟湯酒 宇知須々呂比弖 之阨夫可比 鼻毗之毗之尓 志可登阿良農 比宜可伎撫而 安礼乎於伎弖 人者安良自等 富己呂倍騰 寒之安礼婆 麻被 引可賀布利 布可多衣 安里能許等其等 伎曾倍騰毛 寒夜須良乎 和礼欲利母 貧人乃 父母波 飢寒良牟 妻子等波 乞々泣良牟 此時者 伊可尓之都々可 汝代者和多流

天地者 比呂之等伊倍杼 安我多米波 狭也奈里奴流 日月波 安可之等伊倍騰 安我多米 波 照哉多麻波奴 人皆可 吾耳也之可流 和久良婆尓 比等々波安流乎 比等奈美尓 安礼母作乎 綿毛奈伎 布可多衣乃 美留乃其等 和々氣佐我礼流 可々布能尾 肩尓打懸 布勢伊保能 麻宜伊保乃内尓 直土尓 藁解敷而 父母波 枕乃可多尓 妻子等母波 足乃 方尓 圍居而 憂吟 可麻度柔播 火氣伎多弖受 許之伎尓波 久毛能須可伎弖 飯炊 事毛和須礼提 奴延鳥乃 能杼与比居尓 伊等乃伎提 短物乎 端伎流等 云之如 楚取 五十戸長我許恵波 寝屋度麻侶 來立呼比奴 可久婆可里 須部奈伎物能可 世間乃道

風雜り 雨降る夜の[2] 雨雜り 雪降る夜は 術もなく 寒くしあれば 堅塩[3]を 取りつづしろ ひ[4] 糟湯酒[5] うち啜ろひて 咳かひ[6] 鼻びしびしに[7] しかとあらぬ 鬚かき撫でて 我を措 きて 人は在らじと 誇ろへど 寒くしあれば 麻衾 引き被り 布肩衣[8] 有りのことごと 服襲[9]へども 寒き夜すらを[10] 我よりも 貧しき人の 父母は 飢ゑ寒からむ 妻子どもは 乞ふ乞ふ[11]泣くらむ この時は 如何にしつつか 汝が世は渡る

---

1 貧窮問答: 貧窮에 관하여 문답체의 형식을 취한 작품이다.
2 雨降る夜の: 여기서의 'の'는 동격이다.
3 堅塩: 정제를 제대로 하지 않은 검은 색의 소금이다.
4 つづしろひ: 조금씩 먹는 것을 말한다.
5 糟湯酒: 술지게미를 뜨거운 물에 푼 것이다.
6 咳かひ: 기침을 하는 것이다.
7 鼻びしびしに: 의태어.
8 布肩衣: 천으로 만든, 어깨를 덮는 옷이다.
9 服襲: 옷을 겹쳐 입는 것이다.
10 寒き夜すらを: 이런 하룻밤만을 말하더라도.
11 乞ふ乞ふ: 달라고 하고는 달라고 하고는. 종지형을 중복한 형태로 계속을 나타낸다.

가난한 자와 극빈자가 문답한 노래 1수와 短歌

892 바람에 섞여/ 비가 내리는 밤/ 비에 섞여서/ 눈이 내리는 밤/ 어쩔 수 없고/ 날씨가 추우므로/ 검은 소금을/ 조금씩 먹으면서/ 술지게미 국/ 홀쩍홀쩍 마시며/ 기침을 하고/ 콧물 홀쩍거리고/ 털도 별로 없는/ 수염을 쓰다듬고/ 나를 제쳐두고/ 좋은 사람 없다고/ 자만하지만/ 날이 춥다보니까/ 삼베 이불을/ 끌어당겨 덮고/ 변변찮은 조끼/ 있는 대로 모조리/ 겹쳐 입지만/ 차가운 밤이므로/ 자신보다도/ 가난한 사람들의/ 부모들은요/ 굶주리고 춥겠지/ 처자식들은/ 음식 달라 울겠지/ 이런 때에는/ 어떻게 해가면서/ 그댄 세상을 사나/ 하늘과 땅은/ 넓다고는 하지만/ 나를 위해선/ 좁게 된 것일거나/ 해와 달은/ 밝다고 말하지만/ 나를 위해선/ 비추지 않는 걸까/ 모두 그런가/ 나에게만 그런가/ 뜻하지 않게/ 사람으로 태어나/ 사람들처럼/ 나도 힘을 쓰는데/ 솜도 안 들은/ 변변찮은 조끼를/ 청각채처럼/ 찢어져 너덜해진/ 누더기만을/ 어깨에 걸치고는/ 구멍 같은 집/ 무너질 것 같은 집 안/ 땅바닥에다/ 짚을 흩어서 깔고/ 아비 어미는/ 머리맡 쪽 위쪽에/ 처자식들은/ 발 있는 쪽으로/ 둘러싸고서/ 슬퍼서 탄식하네/ 화덕에는요/ 불도 피울 수 없고/ 밥 시루에는/ 거미줄이 쳐져서/ 밥을 한다는/ 일도 잊어버리고/ 호랑지빠귀/ 신음소리 낼 때에/ 뜻하지 않게/ 길이가 짧은 것을/ 단 자른다고/ 하는 말과 같이도/ 채찍을 가진/ 이장놈의 목소리는/ 자는 데까지/ 와서는 고함치네/ 이렇게까지/ 방도가 없는 걸까/ 세상 속의 길이란

🌸 해설

　　부는 바람에 섞여서 비가 내리는 밤. 비가 내리는데 그 비에 섞여서 눈까지 내리고 있는 밤. 어떻게 할 방법은 없는데 날씨는 매우 추우므로, 정제를 하지 않아서 불순물이 많은 검은 소금을 조금씩 먹으면서, 또 술지게미를 풀어 넣어 만든 국을 흘쩍 홀쩍 마시네. 기침을 하고 또 콧물을 홀쩍거리고, 털도 제대로 나 있지 않은 수염을 쓰다듬으면서 자신을 제외하고는 이 세상에 자신만한 훌륭한 사람이 없다고 으스대면서 자만을 하지만, 역시 매우 추운 날씨이므로 삼베 이불을 끌어 당겨다가 덮고, 식물 섬유로 거칠게 짠 좋지 않은 조끼를 있는 대로 모조리 겹쳐 입어 보지만 추운 밤이므로 자신보다도 더 가난한 사람들의 부모들은 먹지 못 해서 굶주리고 춥겠지. 아내와 자식들은 먹을 것을 달라고 보채며 울겠지. 그대는 이런 때에 어떻게 하며 이 세상을 살아가는 것인가.

天地は 廣しといへど 吾が爲は 狹くやなりぬる 日月は 明しといへど 吾が爲は 照りや
給はぬ 人皆か 吾のみや然る わくらばに 人とはあるを 人並に 吾も作る[12]を 綿も無き
布肩衣の 海松の如 わわけ[13]さがれる 襤褸[14]のみ 肩にうち懸け 伏廬[15]の 曲廬[16]の 内に
直土に 藁解き敷きて 父母は 枕の方に 妻子どもは 足の方に 圍み居て 憂へ吟ひ[17]
竈[18]には 火氣ふき立てず 甑[19]には 蜘蛛の巢懸きて 飯炊く 事も忘れて 鵺鳥の 呻吟ひ
居るに いとのきて[20] 短き物を 端裁ると 云へるが如く 楚[21]取る 里長[22]が聲は 寝屋戸
まで 來立ち呼ばひぬ かくばかり 術無きものか 世間の道

かぜまじり あめふるよの あめまじり ゆきふるよは すべもなく さむくしあれば かたし
ほを とりつづしろひ かすゆざけ うちすすろひて しはぶかひ はなびしびしに しかとあ
らぬ ひげかきなでて あれをおきて ひとはあらじと ほころへど さむくしあれば あさぶ
すま ひきかがふり ぬのかたきぬ ありのことごと きそへども さむきよすらを われより
も まづしきひとの ちちははは うゑさむからむ めこどもは こふこふなくらむ このとき
は いかにしつつか ながよはわたる あめつちは ひろしといへど あがためは さくやなり
ぬる ひつきは あかしといへど あがためは てりやたまはぬ ひとみなか あのみやしかる
わくらばに ひととはあるを ひとなみに あれもなれるを わたもなき ぬのかたぎぬの
みるのごと わわけさがれる かかふのみ かたにうちかけ ふせいほの まげいほのうちに
ひたつちに わらときしきて ちちははは まくらのかたに めこどもは あとのかたに かく

---

12 吾も作る : 생업을 '나루 · 나리하히'라고 한다.
13 わわけ : 낡아지는 것이다.
14 襤褸 : 누더기.
15 伏廬 : 견혈식의 가옥이다. 伏屋과 같다.
16 曲廬 : 기울어진 초막이다.
17 憂へ吟ひ : 신음하다.
18 竈 : 솥을 놓는 화덕이다. 가지고 옮겨 다닐 수 있다.
19 甑 : 밥을 짓는 도구이다. 기와 또는 나무로 만든 것이다. 화덕에 솥을 걸고 그 위에 시루를 놓는다. 그
   당시는 지금처럼 밥을 짓지 않았다.
20 いとのきて : 'いと', 'のきて' 모두 '특히'라는 뜻이다.
21 楚 : 본래 어린 가지를 '시모토'라고 한다.
22 里長 : 50호를 1里라고 한다.

하늘과 땅은 넓다고는 하지만 나에게는 좁게만 느껴지네. 해와 달은 밝다고들 말하지만 나에게는 빛이 비추지 않는 것일까. 모든 사람에게 다 그런 것인가. 아니면 나에게만 그렇게 좁고 빛이 비치지 않는 것일까. 우연하게도 사람으로 이 세상에 태어나서 다른 사람들처럼 나도 생업에 힘을 쓰지만, 솜도 넣지 않은 변변찮은 조끼를 청각채처럼 찢어져서 너덜해진 누더기들을 어깨에 걸치고는, 겨우 기어 들어갈 정도로 작은 구멍 같은 집, 곧 무너질 것 같은 허름한 집 안의 맨 땅바닥에다 짚을 흩어서 깔고 아버지와 어머니는 머리맡 쪽 좋은 자리를 차지하고 아내와 자식들은 발치 쪽으로 자리를 잡아 나를 중심으로 하여 둘러싸고서는 슬퍼서 탄식을 하네. 화덕에는 불을 때어 밥을 하는 연기도 나지 않고, 밥을 찌는 시루는 밥을 하지 않은 지 이미 오래 되어서 거미줄이 쳐져 있어서 밥 하는 일도 잊어버리고, 마치 호랑지빠귀처럼 낮은 신음소리를 내고 있네. 그 때에 뜻하지 않게, 그렇지 않아도 길이가 짧은 것을 설상가상으로 단을 잘라 더 짧게 한다고 하는 속담과 같이, 배고프고 추운데 채찍을 가진 이장의 고함치는 목소리가 자고 있는 방까지 들리네. 이렇게도 방법이 없는 것일까. 세상 속의 길은'이라는 내용이다.

'天地は'부터는 窮者의 대답이다.

'麻衾을 私注에서는 삼베로 만든, 밤에 입는 옷이라고 하였다[『萬葉集私注』3, p.155]. '吾も作るを'를 全集에서는 '손발도 다 달려 있는데'로 해석을 하였다[『萬葉集』2, p.96].

이 작품은 貧者와 窮者의 문답이다. 貧者가, 추운 날 삼베옷을 입고 소매 없는 옷을 있는 대로 다 겹쳐 입어도 이렇게 추운데 하물며 자기보다 더욱 빈곤한 窮民은 어떻게 살아가고 있는가 묻는다. 이에 대해 窮者는 누더기 옷을 입고 땅바닥에 짚을 깔고 대가족이 좁은 공간에서 떨며 지내는 모습을 말하며 답하고 있다.

中西 進은 오쿠라(憶良)가 이 작품을 丹比縣守에게 올린 것이라고 하였다. 私注에서는, 左注를 보면 작자는 야마노우헤노 오쿠라(山上憶良)인데 관직명을 밝히지 않은 것으로 보아 筑前國守로서의 임무가 끝나고 난 뒤, 다른 관직에 있지 않은 天平 4년(732) 겨울 무렵에 지은 것이라고 추정을 하고, '頓首謹上'으로 보아 누군가에게 보낸 것이며 후사사키(房前), 요시다노 요로시(吉田宜) 등 여러 사람을 생각할 수 있지만, 筑前國守 시대의 직속 장관인 大貳 多治比縣守 現參議民部卿에게 보낸 것으로 보는 것이 자연스럽다고 하였다. 그리고 또 이 작품은 사회적인 문제를 다루고 있지만 憶良에게 일정한 사회관·사회정책이 있어서라고는 볼 수 없으며 당시 하급 관료들이 백성을 괴롭히는 실상을 잘 알고 있었으므로, 당시의 사회정책을 그대로 받아들이고 거기에 백성에 대한 자신의 경험을 바탕으로 하여 시적 표현을 더하였다는 정도이지만 그것만으로도 이 작품이 전연 새로운 경지를 열었다는 것을 부정할 수는 없다고 하였다[『萬葉集私注』3. pp. 158~160].

井村哲夫는 아사다노 야스(麻田陽春)에게 올린 것으로 보았는데 이유에 대해, '陽春은 懷風藻 작자의 한 사람이기도 하며 타비토(旅人)가 없는 筑紫에서 몇 안 되는 문예의 친구였다고 생각된다. 쿠마코리(熊凝)의 노래에 첨부하여 올린 것인지도 모른다. 左注에 筑前守라는 것이 기록되어 있지 않은 것도, 熊凝의 노래 제목 밑에 이미 기록하였으므로 끝부분에서는 생략한 것이라고 생각할 수 있다'고 하였다[『萬葉集全注』5, p.201].

全集에서는, '한문 서적의 '問答'은 대화라는 뜻이다. 그것에 의하면 貧者(貧)와 극빈자(窮)가 대화하는 것이 된다. 『문선』賦 작품들의 일부와 도연명의 '形과 影과 정신의 대화'(形影神幷序) 등은 그 예라고 할 수 있다. 그러나 『令集解』의 「戶令」에 '빈궁이란, 가난하여 資財가 없는 자를 말한다', '財貨에 어려움을 겪는 것을 빈궁이라고 한다'고 하는 기록이 보여, 빈궁에 관한 질문과 그 대답이라고 하는 문학적 형식을 빌려서 일반적인 가난에 대하여 國守 경험자로서의 자신의 의견을 말한 것이라 볼 수 있다고 하였다[『萬葉集』2. p.94]

みゐて　うれへさまよひ　かまどには　ほけふきたてず　こしきには　くものすかきて　いひかしく　こともわすれて　ぬえどりの　のどよひをるに　いとのきて　みじかきものを　はしきると　いへるがごとく　しもととる　さとをさがこゑは　ねやどまで　きたちよばひぬ　かくばかり　すべなきものか　よのなかのみち

893　世間乎　宇之等夜佐之等　於母倍杼母　飛立可祢都　鳥尓之安良祢婆

世間を　憂しとやさし[23]と　思へども　飛び立ちかねつ　鳥にしあらねば

よのなかを　うしとやさしと　おもへども　とびたちかねつ　とりにしあらねば

左注　山上憶良頓首謹上[24]

---

23 憂しとやさし : 불교 용어 '慙愧'에 의한 것이다. 선비로서의 처지에 대한 치욕이다. 이 작품을 비롯하여 『靈異記』(下38)의 景戒의 말에 비슷한 것이 있다.
24 山上憶良頓首謹上 : 天平 4년(732) 겨울에 지은 것이다. 丹比縣守(당시 參議, 民部卿, 山陰道節度使)에게 올린 것인가.

893   세상살이를/ 괴롭고 부끄럽다/ 생각하지만/ 날아 떠날 수 없네/ 새가 아닌 것이기에

✿ 해설

　자신은 괜찮은 사람이라고 생각을 하지만 세상에서 제대로 된 생활을 하지 못하다 보니 그것이 괴롭고 치욕스럽다고 생각을 해서, 먼 곳으로 날아서 떠나가 피하고 싶지만 그렇게 할 수가 없네. 새가 아니므로라는 내용이다.

　만약 자신이 새라면 참담한 현실을 떠나 먼 곳으로 피하고 싶다는 마음을 노래한 것이다. 長歌 892번가에서는 현실적인 고통만을 말하였는데 그러한 현실에 대한 솔직한 마음이 893번가에 나타나 있다.

　[좌주] 야마노우헤노 오쿠라(山上憶良)는 머리 조아려 삼가 올립니다.

好去好來[1]謌一首 反謌二首

894

神代欲理　云伝久良久　虚見通　倭國者　皇神能　伊都久志吉國　言靈能　佐吉播布國等
加多利継　伊比都賀比計理　今世能　人母許等期等　目前尒　見在知在　人佐播尒　滿弖播
阿礼等母　高光　日御朝庭　神奈我良　愛能盛尒　天下　奏多麻比志　家子等　撰多麻比天
勅旨 [反云 大命]　戴持弖　唐能　遠境尒　都加播佐礼　麻加利伊麻勢　宇奈原能　邊尒母奧
尒母　神豆麻利　宇志播吉伊麻須　諸能　大御神等　船舳尒 [反云 布奈能閇尒]　道引麻遠志
天地能　大御神等　倭　大國靈　久堅能　阿麻能見虚喩　阿麻賀氣利　見渡多麻比　事畢
還日者　又更　大御神等　船舳尒　御手打掛弖　墨繩遠　播倍多留期等久　阿遲可遠志
智可能岫欲利　大伴　御津浜備尒　多太泊尒　美船播將泊　都々美無久　佐伎久伊麻志弖
速歸坐勢

神代より　言ひ傳て來らく　そらみつ　倭の國は　皇神の[2]　嚴しき國　言靈の[3]　幸はふ國と
語り継ぎ　言ひ継がひけり　今の世の　人も悉　目の前に　見たり知りたり　人多に　滿ちては
あれども　高光る　日の朝廷　神ながら　愛の盛りに　天の下　奏し給ひし　家の子[4]と
選び給ひて　勅旨 [反して,[5]　大命という] 戴き持ちて　唐の　遠き境に　遣され　罷り坐せ[6]

---

1 **好去好來** : 견당사에게 보내는 노래이다. '**好去**'는 『유선굴』등에 보이는 **俗語**로, 이별의 말이다. '**好來**'도
　'무사히 돌아오다'는 뜻이다. 또 '**歸去來**'는 이별의 악부시의 제목인데 **去來**'는 '이자'로 읽는 용법이 있다.
　이상을 합친 제목이다.
2 **皇神の** : 통치하는 신. 천황을 가리키는 경우도 있다.
3 **言靈の** : 언어의 영혼. 당시의 강한 신앙이었다.
4 **家の子** : 대사의 아버지, **左大臣島**를 말한다.
5 **反して** : 한자의 반절을 응용한 것이다. 반절은 한자 두 글자의 자음과 모음에 의해 소리를 나타내는 방법이
　다. 여기서는 단순한 **訓解**를 말한다.
6 **罷り坐せ** : '**罷り**'는 겸양을 나타내며, '**坐せ**'는 경어이다. '**坐せ**' 다음에 '**ば**'가 있는 어조이다.

무사히 잘 다녀오라는 노래 1수와 反歌 2수

894 神代 이후로/ 전해져 내려오길/ (소라미츠)/ 일본이란 나라는/ 통치하는 신/ 위엄 있는 나라고/ 言靈의 신이/ 돌보는 나라라고/ 계속 말하며/ 이야기해 왔지요/ 지금 이 시대/ 사람들도 모두 다/ 바로 눈앞에/ 보고 알고 있지요/ 사람들 가득/ 넘치고는 있지마는/ (타카히카루)/ 조정 안에서/ 신인 대왕이/ 각별히 사랑하여/ 하늘 아래의/ 정치를 담당했던/ 가문 자손을/ 선택을 하시어서/ 왕의 칙지를 [勅旨는 大命이라고 읽는다]/ 받들어 가지고는/ 唐이라 하는/ 멀고 먼 나라에로/ 파견되어서/ 출발을 한다면/ 넓은 바다의/ 해안도 먼 바다도/ 신들 머물러/ 지배를 하고 있는/ 여러 종류의/ 수없이 많은 신은/ 뱃머리에서 [船舳에는 후나노헤니라고 한다]/ 인도를 잘 하고요/ 하늘과 땅의/ 수없이 많은 신은/ 일본 국의/ 국토의 정령신은/ (히사카타노)/ 아득한 하늘에서/ 공중을 날아/ 지켜줄 터이지요/ 일을 끝내고/ 돌아오는 날에는/ 다시 더욱더/ 수없이 많은 신은/ 뱃머리 쪽에/ 손을 얹어 놓아서/ 먹물 적신 줄/ 당겨서 친 것처럼/ (아치카오시)/ 치카(値嘉) 곳으로부터/ 오호토모 (大伴)의/ 미츠(御津)의 해안으로/ 곧장 똑바로/ 배는 귀항하겠죠/ 장애물 없이/ 무사히 가시어서/ 빨리 돌아오세요

海原の　邊にも奥にも　神づまり　領き坐す　諸の　大御神たち　船舳に [反して, ふなのへにと云う] 導き申し[7]　天地の　大御神たち　倭の　大國靈[8]　ひさかたの　天の御空ゆ　天翔り　見渡し給ひ　事了り　還らむ日には　またさらに　大御神たち　船舳に　御手うち懸けて　墨縄を[9]　延へたる如く　あちかをし[10]　値嘉[11]の岬より　大伴の　御津の濱邊[12]に　直泊[13]てに　御船は泊てむ　恙[14]無く　幸く坐して　早歸りませ

かみより　いひつてくらく　そらみつ　やまとのくには　すめがみの　いつくしきくに　ことだまの　さきはふくにと　かたりつぎ　いひつがひけり　いまのよの　ひともことごと　めのまへに　みたりしりたり　ひとさはに　みちてはあれども　たかひかる　ひのみかど　かむながら　めでのさかりに　あめのした　まをしたまひし　いへのこと　えらびたまひて　おほみこと [はんして, おほみことという] いただきもちて　もろこしの　とほきさかひに　つかはされ　まかりいませ　うなはらの　へにもおきにも　かむづまり　うしはきいます　もろもろの　おほみかみたち　ふなのへに [はんして, ふなのへにという] みちびきまをし　あめつちの　おほみかみたち　やまとの　おほくにみたま　ひさかたの　あまのみそらゆ　あまかけり　みわたしたまひ　ことをはり　かへらむひには　またさらに　おほみかみたち　ふなのへに　みてうちかけて　すみなはを　はへたるごとく　あちかをし　ちかのさきより　おほともの　みつのはまびに　ただはてに　みふねははてむ　つつみなく　さきくいまして　はやかへりませ

---

7 **導き申し** : 대사에 대한 神의 겸양을 나타낸다.

8 **大國靈** : 지금의 오오야마토(**大**和)신사의 신이다. **大**和의 **地靈**神이다.

9 **墨縄を** : 먹줄로 직선을 비유한 것이다.

10 **あちかをし** : 値嘉에 연결되는 말인가. 무슨 뜻인지 알 수 없다.

11 **値嘉** : 五島列島, 値嘉島. 'より'는 경유하는 것을 말한다.

12 **濱邊** : 나니하(**難波**)港이다.

13 **直泊** : 갑자기 정박하는 것이다.

14 **恙** : 방해, 지장이 있는 것이다.

아득히 먼 옛날 神代로부터 전해지기를 하늘까지 충만한 일본이라는 나라는 통치하는 신의 위덕이 위엄 있는 나라이며, 또한 말 속에 들어 있는 신비한 힘이 있는 나라라는 것을 계속 말하고 이야기를 해 왔지요. 지금 이 시대의 사람들도 모두 다 바로 눈앞에 그러한 사실을 보아서 잘 알고 있습니다. 일본에는 사람들이 많아서 차고 넘치지만, 높이 빛나는 태양의 조정 사람들 가운데서 신인 왕이 각별히 사랑하여서 천하의 정치를 담당하였던 가문의 자손이라고 당신을 특별히 선택을 하였으므로 당신은 왕의 칙지를 [勅旨는 大命이라고 읽는다] 받들어서 이제 唐나라라고 하는 멀고 먼 나라로 파견되어 떠납니다. 넓은 바다의 해안에도 바다 한가운데에도 신들이 머물고 있으면서 지배를 하는, 여러 종류의 많은 신들은 배 앞에 서서 [船舳に는 후나노헤니라고 한다] 인도를 잘 하고, 일본 국토의 정령을 비롯하여 천지의 신들은 아득한 먼 하늘에서 날면서 지켜주겠지요. 또 왕이 맡긴 사명을 무사히 마치고 귀국하게 되는 날에는 또다시 많은 신들은 뱃머리 쪽에 손을 얹어서 보호를 하여, 다른 곳에 들르거나 하지 말고, 먹줄을 당겨서 선을 곧게 긋는 것처럼 그렇게 곧장 똑바로 치카(値嘉) 곳으로부터 오호토모(大伴)의 미츠(御津)의 해안으로 배는 귀항을 하겠지요. 아무 탈 없이 무사히 잘 갔다가 빨리 돌아오세요라는 내용이다.

左注를 보면 당나라에 가는 대사에게 바친 노래임을 알 수 있다. 이때의 대사는 타지히노 히로나리(丹比 廣成)이다. 全集에서는, '타지히노 히로나리(丹比廣成)는 天平 4년(732) 8월에 견당 대사에 임명이 되어 이듬해 4월 3일에 나니하츠(難波津)를 출발하였다. 天平 6년 11월 種子島에 표착하여 7년 3월에 돌아왔다'고 하였다[『萬葉集』 2, p.100]. 私注에서는, '오쿠라(憶良)는 大寶 원년(701) 遣唐使 小錄이 되어 2년에 당나라에 갔기 때문에 경험자이므로 廣成은 이 선배를 방문하여 물어볼 것을 물어 보았을 것이다. 廣成은 左大臣 島의 아들이며, 靈龜 2년(716)의 遣唐使 縣守의 동생이다. 縣守는 憶良이 筑前守였을 때 大貳였다. 그러한 관계가 있다고 해도 憶良이 그 방면에서는 존경받고 있던 한 사람이었음은 알 수 있다고 하였다[『萬葉集私注』 3, p.165].

反謌

895 大伴　御津松原　可吉掃弖　和礼立待　速歸坐勢

大伴の　御津の松原　かき掃きて　われ立ち待たむ　早歸りませ

おほともの　みつのまつばら　かきはきて　　われたちまたむ　はやかへりませ

896 難波津尒　美船泊農等　吉許延許婆　紐解佐氣弖　多知婆志利勢武

難波津に　御船泊てぬと　聞え來ば　紐解き放けて¹　立走り²せむ

なにはつに　みふねはてぬと　きこえこば　ひもときさけて　たちばしりせむ

左注　天平五年三月一日良宅對面³獻三日⁴　山上憶良　謹上　大唐大使卿⁵記室⁶

---

1 **放けて**: 기쁘게 맞이하는 모습이다.
2 **立走り**: 기뻐서 덩실거리며 달리는 모습이다.
3 **對面**: 오쿠라(憶良)의 집을 방문한 것이 된다. 경험자이기 때문인가.
4 **三日**: 임명은 天平 4년(732) 8월 17일이며, 이듬해인 5년 3월21일에 배알하고 윤3월 26일 節刀를 받아 4월3일 출발하였다. 대사는 天平 7년 3월에 귀국하였다.
5 **大唐大使卿**: 丹比廣成이다. 縣守의 동생이다.
6 **記室**: 書記官. 편지에 관례로 상대방을 존경하여 그 옆에 쓰는 서식의 일종이다.

反歌

895　오호토모(大伴)의/ 미츠(御津) 마츠바라(松原)를/ 청소하고서/ 우리는 기다리죠/ 빨리 돌아오세요

해설

　오호토모(大伴)의 미츠(御津) 마츠바라(松原)를 깨끗하게 쓸어서 청소를 하고 우리는 당신이 돌아오는 것을 기다리고 있겠습니다. 그러니 당나라에 가서 부디 일을 무사히 잘 마치고 빨리 돌아오세요라는 내용이다.

896　나니하츠(難波津)에/ 배가 귀항했다고/ 들려오면은/ 옷끈 풀어진 채로/ 달려가겠습니다

해설

　나니하츠(難波津)에 그대가 타고 당나라로 갔던 배가 돌아왔다는 소식이 들려오면 옷끈을 묶어서 단정히 할 마음의 여유도 없어서 옷끈을 풀어헤친 그대로 덩실거리며 달려가서 당신을 맞이하겠다는 내용이다.

> **좌주**　天平 5년(733) 3월 1일 오쿠라(憶良)의 집에서 대면하여 바치는 것은 3일임. 야마노우헤노 오쿠라(山上憶良) 삼가 올립니다. 大唐大使卿[타지히노 히로나리(丹比廣成)]께
> 井村哲夫는, '「天平五年三月一日良宅對面」이라고 한 것은 대면한 기쁨을 표현하고 있다. (중략) 憶良의 筑紫로부터의 歸京이 어떤 사정(예를 들면 病勢)으로 매우 늦어져, 廣成의 방문도[또 후지하라노 야츠카(藤原八束)의 使 河邊東人의 방문〈6·978〉도] 憶良의 오래 지연되었던 귀경을 기다려서 이루어졌던 것은 아닐까. 憶良의 귀경은 天平 5년 2월말인가'라고 하였다[『萬葉集全注』 5, p.210].

沈痾自哀文[1] 山上憶良作

竊以,[2] 朝夕佃食[3]山野者, 猶無灾害而得度世, [謂常[4]執弓箭不避六齋,[5] 所値禽獸, 不論大小, 孕及不孕, 並皆敓食, 以此爲業者也] 晝夜釣漁河海者, 尙有慶福而全経俗. [謂漁夫潛女, 各有所勤, 男者手把竹竿能釣波浪之上, 女者腰帶鑿籠潛採深潭之底者也] 況乎,[6] 我從胎生[7]迄于今日, 自有修善之志, 曾無作惡之心. [謂聞諸惡莫作, 諸善奉行之教也] 所以, 礼拜三寶, 無日不勤, [每日誦経, 發露懺悔也] 敬重百神, 鮮夜有闕. [謂敬拜天地諸神等也] 嗟乎媿哉, 我犯何罪, 遭此重疾. [謂未知過去所造之罪, 若是現前所犯之過. 無犯罪過何獲此病乎] 初沈痾[8]已來, 年月稍多. [謂經十餘年也] 是時年七十有四, 鬢髮斑白, 筋力尪羸. 不但年老, 復加斯病. 諺曰, 痛瘡灌塩, 短材截端, 此之謂也. 四支[9]不動, 百節皆疼, 身體太重, 猶負鈞石. [廿四銖爲一兩, 十六兩爲一斤, 卅斤爲一鈞, 四鈞爲一石, 合一百廿斤也[10]] 懸布[11]欲立, 如折翼之鳥, 倚杖且步, 比跛足之驢.[12] 吾以身已穿俗, 心亦累塵, 欲知禍之所伏, 祟之所隱, 龜卜之門,[13] 巫祝之室, 無不往問. 若實, 若妄, 隨其所敎, 奉幣帛, 無不祈禱. 然而弥有增苦, 曾無減差. 吾聞, 前代多有良醫, 救療蒼生病患. 至若楡柎,[14] 扁鵲,[15] 華他,[16] 秦和,[17] 緩,[18] 葛稚川,[19] 陶隱居,[20] 張仲景[21]等, 皆是在世良醫, 無不除愈也. [扁鵲, 姓秦, 字越人,

---

1 沈痾自哀文: '痾'는 중병이며, '沈痾'는 중병에 걸린 것이다. '哀'는 죽은 사람을 슬퍼하는 글 형식인데 여기서는 작자 스스로 애도의 뜻을 담은 글이다.
2 竊以: 당시에 글 시작 부분에 관용적으로 사용하던 형식이다.
3 佃食: '佃'은 畋과 같으며 '수렵'이라는 뜻이다.
4 謂常: 이하 작자에 의한 割注의 삽입은 당시의 산문 형식이었다.
5 六齋: 매달 여섯 번 살생을 금한 날이다. 8일·14일·15일·23일·29일·30일이다.
6 況乎: '竊以 … 況'은 오쿠라(憶良)의 문체의 기본형이다.
7 胎生: 四生(胎生·卵生·濕生·化生. 출생 방법에 의한 생물의 구별)의 하나임.
8 初沈痾: 이하 병의 상태는 앉아서 작업하는 것에 의한 직업병으로 생각되며, 전반생의 寫経生 생활에 의한 것으로 추정된다. 10여년은 병세가 나타난 이후를 말한다.
9 四支: 四肢.
10 一百廿斤也: 『회남자』 천문훈에 보이는 내용과 같다. 1石은 72킬로그램이다.
11 懸布: 특히 기거의 편이를 위해 천을 늘어뜨려 놓은 것인가.
12 跛足之驢: 『포박자』 內篇序에 보인다.
13 龜卜之門: 거북 점(거북의 등껍질을 태우는 점)으로 점치는 사람의 집을 말한다. 巫祝은 신을 섬기는 사람이다. 『포박자』道意에도 점을 묻고 巫祝에게 빈다는 것이 보인다.
14 楡柎: 중국의 명의. 黃帝 때의 사람이다.
15 扁鵲: 전국시대, 鄭의 사람이다. 이미 죽은 虢의 태자를 살렸다고 한다.

중병에 걸려 스스로 애도하는 글 야마노우헤노 오쿠라(山上憶良) 지음

혼자서 가만히 생각을 해보니, 아침저녁으로 산과 들에서 사냥을 해서 짐승을 먹고 사는 사람들조차 오히려 살생의 죄를 범하는 재해를 만나지 않고 세상을 살아갈 수가 있다〔항상 활과 화살을 손에 잡고 매달 사냥을 금하는 날인 6일에도 상관하지 않고, 만나는 짐승은 크기가 크고 작은 여부를 가리지 않고, 새끼를 가졌든 그렇지 않든 상관을 않고 전부 죽여서 먹고 사는, 그러한 생업에 종사하는 사람을 말하는 것이다〕. 또 밤이나 낮이나 강과 바다에서 고기를 낚는 사람들조차 역시 행복하게 살아가고 있다〔어부와 해녀도 각각 생업에 종사하고 있다. 남자는 손에 대나무로 만든 낚싯대를 가지고 파도 위에서 고기를 잡고, 여자는 조개를 따는데 필요한 끌과 광주리를 허리에 차고 깊은 바다 밑으로 들어가서는 조개와 해초를 따는 존재를 말한다〕. 하물며 나는 태어나서 오늘까지 스스로 선을 닦으려는 뜻을 품고 정진하여 악한 짓을 저지르려는 마음을 품은 적이 없다〔불교 경전에서 말하는, 악한 일을 하지 말고 선한 일을 귀중히 여겨서 행하라는 가르침을 듣고 따르는 것을 말한다. 그러므로 나는 불·법·승 삼보를 존중하여 날마다 근실하게 행하며〔날마다 경문을 외우고 죄를 고백하고 참회해서 고치려고 하고 있는 것이다〕, 여러 신을 존중히 여겨서 하룻밤이라도 근신하기를 빠진 적이 없다〔천지의 여러 신들을 경배하는 것을 말한다〕. 아아! 부끄러운 일이로다. 도대체 내가 무슨 죄를 지어서 이런 중병을 얻게 되었단 말인가〔과거의 전생의 업보에 의한 죄인가, 아니면 지금 현생에서 짓고 있는 잘못에 의한 것인가 아직 알 수 없다. 그러나 죄과 없이 어찌하여 이런 병에 걸리겠는가라고 하는 것이다〕.

처음에 중병에 걸리고 나서 벌써 세월도 많이 지났다〔10여년이나 지난 것을 말한다〕. 지금 나이 74세로 귀밑 털과 머리카락은 이미 반쯤 희게 되었고 근육의 힘은 쇠약해져 있다. 노령일 뿐만 아니라 병까지 더해졌다. 속담에 이르기를, '아픈 상처 위에 소금을 뿌리고, 짧은 나무의 끝을 다시 자른다'고 하지만, 바로 나의 이러한 처지를 말하는 것이다. 팔다리는 움직이지 않고 관절은 모두 아프고 몸은 매우 무거워져서 마치 鈞石을 짊어지고 있는 것 같다〔24수가 한 냥, 16냥이 1근, 30근이 1균, 4균을 1석이라고 한다. 그러므로 합하면 1석은 120근이 된다〕. 천으로 만든 줄에 의지하여 일어나려고 해도 날개가 꺾인 새처럼 넘어지고, 지팡이를 의지하여 걸으려고 하면 절뚝발이 당나귀 같다. 나는 몸이 이미 세속에 빠져 완전히 물들어 있을 뿐만 아니라 마음도 세상 티끌에 더러워져 있으므로 화근이 엎드려 잠복해 있는 곳, 저주가 숨어 있는 곳을 알려고 생각하여, 점장이나 무당집을 찾아가서 묻지 않은 곳이 없었다. 그들이 하는 말이 참말이든 거짓말이든 가르쳐주는 바를 따라서 공물을〔幣帛〕 바치고 기도하지 않음이 없었다. 그러나 점점 고통이 심해지기는 해도 조금도 나아지지는 않았다.

내가 듣기로는, '옛날에는 많은 좋은 의원들이 있어서 사람들의 병을 고쳤다. 유부(楡柎)·편작(扁鵲)·화타 (華他), 秦시대의 화(和)·완(緩)·갈치천(葛稚川)·도은거(陶隱居)·장중경(張仲景) 등에 이르러서는 이들 모두 가 좋은 의원으로 세상에 있었으므로 모든 병을 고쳤다'고 한다〔편작(扁鵲)은 성을 秦, 자를 越人이라고 하며 勃海郡 사람이다. 가슴을 절개하여 심장을 꺼내어 바꾸어 놓고 신묘한 약을 투입하면 환자는 즉시 잠에서 깨어난 후에 평상시의 상태로 되돌아갔다. 화타(華他)는 자는 元化이며 沛國의 譙 사람이다.

勃海郡人也. 割胸探心, 易而置之, 投以神藥, 卽寤如平也. 華他, 字元化, 沛國譙人也. 若有病結積沈重在內者, 刳腸取病, 縫復摩膏.²² 四五日差²³之] 追望件醫, 非敢所及. 若逢聖醫神藥者, 仰願, 割刳五藏, 抄探百病, 尋達膏肓之隩處, [盲鬲²⁴也. 心下爲膏. 攻之不可, 達²⁵之不及, 藥不至焉] 欲顯二豎²⁶之逃匿. [謂, 晉景公疾, 秦醫, 緩視而還者, 可謂爲鬼²⁷所欽也] 命根旣盡, 終其天年, 尙爲哀. [聖人賢者, 一切含靈,²⁸ 誰免此道乎] 何况, 生錄²⁹未半, 爲鬼枉欽 顏色壯年, 爲病橫困者乎. 在世大患, 孰甚于此. [志怪記³⁰云, 廣平前大守, 北海徐玄方之女, 年十八歲而死. 其靈謂馮馬子³¹曰, 案我生錄, 當壽八十餘歲. 今爲妖鬼所枉欽 已経四年. 此遇馮馬子,³² 乃得更活, 是也. 內敎³³云, 瞻浮州³⁴人壽百二十歲. 謹案, 此數非必不得過此. 故, 壽延経³⁵云, 有比丘, 名曰難達. 臨命終時, 詣佛請壽, 則延十八年. 但善爲者天地相畢. 其壽夭者業報所招, 隨其脩短而爲半也. 未盈斯筭³⁶而, 遄死去. 故, 曰爲半也. 任徵君³⁷曰, 病從口入. 故, 君子節其飲食. 由斯言之, 人遇疾病, 不必妖鬼. 夫, 醫方諸家之廣說, 飲食禁忌之厚訓, 知易行難之鈍情, 三者, 盈目滿耳由來久矣. 抱朴子曰,³⁸ 人但, 不知其當死之日 故不憂耳. 若誠知刖劓可得延期者, 必將爲之.

---

16 華他: 후한 사람이다. 술을 마시게 하여 취하게 한 다음 개복하여 세척하였다고 한다.
17 秦和: 秦나라 사람이다. 平公의 병을 고쳤다.
18 緩: 秦나라 사람이다. 景公의 병이 낫지 않는 것을 고쳐서 양의라 불렸다.
19 葛稚川: 晉나라 사람이다. 이름은 洪이며 『포박자』의 저자이다. 포박자는 洪의 호.
20 陶隱居: 梁나라 사람이며 이름은 弘景이다. 자는 通明이다. 호를 도은거라고 하였다.
21 張仲景: 후한 사람이다. 이름은 機. 가슴을 절개하여 붉은 떡을 넣었다고 한다. 『傷寒論』을 지은 사람이다.
22 復膏: 고약이다.
23 四五日差: 이상의 내용은 화타에 관한 것으로 후한서에 의한 것이다.
24 盲鬲: 이하의 내용은 『左傳』成公 10년의 緩의 기사와 비슷하다.
25 達: 침이다.
26 二豎: '豎'는 동자를 말한다. 병이 두 명의 아이가 되어서 고황 사이에 숨었다는 『좌전』의 내용에 의한 것이다(成公 10년). '병이 고황에 들었다'고 하는 말의 어원이다.
27 鬼: 당시에 병의 원인의 하나로 인식되었다. 이것과 대립하여 음식 원인도 있는데 이 글에서도 두 가지로 서술하였다.
28 含靈: 영혼을 가진 것, 생물, 인간.
29 生錄: 수명을 기록한 장부를 말한다.
30 志怪記: 육조 시대의 소설이다. 현재 전하지 않고 있다.
31 馮馬子: 晉나라의 廣平太守 馮孝將의 아들이다. 逸文에 의하면 20여살이었다고 한다.
32 遇馮馬子: 아내로 삼아 주면 살아날 수 있다고 했다고 한다.
33 內敎: 불교 경전이다.
34 瞻浮州: 수미산 남쪽에 있는 인간세계.
35 壽延經: 돈황본 『佛說延壽經』에 같은 내용의 기사가 있다.
36 斯筭: 命數를 말한다.

만약 몸 안에 병 기운이 쌓여서 병이 중해진 사람이 있으면 배를 절개하여 병이 있는 곳을 들어내고 봉합하여서 고약을 발라 두면 4, 5일이 되면 나았다고 한다. 이러한 명의들을 지금 원한다고 해도 도저히 불가능할 것이다. 그러나 만약 명의와 영약을 만날 수가 있다면 바라건대 오장을 절개하여 갖은 병을 찾아내어 膏와 肓이라고 하는 몸 안의 깊은 곳까지도 찾아가세[肓은 횡격막이고 膏는 심장 아래를 말한다. 이곳은 치료도 할 수 없고 바늘을 찔러도 닿지 않고 약도 그곳까지 도달하지 않는다], 병을 일으키는 요소가 두 아이가 되어서 숨어 있는 곳을 발견하고 찾고 싶다[晉의 景公이 병이 든 적이 있었다. 秦의 의원인 緩가 진찰하고 돌아갔는데 이것은 景公이 귀신에게 죽임을 당했기 때문이라고 하는 것을 말하는 것이다. 수명이 이미 다해서 천수를 다한 사람조차도 역시 죽는다는 것은 애달픈 것이다[성인 현자는 물론 인간이라면 모두 어느 누가 이 죽음의 길을 벗어날 수 있겠는가. 하물며 생명부에 기록된 수명의 반에도 이르지 못했는데 귀신 때문에 부당하게 죽임을 당한 사람이나, 안색은 아직도 한창인 장년인데 병 때문에 고통 받고 있는 사람은 천수를 다하고 죽은 사람보다 얼마나 더 슬픈 일인가? 이 세상에 있는 큰 병들 중에서 어느 것이 이것보다 더 심하겠는가?[志怪記에 말하기를, '廣平縣의 前의 大守, 北海의 徐玄方의 딸이 나이 18세에 죽었다. 그 영이 馮馬子라고 하는 남자의 꿈에 나타나 말하기를, "내 생명부 기록을 보니 마땅히 살아야만 하는 연수가 80여세인 것 같습니다. 그런데 지금 요상한 귀신에게, 죽임을 당해 벌써 4년이나 지났습니다"고 했다. 결국 馮馬子를 만남으로써 다시 살아날 수가 있었다'고 하는 것은, 이것이다. 불교 경전에 말하기를, '瞻浮州(수미산 남쪽에 있는 인간의 세계)에 있는 인간의 수명은 120세'라고 한다. 가만히 생각해보니 이 수명은 반드시 이 이상은 살 수 없다고 하는 것은 아닐 것이다. 그러므로 壽延經에는, '한 명의 비구가 있었는데 이름을 難達이라고 했다. 죽음을 맞이했을 때 부처가 있는 곳에 가서 수명을 연장해 줄 것을 부탁하여서 18년을 더 살았다'고 하고 있다. 다만 몸을 잘 수행하는 사람은 천지와 더불어 오래 살 수 있는 사람이다. 그렇게 오래 살 수 있느냐, 그렇지 못하느냐는 업보에 의한 것이며, 업보에 의한 생명의 길고 짧음의 차이에 따라서는 수명이 반으로도 되어 버리는 것이다. 이 정해진 수명을 다 채우지 못하고 빨리 죽어버리므로 반도 살지 못한다고 하는 것이다. 任徵君이 말하기를, "병은 입을 통하여 들어간다. 그러므로 군자는 음식을 절제하는 것이다"고 하였다. 이 이치에 따라 말하자면, 사람이 병에 걸리는 것은 반드시 요괴 때문인 것은 아니다. 무릇 많은 의원의 여러 가지 설명, 음식 금기에 대한 훌륭한 교훈, 아는 것은 쉽지만 행하기는 어렵다고 하는 어리석은 마음, 이 세 가지는 많은 책을 통해 눈으로 보고 귀로 들은 지 이미 오래 되었다. 『抱朴子』에 말하기를, '사람은 자기가 언제 죽을지 모르므로 걱정하지 않을 뿐이다. 만약 정말로 날개가 달린 신선이 되어서 수명을 연장시키는 방법을 안다면 틀림없이 이것을 해보려고 할 것이다'고 하였다. 이것으로 미루어 생각해보니 나의 병은 아마도 음식으로 인한 것 같고, 자신이 고칠 수 있는 그런 것은 아닌 것 같다는 것을 알았다].

帛公略說에 말하기를, '엎드려 생각하고 스스로 노력을 하는 것은 장수하기 위한 것이다. 생은 가히 탐할 만하며, 죽음은 가히 두려워해야만 하는 것이다'고 하였다. 이 천지의 큰 덕을 생이라고 하는 것이다. 그러므로 죽은 사람은 살아 있는 쥐만도 못한 것이다. 비록 왕과 제후라고 해도 일단 숨이 끊어지면 금을 산같이 쌓아두고 있다고 해도 누가 부유하다고 생각을 하겠는가. 위세가 바다같이 넓다고 누가 고귀하다고 말할 것인가. 『遊仙窟』에 말하기를, '황천 밑에 있는 죽은 사람은 한 푼의 가치도 없다'고 하였다. 공자가 말하기를, '하늘로부터 받은 것이므로 마음대로 바꿀 수 없는 것은 모습이고, 운명으로 받아서 정해진 것이므로 청해서 더할 수 없는 것은 수명이다'고 하였다[鬼谷先生의 相人書에 보인다]. 그러므로 생이 극히 귀하고 목숨이 지극히 중요한 것임을 알 수 있다. 말하려고 해도 표현하기가 어렵다. 뭐라고 말해야 좋을까. 생각을 해보려고 해도 생각할 방법이 없다. 어떻게 생각을 해야 할까.

以此而觀, 乃知, 我病盖斯飮食所招而, 不能自治者乎也] 帛公略說³⁹曰, 伏思自勵, 以斯長
生. 々々可貪也. 死可畏也. 天地之大德曰生.⁴⁰ 故死人不及生鼠.⁴¹ 雖爲王侯一日絶氣, 積金
如山, 誰爲富哉. 威勢如海, 誰爲貴哉. 遊仙窟⁴²曰, 九泉下人, 一錢不直. 孔子曰,⁴³ 受之於
天, 不可變易者形也. 受之於命, 不可請益者壽也. [見鬼谷先生⁴⁴相人書⁴⁵] 故, 知, 生之極
貴, 命之至重. 欲言々窮. 何以言之. 欲慮々絶. 何由慮之. 惟以, 人無賢愚, 世無古今, 咸
悉嗟歡. 歲月競流, 晝夜不息. [曾子⁴⁶曰, 往而不反者年也.⁴⁷ 宣尼⁴⁸臨川之歎⁴⁹ 亦是矣也]
老疾相催, 朝夕侵動. 一代懽樂未盡席前, [魏文⁵⁰惜時賢詩⁵¹曰, 未盡西苑⁵²夜, 劇作北邙⁵³
塵也] 千年愁苦更繼, 坐後. [古詩⁵⁴云, 人生不滿百, 何懷千年憂] 若夫⁵⁵群生品類, 莫不皆
以有盡之身, 並求無窮之命. 所以, 道人方士⁵⁶自負丹経,⁵⁷ 入於名山而合藥者, 養性怡神,
以求長生. 抱朴子曰,⁵⁸ 神農⁵⁹云, 百病不愈, 安得長生. 帛公又曰, 生好物也, 死惡物也.⁶⁰
若不幸而不得長生者, 猶以生涯無病患者, 爲福大哉. 今吾爲病見惱, 不得臥坐. 向東向西⁶¹
莫知所爲. 無福至甚, 惣集于我. 人願天從,⁶² 如有實者. 仰願, 頓除此病, 賴得如平. 以鼠
以喩, 豈不愧乎.⁶³ [已見上也]

---

37 任徴君: ‘徴君’은 徴士. 조정에 징용되어야만 하는 人士다. 任棠이거나 任安이라고 한다.
38 抱朴子曰: 『포박자』勤求에 보인다.
39 帛公略說: 알 수 없다. ‘帛公’은 『신선전』에 ‘帛公’이라고 보이는 帛和인가.
40 天地之大德曰生: 『주역』(繫辭 下), 『포박자』(勤求)에 보인다.
41 死人不及生鼠: 『포박자』勤求에 보인다.
42 遊仙窟: 初唐 때, 장문성의 단편소설이다.
43 孔子曰: 鬼谷先生相人書에 의한 인용이다.
44 鬼谷先生: 전국시대의 縱橫家. 蘇秦의 스승. 수백 세를 살았다고 한다.
45 相人書: 인상을 판단하는 책인데 현재 전하지 않는다.
46 曾子: 공자의 제자.
47 往而不反者年也: 출전을 알 수 없다.
48 宣尼: 공자를 말한다.
49 臨川之歎: 『논어』子罕.
50 魏文: 위나라 文帝.
51 時賢詩: 현재 전하지 않고 있다. 時賢은 당시의 현인이다.
52 西苑: 후한 순제 때 만들어진 정원이다. 낙양의 서쪽에 있다.
53 北邙: 낙양의 북쪽에 있는 산으로 분묘가 많다.
54 古詩: 한나라 시를 말한다. 『문선』의 古詩.
55 若夫: 글을 시작하는 助字이다.
56 道人方士: ‘道人’은 道士와 같다. ‘道人’, ‘方士’ 모두 신선의 도를 터득한 사람들이다.
57 丹経: 丹은 丹藥인데 신선의 약으로 사용되었던 광물이다. 그 처방을 설명한 것이 丹經이다.
58 抱朴子曰: 『포박자』極言篇에 보인다.
59 神農: 삼황의 한 사람이다. 중국 전설상의 황제로 醫藥을 시작했다고 한다.
60 生好物也, 死惡物也: 『좌전』昭公 25년에 보인다.
61 向東向西: 동을 향해도 서를 향해도라는 뜻으로 ‘어떻게 해도’라는 의미이다.
62 人願天從: 『尙書』泰誓.
63 豈不愧乎: 인간의 士로 살아가는 방법에 대해.

생각을 해보니 사람은 현명한 자와 어리석은 자의 구별이 없이 모두, 시대는 옛날과 지금의 차이가 없이 언제나, 사람들은 모두 죽음을 슬퍼하며 탄식한다. 세월은 생과 겨루기라도 하듯이 흘러가고, 밤낮도 멈추지 않는데[증자가 말하기를, '가서 돌아오지 않는 것은 나이다'고 하였다. 공자가 물가에서 탄식한 것도 역시 이것, 즉 가서는 돌아오지 않는 나이였다. 늙고 병드는 것이 서로 겨루면서 아침저녁으로 내 몸을 침범한다. 일생의 환락은 내 눈앞에서 아직 다하지 않았는데[위나라 문제의 「時賢을 애석해하는 시」에 말하기를, '아직 西苑의 밤의 환락은 끝나지 않았는데 벌써 북망의 티끌이 되었다'고 한다], 천년의 걱정과 괴로움은 이미 내 등 뒤에 다가와 있다[古詩에 말하기를, '인생은 100세를 채울 수 없는데 어찌하여 천년의 근심을 하는 것인가'라고 한다]. 무릇 살아 있는 모든 생물이, 모두 유한한 몸을 가지고 있으면서 모두 무궁한 목숨을 구한다. 그래서 도인과 方士들이 스스로 仙藥의 책을 짊어지고 명산에 들어가서 불로장생의 약을 만든 것도 性을 기르고 정신을 편안하게 해서 오래 살기를 원했기 때문이다. 『抱朴子』에 말하기를, '신농이, 온갖 병이 낫지 않고 어찌 오래 살 수 있겠는가'라고 말했다고 하였다. 帛公도 또 말하기를 '생은 좋은 것이고 죽음은 나쁜 것이다'고 하였다. 만약 불행하여 오래 살지 못한다면, 역시 살아 있는 동안에 병으로 고통 받는 일이 없는 것만으로도 큰 행복이라고 생각해야 할 것이다. 그런데 나는 지금 병으로 고통을 받고 있고 눕고 일어나는 것도 마음대로 할 수가 없다. 이렇게 저렇게 해보지만 어찌 해야 할 지 방법을 알 수가 없다. 복 없는 가장 심한 것(불행한 것)은 모두 나에게 모여 있는 것이다. '사람이 원하면 하늘이 들어 준다'고 한다. 만약 이것이 사실이라면 우러러 바라건대 이 병이 곧 나아서 아무쪼록 평안하게 되기를 원한다. 쥐를 가지고 비유를 한 것은 어찌 부끄러운 일이 아니겠는가[쥐에 관한 것은 이미 위에서 말한 대로이다.

🌸 해설

私注에서는 이 작품에 대해, '오쿠라(憶良)가 자신의 사후의 애도문의 뜻으로, 힘들었던 半生을 회고하고 현재의 노병으로 고통받는 마음을 표현한 것이다. (중략) 이 글은 憶良의 교양사상을 파악하기에 좋은 것으로 그의 전체 작품을 이해하는 하나의 열쇠가 된다. 그는 神佛에 귀의해 있는 것 같지만 그것도 철저하지 않고 오히려 의약 방술의 신자가 아니었을까고 생각될 소지가 많다. 신선사상도 있었지만 또 유교도 소홀히 하고 있지 않다. 실증학적 경향이 강한 것은 이 글보다도 神龜 5년(728)의 작품 등에서 현저할지 모르지만, 대체로 유불과 노장의 중간쯤에 그의 입장이 있었던 것이 아닐까. (중략) 그의 문장 중의 단어를 사전에서 찾아보면 회남자에서 인용한 것이라고 생각되는 것이 의외로 많다. (중략) 憶良은 한 번도 회남자라는 책 이름을 말하지 않고 있지만 그것은 노장을 이단으로 보던 시대의 중급관리로서 다소 조심했기 때문인지 모른다'고 하였다[『萬葉集私注』 3, pp.181~182]. 注釋에서도, '포박자를 인용한 것이 가장 많고 당시의 신선적인 俗書에서 많이 배우고 있는 것은 주의할 점이라고 생각된다'고 하였다[『萬葉集注釋』 5, p.286].

井村哲夫는, '이 글은 '살기를 바라는 글'이기는 해도 애도문이나 제문의 종류는 아니다. 〈自哀文〉은 결국 끝없는 "自愛"문이며, 생명의 귀중함을 논하고, 생에 대한 욕구의 당연함을 설명하여 논설문 형식을 이루고 있다'고 하였다[『萬葉集全注』 5, p.228].

이 작품은 井村哲夫의 설명처럼 17개의 自注를 포함하여 천이백 수십 자로 이루어져 있다. 憶良의 사상이 잘 나타나 있는데 이에 대해서는 이연숙의 논문 「韓人系 作家의 万葉集에 미친 影響 -山上憶良을 중심으로-」 [『韓國文學論叢』 第21輯(韓國文學會, 1997. 12), pp.27~48]에서 논한 바가 있다.

悲歡俗道[1], 假合[2]卽離, 易去[3]難留詩一首幷序

窃以[4], 釋慈[5]之示敎 [謂釋氏慈氏] 先開三歸 [謂歸依佛法僧] 五戒而, 化法界[6], [謂一不㩁生, 二不偸盗, 三不邪婬, 四不妄語, 五不飮酒也] 周[7]孔之垂訓, 前張三綱 [謂君臣父子夫婦] 五敎, 以濟邦國. [謂父義, 母慈, 兄友, 弟順, 子孝] 故知, 引導雖二, 得悟惟一也[8]. 但, 以世無恒質[9], 所以, 陵谷更變[10], 人無定期, 所以, 壽夭不同. 擊目之間, 百齡已盡, 申臂之頃, 千代亦空. 旦作席上之主, 夕爲泉下之客. 白馬走來, 黃泉何及. 隴上靑松, 空懸信劒[11], 野中白楊[12], 但吹悲風. 是知, 世俗本無隱遁之室, 原野唯有長夜之臺[13]. 先聖已去, 後賢不留. 如有贖而可免者, 古人誰無價金乎. 未聞獨存, 逐見世終者. 所以, 維摩大士疾玉體于方丈, 釋迦能仁掩金容于雙樹. 內敎[14]曰, 不欲黑闇之後來, 莫入德天之先至. [德天[15]者生也, 黑闇者死也] 故知, 生必有死. 々若不欲不如不生. 況乎縱覺始終之恒數[16], 何慮存亡之大期[17]者也. 俗道變化猶擊目, 人事経紀[18]如申臂. 空与浮雲行大虛, 心力共盡無所寄.

---

1 悲歡俗道 : 이하 이름을 밝히지 않았지만 오쿠라(憶良)의 작품이다. 俗道는 세상의 도리를 말한다.
2 假合 : 虛仮(거짓)를 말한다. 몸이 일시적인 허망한 것임을 말한 것이다.
3 易去 : 여기서부터 세상의 무상을 말하고 있다.
4 窃以 : 당시에 글 시작 부분에 관용적으로 사용하던 형식이다.
5 釋慈 : 당시의 미륵신앙은 많은 불상에서 볼 수 있다.
6 法界 : 佛法세계의 뜻으로 인간세계를 가리킨다.
7 周 : 周나라 주공을 말한다. 공자가 숭앙하였던 성인이다.
8 得悟惟一也 : 憶良에게 있어서 유교와 불교의 일치는 많이 보인다.
9 恒質 : 불변의 성질이다.
10 陵谷更変 : 『시경』 小雅 十月之交에 '深谷爲陵'이라고 보인다.
11 空懸信劒 : 李札이 徐君에게 칼을 바치려고 했지만 이미 죽었으므로 무덤의 나무 위에 칼을 걸었다는 고사이다.
12 野中白楊 : 『문선』의 古詩 19수에 보인다.
13 長夜之臺 : 어두운 긴 밤의 대라는 뜻으로 무덤을 가리킨다.
14 內敎 : 불교 경전이다. 이하 인용은 『涅槃經』 聖行品에 나오는 것이다.
15 德天 : 功德大天이다. 흑암천녀의 언니이다. 행복, 生의 상징이다.
16 始終之恒數 : 인생에는 처음과 끝, 정해진 수명이 있다는 것이다.
17 存亡之大期 : 생사의 중대한 시기를 말한다.
18 経紀 : 인간의 일상의 도리를 말한다.

세상 도리가, 잠시 만나면 헤어지고 떠나기는 쉽고 머물기는 어려움을 슬퍼하며 탄식하는 시 1수와 序

가만히 생각을 해보니, 釋・慈의 가르침은 [釋氏는 석가여래를, 慈氏는 미륵보살을 말한다] 먼저 三歸 [삼귀라는 것은, 불・법・승의 삼보에 귀의하는 것을 말한다] 五戒를 열어 불법세계를 이끌었고 [오계라는 것은, 첫째 생물을 죽이지 않는 것, 둘째 도둑질 하지 않는 것, 셋째 음란하지 않는 것, 넷째 거짓말 하지 않는 것, 다섯째 술을 마시지 않는 것을 말하는 것이다] 周公과 공자의 가르침은, 이미 三綱 [삼강이라는 것은 군신・부자・부부의 도리를 말하는 것이다] 五教를 말하여 나라를 구제하고 있다 [오교라고 하는 것은, 父는 道義가 있고, 모는 자애로우며, 형은 우애가 있고, 동생은 따르며, 자식은 효도하는 마음을 가지는 것이다]. 그러므로 알 수 있다. 사람을 교도하는 이치는 불교와 유교 비록 둘이지만 결과로서 깨달음을 얻는 것은 바로 하나라고 하는 것을. 다만 생각해보니, 이 세상에는 영구불변한 존재라는 것은 없다. 그러므로 언덕이 계곡이 되고 다시 계곡이 언덕이 되고 하여 서로 바뀌고, 사람에게도 정해진 수명이라는 것은 없다. 그러므로 장수와 요절이 같지 않은 것이다. 눈 깜짝할 사이에 100년의 목숨도 끝나고, 팔을 펼 정도의 짧은 순간에 천년이 역시 허망하게 사라져버리는 것이다. 아침에는 연회 자리의 주인이지만 저녁에는 이미 황천의 객이 되어 있는 것이다. 백마가 아무리 빨리 달린다고 해도 빨리 다가오는 죽음의 빠르기에 어찌 미칠 수가 있겠는가?

徐君의 무덤 위의 푸른 소나무 가지에, 공연히 李札은 신의가 깊은 칼을 걸었다고 하지 않는가. 들 가운데의 백양은 다만 슬픈 바람에 흔들리고 있다. 그래서 아는 것이다. 이 세상에는 본래 죽음에서 벗어나 숨어서 살 수 있는 집도 없고, 황야에는 다만 긴 밤의 무덤이 있을 뿐이라는 것을. 앞 시대의 성인들도 이미 죽었고 후의 현인들도 세상에 머물러 있지 않다. 만약 금을 가지고 죽음에서 벗어날 수가 있다면 옛날 사람들 누가 생명을 살 금을 내지 않았겠는가. 혼자 오래 살아서 마침내 세상의 끝을 보았다는 사람이 있다는 것을 아직 듣지 못했다. 그러므로 維摩大士도 병으로 앓아 몸을 方丈의 방에 눕히게 되고, 釋迦도 고귀한 몸을 사라쌍수에서 덮이게 되어 죽은 것이다. 불교 경전에 말하기를, '흑암이라는 죽음이 뒤에서 다가오는 것을 원하지 않는다면 功德大天이 그보다 먼저 오는 것을 받들이지 말라, 즉 태어나지 말라고 하였다 [功德大天은 生이고, 黑闇은 죽음이다]. 그러므로 알 수 있다. 태어난 이상 반드시 죽음이 있다는 것을. 만약 죽음을 원하지 않는다면 태어나지 않는 것이 좋은 것이다. 하물며, 비록 시작이 있으면 끝이 있다고 하는 세상의 도리를 깨달았다고 해도 우리들은 어찌 생사의 중요한 그 순간을 알 수가 있겠는가.

세상 도리의 변화는 오히려 눈 깜짝할 정도로 짧은 순간이고,
사람의 일들이 지나가는 것은 팔을 펼 정도로 짧은 순간이다.
허망하기는 뜬구름과 함께 하늘을 떠다니는 것 같고,
마음과 힘 모두 없어지니 의지할 곳이 없네.

✿ 해설

全集에서는 '假合即離'를, '인체의 구성 요소인 地水火風이 빨리 분해되어서 사라지는 것. 허망한 것을 비유한 것'으로 보았고 [『萬葉集』 2, p.111], '空懸信劍에 대해서, 『사기』 <吳太伯世家>에 보이는 이야기. 오나라의 李札이라고 하는 사람이 북쪽지방으로 가다가 徐君이 있는 곳에 들렀다. 徐君은 李札의 칼을 보고 탐이 났지만 말하지 않았다. 李札은 그 마음을 잘 알았으므로 돌아가는 길에 다시 들렀지만 徐君은 이미 죽은 것이었다. 그래서 李札은 그 칼을 徐君의 무덤 위의 나무에 걸어 주었다고 한다. 信劍은 신의를 잊지 않는 칼이라는 뜻. 인생의 덧없음을 비유한 것'이라고 하였다 [『萬葉集』 2, p.112].
<沈痾自哀文>과 마찬가지로 노년에 병이 들어 인생무상을 노래한 작품이다.

老身重病, 経年辛苦, 及, 思兒等謌七首 [長一首短六首]

897 靈剋 內限者 [謂瞻州人壽一百二十年也] 平氣久 安久母阿良牟遠 事母無 母裳无阿良牟遠 世間能 宇計久都良計久 伊等能伎提 痛伎瘡尓波 鹹塩遠 灌知布何其等久 益々母 重馬荷尓 表荷打等 伊布許等能其等 老尓弖阿留 我身上尓 病遠等 加弖阿礼婆 晝波母 歎加比久良志 夜波母 息豆伎阿可志 年長久 夜美志渡礼婆 月累 憂吟比 許等々々波 斯奈々等思騰 五月蠅奈周 佐和久兒等遠 宇都弓々波 死波不知 見乍阿礼 婆 心波母延農 可尓可久尓 思和豆良比 称能尾志奈可由

たまきはる[2] 現[3]の限は [謂瞻州の人の壽の一百二十年[4]なるを謂ふ] 平らけく 安くもあら むを 事もなく 喪も無くあらむを 世間の 憂けく辛けく[5] いとのきて[6] 痛き瘡には 鹹塩を 灌くちふが如く ますますも 重き馬荷に 表荷打つと いふことの如 老いにてある わが身の上に 病をと[7] 加へてあれば 晝はも 嘆かひ暮らし 夜はも 息衝きあかし 年長 く 病みし[8]渡れば 月累ね 憂へ吟ひ ことことは 死なな[9]と思へど 五月蠅なす 騒く兒ど もを 打棄てては 死は知らず[10] 見つつ[11]あれば 心は燃えぬ[12] かにかくに 思ひわづらひ 哭のみし泣かゆ[13]

---

1 老 : 이름을 밝히지 않았지만 야마노우헤노 오쿠라(山上憶良)의 작품이다. 늙은 몸의 주제는 804번가와 自哀文에 이어지고, 병은 自哀文과 아이들을 생각하는 802번가에 이어진다.
2 たまきはる : 목숨이 있는 한, 혼이 다하는이라는 뜻이다. '우치(うち)'에 연결되는 枕詞이다.
3 現 : 현실, 목숨이다.
4 人の壽の一百二十年 : 自哀文에도.
5 憂けく辛けく : '憂けく', '辛けく'는 '憂し', '辛し'의 명사형이다.
6 いとのきて : 'いと', 'のきて' 모두 '특히'라는 뜻이다.
7 病をと : '老'와 '病'을 竝列하는 'と'다.
8 病みし : 'し'는 강세를 나타낸다.
9 死なな : '~고 싶다'는 願望이다.
10 死は知らず : '知る'는 내 손안에 있는 것이다.
11 見つつ : 인식하는 것이다.
12 心は燃えぬ : 간절함에 가슴이 뜨거워지는 것이다. 마음이 타는 것과는 다르다.
13 哭のみし泣かゆ : '울다(泣く)'를 강하게 표현한 것이다.

늙은 몸에 병까지 겹쳐 오래 고통 받고 있는 데다,
또 아이들을 생각하는 노래 7수 [長歌 1수 短歌 6수]

897　(타마키하루)/ 목숨이 있는 한은 [贍浮州 사람의 수명이 120년인 것을 말한다]/ 평온하면서/ 편안하고 싶은 것을/ 아무 일 없이/ 죽음 없이 살고픈 걸/ 세상살이가/ 우울하고 괴롭네/ 그 중에 특히/ 아픈 상처 위에다/ 짠 소금일랑/ 뿌린다고 하는 것처럼/ 점점 더욱더/ 무거운 말 짐에다/ 짐을 싣는다고/ 하는 속담과 같이/ 나이 들어 있는/ 나의 몸의 위에다/ 병마까지도/ 겹쳐져 있으므로/ 낮 동안은/ 탄식하며 지내고/ 밤에는요/ 한숨 쉬며 보내고/ 세월도 길게/ 계속 병이다 보니/ 몇 달 동안을/ 괴롭게 신음하고/ 이럴 바에야/ 죽고 싶다 생각하나/ 5월 파린 양/ 법석대는 아이들/ 버려두고는/ 죽을 수도 없고/ 보고 있자면은/ 마음은 타고 있네/ 이것저것을/ 고민을 해보고는/ 소리 내어 운다네

たまきはる　うちのかぎりは　[せんぶしうのひとの　よはひのひゃくにじゃうねん　なるを　いう]　たひらけく　やすくもあらむを　こともなく　ももなくあらむを　よのなかの　うけくつらけく　いとのきて　いたききずには　からしほを　そそくちふがごとく　ますますも　おもきうまにに　うはにうつと　いふことのごと　おいにてある　わがみのうへに　やまひをと　くはへてあれば　ひるはも　なげかひくらし　よるはも　いきづきあかし　としながく　やみしわたれば　つきかさね　うれへさまよひ　ことことは　しななとおもへど　さばへなす　さわくこどもを　うつてては　しにはしらず　みつつあれば　こころはもえぬ　かにかくに　おもひわづらひ　ねのみしなかゆ

私注에서는, '오쿠라(憶良)의 작품이지만 내용은 自哀文과 悲歎俗道假合卽離易去難留詩一首幷序와 거의 동일한 것이라 생각된다. 이 左注에 '天平五年六月丙申朔三日戊戌作'이라고 한 것은 自哀文까지 해당될 것이다. 憶良은 神龜 5년(728) 7월 21일에도 여러 편을 지었다는 것을 기록하고 있으므로 이 天平 5년 6월 3일에도 自哀文 이하 여러 편을 썼을 것이다. (중략) 한문에 의한 앞의 두 작품에서는 주로 세상살이의 고통과 생명의 무상을 서술하고 있지만, 이 작품에서는 생각을 아이들에게 기울이고 있음이 주목된다. 그러나 작품 제작의 동기에서나 소재에서나 본래 산문적인 것이기 때문인지 自哀文이 가장 의미가 깊고 그 외의 것은 좀 떨어지는 것은 논쟁할 필요가 없을 것이다. 그러나 운문으로 하기에 가장 적당한 부분, 일본 노래로 하기에 가장 적당한 부분을 가지고 이 작품이 구성되어 있는 것을 보면 憶良도 그 방면의 제작 기교에 무관심하고 무지한 것은 아니었을 것이다'고 하였다(『萬葉集私注』 3, p.189).

井村哲夫는, '이 작품도 끝없는 自愛를 노래한 작품이다. 長歌는 먼저 살아 있는 한 평안하고 싶다고 하는 누구나 다 원하는 것, 그 원하는 것이 배신당하는 세상의 법칙으로서의 老·病의 고통(제26구까지), 스스로 죽음을 택하는 것조차 사랑하는 아이들 때문에 거절당하는 탄식(제36구까지), 울고 있을 수밖에 없는 인생(끝구까지)을 내용으로 하고 있다'고 하였다(『萬葉集全注』 5, p.246).

反語

898　奈具佐牟留　心波奈之尓　雲隠　鳴往鳥乃　祢能尾志奈可由

慰むる　心はなしに　雲隠り　鳴き行く鳥[1]の　哭のみし泣かゆ

なぐさむる　こころはなしに　くもがくり　なきゆくとりの　ねのみしなかゆ

899　周弊母奈久　苦志久阿礼婆　出波之利　伊奈々等思騰　許良尓佐夜利奴

術も無く　苦しくあれば　出で[2]走り　去ななと思へど　兒らに障りぬ

すべもなく　くるしくあれば　いではしり　いななとおもへど　こらにさやりぬ

900　富人能　家能子等能　伎留身奈美　久多志須都良牟　絁綿良波母

富人の　家の子どもの　着る身無み　腐し棄つらむ　絁綿らはも

とみひとの　いへのこどもの　きるみなみ　くたしすつらむ　きぬわたらはも

---

1 鳥 : 새는 우는 모습의 형용뿐만 아니라 동경의 대상이기도 하였다.
2 出で : 집을 나가는 것. 세속을 떠나는 것을 말한다.

反歌

898   위로 될 만한/ 마음도 없으므로/ 구름에 숨어/ 울며 가는 새처럼/ 소리 내어 운다네

해설

특별히 마음이 위로가 될 만한 일도 없으므로, 구름 사이에 숨어서 울며 날아가는 새처럼 소리를 내어
울 뿐이라는 내용이다.

私注에서는, '長歌의 감동을 보충하는 기법으로 보인다. 오쿠라(憶良)의 反歌에 많이 보이는 기법이다.
의식하고 한시의 亂 등을 배운 것일까'라고 하였다(『萬葉集私注』 3, p.190].

899   방도가 없어/ 괴롭기만 하므로/ 달려 나가서/ 가고 싶다 생각하나/ 아이들 방해했네

해설

어떻게 해결을 해야 할지 아무런 방도가 없으므로 차라리 이 세상을 달려 나가서 사라져 없어져 버리고
싶다고 생각을 하지만, 아이들 때문에 그렇게 하지 못해서 자신의 그런 생각이 방해를 받는 결과가 되었다
는 내용이다.

900   부유한 사람/ 집의 아이들이요/ 입다 남아서/ 썩어서 버려지는/ 비단과 목면이여

해설

부잣집에는 옷이 너무 많아서 아이들이 그 옷들을 채 다 입지 못하므로 남아서 결국은 썩어서 버려지는
비단옷과 목면의 옷들이여라는 내용이다.

901　鸞妙能　布衣遠陀尓　伎世難尓　可久夜歎敢　世牟周弊遠奈美

荒栲の　布衣をだに　着せかてに　斯くや嘆かむ　為むすべを無み

あらたへの　ぬのきぬをだに　きせかてに　かくやなげかむ　せむすべをなみ

902　水沫奈須　微命母　栲縄能　千尋尓母何等　慕久良志都

水沫なす　微しき命も　栲縄の　千尋[1]にもがと　願ひ暮しつ

みなわなす　いやしきいのちも　たくなはの　ちひろにもがと　ねがひくらしつ

903　倭文手纒　數母不在　身尓波在等　千年尓母何等　意母保由留加母　去神龜二年作之. 但以類故, 更載於茲

倭文手纒　數にもを在らぬ　身には在れど　千年にもがと　思ほゆるかも　去にし神龜二年に作れり. ただ, 類を以ちての故に, 更茲に載す.

しつたまき　かずにもあらぬ　みにはあれど　ちとせにもがと　おもほゆるかも　いにししんきにねんにつくれり. ただ, たぐひをもちてのゆへに, また, ここにのす.

　左注　天平五年六月丙申朔三日戊戌作

---

1 **千尋** : '一尋'은 두 팔을 벌린 길이.

901   거친 조직의/ 천으로 만든 옷도/ 입힐 수 없어/ 이렇게 탄식하나/ 취할 방도 없어서

🌸 해설

　　조직이 거칠고 아주 조잡하게 짠 천으로 만든 옷조차도 아이들에게 입히는 것이 힘들어서 이렇게 탄식
을 하고 있어야 하는 것인가. 달리 어떻게 할 방법이 없어서라는 내용이다.

902   물거품처럼/ 가치 없는 목숨이나/ (타쿠나하노)/ 천길 정도 오래길/ 원하며 살았다네

🌸 해설

　　금방 꺼져서 사라져 버리고 마는 물거품처럼, 비록 가치 없는 허망한 목숨이지만 삼줄로 엮은 밧줄의
천길 길이가 될 정도로 그렇게 오래 살고 싶다고 원하면서 살았다는 내용이다.
　　'微しき命も'를 中西 進은 'いやしきいのちも'로 읽어 8음절이 되었는데, 全集은 'もろきいのちも' 7음절로
읽었다.

903   (시츠타마키)/ 수에도 못 들어갈/ 몸이긴 하지만/ 천년을 살고 싶다/ 생각이 되는군요
　　지난 神龜 2년(725)에 지은 것이다. 다만 같은 류의 노래이므로 여기에 또 싣는다.

🌸 해설

　　일본 문양을 넣어서 짠 것이므로 고급품이 아니라서, 제대로 된 물건 숫자에도 들어가지 못할 만큼
별로 가치가 없는, 손목에 감는 장식품처럼, 자신이 대단한 것은 아니지만 그래도 천년이나 살고 싶다는
생각이 든다는 내용이다.
　　지난 神龜 2년(725)에 지은 것이다. 같은 종류의 노래이므로 여기에 다시 싣는다.

　　좌주 天平 5년(733) 6월 병신 삭 3일 무술에 지었다.

戀男子[1]名古日[2]謌三首 [長一首短二首]

904 世人之　貴慕　七種之　宝毛我波　何爲　和我中能　産礼出有　白玉之　吾子古日者
明星之　開朝者　敷多倍乃　登許能邊佐良受　立礼杼毛　居礼杼毛　登母尒戲礼　夕星乃
由布弊尒奈礼婆　伊射祢余登　手乎多豆佐波里　父母毛　表者奈佐我利　三枝之　中尒乎
祢牟登　愛久　志我可多良倍婆　何時可毛　比等々奈理伊弖天　安志家口毛　与家久母見武
登　大船乃　於毛比多能無尒　於毛波奴尒　横風乃　尒布敷可尒　覆來礼婆　世武須便乃
多杼伎乎之良尒　志路多倍乃　多須吉乎可氣　麻蘇鏡　弓尒登利毛知弖　天神　阿布藝許
比乃美　地祇　布之弖額拜　可加良受毛　可賀利毛　神乃末尒麻尒等　立阿射里　我例乞能
米登　須臾毛　余家久波奈之尒　漸々　可多知都久保里　朝々　伊布許等夜美　靈剋
伊乃知多延奴礼　立乎杼利　足須里佐家婢　伏仰　武祢宇知奈氣吉　手尒持流　安我古登
婆之都　世間之道

世の人の　貴び願ふ　七種の　宝もわれは　何爲むに　わが中の　生れ出でたる　白玉[3]の
わが子古日は　明星の[4]　明くる朝は　敷栲の[5]　床の邊去らず　立てども　居れ[6]ども　共に戲
れ　夕星の　夕になれば　いざ寝よと　手を携はり　父母も　上は[7]勿放り　三枝の[8]　中にを[9]寝

---

1 **男子** : 이하 오쿠라(憶良)의 작품이라 생각된다. 남자는 憶良이 筑前에 재임했을 때의 관내의 남자인가.
아버지 입장에서의 작품이다.
2 **古日** : 도시에서는 여자에게 많은 이름이다.
3 **白玉** : 진주를 말한다.
4 **明星の** : 새벽의 **明星**으로 금성을 말한다.
5 **敷栲の** : 좋은 천이며, 사랑이 가득한 가정을 암시한다.
6 **居れ** : 앉는 것이다.
7 **上は** : 옆이다.
8 **三枝の** : 가지가 세 갈래로 나뉘어져 있는 식물이다. 세 가지의 그 '가운데(中に)'로, 다음 구에 이어지고
있다.
9 **中にを** : '을'는 영탄의 조사이다.

남자, 이름을 후루히(古日)라고 하는 자를 슬퍼하는 노래 3수
[長歌 1수 短歌 2수]

904 세상 사람이/ 귀하다고 원하는/ 일곱 가지의/ 보물들도 나에겐/ 뭐 필요할까/ 우리 사이에/ 태어나 세상에 온/ 진주와 같은/ 내 자식 후루히(古日)는/ (아카호시노)/ 아침이라도 되면/ (시키타헤노)/ 자리 곁 떠나잖고/ 서 있더라도/ 앉아서도/ 함께 장난치고/ (유후츠츠노)/ 저녁 무렵이 되면/ 자야지 하고/ 손을 서로 맞잡고/ 아빠 엄마도/ 옆을 떠나지 말고/ (사키쿠사노)/ 가운데 잘 거야고/ 귀엽읍게도/ 그 아이가 말하면/ 언제가 되면/ 성인으로 잘 자라서/ 나쁜 일이든/ 좋은 일이든 보려/ (오호부네노)/ 기대를 하였는데/ 생각지 못한/ 방해하는 바람이/ 예기치 않게/ 불어 닥쳤으므로/ 취할 방도를/ 방법을 알지 못해/ (시로타헤노)/ 천 오리를 걸고/ 청동거울을/ 손에 잡아 들고서/ 하늘의 신을/ 바라보고 빌고요/ 땅의 신에겐/ 엎드려서 빌면서/ 그렇지 않든/ 그렇든지/ 신의 뜻에 있으므로/ 경황이 없이/ 내가 빌어보지만/ 잠시 동안도/ 좋아지는 일 없이/ 그대로 점점/ 모습이 바뀌어서/ 매일 아침마다/ 하는 말도 없고/ (타마키하루)/ 목숨이 끊어졌네/ 뛰어 날뛰며/ 발구르며 외치며/ 엎드려 올려/ 가슴 쳐 탄식하네/ 손에 쥐었던/ 내 자식 떠나갔네/ 세상 속 이치인가

むと　愛しく　其が[10]語らへば　何時しかも　人と成り出でて　惡しけくも　よけく[11]も見むと 大船の　思ひ憑むに　思はぬに　横風の[12]　にふぶかに[13]　覆ひ来ぬれば　爲む術の　方便を知ら に　白栲の　手繦を[14]掛け　まそ鏡　手に取り持ちて　天つ神　仰ぎ乞ひ祈み　地つ神　伏して 額づき　かからずも　かかりも[15]　神のまにまにと　立ちあざり　われ乞ひ祈めど　須臾も 快けくは無しに　漸漸に　容貌くづほり[16]　朝な朝な　言ふこと止み　たまきはる　命絶えぬれ 立ち踊り　足摩り叫び　伏し仰ぎ　胸うち嘆き　手に持てる　吾が兒飛ばしつ　世間の道

よのひとの　たふとびねがふ　ななくさの　たからもわれは　なにせむに　わがなかの　うまれ いでたる　しらたまの　あがこふるひは　あかほしの　あくるあしたは　しきたへの　とこのへ さらず　たてれども　をれども　ともにたはぶれ　ゆふつつの　ゆふへになれば　いざねよと てをたづさはり　ちちははも　うへはなさがり　さきくさの　なかにをねむと　うつくしく しがかたらへば　いつしかも　ひととなりいでて　あしけくも　よけくもみむと　おほぶねの おもひたのむに　おもはぬに　よこしまかぜの　にふぶかに　おほひきぬれば　せむすべの たどきをしらに　しろたへの　たすきをかけ　まそかがみ　てにとりもちて　あまつかみ　あふ ぎこひのみ　くにつかみ　ふしてぬかづき　かからずも　かかりも　かみのまにまにと　たちあ ざり　われこひのめど　しましくも　よけくはなしに　やくやくに　かたちくづほり　あさなあ さな　いふことやみ　たまきはる　いのちたえぬれ　たちをどり　あしすりさけび　ふしあふぎ むねうちなげき　てにもてる　あがことばしつ　よのなかのみち

---

10 其が：문맥을 지시하는 말이다. '그 아이가'라는 뜻이다. 이 부분에 代作의 흔적이 보이는가.
11 惡しけくも　よけく：어떻든 아이가 성장하는 것을 즐거움으로 삼는 마음이다.
12 横風の：枉殺・横困. 즉 부정이다.
13 にふぶかに：무슨 뜻인지 알 수 없다. '니후니후'는 보통 웃는 모습을 나타낸다.
14 手繦を：흰 천으로 된 것이다. 여기서부터 신에게 제사지낼 때의 모습을 말하였다.
15 かかりも：그렇든 그렇지 않든. '가く'는 병의 상태를 말한다. 언뜻 보기에 병이 낫기를 빌지 않는 것 같지만 경건한 마음을 나타내는 句다.
16 容貌くづほり：生을 모습으로 구하는 것이다.

　세상 사람들이 모두 귀하다고 생각하며 가지고 싶어 하는 일곱 가지의 보물들도 나에게는 무슨 소용이 있을까. 우리 부부 사이에 태어난, 진주와 같이 소중한 보물인 내 자식 후루히(古日)는 새벽의 명성(금성)이 빛나는 아침이 되면 하얀 이불을 깐 잠자리 주위를 떠나지 않고, 서 있더라도 앉아 있더라도 함께 장난치고 저녁별을 보는 저녁 무렵이 되면 "자아 이제 자야지" 하면서 손을 서로 잡고 "아버지 어머니도 옆을 떠나지 말아요. 가지가 세 개로 갈라진 식물처럼 가운데서 자야지" 하면서 귀엽게도 그 아이가 말을 하는 것을 보면, 언제 저 아이가 어른이 되어서 나쁜 일이 있든 좋은 일이 있든 다 지켜보아 주려고 큰 배처럼 든든하게 기대를 하면서 있었는데, 전연 생각을 하지 못했던 엉뚱한 바람이 예기치 않게 불어 닥쳐서 후루히(古日)가 병에 걸리고 말았네. 그러므로 어떻게 하면 좋을지 아무런 방법도 알지를 못해서 흰 천으로 된 오리(공물)를 걸고 청동거울을 손에 잡아들고서 하늘의 신을 향하여서 간절히 빌고, 또 땅의 신에게는 엎드려서 이마를 땅에 대고 빌면서 병이 낫지 않든지 낫든지 모두 신의 뜻에 있으므로 경황이 없이 병을, 아들의 병을 낫게 해달라고 몸부림치며 내가 빌어보지만 잠시 동안도 좋아지지를 않고 그대로 점점 얼굴이 초췌해지고 매일 아침마다 말하는 것도 멈추고 목숨이 끊어져 버렸네. 그러므로 뛰고 날뛰며 발을 동동 구르며 외치며 혹은 엎드렸다가 혹은 하늘을 올려다보며 가슴을 치며 탄식하며 이렇게 해서 손안의 보물같이 소중했던 내 자식을 떠나보내어 버린 것이다. 이것도 세상 속의 일반적인 이치인가라는 내용이다.

　古日을 憶良의 자식으로 보는 설도 있지만 제목이나 내용으로 보면 그렇지 않은 것 같다.

反語

905 和可家礼婆　道行之良士　末比波世武　之多敝乃使　於比弓登保良世

稚ければ　道行き知らじ　幣は¹爲む　黄泉の使　負ひて通らせ²

わかければ　みちゆきしらじ　まひはせむ　したへのつかひ　おひてとほらせ

906 布施於吉弓　吾波許比能武　阿射無加受　多太尓率去弓　阿麻治思良之米

布施³置きて　われは乞い禱む　欺かず　直に率去きて　天道⁴知らしめ⁵

ふせおきて　われはこひのむ　あざむかず　ただにゐゆきて　あまぢしらしめ

左注 右一首⁶, 作者未詳. 但, 以裁詞之體⁷, 似於山上⁸之操⁹, 載此次焉.

---

1 幣は : 선물. 바치는 물건이다.

2 通らせ : 존경의 뜻을 내포한 명령이다.

3 布施 : 불법승 三寶에게 공양하는 물품이다.

4 天道 : 천상으로 해석하면 앞의 노래와 타계관이 다르게 되며, **左注**와 관계가 있다. 불교에서 말하는 天으로
도 해석할 수 있다.

5 知らしめ : 사역 명령형이다.

6 右一首 : 906번가를 가리키는 것인가. 904번가 이하 1편을 가리킨다는 설도 있다.

7 裁詞之體 : 노래의 창작 방법이다.

8 山上 : 야마노우헤노 오쿠라(山上憶良)이다.

9 操 : 태도를 말한다.

反歌

905　나이 어리니/ 가는 길 모르겠지/ 공물 보내자/ 황천길의 사자여/ 업어 데려다주게

해설

후루히(古日)는 아직 나이가 어려서 죽음의 세계로 가는 길을 잘 모르겠지. 그러니 공물을 저승사자에게 보내자. 저승사자여. 후루히를 업어서 데려다 주렴이라는 내용이다.

자식이 죽어서 가는 저승길까지 걱정하는 부모의 애틋한 마음이 나타나 있다.

906　보시를 바쳐/ 나는 빌어 봅니다/ 속이지 말고/ 곧장 데리고 가서/ 하늘 길 알려주게

해설

보시를 바쳐서 나는 빌어 봅니다. 저승사자가 아무쪼록 후루히(古日)를 다른 곳으로 유인하거나 하면서 속이지 말고 곧장 데리고 가서 죽음의 세계로 가는 길을 알려주기 바란다는 내용이다.

좌주　위의 1수는 작자를 알 수 없다. 다만 노래의 작풍이 야마노우헤노 오쿠라(山上憶良) 작풍과 비슷하므로 이 순서대로 싣는다.

만엽집

권 제6

雜歌[1]

....

養老七年癸亥夏五月[2], 幸于芳野離宮[3]時, 笠朝臣金村作謌一首幷短歌

907
瀧上之　御舟乃山尓　水枝指　四時尓生有　刀我乃樹能　弥継嗣尓　萬代　如是二二知三　三芳野之　蜻蛉乃宮者　神柄香　貴將有　國柄鹿　見欲將有　山川乎　清々　諾之神代從　定家良思母

瀧の上の　御舟の山[4]に　瑞枝[5]さし　繁に生ひたる　栂の樹[6]の　いやつぎつぎに　萬代に　かくし知らさむ[7]　み吉野の　蜻蛉[8]の宮は　神柄[9]か　貴くあらむ[10]　國柄か　見が欲しからむ　山川を　清み清けみ[11]　うべし[12]神代ゆ[13]　定めけらしも

たぎのへの　みふねのやまに　みづえさし　しじにおひたる　とがのきの　いやつぎつぎに　よろづよに　かくししらさむ　みよしのの　あきづのみやは　かむからか　たふとくあらむ　くにからか　みがほしからむ　やまかはを　きよみさやけみ　うべしかみよゆ　さだめけらしも

---

1 雜歌 : 『만엽집』권제6은 모두 雜歌로 되어 있다.
2 夏五月 : 9일 행행하여 13일에 돌아왔다.
3 幸于芳野離宮 : 元正천황의 행행이다.
4 御舟の山 : 宮瀧, 離宮 유적의 남쪽에 있는 산으로 높이 487미터이다.
5 瑞枝 : 윤이 나고 싱싱한 가지를 말한다.
6 栂の樹 : '토가(栂)'는 '츠가'라고도 한다. 발음의 유사성에서 다음 구 '이야쓰기쓰기니'의 '쓰기쓰기'에 접속된다.
7 かくし知らさむ : 'し'는 강세를, 'さ'는 존경을 나타낸다.
8 蜻蛉 : 秋津이라고도 쓴다. 雄略천황이 행행했을 때 천황을 물었던 등에를 잠자리가 먹은 고사에서 '아키즈'라는 지명이 생겼다고 한다.
9 神柄 : '柄'은 身이다. '신의 존재로서'라는 뜻이다.
10 貴くあらむ : 'む'는 추량을 나타낸다.
11 清み清けみ : '키요시(清し)'는 더럽지 않은 것, '사야케시(清けし)'는 분명한 것'을 말한다.
12 うべし : 과연, 정말이라는 뜻이다.
13 神代ゆ : 신대부터 계속이라는 뜻이다. 이 句의 전후를 포함하여 3구 모두 7음절로 되어 있어서 특이한 예이다.

雜歌

....

養老 7년(723) 癸亥 여름 5월, 요시노(吉野) 離宮에 행행했을 때, 카사노 아소미 카나무라(笠朝臣金村)가 지은 노래 1수와 短歌

907 타기(瀧) 근처의/ 미후네의 산에요/ 싱그런 가지/ 무성히 자라 있는/ 솔송과 같이/ 더욱 계속하여서/ 만대까지도/ 이렇게 통치를 할/ 요시노(吉野)의요/ 아키즈(蜻蛉)의 궁전은/ 신격이어서/ 고귀한 것일까요/ 멋진 나라라/ 마음 끌리는 걸까/ 산과 강들이/ 맑고 깨끗하므로/ 과연 神代로부터/ 정해졌던 것 같네

해설

임시 궁전인 離宮 옆의, 격류가 흐르는 주변에 솟아 있는 미후네(御舟)산에, 아름답고 싱싱한 가지를 빈틈도 없을 정도로 무성하게 뻗고 있는 솔송나무처럼 더욱 계속 계속해서 만년 후까지도 이렇게 통치를 할 것인 요시노(吉野)의 아키즈(蜻蛉) 궁전은 신이기 때문에 고귀한 것일까. 아름다운 풍토 때문에 이 궁전에 마음이 끌려서 보고 싶은 것일까. 산과 강들이 모두 맑고 깨끗하므로 과연 옛날 神代로부터 궁전으로 정해져 온 것 같네라는 내용이다.

'瀧の上の'의 '上'은 위가 아니라 '근처'라는 뜻이다. 'しじに'는 틈이 없는 상태를 말한다.

『만엽집』 권제6은 전체가 雜歌이며 160수의 노래가 실려 있다.

注釋에서는, '권제6의 작품은 권두에 養老 7년(723) 5월에 芳野離宮에 행행했을 때의 笠金村의 작품부터 天平 16년(744) 정월의 家持의 작품까지, 22년에 걸친 작품을 거의 연대순으로 싣고 마지막에 田邊福麻呂의 가집의 작품 중에서 21수를 싣고 있다'고 하였다『萬葉集注釋』 6, p.11].

吉井 巖은, '이 요시노(吉野) 찬가는 持統朝의 카키노모토노 히토마로(柿本人麻呂)의 吉野 찬가(1·36~39)를 의식하고 이것을 답습하여 이어간다는 생각으로 지은 것이었다. 이 경우 人麻呂의 吉野 찬가가 성립된 이후, 養老 7년까지 공적인 의례가로서의 吉野 찬가는 지어지지 않았으며, 持統천황의 최후의 吉野 행행이 있은 持統 11년(697) 이후로부터 계산하여도 27년간의 공백이 있는 것은 주목해야만 한다. 다만 이 경우, 보다 중요한 것은 (중략) 吉野 행행 그것이 大寶 2년(702) 7월 이래 22년간의 공백이 있었다는 것이며 吉野 행행의 성격을 명확히 인식해야만 하는 데 있다. 吉野라고 하는 것은 도대체 어떤 토지인가에 대한 인식이다. (중략) 原始修驗道와 吉野의 관계를 이해해야만 할 것이다. 그러나 天智천황 사망 후의, 天武천황의 吉野에서의 거병의 결단과 壬申의 난의 승리, 天武 8년의 6황자를 모아 吉野의 會盟이라는 역사적 전개 속에서 吉野는 점차 天武·持統계 황통의 發祥地, 황위 계승을 위한 천황의 靈 획득의 聖地로서의 성격이 강해져 갔다. 持統朝 9년간, 31회에 걸친 이상한 吉野 행행은 이러한 吉野의 聖地的 성격을 확립한 행행일 것이다'고 하였다『萬葉集全注』 6, pp.10~11].

권제6의 앞부분의 이 작품은 공적인 의례가로서 吉野를 찬양한 것인데, 柿本人麻呂의 吉野 찬가(1·36~39)를 모방한 작품인 것이다.

反謌二首

908　　毎年　如是裳見壯鹿　三吉野乃　清河內之　多藝津白浪

　　　毎年に¹　かくも見てしか²　み吉野の　淸き河內の　激つ白波

　　　としのはに　かくもみてしか　みよしのの　きよきかふちの　たぎつしらなみ

909　　山高三　白木綿花　落多藝追　瀧之河內者　雖見不飽香聞

　　　山高み　白木綿花³に　落ち激つ　瀧の河內は　見れど飽かぬかも

　　　やまたかみ　しらゆふはなに　おちたぎつ　たぎのかふちは　みれどあかぬかも

---

1 **毎年に**：토시고토니(トシゴトニ)의 **訓**도 있다.
2 **見てしか**：**願望**을 나타낸다.
3 **白木綿花**：흰 목면을 줄 등에 달아 드리운 것을 꽃으로 비유한 것이다.

反歌 2수

908 　해마다 계속/ 이렇게 보고 싶네/ 요시노(吉野)의요/ 깨끗한 카후치(河內)의/ 급류의 흰 물거품

🌼 해설

　　해마다 계속 요시노(吉野)에 와서 이렇게 보고 싶네. 요시노(吉野)의 맑고 깨끗한 카후치(河內)의 급류가 힘차게 떨어지면서 생기는 흰 물보라를이라는 내용이다.

　　'每年に'를 私注·全集·全注에서는 中西 進과 마찬가지로 '토시노하니(トシノハニ)'로 훈독을 하였다. 그러나 注釋에서는 '토시고토니(トシゴトニ)'로 훈독하였다. 吉井 巖은 '카후치(河內)'를 강을 안에 가졌다고 의식한 데서 붙여진 토지 이름이라고 한 森本治吉의 설을 인용하였다(『萬葉集全注』 6, p.17).

909 　산이 높아서/ 흰 목면꽃과 같이/ 용솟음치는/ 격류의 카후치(河內)는/ 보아도 싫증 나잖네

🌼 해설

　　산이 높아서 마치 흰 목면꽃처럼 용솟음치는 격류의 카후치(河內)는 항상 보아도 싫증이 나지 않네라는 내용이다.

　　全集에서는, '人麻呂가 吉野 행행에 동행했을 때 지은 노래의 단어를 모방하고 그 표현 형식도 따른 흔적이 두드러진다. 그러나 人麻呂의 노래에는 산천의 아름다움을 찬양함과 동시에 천황에 대한 찬탄의 마음도 넘치지만 이 작품에는 그것이 없다. 권제6의 행행 供奉의 작품에는 모두 그런 경향이 있으며, 결국 천황 찬미의 분위기가 넘쳤던 행행 從駕의 작품은 쇠퇴하여 갔다'고 하였다(『萬葉集』 2, p.130).

或本反謌曰[1]

910　神柄加　見欲賀藍　三吉野乃　瀧乃河內者　雖見不飽鴨

　　　神柄か　見が欲しからむ　み吉野の　瀧の河內は　見れど飽かぬかも

　　　かむからか　みがほしからむ　みよしのの　たぎのかふちは　みれどあかぬかも

911　三芳野之　秋津乃川之　万世尒　斷事無　又還將見

　　　み吉野の　秋津の川[2]の　萬代に　絶ゆることなく　また還り見む

　　　みよしのの　あきづのかはの　よろづに　たゆることなく　またかへりみむ

912　泊瀬女　造木綿花　三吉野　瀧乃水沫　開來受屋

　　　泊瀬女の　造る木綿花[3]　み吉野の　瀧の水沫に　咲きにけらずや[4]

　　　はつせめの　つくるゆふはな　みよしのの　たぎのみなわに　さきにけらずや

1　或本反謌曰 : 或本에는 907번 長歌에 이하 3수의 反歌가 있다는 뜻이다.
2　秋津の川 : 秋津 지역을 흐르는 요시노(吉野)川이다.
3　木綿花 : 하츠세(泊瀬)는 장례의식을 치르는 곳으로 여성이 새끼줄 등에 다는, 흰 목면이나 종이로 만든 오리 등의 木綿垂를 만들었다. 그것을 꽃에 비유하였다.
4　咲きにけらずや : '에'는 완료, 'けら'는 회상, 'や'는 강한 부정을 동반한 의문이다.

어떤 책의 反歌에 말하기를

910 신령하여서/ 보고 싶은 것일까/ 요시노(吉野)의요/ 격류의 카후치(河內)는/ 보아도 싫증 나잖네

해설

이 폭포가 신령스럽기 때문에 보고 싶다고 바라는 것일까. 요시노(吉野)의 격렬하게 흐르는 카후치(河內)는 보아도 싫증이 나지 않네라는 내용이다.

911 요시노(吉野)의요/ 아키즈(秋津) 흐르는 강/ 만대까지도/ 끊어지는 일 없이/ 또 다시 보고 싶네

해설

요시노(吉野)의 아키즈(秋津)를 흐르는 강이 만년까지도 끊어지는 일 없듯이, 이제부터 그렇게 끊임이 없이 되풀이해서 와서 보고 싶네라는 내용이다.

912 하츠세(泊瀬) 여인/ 만드는 목면화꽃/ 요시노(吉野)의요/ 격류의 물보라로/ 피어 있지 않은가

해설

하츠세(泊瀬)의 여인이 만드는 목면화가 지금 요시노(吉野)의 격류의 물보라로 피어 있는 것이 아닌가라는 내용이다.

격류에서 생기는 물보라를 목면화로 비유한 것이다.

吉井 巖은, 養老 7년(723)의 이 요시노(吉野) 행행은 大寶 2년(702) 7월 文武천황의 행행으로부터 약 22년 만의 吉野행행이었다. 다만 이 長歌는 약 30년간의 공백을 거쳐 持統朝의 카키노모토노 히토마로(柿本人麻呂)의 吉野 찬가(1・36, 38)를 이은 것으로 카나무라(金村)도 이것을 충분히 의식하고 있었던 것은 反歌에 있는, 표현을 모방한 것을 보면 알 수 있다. 그러나 吉野를 깨끗한 땅으로 파악하는 이외에는 長歌에서는 표현면이나 발상면에서 金村은 人麻呂의 찬가를 직접 받아들이려고 하지 않고 있다. (중략) 金村은 독자적인 작품을 창작하려고 의도했던 것이라 생각된다'고 하였다『萬葉集全注』 6, pp.20~21].

車持朝臣千年[1]作謌一首并短謌

913 味凍　綾丹乏敷　鳴神乃　音耳聞師　三芳野之　眞木立山湯　見降者　川之瀬毎　開來者
朝霧立　夕去者　川津鳴奈拜　紐不解　客示之有者　吾耳爲而　清川原乎　見良久之惜蒙

味ごり[2]　あやに[3]羨しく　鳴る神[4]の　音のみ聞きし　み吉野の　眞木[5]立つ山ゆ　見降せば[6]
川の瀬ごとに　明け來れば　朝霧立ち　夕されば　かはづ鳴くなへ[7]　紐解かぬ　旅にしあれば
吾のみして[8]　清き川原を　見らく[9]し惜しも

うまごり　あやにともしく　なるかみの　おとのみききし　みよしのの　まきたつやまゆ　みお
ろせば　かはのせごとに　あけくれば　あさぎりたち　ゆふされば　かはづなくなへ　ひもとか
ぬ　たびにしあれば　わのみして　きよきかはらを　みらくしをしも

反謌一首

914 瀧上乃　三船之山者　雖畏　思忘　時毛日毛無

瀧の上の　三船の山は　畏けど[10]　思ひ忘るる　時も日も[11]無し

たぎのへの　みふねのやまは　かしこけど　おもひわするる　ときもひもなし

---

1 車持朝臣千年 : 천황의 車駕 봉사를 맡은 씨족의 한 사람이다. 어떤 사람인지 잘 알 수 없다. 카나무라(金村)
와 가까운 관계에 있었다. 여성이라는 설도 있다.
2 味ごり : '우마(巧)키오(織)리'를 줄인 것이다. 綾織의 미칭이다.
3 あやに : 신기할 정도로.
4 鳴る神 : 천둥.
5 眞木 : 멋진 나무를 말한다. 삼목·노송나무 등을 가리킨다.
6 見降せば : 산 위에서 보는 풍경이다. 나라를 바라보며 축복하는 의례인 國見의 시점이다.
7 なへ : ~와 함께, ~함에 따라서.
8 吾のみして : 아내가 없다는 뜻이다. 앞의 '紐解かぬ'와 호응한다.
9 見らく : '見る'의 명사형이다.
10 畏けど : 생각하는 것도 황공해서 아내를 생각하는 것도 망설여지지만이라는 뜻이다.
11 時も日も : 時·日을 병렬한 표현이다.

쿠루마모치노 아소미 치토세(車持朝臣千年)가 지은 노래 1수와 短歌

913　(우마고리)/ 이상히 마음 끌려/ 천둥과 같이/ 소리만을 들었던/ 요시노(吉野)의요/ 멋진
　　　나무 산에서/ 내려다보면/ 강여울 여울에는/ 날이 밝으면/ 아침 안개 끼고/ 저녁이 되면/
　　　개구리들이 우네/ 옷끈 풀잖고/ 여행길에 있으니/ 나 혼자서만/ 깨끗한 카하라(河川)를/
　　　보는 것이 아쉽네

해설
　　짜임 조직이 아름다운 비단처럼 이상할 정도로 마음이 끌리고 천둥소리처럼 소리만을 듣고 있었던
요시노(吉野)의, 좋은 나무들이 많이 들어서 있는 멋진 산에서 아래를 내려다보면 강여울 여울마다에는,
날이 밝으면 아침 안개가 끼고 저녁이 되면 개구리들이 우네. 그래도 옷끈을 풀지 않고 혼자서 잠을 자야
하는 여행길에 있으니, 아내에게 보이지도 못하고 나 혼자서만 이 아름다운 카하라(河川)의 풍경을 보는
것이 안타깝네라는 내용이다.
　　全集에서는 '紐解かぬ 旅にしあれば'를, "아내를 동반하지 않은 여행이기 때문에'라는 뜻이다. 속옷의
끈은 부부가 서로 묶어주며 다음에 만날 때까지 풀지 않는다고 약속하는 것이 관습이었다'고 하였다[『萬葉
集』 2, p.132].

反歌 1수

914　급류 근처의/ 미후네(三船)의 산은요/ 무섭지만은/ 생각 잊어버리는/ 때도 날도 없다오

해설
　　급류 근처에 높이 솟아 있는 미후네(三船)의 산은 산의 신의 靈威가 무섭지만은 도읍지에 남겨 두고
온 아내에 대한 생각은 잠시라도 하루라도 잊어버리는 일이 없다오라는 내용이다.
　　작자가 미후네(三船)의 산을 왜 무서워하고 있는지 분명하게 나타나 있지 않지만 私注의, '從駕의 몸으로
사람을 그리워하는 두려움도 포함해서 나타내려고 하고 있는 것이겠다'고 한 해석이[『萬葉集私注』 3, p.216]
도움이 된다.
　　全集에서는, '이 쿠루마모치노 치토세(車持千年)의 노래에도 907~909번가의 카사노 카나무라(笠金村)의
노래와 같은 점을 말할 수 있다. 長歌의 후반, 短歌의 下句에 자신의 사적인 감정을 표현하고는 있어도
천황의 위덕을 찬양하는 표현은 없다'고 하였다[『萬葉集』 2, p.132].

或本反謌曰

915 千鳥鳴　三吉野川之　川音成　止時梨二　所思公

千鳥鳴く　み吉野川の　川音なす¹　止む時無しに　思ほゆる君²

ちどりなく　みよしのがはの　かはとなす　やむときなしに　おもほゆるきみ

916 茜刺　日不並二　吾戀　吉野之河乃　霧丹立乍

茜さす　日並べなくに³　わが戀は⁴　吉野の川の　霧に立ち⁵つつ

あかねさす　ひならべなくに　わがこひは　よしののかはの　きりにたちつつ

> 左注　右, 年月不審. 但, 以謌類載於此次焉. 或本云, 養老七年五月幸于芳野離宮之時作.

---

1 川音なす : '카하노오토노'로 훈독한 경우도 있다. 'なす'는 명사·동사에 주로 연결되며 상태에 이어지는
　예는 거의 없다.
2 思ほゆる君 : 獻歌의 상대를 말한다.
3 日並べなくに : 며칠도 헤어져 있는 것이 아닌데라는 뜻이다.
4 わが戀は : 從駕歌 유형에 여행의 望鄕戀歌가 있다.
5 霧に立ち : 몽롱한 마음의 행방을 알지 못하는 상태를 나타낸 표현이다.

어떤 책의 反歌에 말하기를

915 물떼새 우는/ 요시노(吉野)의 강의요/ 물소리 같이/ 끊어지는 일 없이/ 생각나는 그대여

🌸 해설

　물떼새가 울고 있는 요시노(吉野)강의 강물 소리가 끊임이 없듯이 그렇게 끊어지는 일이 없이 생각나는 그대여라는 내용이다.

　中西 進과 마찬가지로 私注에서도 底本의 '川音成'을 취하여 '카하토나스' 5음절로 읽었는데, 全注·全集·注釋에서는 '川音成'을 金澤本의 '川音'을 취하여 '카하노오토노' 6음절로 읽었다.

　제5구의 '思ほゆる君'의 '君'에 대해 全集에서는 누구를 가리키는지 알 수 없다고 하였다[『萬葉集』 2, p.132]. 私注에서는 '애인일 것이다'고 하여 여성으로 보았다[『萬葉集私注』 3, p.217]. 그런데 '君'의 萬葉假名 '公'에 대해 吉井 巖은, '남자가 남자를 가리키는 경우도 있지만(5·811 등), 여자가 남자를 가리키는 경우가 일반적이다. (중략) 본래 남녀간의 사랑의 노래에서는 서로 상대방을 '汝'로 부르고 있었던 것이, 萬葉集 시대에 들어서 이렇게 바뀐 것은 중국의 남존여비의 관념을 받아들인 결과일 것이다. 여기에서는 남편을 가리킨다'고 하였다[『萬葉集全注』 6, p.26]. 注釋에서도 남자를 가리키는 것으로 보았다[『萬葉集注釋』 6, p.25].

916 (아카네사스)/ 며칠 안 지났는데/ 나의 사랑은/ 요시노(吉野)의 강의요/ 안개로 나타났네

🌸 해설

　아내를 작별하고 떠나온 지 날 수가 많이 지난 것도 아닌데, 요시노(吉野)의 강 안개가 자욱하게 끼듯이 아내를 사랑하는 마음이 내 마음을 휘감아서 마음이 밝지 않다는 내용이다.

　'茜さす'는 '日'을 상투적으로 수식하는 枕詞이다.

　좌주 위의 노래는 창작 연월이 명확하지 않다. 다만 노래가 비슷하므로 여기에 싣는다. 어떤 책에서는 '養老 7년(723) 5월 吉野 離宮에 행행했을 때 지었다'고 한다.

神龜元年甲子冬十月五日[1], 幸于紀伊國時[2], 山部宿祢赤人作謌一首幷短謌

917

安見知之　和期大王之　常宮等　仕奉流　左日鹿野由　背比尒所見　奧嶋　清波激尒
風吹者　白浪左和伎　潮干者　玉藻苅管　神代從　然曾尊吉　玉津嶋夜廏

やすみしし[3]　わご大君の　常宮と[4]　仕へまつれる[5]　雜賀野[6]ゆ　背向[7]に見ゆる　沖つ島[8]
淸き渚に[9]　風吹けば　白波騷き　潮干れば　玉藻苅りつつ[10]　神代より　然そ[11]尊き　玉津島山

やすみしし　わごおほきみの　とこみやと　つかへまつれる　さひがのゆ　そがひにみゆる
おきつしま　きよきなぎさに　かぜふけば　しらなみさわき　しほふれば　たまもかりつつ
かみ よ り　しかそたふとき　たまつしまやま

---

1 神龜元年甲子冬十月五日 : 5일 出京하여 8일에 타마츠 시마(玉津嶋) 행궁에 도착하고 21일에 이즈미(和泉)로 돌아와 23일에 귀경하였다.
2 幸于紀伊國時 : 聖武천황의 행행이다. 같은 때의 작품으로 543번가가 있다.
3 やすみしし : 大君에 연결된다. 여덟 구석, 즉 구석구석을 다스린다는 뜻인가.
4 常宮と : '토코(常)'는 영원이라는 뜻이다. '츠네(常)'로 읽으면 불변이라는 뜻이다.
5 仕へまつれる : 주어 '와레(나)'가 생략되었다. 이궁을 常宮으로 하고 내가 천황에게 봉사한다.
6 雜賀野 : 和歌山市 서쪽, 雜賀崎의 들이다.
7 背向 : 등이 향하는 쪽으로 뒤쪽을 말한다.
8 沖つ島 : 타마츠 시마(玉津嶋)를 말한다. 지금의 奠供(텐구)산을 중심으로 한 섬들(지금은 육지로 이어진다)이다.
9 淸き渚に : 물가.
10 玉藻苅りつつ : 옛날부터 계속 뜯고 있으면서. 여기에 짧은 休止가 있다.
11 然そ : 앞의 沖つ島의 풍광을 가리킨다.

神龜 원년(724) 甲子 겨울 10월 5일, 키노쿠니(伊國)에 행행하였을 때, 야마베노 스쿠네 아카히토(山部宿禰赤人)가 지은 노래 1수와 短歌

917 (야스미시시)/ 우리들의 대왕의/ 萬代 궁으로/ 받들어서 섬기는/ 사히가(雜賀)들서/ 뒤쪽
으로 보이는/ 오키(沖)의 섬의/ 깨끗한 물가에는/ 바람이 불면/ 흰 파도가 일고요/ 썰물이
되면/ 해초를 따면서요/ 神代로부터/ 이렇게 귀중하네/ 타마츠 시마(玉津島)산은

해설

팔방으로 국토 구석구석 전체를 다스리는 왕이, 만대까지나 계속될 영원한 궁전으로 이 궁전을 常宮으로 하고, 내가 지금 왕을 받들어서 섬기는 사히가(雜賀)들에서 뒤쪽으로 보이는 오키(沖) 섬의 깨끗한 물가에 바람이 불면 흰 파도가 일어나고, 썰물이 되면 그때마다 사람들이 아름다운 해초를 따 왔던 타마츠 시마(玉津島)산은 神代로부터 이렇게 귀한 것이네라는 내용이다.

이 작품에서의 '常宮'은 행행한 곳에 임시로 지은 離宮을 말한다. '沖つ島'는 '玉津島山'과 같은 것으로 바다의 작은 섬들을 말한다. 元正女皇은 養老 8년(724) 2월에 聖武천황에게 양위하고 동시에 연호를 神龜로 고쳤다.

私注에서는, '神龜 원년(724) 10월 5일(양력으로 10월 30일) 聖武천황이 키노쿠니(伊國)에 행차했을 때 아카히토(赤人)가 지은 것이다. 10월 5일 나라(奈良)를 출발하여, 8일에 玉津島의 頓宮에 도착하여 21일까지 10여일 머물렀다. 언덕 동쪽에 離宮을 짓고 그때까지 와카(弱)濱이라고 불리던 지명을 明光浦라고 고쳤다고 하는 기록이 續紀에 보인다. 이 1수는 그곳에 체재하는 동안 지은 것으로 관료들이 유람하는 실제 모습을 노래한 것이겠으나 형식적인 부분이 많고 더구나 짧고 내용도 충실하지 못해 赤人의 표현력이 부족함을 보이는 것 같은 작품이다'고 하였다[『萬葉集私注』 3, p.219].

反詞二首

918　奧嶋　荒礒之玉藻　潮干滿　伊隱去者　所念武香聞

沖つ島　荒礒[1]の玉藻　潮干滿ちて[2]　い隱り[3]ゆかば　思ほえむかも

おきつしま　ありそのたまも　しほひみちて　いかくりゆかば　おもほえむかも

919　若浦尒　塩滿來者　潟乎無實　葦邊乎指天　多頭鳴渡

若の浦[4]に　潮滿ち來れば　潟[5]を無み　葦邊をさして　鶴鳴き渡る

わかのうらに　しほみちくれば　かたをなみ　あしへをさして　たづなきわたる

左注　右[6]，年月不記[7]．但，稱從駕玉津嶋也．因今檢注行幸年月以載之焉．

1　荒礒 : 거친 바위들이 있는 해안이다.
2　潮干滿ちて : 지금의 썰물이 드디어 만조로 되어라는 뜻이다.
3　い隱り : 'い'는 접두어이다.
4　若の浦 : 원래 와카노 하마(弱濱)라고 하며, 이 때 16일에 아카(明光)浦로 이름을 고쳤다. 지금의 和歌浦.
5　潟 : 썰물 때 드러나는 평평한 해안을 말한다. 이 작품에서는 학이 먹이를 찾는 장소를 말한다.
6　右 : 917번가 이하 3수를 말한다.
7　年月不記 : 따라서 제목에 연대를 기록한 것은 편찬자가 덧붙인 것이다.

反歌 2수

918   오키(沖)의 섬의/ 바위 위의 해초가/ 만조가 되어서/ 보이지 않는다면/ 생각이 나겠지요

해설

오키(沖)섬의 거친 암초가 있는 해안에 나 있는 아름다운 해초가, 바닷물이 만조가 되어서 숨어 보이지 않게 된다면 정말 생각이 나며 보고 싶겠지요라는 내용이다.
눈앞의 해초를 찬미한 작품이다.

919   와카(和歌)의 포구에/ 만조가 된다면은/ 물가 없어져/ 갈대 주변 향하여/ 학이 울며 건네네

해설

와카(和歌) 포구에 바닷물이 밀려들어 오면 개펄이 없어지므로 갈대밭 근처를 향해서 학이 울면서 날아가고 있네라는 내용이다.

좌주   위의 노래는 연월이 기록되어 있지 않다. 다만 타마츠(玉津)섬의 행행에 함께 하였다고 한다. 그래서 지금 행행의 연월을 조사하여 기록했다.

神龜二年乙丑夏五月，幸于芳野離宮時[1]，笠朝臣金村作謌一首幷短歌

920 足引之 御山毛淸 落多藝都 芳野河之 河瀨乃 淨乎見者 上邊者 千鳥數鳴 下邊者
河津都麻喚 百礒城乃 大宮人毛 越乞尒 思自仁思有者 毎見 文丹乏 玉葛 絶事無
萬代尒 如是霜願跡 天地之 神乎曾禱 恐有等毛

あしひきの[2] み山もさやに[3] 落ち激つ 吉野の川の 川の瀨の 淸きを見れば 上邊には
千鳥數[4]鳴き 下邊には かはづ妻呼ぶ ももしきの[5] 大宮人も をちこちに[6] 繁[7]にしあれば
見るごとに あやに羨しみ[8] 玉葛[9] 絶ゆること無く 萬代に かくしもがも[10]と 天地の
神をそ祈る 畏くあれども

あしひきの みやまもさやに おちたぎつ よしののかはの かはのせの きよきをみれば
かみへには ちどりしばなき しもへには かはづつまよぶ ももしきの おほみやびとも
をちこちに しじにしあれば みるごとに あやにともしみ たまかづら たゆることなく
よろづよに かくしもがもと あめつちの かみをそいのる かしこくあれども

---

1 幸于芳野離宮時 : 이 행행에 대한 기록은 『日本續紀』에는 없다.
2 あしひきの : 산을 수식하는 枕詞다.
3 み山もさやに : 107번가에도 이와 같은 표현이 보인다.
4 數 : 계속이라는 뜻이다.
5 ももしきの : 많은 돌로 쌓아 튼튼하게 한 성이라는 뜻이다.
6 をちこちに : 'をち(遠)', 'こち(近)'라는 뜻이다.
7 繁に : 가득, 많이라는 뜻이다.
8 あやに羨しみ : 부럽기 때문에라는 뜻이다.
9 玉葛 : 아름다운 덩굴풀이다. 끊임이 없다는 뜻에 연결된다.
10 かくしもがも : 'もがも'는 願望을 나타낸다.

神龜 2년(725) 乙丑 여름 5월에, 요시노(吉野)의 離宮에 행행하였을 때 카사노 아소미 카나무라(笠朝臣金村)가 지은 노래 1수와 短歌

920 　(아시히키노)/ 산이 울릴 정도로/ 세찬 급류의/ 요시노(吉野)의 강물의/ 강여울이요/ 맑은 모습을 보면/ 상류 쪽에는/ 물떼새 계속 울고/ 하류 쪽에는/ 개구리 짝 부르네/ (모모시키노)/ 궁중의 관료들도/ 여기저기에/ 많이들 있으므로/ 보는 때마다/ 괜히 마음 끌려서/ (타마카즈라)/ 끊어지는 일 없이/ 만대까지도/ 이러했으면 하고/ 하늘과 땅의/ 신들에게 빈다네/ 두렵기는 하지만도

해설

　　산도 상쾌하게 메아리쳐 울릴 정도로 급류가 되어서 흘러 떨어지는 요시노(吉野)강의 강여울이 맑은 광경을 보면, 상류 쪽에는 물떼새가 계속 울고 있고, 하류 쪽에는 개구리가 짝을 부르느라고 울고 있네. 많은 돌로 튼튼하게 쌓은 궁중의 관료들도 여기저기에 많이 모여 놀고 있으므로 눈으로 볼 때마다 어쩐지 마음이 끌리네. 그래서 아름다운 덩굴풀(玉葛)이 끊어지는 일이 없는 것처럼 그렇게 끊어지는 일이 없이 만년 후까지도 離宮과 요시노(吉野)의 경치가 이러했으면 좋겠다고 하늘과 땅의 신들에게 비는 것이네. 신에게 비는 것 자체가 두려운 일이기는 하지만이라는 내용이다.
　　吉井 巖은, '笠朝臣은 4, 5세기에 吉備정권을 구성하고 있던 씨족의 하나였다. 新撰姓氏錄에서는 右京皇別에 들어 있다. (중략) 오래 전부터 國, 評의 이름으로 '笠' 이름이 있었던 것을 추정할 수 있다. 아마 笠朝臣은 중앙귀족화한 후에도 당분간은 지방호족으로서의 세력을 유지하고 있었던 것이겠지만 점차 지방호족으로서의 세력을 상실하여 갔을 것이다. 金村은 미미한 관직으로 끝난 것 같지만 중앙귀족으로서의 笠朝臣은 나라(奈良)시대를 통하여 中 아니면 下의 지위를 유지하고 있었다. (중략) 이 長歌에서는 養老시대 찬가의 끝의 反歌를 이어 받으면서 '吉野の川の 川の瀬の 淸きを見れば'라고 하여 國見歌의 발상으로, 눈에 들어오는 풍경의 생기와 공봉하는 사람들의 성대한 모습을 노래하며 끝에는 養老 찬가에 기대되었던 요시노(吉野)宮의 영원불변할 것을 기원하면서 끝나고 있다. 이와 같이 생각해보면 養老와 神龜의 찬가는 각각 독립되어 있으면서도 연속되어 창작되어짐으로써 한층 효과를 더할 수 있었다고 생각된다'고 하였다『萬葉集全注』 6, pp.45~47). 'ももしきの(百磯城)'는 많은 돌로 견고하게 한 울타리라는 뜻으로 堅牢(견고한 울타리)를 비유한 표현이다. 옛날에는 궁전에 돌을 사용하지 않았으며 天智천황 이후의 새로운, 중국·한국풍의 건물 관념에 의한 표현이다(中西 進 『萬葉集』 1, p.64. 29번가의 주20 참조).

反語二首

921　萬代　見友將飽八　三芳野乃　多藝都河内之　大宮所

　　　　萬代に　見とも飽かめや¹　み吉野の　激つ河内の　大宮所

　　　　よろづよに　みともあかめや　みよしのの　たぎつかふちの　おほみやどころ

922　人皆乃　壽毛吾母　三吉野乃　多吉能床磐乃　常有沼鴨

　　　　皆人の　命もわれも　み吉野の　瀧の常磐²の　常ならぬかも³

　　　　みなひとの　いのちもわれも　みよしのの　たぎのときはの　つねならぬかも

---

1 飽かめや : 'め'는 추량, 'や'는 강한 부정을 동반한 의문을 나타낸다.
2 常磐 : '토코(常 : 영원)', '이하(岩)'가 축약된 것이며 반석이라는 뜻이다.
3 常ならぬかも : 변하지 않고 있었으면 좋겠다는 뜻이다.

反歌 2수

921   만년 후까지/ 보아도 싫증날까/ 요시노(吉野)의요/ 격류의 카후치(河內)의/ 離宮이 있는
       곳은

🌸 **해설**

   만년 후까지 계속 보고 있더라도 싫증이 나는 일이 있을 리가 있겠는가. 이 요시노(吉野)의 물살이
급한 강 근처의, 離宮이 있는 곳은이라는 내용이다.

922   모든 사람의/ 목숨도 내 목숨도/ 요시노(吉野)의요/ 격류의 반석처럼/ 불변하면 좋겠네

🌸 **해설**

   이 모든 궁중 관료들의 목숨도 그리고 나의 목숨도, 요시노(吉野)의 격류 속에 있는 바위처럼 영원히
변하지 않고 항상 그대로 있었으면 좋겠네라는 내용이다.
   吉井 巖은, '바위에서 영원불변을 생각하는 발상은 권제1의 22번가에도 있으며 祈年祭 祝詞 '堅磐に常磐
に'의 관용구에도 보이므로 고대로부터의 표현이라고 할 수 있다. 다만 카키노모토노 히토마로(柿本人麻
呂)의 吉野 찬가(1·36, 37)의 경우는, 長歌에 이어지는 反歌에 요시노(吉野)강의 常滑(이것을 磐과 같은
성질의 것으로 보아도 좋다)을 들어서 그 常滑에서 '絶ゆることなく またかへりみむ'이라고 계속 노래 부르
며 천황 찬양에 대한 입장은 長歌와 反歌를 통틀어 흔들림이 없다. 金村의 경우는 '大君は常磐にまさ
む'(18·4064)가 아니라 행행에 따라간 사람들을 대상으로 한 '皆人の壽も我も…常ならぬかも'라고 하여 방
향을 전환시키고 있는 점에, 이 시대의 行幸奉供歌의 특색이 드러나 있다고 생각된다. 그러나 '皆人の壽も我
も'는 좋은 句다. 독재군주를 정점으로 하는 세계를 극복하고 봉공자 집단이 하나 양성되고 그것이 미미한
존재라고 하더라도 작자는 이것을 확실히 포착하여 노래하고 있는 것이다'고 하였다[『萬葉集全注』 6, p49].

山部宿祢赤人作謌[1]二首幷短謌

923 八隅知之 和期大王乃 高知為 芳野宮者 立名附 青垣隱 河次乃 清河內曾 春部者
花咲乎遠里 秋去者 霧立渡 其山之 弥益々尒 此河之 絶事無 百石木能 大宮人者
常將通

やすみしし[2] わご大君の 高知らす[3] 吉野の宮は 疊づく[4] 青垣隱り 川次の[5] 清き河内そ
春べは 花咲きををり[6] 秋されば 霧立ち渡る その[7]山の いやますますに[8] この川の
絶ゆること無く ももしきの[9] 大宮人は 常に通はむ

やすみしし わごおほきみの たかしらす よしののみやは たたなづく あをかきごもり
かはなみの きよきかふちそ はるべは はなさきををり あきされば きりたちわたる その
やまの いやますますに このかはの たゆることなく ももしきの おほみやびとは つねに
かよはむ

---

1 山部宿祢赤人作謌 : 창작 연대는 앞의 카나무라(金村)의 작품과 같은가.
2 やすみしし : 大君에 연결된다. 여덟 구석, 즉 구석구석을 다스린다는 뜻인가.
3 高知らす : '知る'는 지배한다는 뜻이다. 'す'는 높임을 나타낸다.
4 疊づく : 중첩한다. 青垣은 산을 담에 비유한 것이다.
5 川次の : 山竝과 마찬가지로, 나미(なみ)는 계속되고 있는 모습을 말한다.
6 花咲きををり : 'ををる'는 휘어지는 것을 말한다. 가지가 휘어질 정도로 꽃이 흐드러지게 많이 핀 상태를 말한다. 'をいる'라고도 한다.
7 その : 다음의 'この'와 댓구를 이룬다.
8 いやますますに : 더욱 '疊づく' 하도록이라는 뜻이다.
9 ももしきの : 많은 돌로 쌓은 견고한 성이라는 뜻이다.

야마베노 스쿠네 아카히토(山部宿禰赤人)가 지은 노래 1수와 短歌

923　(야스미시시)/ 우리들의 대왕이/ 높게 만들은/ 요시노(吉野)의 궁전은/ 겹겹이 쳐진/ 푸른
　　　산속에 쌓여/ 강의 흐름이/ 맑은 카후치(河內)라네/ 봄이 되면/ 꽃이 만발을 하고/ 가을이
　　　되면/ 안개가 피어나네/ 그 산과 같이/ 여전히 계속하여/ 이 강과 같이/ 끊어지는 일 없이/
　　　(모모시키노)/ 궁중의 관료들은/ 항상 다닐 거겠지

해설

　　팔방으로 국토 구석구석 전체를 다스리는 우리 왕이 높이 조성을 하여서 통치를 하는 요시노(吉野)의
궁전은 겹겹한 푸른 산에 둘러싸여 있고 강의 흐름이 맑은 카후치(河內)이다. 봄이 되면 꽃이 흐드러지게
피고 가을이 되면 안개가 피어나네. 그 산과 같이 한층 변함없이 여전히 계속하여서, 또 이 강과 같이
끊어지는 일이 없이, 많은 돌로 튼튼하게 쌓은 궁중의 관료들은 항상 다니겠지라는 내용이다.
　　'高知らず'를 中西 進은 '높이 통치를 하는'으로 해석을 하였는데, 全集에서는 '높게 조성한'으로 해석을
하였다.
　　'弥益々尒'를 中西 進·全集·私注는 'いやますますに'로 읽었는데, 注釋·全注는 'いやしくしくに'로 읽었
다. 私注에서는 左注(927번가 다음의 左注를 말한다)의 '不審先後'라고 한 것은 이 작품에도 해당되는 것이
겠으므로 제작 연월은 알 수 없지만 요시노(吉野) 從駕作인 것은 내용으로 알 수 있다고 하였다『萬葉集私
注』3, p.225]. 吉井 嚴도, '제목에 作謌二首라고 되어 있는데 두 개의 長短歌群이 하나가 되어 있지만 927번가
左注에 명확히 기록되어 있는 것처럼, 동시에 창작된 것이라는 것을 예상하게 하는 근거는 아무 것도
없는 것이다. 작품의 선후도 명확하지 않은 상태로 존재하고 있는 것이다. 제목은 편찬자가 기록한 것이다'
고 하였다『萬葉集全注』6, pp.50~51].

反謌二首

924   三吉野乃　象山際¹乃　木末尒波　幾許毛散和口　鳥之聲可聞

み吉野の　象山の²際の　木末³には　ここだ⁴もさわく　鳥の聲かも⁵

みよしのの　きさやまのまの　こぬれには　ここだもさわく　とりのこゑかも

925   烏玉之　夜乃深去者　久木生留　清河原尒　知鳥數鳴

ぬばたまの⁶　夜の更けぬれば⁷　久木⁸生ふる　清き川原に　千鳥しば鳴く⁹

ぬばたまの　よのふけぬれば　ひさきおふる　きよきかはらに　ちどりしばなく

---

1 際 : 근처, 주변이라는 뜻이다.
2 象山の : 宮瀧對岸, 象谷 입구의 산이다. 키사(キサ)는 象의 古語이다.
3 木末 : 누레·우레는 끝 쪽의 뻗은 부분을 말한다.
4 ここだ : 코코라(ココラ)·코코바(ココバ)·코코다쿠(ココダク)·코키다쿠(コキダク)와 같다. 양이 많은 것을 말한다.
5 이 작품은 아침 산의 풍경을 노래한 것으로 다음 노래와 대응한다.
6 ぬばたまの : 烏扇(범부채). 열매의 검은 색으로 인해 검은 것을 수식한다.
7 夜の更けぬれば : 'ぬれ'는 완료를 나타낸다.
8 久木 : 楸. 개오동나무. 또는 예덕나무.
9 이 작품은 밤의 강 풍경으로 앞의 노래와 대응한다.

反歌 2수

924   요시노(吉野)의요/ 키사(象山)산의 주변의/ 가지 끝에는/ 이리도 지저귀는/ 새들의 소리라네

🌸 **해설**

요시노(吉野)의 키사(象山)산의 주변의 나무 가지 끝에는 온통 지저귀며 노래하는 새들의 소리라네라는 내용이다.

'際の'를 中西 進은 '근처'로 해석을 하였는데 全集에서는 '사이·근처·경계라는 뜻이 있다'고 하고 이 작품에서는 '사이'라는 뜻이라고 하였다(『萬葉集』 2, p.136). 어느 쪽으로 해석을 하든지 별 차이는 없다.

925   (누바타마노)/ 밤이 이슥해지면/ 가래나무 있는/ 깨끗한 강변에는/ 물떼새 계속 우네

🌸 **해설**

어두운 밤이 이슥해지면 가래나무가 무성하게 자라 있는 깨끗한 강변 모래밭에는 물떼새가 계속 울고 있네라는 내용이다.

吉井 嚴은, '위의 反歌 두 작품은 모두 『萬葉集』 작품 중에서 뛰어난 작품으로 평가되어져 왔다. (중략) 千鳥는 각 시대를 통하여 '懷舊' '고향思慕' '戀歌'의 소재로 불렸으며 그 소리에 대해서도 (중략) 千鳥의 소리를 무척 기다리고, 그 소리를 즐긴다는 작품은 거의 없다. 깨끗한 장소에 사는 새이기는 하지만 적료함, 사랑의 불안감을 부채질하는 경우가 많다. 供奉歌, 讚歌에 불리어지고 있는 것은 권제6의 4수에 한정되어 있다. 千鳥에서 만엽인들이 받아들이고 있었던 이러한 심정에서 생각하면 확실히 '千鳥しば鳴く'는 요시노(吉野) 찬가의 反歌로서, 생명력의 현현으로서 의도적으로 혹은 카나무라(金村)의 長歌(920번가)를 모방한 것임은 틀림없다. 그러나 실은 아카히토(赤人)의 의도와는 다른 시적인 강한 충동이 千鳥의 소리로 향하게 했던 것은 아닐까 추정되고 있는 것이다'고 하였다(『萬葉集全注』 6, pp.55~56).

926 安見知之　和期大王波　見吉野乃　飽津之小野笑　野上者　跡見居置而　御山者　射目立渡　朝獦尓　十六履起之　夕狩尓　十里蹢立　馬並而　御獦曾立為　春之茂野尓

やすみしし[1]　わご大君は　み吉野の　秋津の小野[2]の　野の上には　跡[3]見する置きて　み山には　射目[4]立て渡し　朝獵に　鹿猪[5]履み起し　夕狩に　鳥踏み立て　馬竝めて　御獵そ立たす[6]　春の茂野に

やすみしし　わごおほきみは　みよしのの　あきづのをのの　ののへには　とみするおきて　みやまには　いめたてわたし　あさかりに　ししふみおこし　ゆふかりに　とりふみたて　うまなめて　みかりそたたす　はるのしげのに

反歌一首

927 足引之　山毛野毛　御獦人　得物矢手挾　散動而有所見

あしひきの　山にも野にも　御獵人　得物矢[7]手挾み　散動きたり見ゆ

あしひきの　やまにものにも　みかりびと　さつやたばさみ　さわきたりみゆ

左注　右[8]，不審先後．但，以便故載於此次．

---

1 やすみしし：大君에 연결된다. 여덟 구석, 즉 구석구석을 다스린다는 뜻인가. 다만 이 작품에서는 원문이 '安見知之'라고 되어 있으므로 편안하게 통치를 하는 뜻으로 해석을 하였다.
2 秋津の小野：宮瀧地. '野'는 산의 경사면의 넓은 곳을 말한다.
3 跡：짐승이 지나간 흔적을 찾는 사람을 말한다.
4 射目：숨어서 짐승을 기다리다가 활을 쏘는 장소를 말한다.
5 鹿猪：사슴과 멧돼지 등을 대표로 하는 짐승을 말한다.
6 御獵そ立たす：'立つ'는 결행하다. '行う'를 강조한 표현이다.
7 得物矢：짐승을 얻기 위한 화살이다.
8 右：923번가 이하 5수를 가리킨다.

926   (야스미시시)/ 우리들의 대왕은/ 요시노(吉野)의요/ 아키즈(秋津)의 들판의/ 들판 근처엔/ 흔적 찾는 자 두고/ 산에다가는/ 숨어 쏠 곳 만들어/ 아침 사냥에/ 동물들을 뒤쫓고/ 저녁 사냥엔/ 새들을 뒤쫓고/ 말 나란히 해/ 사냥을 하시네요/ 봄풀 무성한 들에

해설

나라를 편안하게 다스리는 우리 왕은 요시노(吉野)의 아키즈(秋津)의 들판 근처에는 사슴이나 멧돼지와 같은 동물의 발자국 흔적을 찾는 자를 배치해 두고, 산에는 숨어서 활을 쏠 곳을 만들어 두어서 아침에 사냥할 때는 동물들을 뒤쫓고 저녁에 사냥할 때는 새들을 뒤쫓는 것이지요. 말을 나란히 하여 달리며 사냥을 하네요. 봄에 풀이 무성히 자란 들판에서라는 내용이다.

'射目'을 注釋에서는 中西 進과 마찬가지로 활을 쏘는 사람이 몸을 숨기고 기다리는 곳으로, '立て渡し'는 그것을 여러 곳에 설치한 것으로 보았다[『萬葉集注釋』 6, p.51]. 全集·全注에서도 그렇게 보았다[『萬葉集』 2, p.137], [『萬葉集全注』 6, pp.57~58]. 私注에서는 '射目'을 활을 쏘는 사람들로 보고, '立て渡し'는 어느 곳에서부터 어느 곳까지 길게 늘어선 것이라고 하였다[『萬葉集私注』 3, p.228].

反歌一首

927   (아시히키노)/ 산에도 들판에도/ 사냥하는 자/ 화살 손에 잡고서/ 뒤섞인 것 보이네

해설

산에도 들에도 사냥을 하는 사람들이 짐승에게 쏠 화살을 손에 손에 잡고서는 서로 혼잡하게 뒤섞여 시끌벅적한 것이 눈에 보이네라는 내용이다.

全集에서는 "사와쿠(騷く)'는 귀에 들리는 소리뿐만 아니라 눈에 보이는 동작도 아울러 말하는 경우가 많다'고 하였다[『萬葉集』 2, p.137].

좌주   위의 노래는, 다른 노래와의 선후 관계가 확실하지 않다. 다만 편의상 여기에 싣는다.

冬十月[1], 幸于難波宮[2]時, 笠朝臣金村作謌一首幷短謌

928 忍照　難波乃國者　葦垣乃　古郷跡　人皆之　念息而　都礼母無　有之間尓　續麻成
長柄之宮尓　眞木柱　太高敷而　食國乎　治賜者　奥鳥　味経乃原尓　物部乃　八十伴雄者
廬爲而　都成有　旅者安礼十方

押し照る[3]　難波の國[4]は　葦垣[5]の　古りにし郷[6]と　人皆の　思ひ息みて[7]　つれ[8]も無く　あり
し間に　續麻なす[9]　長柄の宮[10]に　眞木柱[11]　太高敷きて　食國を[12]　治めたまへば　沖つ鳥[13]
味經の原[14]に　もののふの　八十伴の緒[15]は　廬して[16]　都なしたり　旅にはあれども

おしてる　なにはのくには　あしかきの　ふりにしさとと　ひとみなの　おもひやすみて　つれ
もなく　ありしあひだに　うみをなす　ながらのみやに　まきはしら　ふとたかしきて　をすく
にを　をさめたまへば　おきつとり　あぢふのはらに　もののふの　やそとものをは　いほりし
て　みやこなしたり　たびにはあれども

---

1 冬十月 : 920번가의 제목을 받은 것이다. 聖武천황의 行幸이다. 10일 출발하여 21일 이후에 귀경하였다.
2 難波宮 : 長柄宮이다. 64번가의 제목 참조.
3 押し照る : 태양이 온통 빛난다는 뜻이다. 바다를 향하여 펼쳐진 열린 나니하(難波)를 형용한 것이다.
4 難波の國 : 難波는 당시의 행정구획상의 나라는 아니다. 일반적으로 부르는 것이다.
5 葦垣 : 갈대로 엮어서 만든 울타리이다. 고풍·시골풍을 형용한 것이다. 특히 여기서는 難波의 갈대에 의거
　하여 사용했다.
6 古りにし郷 : 仁德·孝德천황의 도읍이 있었다.
7 思ひ息みて : 생각하는 것을 멈추고라는 뜻이다.
8 つれ : 관계를 말한다.
9 續麻なす : 짠 삼실처럼이라는 뜻으로 '長'에 연결된다.
10 長柄の宮 : 孝德천황의 도읍으로 仁德천황의 高津宮과 같은 곳인가. 大阪城 부근이다.
11 眞木柱 : 멋진 기둥. 眞木의 '마(眞)'는 미칭이며, 眞木은 삼목·노송나무 등의 거목, 즉 멋진 나무를 말한다.
12 食國を : 지배하는 나라를 말한다.
13 沖つ鳥 : '沖つ鳥'를 味鴨(아지가모 : 오리)으로 보고, '味鴨'의 '味'와 '아지후(味經)'의 '味'가 발음이 같으므로
　거기에 이끌려 연결한 것이다.
14 味經の原 : 大阪市 天王寺區 東高津·長柄에 인접하여 있으며 孝德천황 때 별궁이 있었던 곳이다.
15 八十伴の緒 : '토모(伴)'는 천황에게 종사한다는 뜻이며, '伴の造(宮つ子)'는 조정의 신하다. '國の造(호족)'와
　대응한다. 이것을 '息の緒(이키노오 : 숨결)'·'年の緒(토시노오 : 세월)'처럼 긴 것으로 본 것이 '伴の緒'이
　다. 권제3의 478번가에서는 '오'를 한자 '男'으로 표기하였다.
16 廬して : 임시 거처를 짓고라는 뜻이다.

겨울 10월 나니하노 미야(難波宮)에 행행하였을 때
카사노 아소미 카나무라(笠朝臣金村)가 지은 노래 1수와 短歌

928 (오시테루)/ 나니하(難波)의 나라는/ (아시카키노)/ 오래된 마을이라/ 모든 사람이/ 생각을 않게 되어/ 관심도 없이/ 있었던 그 동안에/ (우미오나스)/ 나가라(長柄)의 궁전에/ 멋진 기둥도/ 굵고 높게 하여서/ 영지를 모두/ 통치를 하시므로/ (오키츠토리)/ 아지후(味經)의 들판에/ 문무백관들/ 많은 부족 관료는/ 임시 집 짓고/ 도읍을 만들었네/ 여행이긴 하지만도

해설

온통 해가 비치는 나니하(難波)國은 갈대를 세워서 만든 울타리가 마를 정도로 오래 되어 버린 마을이라고 사람들이 모두 잊어버리고 생각을 않게 되어 돌아보지도 않고 있었는데, 짠 삼실 같이 길다는 뜻을 이름으로 한 나가라(長柄)의 궁전에, 왕이 멋진 기둥도 굵고 높게 세워서 군림하여 영지를 모두 통치하므로, 아지후(味經)의 들판에다 조정에 근무하는 많은 문무백관들은 임시로 작은 집을 만들어 숙소로 하니 그곳이 하나의 도읍을 이루게 되었네. 비록 여행이긴 하지만서도라는 내용이다.

全集에서는, '『속일본기』에 의하면 10월 10일 (태양력 11월23일)에 나니하(難波)宮에 행차하였다고 되어 있다'고 하였다[『萬葉集』 2, p.138]. 그리고 또 難波宮에 대해, '大阪市 東區法圓坂町 부근. 孝德천황의 長柄豊碕宮의 遺構地. 天武천황 때 이곳을 副都로 하려는 뜻이 보이고, 聖武천황 神龜 3년(726)부터 天平 4년(732)에 걸쳐 藤原宇合이 知造難波宮事가 되어 改修에 힘을 다하여 天平 16년에 한 때 皇都로 되었다'고 하였다[『萬葉集』 2, p.516].

吉井 巖은, '카나무라(金村)의 長歌에는 序의 발상으로 시작하는 작품이 드물고 갑자기 서술하는 것이 특징이다. 대구의 사용도 극히 적다. 金村의 長歌가 전반적으로 서술적이고 평이한 것은 음악으로 노래하는 자세가 부족한, 金村의 이러한 발상 때문이다. 金村은 枕詞를 궁리해서 이용함으로써 長歌를 노래로 성립시키고 있는 것처럼 보인다'고 하였다[『萬葉集全注』 6, p.64]. 그리고 이어서 이때의 행행은 八十島祭를 위한 것이라고 보는 설도 있다'고 하였다[『萬葉集全注』 6, p.65].

反謌二首

929　荒野等丹　里者雖有　大王之　敷座時者　京師跡成宿

荒野ら¹に　里はあれども　大君の　敷き²坐す時は　都となりぬ

あらのらに　さとはあれども　おほきみの　しきますときは　みやことなりぬ

930　海末通女　棚無小舟　榜出良之　客乃屋取尒　梶音所聞

海少女³　棚無し小舟⁴　漕ぎ出らし　旅のやどりに　梶の音⁵聞ゆ

あまをとめ　たななしをぶね　こぎづらし　たびのやどりに　かぢのおときこゆ

1　荒野ら : '荒'은 인문적 세계(도시 등)의 반대를 가리킨다. 'ら'는 접미어임.
2　敷き : 지배한다는 뜻이다.
3　海少女 : 보통 해초를 뜯고 소금을 굽는 자로 노래된다.
4　棚無し小舟 : 배 양쪽에 판을 대지 않은 얕고 작은 배를 말한다.
5　梶の音 : '梶の音(토)'이라고는 하지 않는다.

反歌 2수

929 황량한 들에/ 마을은 있지만은/ 대왕님께서/ 군림을 할 때에는/ 도읍으로 되었네

　　나니하(難波) 마을은 사람들이 관심을 가지지도 않고 하여서 비록 황폐해져 있지만 왕이 행행하여 임시 궁궐을 짓고 군림을 하니 바로 도읍같이 되었네라는 내용이다.
　　全集에서는, '里는 행정구역으로서의 용법이 아니라 마을을 말한다'고 하였대『萬葉集』 2, p.139].

930 해녀 아가씨/ 덕판 없는 작은 배/ 젓는 듯하네/ 여행길 잠 귓가에/ 노 젓는 소리 들리네

　　해녀 아가씨가 덕판도 없는 통나무 배 같은 작은 배를 타고 노를 저어서 나가고 있는 듯하네. 여행길에서 잠자는 귓가에 노를 젓는 소리가 들려오네라는 내용이다.
　　'海少女'는 권제1의 5번가에도 보인다. 吉井 嚴은, '여행과 처녀, 그것은 카나무라(金村)의 작품의 특징인 것 같지만 아카히토(赤人)의 작품이 讚歌的 성격을 나타낸 反歌임에 비해, 金村의 작품은 長歌와 제1 反歌인 929번가가 지니는 찬가적 세계에서 벗어나 있다. 제2 反歌의 이러한 이반을 金村 작품의 특색이라고 보는 설도 있다'고 하였대『萬葉集全注』 6, pp.66~67].

車持朝臣千年作謌一首幷短哥

931　鯨魚取　濱邊乎清三　打靡　生玉藻尓　朝名寸二　千重浪緣　夕菜寸二　五百重波因
邊津浪之　益敷布尓　月二異二　日日雖見　今耳二　秋足目八方　四良名美乃　五十開廻有
住吉能濱

鯨魚取り[1]　濱邊を清み　うち[2]なびき　生ふる玉藻に[3]　朝凪[4]に　千重波寄せ　夕凪に　五百重
波寄す　邊つ波の　いやしくしくに[5]　月にけに[6]　日に日に見とも[7]　今のみに　飽き足らめや
も[8]　白波の　い開き[9]廻れる[10]　住吉[11]の濱

いさなとり　はまへをきよみ　うちなびき　おふるたまもに　あさなぎに　ちへなみよせ　ゆふ
なぎに　いほへなみよす　へつなみの　いやしくしくに　つきにけに　ひにひにみとも　いまの
みに　あきたらめやも　しらなみの　いさきめぐれる　すみのえのはま

1　鯨魚取り : '이사나'는 **勇魚**, 고래를 가리킨다. 海·濱에 연결된다.
2　うち : 접두어.
3　生ふる玉藻に : 다음의 '요세(よせ)·요스(よす)'에 연결된다.
4　朝凪 : 후반부에서 꽃에 비유되고 있는 것처럼 조용한 광경을 말한다.
5　いやしくしくに : 'いや'는 한층이라는 뜻이며, 'しくしく'는 반복한다는 뜻이다.
6　月にけに : 'け'는 異.
7　日に日に見とも : 'とも…めや'의 유형인데 앞쪽은 가정 사실, 뒤는 가정이 된다. 더욱 매일 보는 것은(가정)
　　좋지만 만약 지금만 본다면(가정) 불충분하다는 뜻이다.
8　飽き足らめやも : 'め'는 추량, 'や'는 강한 부정을 동반한 의문을 나타내며, 'も'는 영탄을 나타낸다.
9　い開き : 꽃에 비유하였다.
10　廻れる : 해변의 굴곡을 둘러싸는 것을 말한다.
11　住吉 : 大阪市 住吉區이다.

쿠루마모치노 아소미 치토세(車持朝臣千年)가 지은 노래 1수와 短歌

931 (이사나토리)/ 해변이 깨끗해서/ 휩쓸리면서/ 나 있는 해초에는/ 아침뜸에는/ 천 겹 파도 치고/ 저녁뜸에는/ 오백 겹 파도 치네/ 파도와 같이/ 한층 반복하여서/ 달마다 계속/ 매일 매일 보아도/ 지금만으로/ 충분히 만족할까/ 하얀 파도가/ 일어서 둘러있는/ 스미노에(住吉)의 해변

해설

　고래도 잡힌다고 하는 바다의 해변이 깨끗하므로 물결에 이리저리 휩쓸리면서 무성하게 나 있는 해초에, 아침뜸에는 천 겹이나 되는 파도가 밀려오고 저녁뜸에는 오백 겹이나 되는 파도가 밀려오네. 해변의 파도가 그렇게 겹겹인 것처럼 한층 반복하여서 달마다 그리고 매일매일 보아도 싫지 않을 것인데 하물며 지금 보는 것만으로 충분히 만족할 수가 있을까. 그럴 수는 없네. 흰 파도가 꽃처럼 피어서 두르고 있는 스미노에(住吉)의 해변이여라는 내용이다.

　吉井 巖은, '쿠루마모치노 치토세(車持千年)의 작품이 확실한 것은 913~916의 長反歌, 이곳의 長反歌가 있을 뿐이다. 모두 카사노 카나무라(笠金村)의 작품과 함께 실려 있다. 金村 歌集에 있던 것이라는, 難波宮 행행 때의 단가 4수(950~953)는, 뒤에서 논하겠지만 남녀가 2수씩 지은 것이며, 左注에 車持千年의 작품이라고도 한다고 되어 있으므로 千年이 여성이라는 설을 취한다면 金村과 千年의 화답가라고 생각할 수 있다. (중략) 車持氏는 君姓氏族으로 수레 제작, 관리, 사용을 맡은 車持部를 중앙에서 관장한 씨족이었다'고 하였다[『萬葉集全注』 6, p.69].

反歌一首

932　白浪之　千重來縁流　住吉能　岸乃黄土粉　二寶比天由香名

　　　白波の　千重に來寄する　住吉の　岸の黄土に　にほひて¹行かな

　　　しらなみの　ちへにきよする　すみのえの　きしのはにふに　にほひてゆかな

---

1 にほひて : 아름답게 물들이는 것을 말한다.

反歌 1수

932   하얀 파도가/ 천 겹으로 밀리는/ 스미노에(住吉)의/ 해안의 황토에다/ 물들여 가고 싶네

❀ 해설

   흰 파도가 천 겹이나 될 정도로 겹겹이 많이 밀려오는 스미노에(住吉)의 해안의 황토에다가 옷을 물들여 가고 싶네라는 내용이다.

   '住吉'을 中西 進은 '스미노에'로 읽었는데 全集에서는 '스미요시'로 읽었다『萬葉集』 2, p.139]. 吉井 嚴은, '니호우(にほふ)는 색을 띠다, 물이 들다는 뜻. 시각적인 것에 주로 사용하며 취각적인 표현으로 사용되는 것은 예가 적다'고 하였다『萬葉集全注』 6, p.70]. 일본 현대어에서 '니호우(匂う)'는 향기(냄새)가 나다는 뜻으로 후각적인 의미로 사용되는데, 고대 일본어에서는 오히려 아름다운 색, 모습 등 시각적인 것을 나타내었다.

山部宿祢赤人作歌一首幷短歌

933 天地之　遠我如　日月之　長我如　臨照　難波乃宮尓　和期大王　國所知良之　御食都國
日之御調等　淡路乃　野嶋之海子乃　海底　奥津伊久利二　鰒珠　左盤尓潜出　船並而
仕奉之　貴見礼者

天地の　遠きが如く　日月の　長きが如く[1]　押し照る　難波の宮[2]に　わご大君　國知らすらし
御食つ國[3]　日の御調と[4]　淡路の　野島[5]の海人の　海の底　奥つ海石に[6]　鰒珠[7]　さは[8]に潜き
出　舟竝めて　仕へまつるし[9]　貴し見れば[10]

あめつちの　とほきがごとく　ひつきの　ながきがごとく　おしてる　なにはのみやに　わごお
ほきみ　くにしらすらし　みけつくに　ひのみつきと　あはぢの　のしまのあまの　わたのそこ
おきついくりに　あはびたま　さはにかづきで　ふねなめて　つかへまつるし　たふとしみれば

反謌一首

934 朝名寸二　梶音所聞　三食津國　野嶋乃海子乃　船二四有良信

朝凪に　楫の音聞こゆ　御食つ國[11]　野島[12]の海人の　船にしあるらし[13]

あさなぎに　かぢのおときこゆ　みけつくに　のしまのあまの　ふねにしあるらし

---

1 長きが如く : '國知らすらし'에 연결된다.
2 難波の宮 : 長柄宮이다. 64번가의 제목.
3 御食つ國 : 천황에게 음식 재료를 바치는 지역. 志摩·伊勢 등도 같다. 毛の國(群馬)도 같은가.
4 日の御調と : '日'은 천황을 말한다.
5 野島 : 淡路島 서북쪽 끝이다.
6 海石に : 바다 속의 바위를 말한다. '이(い)'는 접두어.
7 鰒珠 : 전복의 진주. 그러나 여기서는 음식 재료로서의 전복을 포함한다.
8 さは : 많이라는 뜻이다.
9 仕へまつるし : 'し'는 강조를 나타낸다.
10 貴し見れば : '貴し'에서 끊어지는데 도치된 것이다. 일부러 '見れば'라고 한 것은 '보는'것에 감상이 있기
　때문이다.
11 御食つ國 : 천황에게 음식 재료를 바치는 지역. 志摩·伊勢 등도 같다. 毛の國(群馬)도 같은가.
12 野島 : 淡路島 서북쪽 끝이다.
13 船にしあるらし : 노를 젓는 소리를 근거로 한 추량이다.

야마베노 스쿠네 아카히토(山部宿禰赤人)가 지은 노래 1수와 短歌

933   하늘과 땅이/ 무궁한 것과 같이/ 해와 달이/ 장구한 것과 같이/ (오시테루)/ 나니하(難波)
      의 궁전에/ 우리의 대왕은/ 나라 통치하겠지/ 食料 담당國/ 왕의 진상물로/ 아하지(淡路)이
      / 노시마(野島)의 어부가/ 바다 아래쪽/ 깊은 곳 암초에서/ 좋은 전복을/ 많이 잠수해 따
      와/ 배 나란히 해/ 헌상하려고 오는/ 귀한 모습 보면은

❀ 해설

   하늘과 땅이 무궁한 것처럼, 해와 달이 장구한 것처럼 온통 해가 비추는 나니하(難波)의 궁전에 우리의
대왕은 나라를 다스리는 것이겠지. 왕의 음식 재료를 바치는 나라가 그날 왕에게 바치는 진상물로, 아하지
(淡路)의 노시마(野島)의 어부가 바다 깊은 곳의 암초에 잠수해 가서 전복을 많이 따 와서는 배를 나란히
하여 헌상하려고 오는 것은 참으로 귀한 일이네. 그 모습을 보고 있으면이라는 내용이다.
   全集에서는 難波宮에 대해, '大阪市 東區法圓坂町 부근. 孝德천황의 長柄豊碕宮의 遺構地. 天武천황 때
이곳을 副都로 하려는 뜻이 보이고, 聖武천황 神龜 3년(726)부터 天平 4년(732)에 걸쳐 藤原宇合이 知造
難波宮事가 되어 改修에 힘을 다하여 天平 16년에 한때 皇都로 되었다고 하였다『萬葉集』 2, p.516]. 그리고
'貴し見れば'에 대해서는, '어패류가 신선할 때 難波宮에 도착하게 하려고 하는 어부들의 노력을 천황의
위덕이 나타난 것으로 보고 감동하고 있는 표현'이라고 하였다『萬葉集』 2, p.141].
   '奧つ海石に'는 권제2의 135번가에도 보인다.

反歌 1수

934   아침뜸에는/ 노 젓는 소리 들리네/ 食料 담당國/ 노시마(野島)의 어부의/ 배인 것 같습니다요

❀ 해설

   파도가 잠잠한 아침뜸에는 노를 젓는 소리가 들리네. 아마도 왕의 음식 재료를 공급하는 지역인 노시마
(野島)의 어부들의 배인 것 같습니다라는 내용이다.

三年¹丙寅秋九月十五日², 幸於播磨國印南野³時,
笠朝臣金村作謌一首幷短謌

935 名寸隅乃　船瀨從所見　淡路嶋　松帆乃浦尓　朝名藝尓　玉藻苅管　暮菜寸二　藻塩燒乍
海末通女　有跡者雖聞　見尓將去　餘四能無者　大夫之　情者梨荷　手弱女乃　念多和美手
俳徊　吾者衣戀流　船梶雄名三

名寸隅⁴の　船瀨⁵ゆ見ゆる　淡路島　松帆の浦⁶に　朝凪に　玉藻苅りつつ⁷　夕凪に　藻塩燒
きつつ⁸　海少女　ありとは聞けど　見に行かむ　緣の無ければ　大夫⁹の　情は無しに　手弱女
¹⁰の　思ひたわみ¹¹て　俳徊り　われはそ戀ふる　船¹²梶を無み

なきすみの　ふなせゆみゆる　あはぢしま　まつほのうらに　あさなぎに　たまもかりつつ
ゆふなぎに　もしほやきつつ　あまをとめ　ありとはきけど　みにゆかむ　よしのなければ
ますらをの　こころはなしに　たわやめの　おもひたわみて　たもとほり　われはそこふる
ふなかぢをなみ

---

1 三年 : 神龜 3년(726)이다.
2 丙寅秋九月十五日 : 『일본속기』에는 9월 27일에 印南 行幸에 필요한 頓[카리(かり)]宮을 만들고 10월 7일
　에 행행, 19일에 難波 還幸(聖武천황)으로 되어 있어 이곳과 맞지 않는다.
3 幸於播磨國印南野 : 兵庫縣 加古川市 · 明石市 일대를 말한다.
4 名寸隅 : 지금의 魚住(우오즈미). 兵庫縣 明石市.
5 船瀨 : 배를 정박시키는 얕은 여울이다.
6 松帆の浦 : 淡路島 북쪽 끝이다. 名寸隅와 상대한다.
7 玉藻苅りつつ : 'つつ'는 계속을 나타낸다.
8 藻塩燒きつつ : 바닷물에 적신 해초를 태워서 소금을 취한다.
9 大夫 : 용감한 남자를 말하는데 후에는 일반적으로 뛰어난 남자를 말한다.
10 手弱女 : 단아한 여성. 大夫의 반대. 'た'는 접두어임.
11 思ひたわみ : 풀이 죽어서라는 뜻이다. 'たわみ'는 무게를 이기지 못해 굽어지는 것을 말한다. '手弱女(타와
　야메)'의 '타와'와 호응한다.
12 船 : 아가씨 해녀들을 만나러 가는 배를 말한다.

(神龜) 3년(726) 丙寅 가을 9월 15일,
하리마(播磨)國 이나미(印南) 들에 행행하였을 때,
카사노 아소미 카나무라(笠朝臣金村)가 지은 노래 1수와 短歌

935   나키스미(名寸隅)의/ 선착장에서 보면/ 아하지(淡路)섬의/ 마츠호(松帆)의 포구에/ 아침뜸
      에는/ 좋은 해초를 뜯고/ 저녁뜸에는/ 해초 소금을 굽는/ 해녀 아가씨/ 있다고는 들어도/
      보러 갈만한/ 방법이 없으므로/ 대장부다운/ 마음도 사라지고/ 여자와 같이/ 마음도 풀이
      죽어/ 배회하면서/ 나는 그리워하네/ 배도 노도 없어서

해설

  나키스미(名寸隅)의 배를 댄 곳에서 보면 아하지(淡路)섬의 마츠호(松帆)의 포구에, 아침에 바다가 잠잠
할 때는 아름다운 해초를 뜯고, 저녁에 바다가 잠잠할 때는 해초를 불에 태워 거기서 소금을 얻으라고
해초를 태우는 해녀 아가씨들이 있다고 말로는 들었지만 직접 보러 갈 만한 방법이 없으므로 사내대장부
다운 마음도 사라지고 나약한 여자처럼 마음도 맥이 빠져 풀이 죽어서 제자리에서 왔다 갔다 안절부절
하면서 나는 그리워하네. 해녀에게로 갈 배도 노도 없어서라는 내용이다.
  '海少女'는 권제1의 5번가와 권제6의 930번가에도 보인다. '船梶'를 中西 進 은 '배의 노'로 해석을 하였는
데 注釋·全集·私注·全注에서는 모두 '배도 노도'로 해석을 하였다.
  私注에서는, '이 노래도 행행 때 함께 따라간 관료들을 위해 그 마음을 읊은 것이라고 추정해도 좋을
것이다. 해초를 뜯고 소금을 굽는 미녀들이 아하지(淡路)에 있다는 것을 들어도 직무상 갈 수 없는 관료들
의 마음을 대변한 것으로 보인다'고 하였다[『萬葉集私注』 3, p.238].
  '배의 노'보다는 '배도 노도' 쪽이, 해녀들에게 전연 갈 수 없다는 의미가 더 강조되어 있으므로 이 해석을
취한다.

反謌二首

936 玉藻苅　海未通女等　見尒將去　船梶毛欲得　浪高友

玉藻苅る　海少女ども　見に行かむ　船梶もがも¹　波高くとも²

たまもかる　あまをとめども　みにゆかむ　ふなかぢもがも　なみたかくとも

937 徃廻　雖見將飽八　名寸隅乃　船瀬之濱尒　四寸流思良名美

行きめぐり³　見とも飽かめや⁴　名寸隅の　舟瀬の濱に　しきる⁵白波

ゆきめぐり　みともあかめや　なきすみの　ふなせのはまに　しきるしらなみ

1　**船梶もがも** : 願望을 나타낸다.
2　**波高くとも** : 다음에 '노만 있다면 가자'라는 뜻이 생략되어 있다.
3　**行きめぐり** : 포구를 그렇게 돌아서 본다는 것이다.
4　**見とも飽かめや** : 'や'는 부정을 동반한 의문을 나타낸다.
5　**しきる** : 반복해서 겹친다는 뜻이다.

反歌 2수

936 해초를 따는/ 해녀 아가씨들을/ 보러 갈만한/ 배와 노 있었으면/ 파도는 높다 해도

🌸 해설

　　아름다운 해초를 따고 있는 해녀 아가씨들을 보러 갈 수 있는 배와 노가 있었으면 좋겠네. 그렇다면 비록 파도는 높이 친다고 해도 노를 저어서 만나러 갈 수 있을 텐데라는 내용이다.
　　위의 작품과 마찬가지로 '船梶'를 中西 進은 '배의 노'로 해석을 하였는데 注釋·全集·私注·全注에서는 모두 '배도 노도'로 해석을 하였다.
　　'배의 노'보다는 '배도 노도' 쪽이, 해녀들에게 전연 갈 수 없다는 의미가 더 강조되어 있으므로 이 해석을 취한다.

937 걸어 돌아서/ 보아도 싫증날까/ 나키스미(名寸隅)의/ 선착장의 해변에/ 계속 치는 흰 파도

🌸 해설

　　포구의 만입을 따라서 돌아 계속 걸으면서 보아도 싫증이 나는 일이 있을까. 그런 일은 절대 없겠지. 나키스미(名寸隅)의 선착장의 해변에 계속 밀려오는 흰 파도는이라는 내용이다.
　　吉井 巖은, '天武·持統의 황통에 깊이 관련되는 요시노(吉野)宮과 제2의 궁전인 나니하(難波)宮의 供奉歌는 간접적인 표현이지만 찬미를 중심으로 한 궁정가의 격조를 지니고 있는 것이 대부분이었다. 그러나 이 印南野 行幸歌에서는 제2 反歌가 행행한 곳을 찬미하는 것으로 되어 있지만 주체인 長歌와 제1 反歌는 行幸地를 벗어나 해안의 아가씨들에 대한 연정을 표출하고 있다. 이 변화는 供奉歌가 불리어지는 장면의 질적인 변화에 응한 것이라고 생각된다'고 하였다[『萬葉集全注』 6, p.77].

山部宿祢赤人作謌一首并短歌

938　八隅知之　吾大王乃　神隨　高所知須　稻見野能　大海乃原笶　荒妙　藤井乃浦尒　鮪釣等　海人船散動　塩燒等　人曾左波尒有　浦乎吉美　宇倍毛釣者爲　濱乎吉美　諾毛塩燒　蟻徃來　御覽母知師　淸白濱

やすみしし　わご大君¹の　神ながら²　高知ろしめす　印南野³の　大海⁴の原の　荒栲の⁵藤井の浦⁶に　鮪⁷釣ると　海人船散動き　塩燒く⁸と　人そ多にある　浦を良み⁹　諾も¹⁰釣はす濱を良み　諾も塩燒く　あり通ひ¹¹　見ます¹²もしるし¹³　淸き白濱

やすみしし　わごおほきみの　かむながら　たかしろしめす　いなみのの　おほみのはらのあらたへの　ふぢゐのうらに　しびつると　あまふねさわき　しほやくと　ひとそさはにあるうらをよみ　うべもつりはす　はまをよみ　うべもしほやく　ありがよひ　みますもしるしきよきしらはま

---

1 **わご大君**：'わご大君'이 숙어로 존재했다.
2 **神ながら**：'ながら'는 '그 자체로, 그대로'라는 뜻이다. 萬葉假名으로는 '隨'를 주로 사용하였다.
3 **印南野**：兵庫縣 加古川市・明石市 일대를 말한다.
4 **大海**：魚住의 북쪽, 藤井의 서북쪽이다.
5 **荒栲の**：'藤'을 상투적으로 수식하는 枕詞이다. '아라타헤'는 섬유가 거친 천이라는 뜻으로 등 넝쿨의 껍질 등에서 취하였으므로 藤을 수식한다.
6 **藤井の浦**：兵庫縣 明石市.
7 **鮪**：다랑어를 말한다.
8 **塩燒く**：바닷물에 적신 해초를 태워서 소금을 취한다.
9 **浦を良み**：이하 각각 위의 句들을 받고 있다.
10 **諾も**：지극히 당연하게도.
11 **あり通ひ**：죽 계속하여 다니며.
12 **見ます**：'메사쿠(メサク)'로 읽는 경우도 있으나 이 외에 다른 예가 없다.
13 **しるし**：현저하다. 두드러지다는 뜻이다. 이유가 확실하여 지극히 당연하다고 생각된다.

야마베노 스쿠네 아카히토(山部宿禰赤人)가 지은 노래 1수와 短歌

938 (야스미시시)/ 우리들의 대왕이/ 신격으로서/ 높이 통치를 하는/ 이나미(印南)들의/ 오호미(大海)의 들판의/ (아라타헤노)/ 후지이(藤井)의 포구에/ 다랑어 낚는/ 어부들 배 붐비고/ 소금 굽느라/ 사람들이 많이 있네/ 포구가 좋아/ 정말로 낚시 하고/ 해변이 좋아/ 정말로 소금 굽네/ 계속 다니며/ 보시는 것 알겠네/ 맑은 백사장 해변

✿ 해설

팔방으로 국토 구석구석 전체를 다스리는 우리 왕이 신으로서 높이높이 궁전을 짓고 통치를 하는 이나미(印南)들의 오호미(大海)의 들판의 후지이(藤井)의 포구는 다랑어를 낚느라고 어부들의 배들로 혼잡하고, 소금을 굽느라고 사람들이 많이 일하고 있네. 포구가 좋아서 정말로 낚시를 하고 있는 것이네. 해변이 좋아서 정말로 소금을 굽고 있는 것이네. 왕이 계속 다니며 보는 이유를 알 수 있겠네. 이 맑고 깨끗한 백사장의 해변이여라는 내용이다.

'高所知須'가 私注・注釋・全集・全注에서는 '高所知流'로 되어 있다. 'あり通ひ'를 注釋과『萬葉集注釋』6, p.72], 全集에서는 '가끔'으로 해석을 하였다『萬葉集』2, p.142]. '御覽'을 私注에서는 中西 進과 마찬가지로 '미마스(ミマス)'로 읽었으나 注釋・全集・全注에서는 '메사쿠(メサク)'로 읽었다. 全集에서는, "메사쿠(メサク)'는 '보다(見る)'의 존대어 메스(メス)의 ク용법'이라고 하였다『萬葉集』2, p.143].

反語三首

939　奥浪　邊波安美　射去爲登　藤江乃浦尓　船曾動流

　　　沖つ波　濱波を安み[1]　漁すと　藤江[2]の浦に　船そ動ける

　　　おきつなみ　へなみをやすみ　いさりすと　ふぢえのうらに　ふねそさわける

940　不欲見野乃　淺茅押靡　左宿夜之　氣長在者　家之小篠生

　　　印南野[3]の　淺茅押しなべ　さ寝る[4]夜の　日長くあれば　家し思はゆ

　　　いなみのの　あさぢおしなべ　さぬるよの　けながくあれば　いへししのはゆ

941　明方　潮干乃道乎　從明日者　下咲異六　家近附者

　　　明石潟[5]　潮干の道を[6]　明日よりは　下咲ましけ[7]む　家近づけば

　　　あかしかた　しほひのみちを　あすよりは　したゑましけむ　いへちかづけば

---

1 安み : 안심하고. 간접적으로 천황을 찬미한 것이다.
2 藤江 : 兵庫縣 明石市.
3 印南野 : 兵庫縣 加古川市·明石市 일대를 말한다.
4 さ寝る : 'さ'는 접두어.
5 明石潟 : 兵庫縣 明石市 일대를 말한다.
6 潮干の道を : 'を'는 '…는데'. 갯벌의 곤란한 길인데라는 뜻이다.
7 下咲ましけ : 형용사. 마음으로 미소 짓는 상태이다.

反歌 3수

939　　바다 파도와/ 해안 파도 잠잠해/ 낚시하느라/ 후지에(藤江)의 포구에/ 배들이 혼잡하네

✿ 해설

　바다 가운데의 파도도 해안 쪽의 파도도 잠잠하므로 낚시를 하느라고 후지에(藤江)의 포구에는 배들이 뒤섞여서 혼잡하네라는 내용이다.
　'邊波安美'를 私注에서는 'へなみしをやすけみ'로, '注釋・全集・全注에서는 'へなみしずけみ'로 읽었다.

940　　이나미(印南) 들의/ 띠풀을 넘어뜨려/ 잠자는 밤이/ 며칠이나 되므로/ 집이 생각나네요

✿ 해설

　이나미(印南) 들판의 키가 낮은 띠풀을 쓰러뜨리고는 그 위에서 잠을 자는 밤이 며칠이나 계속되므로, 즉 여행을 며칠이나 계속 하다 보니 힘이 들어서 집이 생각난다는 내용이다.

941　　아카시(明石) 개펄/ 썰물 때의 개펄 길/ 내일부터는/ 마음 즐겁겠지요/ 집이 가까워지니

✿ 해설

　아카시(明石) 개펄의 썰물 때의 길은 걷기가 힘든 것이지만 내일부터는 마음이 편안하고 즐겁겠지요. 집이 가까워지므로라는 내용이다.
　힘든 여행이 끝나가는 것을 즐거워한 작품이다.

過辛荷嶋[1]時[2], 山部宿祢赤人作謌一首幷短謌

942

味澤相 妹目不數見而 敷細乃 枕毛不卷 櫻皮纏 作流舟二 眞梶貫 吾榜來者 淡路乃 野嶋毛過 伊奈美嬬 辛荷乃嶋之 嶋際從 吾宅乎見者 靑山乃 曾許十方不見 白雲毛 千重尒成來沼 許伎多武流 浦乃盡 徃隱 嶋乃崎々 隈毛不置 憶曾吾來 客乃氣長弥

味さはふ[3] 妹が目離れて 敷栲の[4] 枕も纏かず 櫻皮纏き[5] 作れる舟に[6] 眞梶貫き わが漕ぎ來れば 淡路の 野島も過ぎ 印南つま[7] 辛荷の島の 島の際ゆ[8] 吾家を見れば 靑山の 其處[9]とも見えず 白雲も 千重になり來ぬ 漕ぎ廻むる 浦のことごと 行き隱る 島の崎々 隈も置かず 思ひそ吾が來る 旅の日長み

あぢさはふ　いもがめかれて　しきたへの　まくらもまかず　かにはまき　つくれるふねに　まかぢぬき　わがこぎくれば　あはぢの　のしまもすぎ　いなみつま　からにのしまの　しまの　まゆ　わぎへをみれば　あをやまの　そこともみえず　しらくもも　ちへになりきぬ　こぎたむる　うらのことごと　ゆきかくる　しまのさきざき　くまもおかず　おもひそあがくる　たびの　けながみ

---

1 辛荷嶋：室津 海上의 섬.
2 過辛荷嶋時：935번가의 행행 때와 다르다. 322번가와 같은 때인가.
3 味さはふ：오리를 잡는 그물눈을 말한다. 또는 오리가 많다는 뜻으로 보기도 한다.
4 敷栲の：'敷'는 겹친다는 뜻이다. '栲'는 원래 닥나무의 섬유로 짠 천을 말한다. 나중에 흰 천을 '시로타헤'라고 하게 되었으며 나아가 널리 흰색을 말하는 것으로 되었다. 敷栲는 몇 겹으로 한 천이라는 뜻으로 '시로타헤 (白妙)'와 마찬가지로 美稱이 된다.
5 櫻皮纏き：방수용으로 감는다.
6 作れる舟に：앞뒤의 구로 미루어 보면 큰 배라는 것을 알 수 있다.
7 印南つま：印南의 끝. 서쪽으로 배가 나아가는 도중에 印南 앞쪽에 있는 辛荷섬을 묘사한 표현이다.
8 島の際ゆ：근처에서 뒤돌아보면.
9 其處：그곳이라고 가리켜도 보이지 않고.

카라니(辛荷)섬을 지날 때
야마베노 스쿠네 아카히토(山部宿禰赤人)가 지은 노래 1수와 短歌

942 (아지사하후)/ 아내도 못 만나고/ (시키타헤노)/ 베개도 베지 않고/ 앵피를 감아/ 만들은 배에다가/ 노를 통해서/ 저어서 오면은요/ 아하지(淡路)의/ 노시마(野島)도 지나/ 이나미(印南) 츠마/ 카라니(辛荷)의 섬 쪽의/ 섬 주위에서/ 집 쪽을 바라보면/ 푸른 산들의/ 어딘지 알 수 없고/ 흰 구름들도/ 천 겹으로 되었네/ 노 저어 도는/ 이 모든 포구들에/ 가서는 숨는/ 섬의 곳 곳마다에/ 하나 남김없이/ 생각하며 나는 오네/ 여행 날수 많으니

✿ 해설

아내도 만나지를 못 하고 부드러운 천을 몇 겹이나 포개어서 만든 베개도 베지 않고 앵도나무 껍질을 감아서 방수를 잘해서 만든 큰 배의 양쪽 뱃전에다 노를 통하게 해서 저어서 오면, 아하지(淡路)의 노시마(野島)곳도 지나 이나미(印南) 사구도 지나서 카라니(辛荷)섬 주위에서 집 쪽을 바라보면 푸른 산들만 연이어져 있어서 집이 어느 쪽에 있는지도 알 수가 없고, 집은 천 겹이나 되는 흰 구름의 저쪽으로 가리워져 있네. 노를 저어서 도는 모든 포구들마다, 가서는 가려지는 섬의 곳 곳마다, 이 모든 곳 어느 한 곳 빠짐없이 집 생각을 더욱 많이 하면서 나는 오는 것이네. 여행하는 날도 길어지고 있으므로라는 내용이다.

'味きはふ'는 눈을 상투적으로 수식하는 枕詞다. 정확한 뜻은 알 수 없으나 中西 進은 위의 주에서 보듯이 '오리를 잡는 그물눈을 말한다. 또는 오리가 많다는 뜻'으로 설명하였다. 全注도 비슷하게 설명을 하였다[『萬葉集全注』 6, pp.84~85]. '隈も置かず'를 全集에서는, "隈는 여기서는 눈이 닿지 않는 곳이라는 뜻이며, 'おかず'는 남김없이라는 뜻. 포구와 섬 등 어느 구석진 곳을 가더라도 집을 잊을 수 없다는 뜻'이라고 하였다.

私注에서는, '아래의 左注에 제작 연월은 자세하지 않지만 내용이 비슷하므로 여기 싣는다고 되어 있다. 神龜 3년(726) 이나미(印南) 행행은 바닷길로 갔다고는 생각되지 않으며 카라니(辛荷)섬은 印南보다 서쪽이므로 다른 때의 작품일 것이다. 권제3에 아카히토(赤人)의 이요(伊豫) 온천의 노래가 있으므로 그 여행 때 지은 것인지도 모른다'고 하였다[『萬葉集私注』 3, p.244].

反謌三首

943 玉藻苅　辛荷乃嶋尓　嶋廻爲流　水鳥二四毛有哉　家不念有六

　　　玉藻苅る　辛荷の島に　島廻する[1]　鵜にしもあれや[2]　家思はざらむ

　　　たまもかる　からにのしまに　しまみする　うにしもあれや　いへおもはざらむ

944 嶋隱　吾榜來者　乏毳　倭邊上　眞熊野之船　島隱り

　　　わが漕ぎ來れば[3]　羨しかも　倭へ上る　眞熊野の船[4]

　　　しまがくり　わがこぎくれば　ともしかも　やまとへのぼる　まくまののふね

945 風吹者　浪可將立跡　伺候尓　都太乃細江尓　浦隱居

　　　風吹けば　波か立たむと　伺候に[5]　都太の細江に[6]　浦隱り[7]居り

　　　かぜふけば　なみかたたむと　さもらひに　つだのほそえに　うらがくりをり

---

1 **島廻する**: 섬 근처를 말한다.
2 **鵜にしもあれや**: 'あれや'는 'あればや'를 축약한 것이다. 'や'는 강한 부정을 동반한 의문을 나타낸다. 사다새이므로 고향을 생각하는 마음이 없다고 하는 것이 어떻게 있을 수 있겠는가라는 뜻이다. 즉 나는 사다새가 아니므로 고향을 그리워하는 마음이 있다는 뜻이다.
3 **わが漕ぎ來れば**: 도읍을 떠난 여행을 말한다.
4 **眞熊野の船**: '마(眞)'는 미칭이다. '熊野の船'은 熊野에서 만든 배를 말한다. 熊野는 좋은 목재가 많이 났으므로 배를 만드는 생업이 성행하였다.
5 **伺候に**: 모루(守る)가 어근이다.
6 **細江に**: 飾磨(시카마)川의 하구.
7 **浦隱り**: 포구로 가서 파도를 피하는 것이다.

反歌 3수

943 해초를 따는/ 카라니(辛荷)의 섬에서/ 섬 주위 나는/ 사다새라고 해서/ 집 생각하지 않을까

🌸 해설

아름다운 해초를 따는 카라니(辛荷)의 섬 주위를 돌며 날고 있는 사다새이므로 집을 생각하는 마음이 없다는 그런 일이 어떻게 나에게 있을 수 있겠는가라는 내용이다. 즉 나는 사다새가 아니므로 집을 생각한다는 뜻이다.

私注에서는, '카라니(辛荷)의 섬에서 주위를 날고 있는 사다새라도 되었으면 좋을 텐데. 그렇다면 집 생각을 하지 않아도 되겠지'로 해석을 하였다『萬葉集私注』3, p.245].

944 섬에 숨어서/ 노를 저어 오면은/ 정말 부럽네/ 야마토(大和)로 오르는/ 쿠마노(熊野) 배가 있네

🌸 해설

섬들을 지나서 노를 저어 오면 야마토(大和)를 향하여 올라가는 쿠마노(熊野)에서 만든 멋진 배가 보이는데 고향으로 가는 배를 보니 정말 부럽다는 내용이다.

고향 쪽으로 가는 배를 보고 고향 생각을 노래한 것이다.

945 바람이 불어/ 파도 거셀 것이니/ 뜸을 기다려/ 츠다(都太) 호소에(細江)에서/ 포구에 숨어 있네

🌸 해설

바람이 불고 있으니 아마 파도가 거세어질 것이라고 생각하여 파도가 잠잠해지기를 기다리며 츠다(都太) 호소에(細江)에서 포구에 숨어 있는 것이라는 내용이다.

全注에는 '伺候には 대기하는 것, 시기를 보며 기다리는 뜻'이라고 하였다『萬葉集全注』6, p.88].

過敏馬浦¹時, 山部宿祢赤人作謌一首幷短謌

946 御食向 淡路乃嶋二 直向 三犬女乃浦能 奥部庭 深海松採 浦廻庭 名告藻苅 深見流
乃 見卷欲跡 莫告藻之 己名惜三 間使裳 不遣而吾者 生友奈重二

御食向ふ² 淡路の島に 直向ふ³ 敏馬の浦の 沖邊には 深海松⁴採り 浦廻⁵には 名告藻⁶
苅る 深海松の 見まく⁷欲しけど 名告藻の 己が名⁸惜しみ 間使も⁹ 遣らずてわれは
生けりともなし¹⁰

みけむかふ あはぢのしまに ただむかふ みぬめのうらの おきへには ふかみるとり うら
みには なのりそかる ふかみるの みまくほしけど なのりその おのがなをしみ まつかひ
も やらずてわれは いけりともなし

---

1 敏馬浦 : 神戸市 灘區 岩屋町.
2 御食向ふ : 천황의 음식 재료로 바치는 조라는 뜻으로 '淡路'에 연결된다. 일본어로 조는 '아와'인데, '淡路'의
 '淡'도 소리가 '아와'이므로 연결되게 된 것이다.
3 直向ふ : 정면으로 마주 보는 것을 말한다.
4 深海松 : '深'은 바다 속에서 난다는 뜻이며, '海松'은 녹색의 해초 청각채이다.
5 浦廻 : 굽어진 포구.
6 名告藻 : 모자반이다. な告りそ는 '言うな : 말하지 말라'는 뜻으로 다음의 '己が名'에 연결된다.
7 見まく : 'みる(海松)'를 '見る'에 연결한 것이며 'まく'는 명사형이다.
8 己が名 : 자신의 이름이 염문으로 소문나는 것을 말한다.
9 間使も : 그녀와의 사이를 연락해 주는 심부름꾼이다.
10 生けりともなし : 살아있는 것 같지도 않네.

미누메(敏馬) 포구를 지날 때
야마베노 스쿠네 아카히토(山部宿禰赤人)가 지은 노래 1수와 短歌

946 (미케무카후)/ 아하지(淡路)의 섬으로/ 바로 향하는/ 미누메(敏馬)의 포구의/ 바다 쪽에는/
해저 청각 따고/ 포구 근처선 모자반을 따네/ 청각채처럼/ 만나보고 싶지만/ 모자반처럼/
내 이름 애석하여/ 소식 전할 자/ 보내지 않고 나는/ 산 것 같지를 않네

❀ **해설**

왕의 음식 재료로 바친다고 하는 조, 그 조와 이름이 같은 아하지(淡路)의 섬으로 바로 마주 향하고 있는 미누메(敏馬) 포구의 바다 쪽에는 바다 속 깊은 곳의 청각을 따고 포구 가까운 곳에서는 모자반을 따고 있네. 청각채처럼 그녀를 만나보고 싶다고 생각을 하지만, 모자반처럼 내 이름이 염문으로 사람들 입에 오르내리는 것이 염려되어 그녀에게 소식을 전할 사람도 보내지 않고 있으니 나는 살아 있는 것으로 생각되지도 않네라는 내용이다.

청각채, 모자반은 일본어 발음을 알아야 노래의 내용을 이해하기가 쉽다.

'深海松の 見まく欲しけど' : 청각채처럼/ 만나보고 싶지만'도 발음의 유사성으로 연결된 것이다. 즉 청각채는 일본어로 '미루(みる)'인데 아내를 보고 싶다의 '보다(見る)'의 일본어 발음이 '미루'이므로 연상하여 연결을 한 것이다.

그리고 '名告藻の 己が名惜しみ : 모자반처럼/ 내 이름 애석하여'도 마찬가지이다. 모자반은 일본어로 '나노리소(名告藻)'이다. '나노리소(名告藻)'의 '나(名)'가 '己が名'의 '名'과 같으므로 연상하여 연결을 한 것이다. '나노리소'는 오늘날의 '혼다와라(ほんだわら)'로 해초의 한 종류인 모자반이다. 그런데 여기서는 우리말로 번역하면 노래의 참뜻을 알 수 없게 된다. '나노리소' 일본어 그대로의 뜻을 알아야 이해할 수 있는 것이다. '나노리소'의 '노리'는 원형이 '노る'이며 '告'로 '말하다'라는 뜻이다. 그런데 '나'는 두 가지로 해석을 할 수 있다. 첫째는 '名告藻'인데 이렇게 보면 '이름을 말하라'는 뜻의 해초가 된다. 따라서 본문의 내용은 '이름을 말하라고 하는 해초처럼 이름을 말해요'라는 뜻이 된다.

두 번째는 '勿告藻'로 쓰는 경우이다. 이렇게 쓰게 되면 '나'는 하지 말라는 부정명령을 나타내는 '勿'을 뜻하므로 '이름을 말하지 말라는 그 해초는 아니지만 말해서는 안 되는 그 이름을 말해요, 또는 이름을 말하지 마세요'라는 뜻이 된다(권제3의 362번가에서 설명하였음). 『萬葉集』 작품에는 이와 같이 발음의 동일성·유사성으로 인해 압축되어 연결된 표현이 많으므로 발음의 유사성에 유의하면 보다 잘 이해할 수 있다. 全注에서는 '莫告藻之'를 'なのりもの'로 읽었다(『萬葉集全注』 6, p.90].

'御食向ふ'는 왕의 음식 재료를 공급하는 것을 말한다. 그 재료에는 여러 가지가 있겠지만, '御食向ふ'가 아하지(淡路)를 수식하게 된 것은 그 재료 중에서도 粟(조 : 아와)을 생각한 듯하다. 아하지(淡路)의 '아하'가, '粟'의 일본어 발음인 '아와'와 같으므로, 발음의 유사성에서 '御食向ふ'를 '淡路'의 상투적인 수식어로 사용한 것이다.

反歌一首

947　爲間乃海人之　塩燒衣乃　奈礼名者香　一日母君乎　忘而將念

　　　須磨[1]の海女の　塩燒衣の　馴れ[2]なばか　一日も[3]君を[4]　忘れて思はむ

　　　すまのあまの　しほやきぎぬの　なれなばか　ひとひもきみを　わすれておもはむ

　　　左注　右，[5]作謌年月未詳．但，以類故載於此次．[6]

---

1 須磨 : 神戸市.
2 馴れ : 'なる'는 옷이 낡고 구깃구깃해진 것과 사람에게 친숙해지는 것의 이중적 의미를 담았다.
3 一日も : 정확하게는 'は'라고 해야만 하는 것을 마지막 구의 노래 뜻이 '하루라도 그녀를 잊을 수가 잊겠는가'
　와 같게 되므로 유형에 의한 표현으로 보인다.
4 君を : 여자의 입장에서 지은 것이다. 羈旅歌의 유형이다.
5 右 : 946번가 이하를 말한다.
6 此次 : 942번가 이하를 가리킨다.

反歌 1수

947 스마(須磨)의 어부가/ 소금 굽는 옷처럼/ 익숙해지면/ 하루라도 그대를/ 잊어버릴 수 있을까

🌸 해설

스마(須磨)의 어부가 소금을 구울 때 입는, 아주 거친 천으로 만든 작업복이 자꾸 입으면 익숙해지는 것처럼 그대와도 친숙해진다면 하루라도 그대를 잊어버릴 수가 있을까라는 내용이다.

中西 進은 946번가를 남성 입장에서의 노래로 해석을 하였고, 947번가에 '君を'라고 한 것에 대해서만 주에서 '여자의 입장에서 지은 것'이라고 하여 다소 애매한 점이 있다. 吉井 巖은, '이 長反歌는 작자가 여성 입장에서 노래 부르고 있다. 長歌의 '己が名惜しみ'와 反歌의 '君'으로 그것을 추정할 수 있다'고 하였다 [『萬葉集全注』 6, p.93]. 注釋에서는, '君은 남성을 가리키는 것이 보통이며 더구나 長歌에 '己が名惜しみ'라고 하였으므로 친구로 보기는 힘들고, 특이한 예로 보거나 여성을 위한 代作이라고 보거나 해야 할 것이다'고 하였다[『萬葉集注釋』 6, p.87]. 全集에서는, '君'은 누구를 가리키는 것인지 알 수 없다고 하였다[『萬葉集』 2, p.146].

좌주 위의 작품은, 노래를 지은 연월을 알 수 없다. 다만 앞의 노래들과 비슷하므로 이 순서로 싣는다.

四年[1]丁卯春正月，勅諸王諸臣子等，散禁[2]於授刀寮[3]時，作歌一首幷短哥

948 眞葛延　春日之山者　打靡　春去徃跡　山上丹　霞田名引　高圓尒　鶯鳴沼　物部乃
八十友能壯者　折木四哭之　來継比日　此續　常丹有脊者　友名目而　遊物尾　馬名目而
徃益里乎　待難丹　吾爲春乎　決卷毛　綾尒恐　言卷毛　湯々敷有跡　豫　兼而知者
千鳥鳴　其佐保川丹　石二生　菅根取而　之努布草　解除而益乎　徃水丹　潔而益乎
天皇之　御命恐　百礒城之　大宮人之　玉桙之　道毛不出　戀比日

眞葛[4]はふ　春日の山[5]は　うち靡く[6]　春さりゆくと[7]　山の上に　霞た靡き　高圓[8]に　鶯鳴き
ぬ　もののふの　八十伴の男[9]は　雁が音の[10]　來継ぐこの頃　かく継ぎて[11]　常にありせば[12]
友竝めて　遊ばむものを　馬竝めて　行かまし[13]里を　待ちかてに　わがせし春を　かけまくも
あやに畏く　言はまくも　ゆゆし[14]くあらむと　あらかじめ[15]　かねて知りせば　千鳥鳴く
その佐保川に　石に[16]生ふる　菅の根取りて[17]　しのふ草[18]　祓へ[19]てましを　往く水に　禊ぎ[20]
てましを　大君の　御命[21]恐み　ももしきの[22]　大宮人の　玉桙の[23]　道にも出でず　戀ふるこ
の頃

---

1 四年 : 神龜 4년(727).
2 散禁 : 외출 금지를 말한다.
3 授刀寮 : 授刀舍人에 의한 궁중 경비를 담당하는 곳이다. 후의 近衛府.
4 眞葛 : 葛은 덩굴풀을 말한다.
5 春日の山 : 나라(奈良) 동쪽 근교의 산이다.
6 うち靡く : 대체로 화창한 봄 풍경을 말한다. 'うち靡く'를 中西 進은 826번가에서는 '몽롱한 봄의 상태를
표현한 것'이라고 하였다. 全集에서는, '봄이 되면 가지와 잎이 자라서 바람에 흔들리므로 수식하게 된 것인
가'라고 하였다[『萬葉集』 2, p.71].
7 春さりゆくと : 'さり'와 'ゆく'는 같은 뜻을 반복한 것이다.
8 高圓 : 春日山의 남쪽에 있다.
9 八十伴の男 : 八十伴の緒. '토모(伴)'는 천황에게 종사한다는 뜻이며, '伴の造(宮つ子)'는 조정의 신하다. '國
の造(호족)'와 대응한다. 이것을 '息の緒(이키노오 : 숨결)'·'年の緒(토시노오 : 세월)'처럼 긴 것으로 본 것이
'伴の緒'이다. 다만 여기서는 '오'를 '男'으로 해석하고 있다.
10 雁が音の : 봄에 기러기는 돌아가므로 실제 풍경은 아니다. 기러기가 계속 울듯이 봄 경치가 '계속 이어진다'
는 것으로 연결된다. 원문의 '折木四'를 '카리(かり)'라고 하는 것은 네 개의 나무 조각으로 노는 한국의
놀이 '樗蒲(윷)'의 일본식 명칭이다.
11 かく継ぎて : 'かく'는 위의 봄 풍경을 가리킨다. 이상 앞의 3구는 해석을 잘 알 수 없다.
12 常にありせば : 이와 같이 변하지 않고 계속 그대로 있다면이라는 뜻이다. '세'는 과거를 나타낸다. '~ば'는
가정의 용법이다. 다음의 'ものを', 'まし'와 대응한다.

(神龜) 4년(727) 丁卯 봄 정월에,
여러 왕과 여러 신하들의 자제들에게 칙명을 내려 授刀寮에 가둔 채
외출을 금지시켰을 때에 지은 노래 1수와 短歌

948   칡덩굴 뻗는/ 카스가(春日)의 산은요/ (우치나비크)/ 봄이 돌아왔다고/ 산의 중턱에는/ 안개가 끼어 있고/ 타카마토(高圓)엔/ 꾀꼬리 울게 됐네/ 문무백관들/ 많은 부족 남자들/ 기러기 소리/ 봄이 오는 이 무렵/ 이렇게 계속/ 보통 때 같다면은/ 친구와 같이/ 놀았을 것인 것을/ 말 나란히 해/ 가려던 마을인데/ 못 기다리어/ 내가 했던 봄인데/ 생각만 해도/ 무척이나 두렵고/ 말하는 것도/ 황송하게 될 거라고/ 미리부터서/ 알고 있었더라면/ 물떼새 우는/ 저 사호(佐保)강에서요/ 돌 위에 자라난/ 사초 뿌리 캐어서/ 끌리는 마음/ 떨쳐 버렸더라면/ 흐르는 물에/ 씻어 버렸더라면/ 나라 대왕의/ 명령이 두려워서/ (모모시키노)/ 궁중의 관료들은/ (타마호코노)/ 길에도 안 나가고/ 생각하는 요즈음

まくずはふ　かすがのやまは　うちなびく　はるさりゆくと　やまのうへに　かすみたなびき
たかまとに　うぐひすなきぬ　もののふの　やそとものをは　かりがねの　きつぐこのころ
かくつぎて　つねにありせば　ともなめて　あそばむものを　うまなめて　ゆかましさとを
まちかてに　わがせしはるを　かけまくも　あやにかしこく　いはまくも　ゆゆしくあらむと
あらかじめ　かねてしりせば　ちどりなく　そのさほがはに　いそにおふる　すがのねとりて
しのふくさ　はらへてましを　ゆくみづに　みそぎてましを　おほきみの　みことかしこみ
ももしきの　おほみやびとの　たまほこの　みちにもいでず　こふるこのころ

---

13 行かまし : 앞의 '常にありせば'의 'せ'와 호응하여 'ましものを'라고 끊어지는 것이 일반적이다. 여기서는
　'行かまし里を', 'わがせし春を'로 연결된다.
14 ゆゆし : 忌. 꺼린다는 뜻이다. 左注의 사건의 완곡한 표현이다.
15 あらかじめ : 다음의 'かねて(미리)'와 거의 같은 뜻이다.
16 石に : 'いし'와 같은 뜻이다.
17 菅の根取りて : 등골나무 뿌리로 강에서 부정을 씻는 풍속이 있었다. 420번가 참조.
18 しのふ草 : '쿠사(草)'는 종류를 말한다. 'しのふ'는 봄을 기다리는 것을 말한다.
19 祓へ : 몸을 깨끗하게 하는 것을 말한다.
20 禊ぎ : 물로 더러움을 씻는 것을 말한다.
21 御命 : 외출 금지의 명령을 말한다.
22 ももしきの : 百磯城. 많은 돌로 견고하게 한 울타리라는 뜻으로 堅牢(견고한 울타리)를 비유한 표현이다.
　옛날에는 궁전에 돌을 사용하지 않았으며 天智천황 이후의 새로운, 중국·한국풍의 건물 관념에 의한
　표현이다.
23 玉桙の : '玉'은 美稱. 창 모양으로 된 것을 길에 세운 것에 의한 표현이라고 한다.

　아름다운 칡덩굴이 뻗어가는 카스가(春日)산은 풀이 무성해지고 바람이 강하게 불어서 풀을 한쪽으로 쏠리게 하는 화창한 봄이 왔다고 산중턱에는 안개가 끼어 있고 타카마토(高圓)들에는 꾀꼬리가 벌써 울게 되었네. 기러기 소리가 계속 들려오는 봄의 이 무렵이 되면 조정에 근무하는 많은 관료들은, 외출금지를 당하지 않고 전과 다름없이 근무가 평상시와 같이 계속 되었다면 친구와 같이 놀았을 것. 말을 나란히 하여서 찾아가려던 마을이었던 것을. 기다리기 힘들어 하며 기다렸던 봄인 것을 지금 외출금지를 당하고 보니 봄을 즐길 그런 것을 하나도 할 수 없게 되었네. 생각하는 것만도 무척이나 두렵고 입 밖으로 내어서 말하는 것도 황송한, 외출 금지를 당한 이러한 몸이 될 것이라는 것을 그전에 미리 알고 있었더라면 물떼새가 우는 저 사호(佐保)江에서, 돌 위에 자라나 있는 사초 뿌리를 캐어 그 사초 뿌리를 봄에 이끌리는 마음을 대신한 것으로 하여서 떨쳐버림으로써 그와 함께 봄에 대한 마음을 떨쳐버렸으면 좋았을 것. 흐르는 물에다 봄에 이끌리는 마음을 씻어버렸더라면 좋았을 것. 그렇게 했더라면 봄에 대한 미련도 버릴 수 있었을 텐데. 그렇게 하지 못한 것이 안타깝네. 왕의 명령이 두려워서, 많은 돌로 견고하게 둘러쌓은 성의 궁중의 관료들이 길에도 나가지 못하고 안에 갇혀서 봄을 그리워하는 요즈음인가라는 내용이다.

　'うち靡く'는 봄을 상투적으로 수식하는 枕詞이다. 全集에서는, '봄이 되면 가지와 잎이 자라서 바람에 흔들리므로 수식하게 된 것인가'라고 하였다(『萬葉集』 2, p.71].

　'玉桙の'에 대해서, 大系에서는 '玉桙の'를, '현재는 각 지방에서 庚申塔이나 道祖神 등으로 이름이 바뀌고 모양도 바뀌었지만 대부분 삼거리에 세워져 있는 石神 가운데는, 옛날에는 陽石 모양을 한 것이 적지 않았던 것 같다. 동북지방 笠島의 道祖神과 그 외에도 그와 같은 예가 적지 않다. '타마'는 영혼의 '타마'이고 '호코'는 프로이드 류로 해석을 하면 陽石이었던 것이 아닐까. 그것을 삼거리나 마을 입구에 세워서 사악한 것의 침입을 막으려고 하는 미개한 농경사회의 습속이 당시에 아직도 많이 남아 있었던 것은 아닐까. 타마호코가, 길을 수식할 뿐만 아니라, 예가 한 곳에 보일 뿐이지만 마을(里)을 수식하고 있는 예(권제11, 2598)가 있는 것은 주목해야만 한다. 이와 같은 陽石을 마을 입구에 세우는 풍속은 세계 각지의 농경을 위주로 하는 미개사회에서 볼 수 있는 것이다'고 하였다(『萬葉集』 1, 補注 79, p.339]. 886번가에서도 설명을 하였다.

　'雁が音の 來継ぐこの頃'을 中西 進은 '기러기 소리처럼 각양의 봄이 도래하는 이 무렵'으로 해석을 하였다. 注釋・全集에서는 '기러기들이 계속 북으로 오는 이 무렵'으로 해석을 하였다.

　全集에서는 '千鳥鳴く' 이하를, '散禁의 원인이 된 불성실한 행위를 스스로 반성한 것'이라고 하였다(『萬葉集』 2, p.148].

反謌一首

949 梅柳　過良久惜　佐保乃内尓　遊事乎　宮動々尓

梅柳　過ぐらく惜しも　佐保の内に¹　遊ばむことを　宮もとどろに²

うめやなぎ　すぐらくをしも　さほのうちに　あそばむことを　みやもとどろに

左注 右, 神龜四年正月數王子及諸臣子等集於春日野而, 作打毬之樂. 其日忽天陰雨雷電. 此時宮中無侍從及侍衛.³ 勅行刑罰, 皆散禁於授刀寮而妄不得出道路. 于時悒憤, 卽作斯謌 作者未詳.

---

1 佐保の内に : 나라(奈良)市 서북쪽 근교의 佐保 일대. 佐保川의 강줄기에 포함되는 일대를 말한다.
2 宮もとどろに : 큰 일이 난 것을, 천둥소리를 염두에 두고 표현한 것이다.
3 侍衛 : 授刀舍人.

反歌 1수

949   매화와 버들/ 때 지남이 아쉽네/ 사호(佐保) 안쪽에서/ 놀려고 했던 것을/ 궁정도 시끄럽네

해설

　매화와 버들이 한창 때가 지나는 것이 아쉽네. 사호(佐保) 안에서 놀려고 했던 것을 카스가(春日) 들로 나가버려서 궁중이 뒤흔들릴 정도의 천둥과 같은 큰 사건이 되어 버렸네라는 내용이다.
　'佐保の內に 遊ばむことを'를 全集에서는 '사호(佐保) 안에서 놀았던 것을'으로 해석을 하면서도 打毬 놀이를 한 카스가(春日)들판과의 지역적인 모순은 의문'이라고 하였다『萬葉集』 2, p.148].

　좌주　위의 작품은 神龜 4년(727) 정월에 몇 명의 왕자와 여러 신하의 자제들이 카스가(春日)들에 모여서 타구 놀이를 했다. 그날 갑자기 하늘이 흐려져 비가 내리고 천둥 번개가 쳤다. 이 때 궁중에는 시종과 시위하는 자가 없었다. 그래서 칙명으로 처벌하여 모두 授刀寮에 감금하고 함부로 도로에 나가지 못하게 하였다. 이 때 마음도 개운하지 않고 하여 이 노래를 지은 것이다. 작자는 아직 알 수 없다.

五年[1]戊辰, 幸于難波宮時作謌四首

950 大王之　界賜跡　山守居　守云山尓　不入者不止

大君の　境ひたまふと　山守すゑ　守るとふ山[2]に　入らずは止まじ

おほきみの　さかひたまふと　やまもりすゑ　もるとふやまに　いらずはやまじ

951 見渡者　近物可良　石隱　加我欲布珠乎　不取不已

見渡せば　近きものから[3]　岩隱り　かがよふ珠を[4]　取らずは止まじ

みわたせば　ちかきものから　いそがくり　かがよふたまを　とらずはやまじ

---

1 五年 : 神龜 5년(728).
2 守るとふ山 : 여성을 비유한 뜻도 들어 있다.
3 から : 역접 관계를 나타낸다.
4 珠を : 여성을 비유한 뜻이 들어 있다.

(神龜) 5년(728) 戊辰 나니하(難波)宮에 행행하였을 때 지은 노래 4수

950   대왕님께서/ 경계를 정한다고/ 산지기를 두고/ 지킨다 하는 산에/ 안 들어감 안 되지

🌸 해설

왕이 다른 산과 구별을 해서 경계를 정한다고 산지기를 두고 지킨다고 하는 산이라도 들어가지 않고는 안 되네. 꼭 들어가야겠다는 내용이다.

953번가 뒤의 左注에서 말한 작자 문제에 대해 私注에서는, '金村歌集은 金村의 작품만을 수록한 것이라 생각되므로 千年說은 와전이라고 보아야만 할까. 노래의 뜻은, 이루기 어려운 사랑을 왕이 표시를 해놓은 산에 비유한 것이며, 산을 표시해 놓는다고 하는 것 이외에는 행행과 직접 관계가 있다고도 생각되지 않는다'고 하였다『萬葉集私注』 3, p.254].

難波宮을 全集에서는, '大阪市 東區 法圓坂町 부근. 孝德천황의 長柄豊碕宮의 遺構地. 天武천황 때 이곳을 副都로 하려는 뜻이 보이고, 聖武천황의 神龜 3년(726)부터 天平 4년(732)에 걸쳐 藤原宇合이 知造難波宮事가 되어 改修에 진력하여 天平 16년 일시적으로 皇都가 되었다'고 하였다『萬葉集』 2, p.516].

951   바라보면은/ 가깝기는 하지만/ 바위에 숨어/ 빛이 나는 구슬을/ 안 취하곤 안 되지

🌸 해설

바라보면은 바로 가까이에 있기는 하지만 바위에 숨어서 빛이 나는 구슬을 손에 넣지 않고는 안 되겠네 라는 내용이다.

'岩'을 私注・注釋에서는 中西 進과 마찬가지로 'いそ'로, 全集・全注에서는 'いは'로 읽었다.

木村紀子는 제1, 2구의 의미를 '맑은 물 밑이, 빛이 공중에서 물속으로 들어갈 때의 굴절 때문에 얕게 보이는 현상'에 의한 것으로 해석하였다『萬葉集全注』 6, p.101에서 재인용].

吉井 嚴은, '이상 2수는 남성의 작품. 두 작품 모두 어떠한 일이 있더라도 만나지 않으면 안 된다는 적극적인 마음을 비유로 노래한 것이다'고 하였다『萬葉集全注』 6, p.101].

952   韓衣　服楢乃里之　嶋待尒　玉乎師付牟　好人欲得食

       韓衣　服楢の里¹の　嶋松に²　玉をし付けむ³　好き人⁴もがも⁵

       からころも　きならのさとの　しままつに　たまをしつけむ　よきひともがも

---

1 服楢の里：韓(朝鮮, 唐을 말한다)의 옷을 입는 것에서 'きなら(입어서 익숙해진다)'에 연결된다. 'きならの里'
　는 어디인지 알 수 없다. 일반적으로 '着(키)・奈良(나라)の里'로 해석하지만 의문이다.
2 嶋松に：島는 정원이다.
3 玉をし付けむ：나니하(難波)에서 얻은 구슬을 붙인다는 뜻인가.
4 好き人：구슬을 여성의 비유로 보면 구슬을 붙인 소나무(남성)가 멋진 한 쌍이 되고 그것에 어울리는 좋은
　사람이 있으면 좋다는 뜻이 된다.
5 이 작품의 전체 노래 뜻은 명확하지 않다.

해설

조선의 옷을 입는다고 하는 뜻에서 유래된 이름인 키나라(服檜) 마을의 정원에 있는 소나무에 구슬을 붙여두자. 그에 어울리는 좋은 사람이 있었으면 좋겠네라는 내용이다.

이 노래는 전체 뜻이 명확하지 않은 것으로 보고 있다. 그것은 '玉をし付けむ 好き人もがも'의 해석 때문이다. 이것을 私注에서는, '구슬을 몸에 찬 미인을 원하는 것'으로 해석하였다[『萬葉集私注』 3, p.255]. 吉井 巖은, '앞의 작품에서는 여성을 의미했던 구슬을 장식품인 구슬과 동시에 혼을 의미하는 것에서 남성에게 자신의 혼을 다하는 뜻을 이렇게 표현했다'고 보고[『萬葉集全注』 6, p.102], '영혼을 다해서 빠질 수 있는 남성이 있었으면'으로 해석을 하였다. 즉 자신이 온 마음을 다해서 사랑할 수 있는 그런 좋은 남성이 있었으면 좋겠다는 뜻으로 해석을 한 것이다.

'嶋松'을 全集에서는 '츠마마츠(嬬松)'로 읽고 '아내를 기다리는 소나무', '그 소나무에 구슬을 붙여줄 사람이 있었으면 좋겠네'로 해석을 하였다[『萬葉集』 2, p.148].

中西 進은 '玉をし付けむ'를 '구슬을 붙이자'로 해석을 하였는데 그렇게 하지 않고 全集처럼 '구슬을 붙여줄'의 해석을 취하면, 韓衣를 입어 익숙해진다는 뜻을 지닌 키나라(服檜) 마을의, 아내를 기다린다는 뜻을 지닌 그 소나무에 구슬을 장식해줄 좋은 사람 있다면. 자신을 남성에게 소개해 줄 좋은 사람이 있다면이라는 뜻으로도 해석을 할 수 있지 않을까 싶다.

953 竿壯鹿之　鳴奈流山乎　越將去　日谷八君　當不相將有

さ男鹿の　鳴くなる¹山を　越え行かむ　日だに²や君に　はた³逢はざらむ⁴

さをしかの　なくなるやまを　こえゆかむ　ひだにやきみに　はたあはざらむ

左注　右, 笠朝臣金村之歌中出也. 或云, 車持朝臣千年作⁵之也.

---

1 鳴くなる : 'なる'는 추정을 나타낸다.
2 日だに : 'だに'는 '～만이라도'라는 뜻이다.
3 はた : 또, 다시라는 뜻이다.
4 이 작품은 여성의 입장에서의 작품이다.
5 車持朝臣千年作 : 金村歌集 속에 포함되어 있는 치토세(千年)의 작품일 것이다.

953   수사슴이요/ 울고 있는 산을요/ 넘어서 가는/ 그날에도 그대를/ 또 못 만나겠지요

✿ 해설

　　수사슴이 울고 있는 산을 넘어서 가는 날, 그날만이라도 만나고 싶은데 그날조차 수사슴 소리뿐, 그대를 또 못 만나겠지요라는 내용이다.

　　私注에서는, '행행 때의 작품이라고 하면, 사슴이 우는 산을 넘어서 떠나가는 마지막 날만이라도 만나고 싶은데 그 때 조차도 그대를 만날 수 없는 것인가라는 뜻일 것이다. 그러나 이 작품도 행행과 관련시키지 않고 해석할 수 있는 것으로, 이별하여 사슴이 우는 소리가 처량한 산을 넘어가는 날만이라도 만나고 싶은데 만날 수 없다고 볼 수 있다. 처음부터 행행과 직접 관계가 없는 작품이 나열된 것인지도 모르겠다'고 하였다[『萬葉集私注』 3, p.256].

　　吉井 嚴은, '위의 4수는 남녀가 2수씩 창화한 것으로 되어 있는데 이 작품들은 行幸 때의 작품이라고는 하지만 의례가는 아니다. 행행이라고 하는 해변으로의 여행을 하는 동안에 자연스럽게 생겨나는, 남성 관료들과 여성 관료들 사이의 사랑의 분위기를 배경으로 하고 연회장에서 불리어진 작품일 것이다. 카나무라(金村)의 노래 속에 나온다고 하지만 別傳에서는 쿠루마모치노 치토세(車持千年)의 작품으로도 전해지고 있었던 것이다. 목록에는 이 一傳을 취하고 있다. 이미 논한 것처럼 千年의 창작의 장은 金村과 항상 함께였으며 더구나 그것은 항상 행행의 장소였다. 이 남녀 창화의 작품도 金村과 千年 두 사람이 지었다는 추정은 쉽게 할 수 있다. 千年이 여자 입장의 작품을 지은 경우 그 가능성은 더욱 높은 것이다고 하였다[『萬葉集全注』 6, p.104].

　　좌주　위의 작품은, 카사노 아소미 카나무라(笠朝臣金村)의 노래 속에 나온다. 혹은 말하기를 쿠루마모치노 아소미 치토세(車持朝臣千年)가 지은 것이라고 한다.

膳王[1]歌一首

954 朝波　海邊尓安左里爲　暮去者　倭部越　鴈四乏母

朝には[2]　海邊に漁し　夕されば　倭へ越ゆる　雁し羨しも

あしたには　うみへにあさりし　ゆふされば　やまとへこゆる　かりしともしも

左注　右, 作歌之年不審也. 但, 以歌類[3]便載此次.

大宰少貳石川朝臣足人[4]謌一首

955 刺竹之　大宮人乃　家跡住　佐保能山乎者　思哉毛君

さす竹の[5]　大宮人の　家と住む　佐保[6]の山をば　思ふやも君[7]

さすたけの　おほみやびとの　いへとすむ　さほのやまをば　おもふやもきみ

1　膳王 : 長屋王의 장자.
2　朝には : 'に'가 없는 훈독도 있다.
3　歌類 : 나니하(難波) 행행 從駕의 작품으로서 유사한 것을 말한다. 왕은 다음 해 자살하였다.
4　石川朝臣足人 : 神龜 5년(728)에 도읍으로 돌아와 근무하였다.
5　さす竹の : 대나무의 가지와 뿌리가 뻗어가는 것에 의한 표현이다. 견고하게 뿌리를 내리는 상태에 의해 궁중을 찬미한 것이다.
6　佐保 : 나라(奈良)市 북쪽이다.
7　君 : 타비토(旅人)를 말한다.

카시하데노 오호키미(膳王)의 노래 1수

954　아침 무렵엔/ 해변에서 먹이 찾고/ 저녁이 되면/ 야마토(大和)로 향하는/ 기러기가 부럽네

❀ 해설

　아침 무렵에는 해변에서 먹이를 찾고 저녁이 되면 야마토(大和) 쪽으로 날아서 넘어가는 기러기가 부럽네라는 내용이다.

　私注에서는 'ともしも'를 '수가 적어서 쓸쓸한 것'으로 해석하였다『萬葉集私注』3, p.256]. 吉井 巖은 이 작품에 대해, '행행 供奉의 찬가도 아니며 연회석의 노래도 아닌, 다소 성격이 다른, 고향을 생각하는 사적인 작품인 것을 왜 여기에 수록했는가 하는 문제가 되면 左注의 설명만으로는 부족하다. (중략) 편찬자는 권제6의 시작을 聖武천황의 통치의 시작이라고 하는 전망을 바탕으로 하여 열면서 그 제1단계를 長屋王 주도의 시대로 파악하고 있는 것이며, 그 의식이 나타난 것이 이 작품군의 끝에 膳王의 작품을 놓는 방법을 택하였다고 생각된다'고 하였다『萬葉集全注』 6, p.106].

　　좌주　위의 작품은 노래를 지은 해를 알 수 없다. 다만 노래가 비슷하므로 이 순서대로 싣는다.

大宰少貳 이시카하노 아소미 타리히토(石川朝臣足人)의 노래 1수

955　(사스타케노)/ 궁중의 관료들이/ 집으로 사는/ 사호(佐保)의 산일랑을/ 생각하나요 그대

❀ 해설

　뿌리를 뻗어가는 대나무와 같은 궁중의 관료들이 집으로 생각하고 살고 있는 사호(佐保)의 산을 그립게 생각합니까 그대여라는 내용이다.

帥¹大伴²卿和謌一首

956　八隅知之　吾大王乃　御食國者　日本毛此間毛　同登曾念

やすみしし　わご大君³の　食國⁴は　倭も此處も　同じとそ思ふ

やすみしし　わごおほきみの　をすくには　やまともここも　おやじとそおもふ

冬十一月⁵, 大宰官人等奉拜香椎廟⁶訖退歸之時, 馬駐于香椎浦各述懷作謌
帥大伴卿謌一首

957　去來兒等　香椎乃潟尓　白妙之　袖左倍所沾而　朝菜採手六

いざ子ども⁷　香椎の潟⁸に　白妙⁹の　袖さへ¹⁰ぬれて　朝菜¹¹摘みてむ

いざこども　かしひのかたに　しろたへの　そでさへぬれて　あさなつみてむ

---

1 帥 : 장관이다.
2 大伴 : 타비토(旅人)를 말한다.
3 わご大君 : 'わご大君'이 숙어로 존재했다.
4 食國 : 지배하는 나라.
5 冬十一月 : 950번가 이하와 마찬가지로 神龜 5년(728)이다.
6 香椎廟 : '香椎の宮'. 福岡市. 廟는 唐나라식으로 표기한 것이다.
7 いざ子ども : 사람을 청하는 말이다. 子는 관료를 가리킨다.
8 潟 : 해안에 접한 평지로 해초와 조개껍질·돌 등을 줍는다.
9 白妙 : 본래는 흰 천이다. 여기서는 美稱이다.
10 袖さへ : 더하여라는 뜻으로 '그 위에·게다가'.
11 朝菜 : 아침 식사의 부식물이다. 'な'는 '菜·魚' 모두 부식물이라는 뜻이다. 여기서는 해초를 말한다.

帥 오호토모(大伴)卿이 답한 노래 1수

956 (야스미시시)/ 우리들의 대왕의/ 통치 영토는/ 야마토(大和)도 이곳도/ 같다고 생각합니다

✿ 해설

팔방으로 국토 구석구석 전체를 다스리는 왕이 통치를 하는 나라는, 야마토(大和)도 이곳도 같다고 생각합니다.

私注에서는, '旅人의 답가이다. 천황이 지배하는 나라이고 보면, 야마토(大和)도 이 츠쿠시(筑紫)도 같다고 생각하는 것은 의례적인 말일 것이다. (중략) 이 唱和로 추측하면 旅人의 來任은 神龜 5년(728) 시작 무렵이나 4년 끝 무렵이었다고 생각된다'고 하였다『萬葉集私注』 3, p.258].

[神龜 5년(728)] 겨울 11월 大宰의 관료들이
카시히(香椎) 廟 참배를 마치고 물러나 돌아갈 때, 말을 카시히(香椎)
포구에 멈추고 각자 생각을 풀어 지은 노래
帥 오호토모(大伴)卿의 노래 1수

957 자아 여러분/ 카시히(香椎)의 개펄에/ (시로타헤노)/ 소매까지 젖어서/ 아침 해초 땁시다

✿ 해설

자아 여러분 카시히(香椎)의 개펄에서 흰 옷소매까지 적셔가면서 아침 식사 때 사용할 해초를 땁시다라는 내용이다.

大貳[1]小野老朝臣[2]謌一首

958　時風　應吹成奴　香椎滷　潮干汭尒　玉藻苅而名

時つ風[3]　吹くべくなりぬ　香椎潟　潮干の浦に　玉藻苅りてな[4]

ときつかぜ　ふくべくなりぬ　かしひかた　しほひのうらに　たまもかりてな

豊前守宇努首男人[5]謌一首

959　徃還　常尒我見之　香椎滷　從明日後尒波　見緣母奈思

行き歸り[6]　常にわが見し　香椎潟　明日ゆ後には　見む緣も無し

ゆきかへり　つねにわがみし　かしひかた　あすゆのちには　みむよしもなし

---

1 **大貳** : 이 때는 **少貳**였다. 후에 **大貳**가 되었다. 후의 관직명에 의한 표기이다.
2 **小野老朝臣** : 朝臣을 이름 다음에 기록하는 표기는 敬稱이다.
3 **時つ風** : 간조 때의 바람이다.
4 **玉藻苅りてな** : 'て'는 강조하는 뜻이며, 'な'는 자신의 願望을 나타낸다. 따버리고 싶다는 뜻이다.
5 **宇努首男人** : 養老 4년(720) 이후에 豊前守. 이 때 전근되었는가.
6 **行き歸り** : 豊前의 國府에서 大宰府까지의 왕복을 말한다. 이미 9년 재임하였다.

大貳 오노노 오유 아소미(小野老朝臣)의 노래 1수

958　만조 때 바람/ 불 것 같이 되었네/ 카시히(香椎) 개펄/ 썰물 때 포구에서/ 해초를 따고
　　　싶네

✿ 해설

　간조에서 만조로 바뀌는 그 사이에 부는 강한 바람이 불 것 같네. 카시히(香椎) 개펄의 썰물 때 포구에서
해초를 따버리고 싶네라는 내용이다.
　오노노 오유(小野老)는 養老 3년(719) 정월에 종5위하, 이듬해 右少弁 등을 거쳐서 天平 6년(734) 정월에
는 종4위하가 되었다. 天平 9년에 사망하였다.

토요노 미치노쿠치(豊前)守
우노노 오비토 오히토(宇努首男人)의 노래 1수

959　오고 갈 때도/ 항상 내가 보았던/ 카시히(香椎) 개펄/ 내일 이후부터는/ 볼 방법도 없구나

✿ 해설

　올 때도 돌아갈 때도 내가 항상 보았던 카시히(香椎) 개펄을 내일이 지나면 그 이후로는 볼 수 있는
방법도 없네라는 내용이다.
　私注에서는 작자 우노노 오비토 오히토(宇努首男人)에 대해, '養老 4년(720) 豊前守로 장군이 되어 大隅
目向의 하야히토(隼人)의 난을 평정한 일이 있다. 持節將軍인 타비토(旅人)의 지휘하의 한 사람이었을 것이
다'고 하였다[萬葉集私注』 3, p.260]. 上田正昭는 도래계의 歌人이라고 하였다. 그런데 『新撰姓氏錄』 大和國
諸蕃에 '宇奴首 百濟國君男彌奈曾富意彌也'라 하였고 河內國諸蕃에는 '宇努造 宇努首同祖 百濟國人彌那子富意
彌之後也'라고 하였다. 따라서 『萬葉集歌人事典』, 星野五彦 모두 백제계로 보았다. 山本信三도 '百濟國君의
男 彌奈曾富意彌의 후손으로 豊前守가 되어 隼人의 난을 평정하였다'고 하였다. 백제계이다. 작품에 〈豊前
守宇努首男人歌一首〉(6, 959)가 있다[이연숙, 『일본고대 한인작가 연구』(박이정, 2003), p.122].

帥大伴卿遙思芳野離宮作歌一首

960 　隼人乃　瀬門乃磐母　年魚走　芳野之瀧尓　尚不及家里

　　隼人の　瀬門¹の磐も　年魚走る　吉野の瀧に　なほ及かずけり

　　はやひとの　せとのいはほも　あゆはしる　よしののたぎに　なほしかずけり

---

1 瀬門 : 하야토모(早鞆)의 瀬戸. 豊前의 國. 지금의 福岡縣 北九州市.

帥 오호토모(大伴)卿이 멀리 떨어져 있는 요시노(吉野)의 離宮을 생각하며 지은 노래 1수

960 하야히토(隼人)의/ 세토(瀨戶)의 바위들도/ 은어가 노는/ 요시노(吉野)의 급류엔/ 역시 못 따라가네

✿ 해설

하야히토(隼人)들이 살고 있는 세토(瀨戶)의 바위도, 은어가 헤엄치며 노는 요시노(吉野)의 급류에는 역시 못 따라가네라는 내용이다. 요시노(吉野)의 급류가 더 좋다는 것이다.

大系에서는 하야히토(隼人)에 대해 '薩摩의 수식어. 九州 남쪽에 살고 있었던 異人種. 해마다 교대로 상경하여 宮門을 지키고, 설날·즉위·大嘗會에서 개짓는(犬吠) 역할을 담당하였고 토속적인 가무를 행하였다'고 하였다. 사츠마(薩摩)는 당시 사람들에게 다른 인종이 사는 나라의 인상이 강하였다고 하였다. 권제3의 248번가 참조.

私注에서는, '타비토(旅人)가 隼人 瀨戶에 간 것은 이 작품을 지었을 때가 아니라 養老 4년(720), 그가 征隼人持節大將軍이었을 때로 보인다. (중략) 아마 養老 4년을 회상한 것이겠다. 혹은 長屋王의 작품(권제3의 248)에 이끌려 지은 것인가. 大宰府의 지방관으로서의 업무는 帥가 아니라 大貳 이하의 일로 보인다'고 하였다[『萬葉集私注』 3, pp.261~262].

帥大伴卿宿次田溫泉, 聞鶴喧作謌一首

961　湯原尓　鳴蘆多頭者　如吾　妹尓戀哉　時不定鳴

湯の原^{1}に　鳴く蘆鶴^{2}は　わがごとく　妹に戀ふれや^3　時わかず鳴く

ゆのはらに　なくあしたづは　わがごとく　いもにこふれや　ときわかずなく

天平二年庚午勅^{4}遣擢駿馬使^{5}大伴道足宿祢時謌一首

962　奧山之　磐尓蘿生　恐毛　問賜鴨　念不堪國

奧山の　磐に蘿むし　恐くも^6　問ひたまふ^{7}かも　思ひ^{8}堪へなくに

おくやまの　いはにこけむし　かしこくも　とひたまふかも　おもひあへなくに

左注　右, 勅使大伴道足宿祢饗于帥家.^{9} 此日, 會集衆諸,^{10} 相誘驛使^{11}葛井連廣成^{12}言須作謌詞. 登時廣成應聲, 卽吟此謌

---

1 湯の原 : 온천이 솟는 들판이라는 뜻이다.
2 蘆鶴 : 갈대 숲 가에 있는 학이다.
3 妹に戀ふれや : 戀ふれバや. 타비토(旅人)는 神龜 5년(728)에 상처하였다.
4 天平二年庚午勅 : 擢駿馬使를 칙명으로 韓土에 파견한 것인가.
5 駿馬使 : 준마를 구하는 일을 맡은 사람.
6 恐くも : 신령스럽고 두려운.
7 問ひたまふ : 주어는 左注의 '衆諸'.
8 思ひ : '가사를' 생각하는 것이다.
9 饗于帥家 : 도중에 大宰府에 들린 것이다.
10 衆諸 : 大宰府의 관료들을 말한다.
11 驛使 : 그 때 내려가던 중이었는가.
12 廣成 : 歌儛의 가사에 관계있는 즉흥의 사람으로서 다른 곳에도 등장한다.

帥 오호토모(大伴)卿이 스키타(次田) 온천에 머물렀는데, 학 소리를 듣고 지은 노래 1수

961　온천 솟는 들/ 우는 갈대 곁 학은/ 마치 나처럼/ 아내를 생각하나/ 끊임이 없이 우네

❀ 해설

뜨거운 온천물이 솟는 들판의 갈대밭 곁에서 우는 학은 마치 나처럼 아내를 생각하는 것인가. 시도 때도 없이 계속 울고 있네라는 내용이다.

학 우는 소리를 듣고 상처한 아내를 생각한 작품이다.

'妹尓戀哉'를 私注 · 注釋 · 全集에서는 中西 進과 마찬가지로 'こふれや'로 읽었는데, 全注에서는 'こふれか'로 읽었다.

天平 2년(730) 庚午에 칙명으로 攉駿馬使 오호토모노 미치타리 스쿠네(大伴道足宿禰)를 보낼 때의 노래 1수

962　깊은 산속의/ 바위에 이끼 끼듯/ 황공하게도/ 말씀하시다니요/ 멋지게 되지 않네요

❀ 해설

오랜 세월이 흘러 깊은 산속의 바위에 이끼가 끼어 신비한 것처럼 그렇게 마음이 황공하게도 노래를 지으라고 하시다니요. 노래가 멋지게 잘 지어지지 않네요라는 내용이다.

갑자기 노래를 부르라고 강요받자 이 작품을 지은 것이다.

'思ひ堪へなくに'를 中西 進은 '(노래가) 잘 지어지지 않네요'로 해석을 하였고 注釋에서도 그렇게 해석을 하였다[『萬葉集注釋』 6, p.111]. 私注 · 全集에서는 '(노래를 지으라는 말을 들으리라고는) 생각지도 않았는데'로 해석을 하였다.

좌주　위의 작품은, 勅使인 오호토모노 미치타리 스쿠네(大伴道足宿禰)를 장관의 집에서 접대했다. 이 날 그 자리에 모인 많은 사람들이 驛使 후지이노 므라지 히로나리(葛井連廣成)에게 권하여 노래를 지으라고 하였다. 그래서 곧 히로나리(廣成)가 그 말에 응하여 이 노래를 읊었다.

冬十一月[1], 大伴坂上郎女, 發帥家上道, 超筑前國宗形郡, 名兒山之時, 作歌一首

963　大汝　小彦名能　神社者　名着始鷄目　名耳乎　名兒山跡負而　吾戀之　千重之一重裳
奈具佐米七國

大汝　少彦名[2] の　神こそは　名づけ始めけめ　名のみを　名兒山[3] と負ひて　わが戀の　千重の
一重も[4]　慰めなくに

おほなむち　すくなひこなの　かみこそは　なづけそめけめ　なのみを　なごやまとおひて
わがこひの　ちへのひとへも　なぐさめなくに

1　冬十一月 : 형인 타비토(旅人)가 돌아갈 때 함께 귀경하였다.
2　大汝 少彦名 : 大汝는 大國主神을 말한다. 少彦名과 함께 나라를 만들었다는 신화가 있다. 국토를 지키는
　신이라고 전해졌다.
3　名兒山 : '慰(나고)める' 뜻을 느꼈다.
4　千重の一重も : 천분의 일이라도라는 뜻이다.

[天平 2년(730)] 겨울 11월, 오호토모노 사카노우헤노 이라츠메
(大伴坂上郞女)가 帥의 집을 출발하여 길을 떠나 츠쿠시노 미치노
쿠치(筑前)國의 므나카타(宗形)郡 나고(名兒)산을 넘을 때 지은 노래 1수

963   오호나무치(大汝)/ 스쿠나히코나(少彦名)의/ 두 신들이요/ 처음 이름 붙였을/ 이름만은/
       나고(名兒)산이라 하지만/ 나의 사랑의/ 천분의 일이라도/ 위로해 주지 않네

✿ 해설

　　오호나무치(大汝)와 스쿠나히코나(少彦名)의 신들이 처음으로 이름을 붙였겠지만, 이름만은 위로한다
는 뜻인 나고(名兒)산이라고 하면서도 그런 이름과는 달리 내가 사랑으로 인해 느끼는 고통의 천분의
일도 위로해주지를 않네라는 내용이다.
　　나고(名兒)산을 보아도 사랑으로 인한 마음의 고통이 전연 사라지지 않는다는 것을 표현한 것이다.
오호나무치는 오호쿠니누시(大國主)의 다른 이름이다. 『만엽집』에서는 오래된 옛날의 일을 말할 때, 오호
나무치와 스쿠나히코나 두 신을 나란히 들어서 말하는 경우가 많대『萬葉集』 권제3의 355번가 참조].
　　사카노우헤노 이라츠메(坂上郞女)에 대해서는 권제4의 528번가의 左注에, '위의 郞女는 사호(佐保)의
大納言卿의 딸이다. 처음에 一品 호즈미(穗積)황자에게 시집을 갔는데, 비할 바 없는 큰 총애를 받았다.
황자가 사망한 후에 후지하라노 마로(藤原麿)大夫가 郞女를 아내로 취하였다. 郞女의 집은 사카노우헤노
사토(坂上里)에 있었다. 그래서 친족들은 坂上郞女라고 불렀다'고 하였다.
　　吉井 巖은, '郞女는, 이복 오빠인 오호토모노 스쿠나마로(大伴宿奈麻呂)와의 사이에 坂上大孃(후의 家持
의 아내), 二孃 두 딸을 낳았는데 藤原麻呂와의 교섭이 먼저였으며, 그 후에 宿奈麻呂와 맺어진 것으로
생각된다. 宿奈麻呂와는 아마도 養老 말년에 사별한 것으로 생각된다. 타비토(旅人)는 大宰府帥로서 부임할
때 아내인 大伴女郞을 동반했지만 부임지에 도착한 지 얼마 되지 않아 大伴女郞은 사망하였다. 이 무렵
坂上郞女가 大宰府에 내려갔는지는 명확하지 않지만 大伴女郞이 없는, 친척(氏上)인 旅人의 옆에서 가사를
총괄하기 위해 내려갔다고 생각해도 좋다. 『만엽집』에 長歌 6수, 短歌 77수, 旋頭歌 1수를 남겼다. 여류
작가로 작품 수가 많을 뿐만 아니라 창작한 곳, 주제, 소재가 다양하고, 작품도 언어의 지적인 구성에
의한 것이 많고, 『만엽집』에서 『古今集』으로 이행하는 시기를 생각할 때 주목할 만한 가인이다'고 하였대『
萬葉集全注』 6, p.120].

同, 坂上郎女向京海路見濱貝作謌一首

964 吾背子尓　戀者苦　暇有者　拾而將去　戀忘貝

わが背子に[1]　戀ふれば苦し　暇あらば　拾ひて行かむ　戀忘貝[2]

わがせこに　こふればくるし　いとまあらば　ひりひてゆかむ　こひわすれがひ

---

1 **わが背子に** : 특정한 연인을 말한 것이 아니라 즉흥적으로 말한 것이다.
2 **戀忘貝** : 두 개의 껍질 중 한쪽. 사랑의 근심을 잊게 한다는 전승이 있었다.

마찬가지로 사카노우헤노 이라츠메(坂上郞女)가 도읍을 향하여 돌아가는 바닷길에서 해변의 조개껍질을 보고 지은 노래 1수

964   나의 그대를/ 사랑하면 괴롭네/ 여가가 있다면/ 주워가지고 가자/ 사랑을 잊는 조개

❋ 해설

> 내가 사랑하는 사람을 그리워하고 있으면 고통스럽네. 시간적 여유가 있다면 주워서 가자. 사랑을 잊게 한다고 하는 조개껍데기여라는 내용이다.
> 'わが背子'를 타비토(旅人)로 보는 설도 있지만 私注·全集·全注도 中西 進과 마찬가지로 특정인이 아니라고 보았다.

冬十二月, 大宰帥大伴卿上京時[1], 娘子[2]作謌二首

965 凡有者　左毛右毛將爲乎　恐跡　振痛袖乎　忍而有香聞

凡ならば[3]　かもかも[4]爲むを　恐みと[5]　振り痛き袖を[6]　忍びて[7]あるかも

おほならば　かもかもせむを　かしこみと　ふりたきそでを　しのびてあるかも

966 倭道者　雲隱有　雖然　余振袖乎　無礼登母布奈

倭道は[8]　雲隱りたり[9]　然れども　わが振る袖を[10]　無禮しと思ふな

やまとぢは　くもがくりたり　しかれども　わがふるそでを　なめしともふな

左注　右, 大宰帥大伴卿兼任大納言向京上道. 此日馬駐[11]水城[12], 顧望府家. 于時送卿府吏之中, 有遊行女婦[13]. 其字[14]曰兒嶋也. 於是娘子[15], 傷此易別, 嘆彼難會[16], 拭涕, 自吟振袖之歌[17].

---

1 上京時：大納言이 되어 **歸京**.
2 娘子：兒島.
3 凡ならば：일반, 보통. 마음을 말한다.
4 かもかも：이렇게든 저렇게든.
5 恐みと：타비토(旅人)에 대한 생각이 연모의 정과 외경에 있는 것을 가리킨다.
6 振り痛き袖を：초혼의 행위로 떨어져 있는 사람 사이에 행해졌다.
7 忍びて：속에 감추는 것을 말한다.
8 倭道は：야마토(大和)로 가는 길이다.
9 雲隱りたり：가려서 보이지 않는다는 뜻이다.
10 わが振る袖を：타비토(旅人)의 눈앞에서 참고 흔들지 않았던 소매를 결국 흔든 것이다. 그 당시는 소매를 흔들어 혼이 불려오면 자각되고, 그것을 '見る(본다)'라고 하였다
11 馬駐：馬駐 회고의 노래는 당시의 관습이었다. 78번가의 제목, 3097번가 참조.
12 水城：水城은 제방을 쌓아서 물을 모은 설비를 말한다. 지금의 水城역 부근에 있다.
13 遊行女婦：유녀. 작자로 많이 등장한다. 가사를 전송하여 연회석에서 부르는 자로 노래에 뛰어난 재능이 있었다.
14 字：通稱.
15 娘子：兒島.
16 傷此易別, 嘆彼難會：871번가의 서문에도 보인다.
17 振袖之歌：거의 관습화된 석별가이다.

[天平 2년(730)] 겨울 12월 大宰府 帥 오호토모(大伴)卿이 상경할 때, 娘子가 지은 노래 2수

965 보통이라면/ 이리 저리 할 것을/ 두려웁게도/ 간절히 흔들 소매/ 참고 있는 것이지요

🌸 해설

만약 제가 그대를 사랑하는 마음이 간절하지 않고 피상적인 것이라면 소매를 흔든다든가 무엇을 한다든가 어떻게든 해볼 것인데, 그대의 신분에 비해 자신의 처지가 그러니 조심해서 흔들고 싶은 소매도 참고 있답니다라는 내용이다.

제1구 '凡ならば'를, 中西 進은 상대방을 생각하는 작자의 마음이 보통인 것으로 해석을 하였다. 그런데 私注·注釋·全集·全注에서는, 작자가 사랑하는 상대방 남성이 신분이 높은 사람이 아니라 '보통 사람이라면'으로 해석을 하였다.

'振り痛き袖を'를 注釋에서는 中西 進과 마찬가지로 '당연히 마음껏 흔들어야 할 소매'로 해석을 하였는데, 私注·全集·全注에서는 '흔들고 싶은 소매'로 해석을 하였다. 단순히 '흔들고 싶은'으로 해석하기보다는 '간절하게 흔들고 싶은'으로 해석하는 편이 안타까운 이별의 감정을 더 잘 나타내는 것 같다.

966 야마토(大和) 길은/ 구름에 가려졌네/ 그렇지만은/ 내가 흔드는 소매/ 무례하다 마세요

🌸 해설

야마토(大和)로 가는 길은 구름에 가려졌네요. 구름에 가려져서 보지 못하더라도 아무쪼록 제가 흔드는 옷소매를 무례하다고 생각하지 말아 주세요라는 내용이다.

全集에서는, '앞 뒤 연결이 명확하지 않다. 구름에 가려서 보이지 않는 그대의 모습인데 그럼에도 불구하고라는 뜻인가'라고 하였다[『萬葉集』 2, p.154].

좌주 위의 작품은, 大宰府의 장관인 오호토모(大伴)卿이 大納言을 겸임하여 도읍을 향하여 길에 올랐다. 이날 말을 水城에 멈추고 大宰府의 집을 돌아다보았다. 그 때 경을 보내는 大宰府의 관리들 사이에 유녀가 있었는데 그 이름을 코지마(兒嶋)라고 하였다. 그 때 유녀는 이 헤어지기 쉬운 것을 마음 아파하고, 저 만나기 어려운 것을 탄식하여 눈물을 닦고 직접 소매를 흔드는 송별가를 읊었다.

大納言大伴卿和謌二首

967　日本道乃　吉備乃兒嶋乎　過而行者　筑紫乃子嶋　所念香裳

倭道の　吉備の兒島を¹　過ぎて行かば　筑紫の兒島²　思ほえむかも

やまとぢの　きびのこしまを　すぎてゆかば　つくしのこしま　おもほえむかも

968　大夫跡　念在吾哉　水莖之　水城之上尓　泣將拭

大夫と　思へるわれや³　水莖の⁴　水城の上に⁵　涙拭はむ

ますらをと　おもへるわれや　みづくきの　みづきのうへに　なみだのごはむ

---

1 兒島を：岡山縣 兒島반도. 이전에는 섬이었다.
2 兒島：965·966번가의 작자를 말한다.
3 思へるわれや：연정과 대비하여 자주 사용되었다.
4 水莖の：'미즈쿠키노 미즈키'처럼 유사한 소리가 계속된다.
5 水城の上に：군사적 방위를 위하여 만들어 놓은 흙 제방 때문에 대부는 눈물을 훔친다는 뜻이다.

大納言 오호토모(大伴)卿이 답한 노래 2수

967   야마토(大和) 길에/ 키비(吉備)의 코시마(兒島)를/ 지나서 가면은/ 츠쿠시(筑紫)의 코시마
       (兒島)/ 생각이 나겠지요

🌸 해설

야마토(大和)로 가는 길에 있는 키비(吉備)의 코시마(兒島) 지역을 통과해서 갈 때 츠쿠시(筑紫)에 있는
코시마(兒島)가 생각이 나겠지라는 내용이다.
현재의 이별의 아쉬움보다 미래의 일을 노래하였다.

968   대장부라고/ 생각을 하는 내가/ (미즈쿠키노)/ 미즈키(水城)의 위에서/ 눈물을 닦을거나

🌸 해설

멋진 남자라고 생각을 하는 내가 미즈키(水城)의 위에서 눈물을 닦을까라는 내용이다.
작자가 무엇 때문에 눈물을 흘린다고 말하는 것인지에 대해, 中西 進은 '군사적 방위를 위한 土堤 때문에
대장부는 눈물을 훔친다는 뜻'으로 보았다. 注釋에서는, '당당한 남자가 눈물을 흘려서는 안 된다고 생각을
하면서도 그 눈물을 멈추게 할 수가 없다는 내용이다'고 하였다[『萬葉集注釋』 6, p.118]. 全注에서는 '어찌할
수가 없어서 흐르는 눈물을 닦는다'로 보았다. 이 작품이 타비토(旅人)와의 이별을 슬퍼하는 유녀 兒島의
노래에 대한 답가이므로, '군사적 방위를 위한 土堤 때문에 대장부는 눈물을 훔친다는 뜻'으로 해석하면
답가의 내용으로는 어울리지 않는다. 注釋의 해석이 옳은 듯하다. '水莖の'는 '水城'을 상투적으로 수식하는
枕詞이다.

三年辛未[1]大納言大伴卿在寧樂家[2]思故鄉[3]謌二首

969　須臾　去而見壯鹿　神名火乃　渕者淺而　瀨二香成良武

　　　　　須臾も　行きて見てしか[4]　神名火の　淵[5]は淺さびて[6]　瀨[7]にかなるらむ

　　　　　しましくも　ゆきてみてしか　かむなびの　ふちはあさびて　せにかなるらむ

970　指進乃　栗栖乃小野之　芽花　將落時尒之　行而手向六

　　　　　指進の[8]　栗栖の[9]小野の　萩の花　散らむ時[10]にし　行きて手向けむ[11]

　　　　　さしずみの　くるすのをのの　はぎのはな　ちらむときにし　ゆきてたむけむ

---

1 三年辛未 : 天平 3년(731).
2 寧樂家 : 佐保에 있었다.
3 故鄉 : 아스카(飛鳥)를 가리킨다.
4 見てしか : 願望.
5 神名火の 淵 : 카무나비(神名火)의 언덕(雷丘) 부근의 飛鳥川의 못이다. 神名火는 神な(の)邊(び), 즉 신이 강림하는 언덕이라는 뜻이다. 각 지역에 있었다.
6 淺さびて : 얕게 된다는 뜻이다.
7 瀨 : 못의 반대이다. 飛鳥川이 얕은 여울로 변한 것은 유명하다.
8 指進の : 먹줄 통에 먹을 붓는다는 뜻으로 먹줄을 감는다에 연결되는가.
9 栗栖の : 아스카(飛鳥)의 일부. 어디에 있는지는 알 수 없다.
10 散らむ時 : 이 무렵 병이 회복되었다고 생각하였는가.
11 手向けむ : 신에게 공물을 바치는 것이다.

(天平) 3년(731) 辛未에 大納言 오호토모(大伴)卿이
나라(寧樂) 집에 있으면서 고향을 생각한 노래 2수

969　잠시 동안도/ 가서 보고 싶은 걸/ 카무나비(神名火)의/ 못은 얕아져버려/ 여울이 되었을까

🌸 **해설**

　잠시만이라도 아스카(飛鳥)에 가서 보고 싶네. 카무나비(神名火)의 깊던 못도 지금은 얕아져버려서 여울이 되었을까라는 내용이다.

　吉井 巖은, '물의 흐름이 멈춘 못에서는 불변을, 흐름이 빠른 여울에서는 변화를 의미하고 있는 것인가. 무언가 거기에는 의미가 있는 듯하지만 알 수 없다'고 하였다『萬葉集全注』6, p.131].

　私注에서는, '天平 3년(731)은 타비토(旅人)가 사망한 해이므로 사망하기 얼마 전의 작품이 된다. 아스카(明日香)에는 大伴氏 대대로의 저택이 있었을 것이다. 大宰府에 있을 때 旅人은 작품에서 가끔 明日香을 말하였다(권제3). 귀경 후 일이 많아서 마음먹었던 明日香에도 아직 가기 힘든 기분이다. 혹은 작자는 이미 병이 들어 몸이 부자유했던지도 모르겠다'고 하였다『萬葉集私注』 3, p.270].

970　(사시즈미노)/ 쿠루스(栗栖) 작은 들에/ 싸리꽃이요/ 떨어질 무렵에는/ 가서 공물 바치자

🌸 **해설**

　먹줄을 감는다는 뜻인 쿠루스(栗栖) 작은 들에 싸리꽃이 떨어질 무렵에는 고향에 돌아가서 신에게 공물 바치며 제사지내자라는 내용이다.

　私注에서는 '栗栖'를 지명으로 보지 않고, '밤나무가 우거진 밤나무 숲'으로 보았다『萬葉集私注』 3, p.270].

四年壬申[1]，藤原宇合卿[2]遣西海道[3]節度使[4]之時，高橋連蟲麿作謌[5]一首并短謌

971　白雲乃　龍田山乃　露霜尓　色附時丹　打超而　客行公者　五百隔山　伊去割見　賊守
筑紫尓至　山乃曾伎　野之衣寸見世常　伴部乎　班遣之　山彦乃　將應極　谷潛乃　狹渡極
國方乎　見之賜而　冬木成　春去行者　飛鳥乃　早御來　龍田道之　岳邊乃路尓　丹管土乃
將薫時能　櫻花　將開時尓　山多頭能　迎參出六　公之來益者

白雲の[6]　龍田の山の　露霜に　色づく時に　うち越えて　旅行く君は　五百重山　い行きさく
み[7]　敵守る[8]　筑紫に至り　山の極[9]　野の極見よと　伴の部[10]を　班ち遣し　山彦[11]の　應へむ
極み　谷蟆[12]の　さ渡る極み　國形を[13]　見し[14]給ひて　冬こもり　春さり行かば[15]　飛ぶ鳥の
早く來まさね　龍田道の　岡邊の道に　丹つつじ[16]の　薫はむ時の　櫻花　咲きなむ時に
山たづの[17]　迎へ參出む　君が來まさば

しらくもの　たつたのやまの　つゆしもに　いろづくときに　うちこえて　たびゆくきみは
いほへやま　いゆきさくみ　あたまもる　つくしにいたり　やまのそき　ののそきみよと　とも
のべを　あかちつかはし　やまびこの　こたへむきはみ　たにぐくの　さわたるきはみ　くにか
たを　めしたまひて　ふゆこもり　はるさりゆかば　とぶとりの　はやくきまさね　たつたぢの
をかへのみちに　につつじの　にほはむときの　さくらばな　さきなむときに　やまたづの
むかへまゐでむ　きみがきまさば

1　四年壬申：天平 4년(732). 左注·『속일본기』에 의하면 8월 17일이다.
2　藤原宇合卿：不比等의 셋째 아들이며 지방관을 역임하였다. 이때의 시가 『회풍조』에 있다.
3　西海道：九州·壹岐·對馬.
4　節度使：이 때 비로소 설치하였다. 지방 군단을 관리하는 역할을 맡았다.
5　高橋連蟲麿作謌：蟲麿의 유일한 작품이며, 다른 것은 蟲麿歌集의 작품이다.
6　白雲の：흰 구름이 '뜬다(立つ:타츠)'에서 'たつ田山'으로 연결된다. 龍田은 야마토(大和)川을 따라 河內로
　　가는 길이다.
7　い行きさくみ：'い'는 접두어이다. 'さくみ'는 '析(さ)く'와 어근이 같다.
8　敵守る：외적 수비의 전선이 九州였다.
9　山の極：'소키(極)'는 '退(そ)く'의 체언이다.
10　伴の部：部下의 部 사람들.
11　山彦：산을 의인화한 것이다.
12　谷蟆：두꺼비. 노리토(祝詞)에도 보이며 두꺼비를 땅의 정령으로 생각하는 예는 다른 나라에서도 보인다.
13　國形を：나라의 정황을 말한다.
14　見し：'見る'의 높임말. '見る'는 내 힘에 복종하는 것을 말한다.
15　冬こもり 春さり行かば：겨울이 숨고(隱) 봄이 된다는 뜻이다.
16　丹つつじ：'つつじ'는 장소를 가지고 부르는 관습이 있다.
17　山たづの：接骨木이다, 잎이 마주나는 것에서 '迎へ'를 수식한다.

(天平) 4年(732) 壬申에 후지하라노 우마카히(藤原宇合)卿이 서해도 절도사로 파견되었을 때, 타카하시노 므라지 무시마로(高橋連蟲麿)가 지은 노래 1수와 短歌

971　(시라쿠모노)/ 타츠타(龍田)의 산이요/ 이슬 서리에/ 물이 드는 때에는/ 산길 넘어서/ 여행 떠나는 그댄/ 첩첩한 산을/ 헤치며 나가며/ 적군을 막는/ 츠쿠시(筑紫)에 이르면/ 산의 끝까지/ 들 끝까지 지키라/ 병사들을요/ 나누어 보내어서/ 산 메아리가/ 울리는 끝 쪽까지/ 두꺼비들이/ 건너는 끝까지도/ 국토의 정황/ 눈으로 보시고/ (후유코모리)/ 봄이 돌아오면은/ 나는 새처럼/ 빨리 돌아오세요/ 타츠타지(龍田道)의/ 언덕 근처의 길에/ 빨간 진달래/ 색깔 곱게 필 때에/ 또한 벚꽃도/ 꽃을 피울 때에는/ (야마타즈노)/ 맞으러 나가지요/ 그대가 오신다면

　흰 구름이 걸린 타츠타(龍田)의 산이, 가을 이슬과 서리로 온통 물드는 때에, 그 산을 넘어서 여행길을 떠나는 그대는, 몇 겹이나 되는 첩첩한 산을 헤쳐 나가며 적군을 막는 방비의 전선인 츠쿠시(筑紫)에 이르면, 산의 끝까지도 들의 끝까지도 대적하는 자들을 쫓아내어서 나라를 잘 지키라고 휘하에 있는 병사들을 곳곳에 나누어 보내어서 산의 메아리가 울리는 그 지역 끝 쪽까지도, 두꺼비들이 기어 건너가는 그 지역 끝 쪽까지도, 나라의 상황을 눈으로 잘 살펴보고 임무를 끝내고 겨울이 지나고 봄이 돌아오면 하늘을 나는 새처럼 그렇게 빨리 돌아오세요. 타츠타지(龍田道)의 언덕 주위를 두르고 있는 길에 빨간 진달래가 색깔도 곱게 필 때, 벚꽃도 꽃을 아름답게 피울 때는 저도 그대를 맞으러 나가지요. 그대가 돌아오신다면이라는 내용이다.

　吉井 巖은 서해도를, '지금의 九州지방, 고대의 9국(筑前, 筑後, 豊前, 豊後, 肥前, 肥後, 一向, 大隅, 薩摩) 3島(對馬·壹岐·多禾執)를 말한다'고 하였다[『萬葉集全注』 6, p.135].

　타카하시노 므라지 무시마로(高橋連蟲麿)는 『만엽집』 제3기의 대표적인 작자이며 전설을 소재로 한 작품을 많이 창작하였다.

反歌一首

972 千萬乃　軍奈利友　言擧不爲　取而可來　男常曾念

千萬の　軍なりとも　言擧げせず[1]　取りて[2]來ぬべき　男とそ思ふ

ちよろづの　いくさなりとも　ことあげせず　とりてきぬべき　をのことそおもふ

> 左注　右，檢補任文[3]，八月十七日任東山々陰西海節度使.

---

1 **言擧げせず**：말에 힘이 있다는 것을 믿고 의지하여 말을 입으로 하는 행위를 말한다. 신을 믿게 되고 신의
   가호를 받으면서 말의 힘이 필요없다고 생각하게 되었지만 완전히 부정된 것은 아니다. 가벼운 말을 함으로
   써 패배한 예가 야마토 타케루(倭建) 신화에 있다.
2 **取りて**：'取る'는 죽이는 것이다.
3 **補任文**：관직 **任免** 관련의 문서임. 현존하지 않는다.

反歌 1수

972   천만이 되는/ 적이라 할지라도/ 함부로 말 않고/ 잡아서 와야만 할/ 남자라고 생각지요

🌸 해설

비록 천만이나 되는 많은 적들이라고 할지라도 함부로 가볍게 말하여 실패하는 일이 없도록 말조심을 하여서 적들을 사로잡고 평정하여서 올 남자라고 생각합니다라는 내용이다.

吉井 巖은 무사의 모습을 묘사하여 宇合 주변의 사람들의 기대를 대변한 것이며, 武運長久를 예축하는 축하의 마음을 주위 사람들을 대신하여 扈從歌人인 虫麻呂가 지은 것이라는 金井淸一의 설을 인용하고는, '단풍이 드는 출발에서는 앞날에 대한 긴장의 색을, 붉은 진달래와 벚꽃이 피는 봄에서는 기쁨의 예축의 마음을 나타내어 무리 없이 전체를 구성하고 요점을 잘 정리한 표현은 작자의 역량을 나타내 보이는 것일 것이다'고 하였다[『萬葉集全注』 6, pp.140~141].

좌주   위의 작품은, 관직을 임명하는 문서를 살펴보면 8월 17일에 東山 · 山陰 · 西海의 節度使를 임명한다고 되어 있다.

天皇¹, 賜酒節度使²卿等³御謌一首⁴并短哥

973 食國　遠乃御朝庭尓　汝等之　如是退去者　平久　吾者將遊　手抱而　我者將御在　天皇朕
宇頭乃御手以　掻撫曾　祢宜賜　打撫曾　祢宜賜　將還來日　相飲酒曾　此豊御酒者

食國⁵の　遠の朝廷に⁶　汝等の⁷　退り⁸なば　平けく　われは遊ばむ　手抱きて　われは在さむ⁹
天皇朕　うづの¹⁰御手もち　かき¹¹撫でそ　勞ぎたまふ¹²　うち撫でそ　勞ぎたまふ　歸り來む
日　相飲まむ酒¹³そ　この豊御酒¹⁴は

をすくにの　とほのみかどに　いましらの　まかりなば　たひらけく　われはあそばむ　たむだ
きて　われはいまさむ　すめらわれ　うづのみてもち　かきなでそ　ねぎたまふ　うちなでそ
ねぎたまふ　かへりこむひ　あひのまむきそ　このとよみきは

---

1 天皇：聖武천황이다.
2 節度使：이 때 비로소 설치하였다. 지방 군단을 관리하는 역할을 맡았다.
3 卿等：후사사키(房前)를 동해·東山, 宇合을 서해, 多治比縣守를 山陰道로 각각 파견하였다.
4 御謌一首：술을 내리는 의례의 노래다. 실제 작자는 中務省의 관리인가. 따라서 작품 속에 스스로를 높인 경어가 있다.
5 食國：지배하는 나라.
6 遠の朝廷に：각 地方廳을 말한다.
7 汝等の：절도사를 가리킨다.
8 退り：겸양어.
9 在さむ：경어.
10 うづの：존귀한 일을 말한다.
11 かき：접두어.
12 勞ぎたまふ：자칭 경어이다. '勞ぎ'는 부드럽게 하는 것이다.
13 酒：'키(酒:き)'는 술(사케)의 고어이다. 黑酒(쿠로키)·白酒(시로키) 등의 예가 있다.
14 豊御酒：'豊', '御' 모두 美稱이다.

(聖武)천황이 절도사인 卿들에게 술을 내리는 노래 1수와 短歌

973   관할 국토의/ 멀리 있는 조정에/ 그대 경들이/ 부임을 하면/ 안심을 하고/ 나는 있을 것이
       네/ 팔짱을 끼고/ 나는 있을 것이네/ 대왕인 내가/ 귀한 손을 가지고/ 어루만지며/ 위로를
       하네/ 어루만지며/ 위로를 하네/ 돌아오는 날에/ 함께 마실 술이네/ 이 맛이 좋은 술은

✿ 해설

   통치하는 국토의, 먼 곳에 있는 조정에 해당하는 여러 지방의 府에 그대들이 이렇게 부임하여 간다면
나는 평온하게 안심을 하고 있을 것이네. 팔짱을 끼고 나는 있을 것이네. 왕인 내가 귀한 손으로 어루만지
며 노고를 치하하네. 어루만지며 노고를 치하하네. 그대들이 소임을 잘 마치고 무사히 다시 돌아오는
날에 함께 마실 술이네. 이 훌륭한 술은이라는 내용이다.
   'かき撫でそ'와 'うちなでそ'를 全集에서는 '머리카락을 쓰다듬고'로, 'うちなでそ'는 '머리를 어루만지고'로
각각 해석을 하였다『萬葉集』 2, p.158].

反謌一首

974　大夫之　去跡云道會　凡可尒　念而行勿　大夫之伴

大夫[1]の　行くといふ道そ　おほろかに[2]　思ひて行くな　大夫の伴[3]

ますらをの　ゆくといふみちそ　おほろかに　おもひてゆくな　ますらをのとも

> **左注**　右御謌[4]者, 或云, 太上天皇御製[5]也.

中納言安倍廣庭卿[6]謌一首

975　如是爲管　在久乎好叙　靈剋　短命乎　長欲爲流

かくしつつ　在らくを好みぞ　靈きはる[7]　短き命[8]を　長く欲りする

かくしつつ　あらくをよみぞ　たまきはる　みじかきいのちを　ながくほりする

---

　1 **大夫** : 용감한 남자를 말하는데 후에는 일반적으로 뛰어난 남자를 말한다.
　2 **おほろかに** : 대략이라는 뜻이다.
　3 **大夫の伴** : 大夫인 伴. 伴은 조정의 신하다.
　4 **右御謌** : 反歌를 가리킨다.
　5 **太上天皇御製** : 元正천황이 지은 것. 973번가와 동시에 元正천황이 창화한 것이다. 창화한 사정은 1009번가와 같다.
　6 **中納言安倍廣庭卿** : 神龜 4년(727) 中納言. 이 天平 4년(732) 2월에 사망하였다. 8월에 지은 작품인 971번가~974번가와 배열이 정연하지 못하다. 노래의 뜻은 사망과 관계가 있다. 978번가와 같은 사정의 작품이다.
　7 **靈きはる** : 목숨이 있는 한 혼을 다한다는 뜻이다.
　8 **短き命** : 그 때 나이 74세였다.

反歌 1수

974　사내대장부/ 간다고 하는 길이네/ 대충 그렇게/ 생각코 가지 말게/ 장부 신하들이여

✿ 해설

　　조정을 위해 부임하는 것은 사내대장부가 간다고 하는 길이네. 대충 그냥 그렇게 대수롭지 않게 생각하고 부임지로 가지 말기를 바라네. 대장부인 조정의 신하들이여라는 내용이다.

　　좌주　위의 노래는 혹은 太上天皇이 지은 것이라고 한다.
　　吉井巖은 '右가 가리키는 것은 長短一群의 2수로 생각하는 것이 자연스럽다. 太上천황은 元正천황인데 元正천황 때도 안찰사와 持節征夷장군 등을 파견한 적이 있으므로 비슷한 작품이 元正천황의 작품으로 지어졌을 수도 있고 같은 작품이 낭송되었을 가능성도 전연 없지는 않다'고 하였다[『萬葉集全注』6, pp.145~146].

中納言 아베노 히로니하(安倍廣庭)卿의 노래 1수

975　이리 하면서/ 있는 것이 좋아서/ (타마키하루)/ 짧은 목숨일지라도/ 길기를 바란다네

✿ 해설

　　이렇게 계속 살아 있는 것이 기뻐서 영혼이 끝나는 짧은 목숨일지라도 길었으면 하고 바라는 것이네라는 내용이다.
　　이 작품에서 제1구의 'かく'가 무엇을 말하는지는 작품에 명확하게 나타나 있지 않다. 私注에서는, '노년에 병으로 죽음이 다가오는 것을 느끼면서 살아있는 자의 嗟歎으로 들어야만 할 작품이 아닐까'라고 하였다[『萬葉集私注』3, p.278]. 注釋에서는 評釋의 '평화로운 나날을 즐기고 있는 知足自適의 기쁨 같기도 하다'를 따르고 있다[『萬葉集注釋』6, p.133].

五年癸酉¹, 超草香山²時, 神社忌寸老麿³作哥二首

976　難波方　潮干乃奈凝　委曲見　在家妹之　待將問多米

難波潟　潮干の餘波　よくも見てむ　家なる妹が　待ち問はむ爲

なにはがた　しほひのなごり　よくみてむ　いへなるいもが　まちとはむため

977　直超乃　此徑尓師弓　押照哉　難波乃海跡　名附家良思蒙

直越⁴の　この道にして⁵　押し照るや⁶　難波の海と　名づけけらし⁷も

ただこえの　このみちにして　おしてるや　なにはのうみと　なづけけらしも

---

1 五年癸酉 : 天平 5년(733).
2 草香山 : 生駒山의 서쪽에 있다. 나라(奈良)에서 바로 서쪽으로 산을 넘는 것을 草香의 直超(타다고에)라고
한다.
3 神社忌寸老麿 : 도래계인가.
4 直越 : 나라(奈良)에서 바로 서쪽으로 산을 넘는 것을 草香의 直超(타다고에)라고 한다.
5 この道にして : 눈앞에 전개된 광경을 보고.
6 押し照るや : 바다 표면 전체가 빛나는 모양을 말한다. 나니하(難波)에 대한 미사여구이다.
7 名づけけらし : 'けるらし'를 축약한 것이다.

(天平) 5년(733) 癸酉 쿠사카(草香)산을 넘을 때
카미코소노 이미키 오유마로(神社忌寸老麿)가 지은 노래 2수

976   나니하(難波) 개펄/ 썰물 때의 여파를/ 잘 보고 가자/ 집에 있는 아내가/ 기다려 물을
       테니

해설

썰물 때에 나니하(難波) 개펄에 밀려오는 파도의 여파를 잘 보고 가자. 집에 있는 아내가 나를 기다리다
가 내가 돌아가면 물었을 때 대답을 하기 위해서라는 내용이다.

여행지에서 본 것에 대해 물어볼 아내에게 잘 대답해 주기 위한 섬세한 마음이 나타나 있다.

私注에서는, '제목에서는 쿠사카(草香)산을 넘을 때 지은 노래라고 되어 있지만, 이 작품은 아마도 나니
하(難波) 해변에서 지은 것일 것'이고 하였다[『萬葉集私注』 3, p.279]. 吉井 巖은 草香山을, '大阪府 東大阪市
日下町 부근의 산으로 보는 설과 河內의 日下에서 본 生駒山의 속칭이라고 하는 설이 있다'고 하였다[『萬葉
集全注』 6, p.148].

카미코소노 이미키 오유마로(神社忌寸老麿)는 傳未詳이다. 稻岡耕二는 '孝德紀大化二年 三月條에 神社福
草, 續紀 和銅三年(710) 正月條에 從六位上 神社忌寸河內에게 從五位下를 내렸다'고 하였다. 星野五彦은 귀화
인으로, 山本信三은 조선으로부터 건너온 귀화계의 사람으로 보았다[이연숙, 『일본 고대 한인작가 연구』
(박이정, 2003), pp.103~104 참조].

977   곧바로 넘는/ 이 길이기 때문에/ (오시테루야)/ 나니하(難波)의 바다라/ 이름 붙인 듯하네

해설

일직선으로 곧바로 산을 넘어서 오는 이 길이기 때문에 해수면 전체가 빛나는 나니하(難波), 즉 오시테
루야(押し照るや) 나니하(難波)의 바다'라고 이름을 붙인 듯하네라는 내용이다.

山上臣憶良沈痾[1]之時謌一首

978 士也母　空應有　萬代尒　語續可　名者不立之而

士やも[2]　空しくあるべき　萬代に　語り續ぐべき　名は立てずして

をのこやも　むなしくあるべき　よろづよに　かたりつぐべき　なはたてずして

左注 右一首, 山上憶良臣[3]沈痾之時, 藤原朝臣八束,[4] 使河邊朝臣東人令問所疾之狀. 於是憶良臣, 報語已畢, 有須拭涕, 悲嘆, 口吟此謌

---

1 痾 : 중병을 말한다.
2 士やも : 士는 중국의 사대부의 士를 말한다. 士를 남성의 이상적인 것으로 생각했다. 'や'는 강한 부정을 동반한 의문을 나타내며, 'も'는 영탄을 나타낸다.
3 山上憶良臣 : 臣을 이름 다음에 쓴 것은 敬稱이다.
4 藤原朝臣八束 : 그 때 당시 19세였다.

야마노우헤노 오미 오쿠라(山上臣憶良)가 중병에 걸렸을 때의 노래 1수

978   대장부들은/ 허망해서 되겠는가/ 만대 후에도/ 이야기로 전해질/ 이름 세우지 않고

✿ 해설

'士'인 자들은 만대 후에까지도 계속 이야기로 전해질 이름을 세우지 않고 허망하게 있어서 좋을 리가
있겠는가라는 내용이다.
　私注에서는, '士君子라고 생각하는 자신도 허망한 것이겠지. 만대까지 사람들이 이야기하여 전해가야만
할 이름도 세우지 않고'라고 해석을 하였다[『萬葉集私注』 3, p.281]. 全集에서는 '士也母'의 '士'를 '남자'로
해석을 하였다[『萬葉集』 2, p.159].

　　　좌주　위의 1수는 야마노우헤노 오미 오쿠라(山上臣憶良)가 중병에 걸렸을 때, 후지하라노 아소
미 야츠카(藤原朝臣八束)·카하헤노 아소미 아즈마히토(河邊朝臣東人)로 하여금 병의 상태를 문
안하게 하였다. 이에 오쿠라노 오미(憶良臣)는 답하는 말을 마치고 잠시 있다가 눈물을 닦고 슬퍼
탄식하며 이 노래를 읊었다.
　　　吉井 巖은 藤原朝臣八束에 대해, '후사사키(房前)의 셋째 아들, (중략) 天平神護 2년(766) 3월
12일 사망. 52세. 大納言, 式部卿'이라고 하였다[『萬葉集全注』 6, p.148].

大伴坂上郎女, 與姪家持從佐保還歸¹西宅謌一首

979   吾背子我　着衣薄　佐保風者　疾莫吹　及家左右

　　　わが背子が　着る衣薄し　佐保風は　いたくな吹きそ　家に至るまで

　　　わがせこが　けるきぬうすし　さほかぜは　いたくなふきそ　いへにいたるまで

1 還歸 : 郎女는 佐保에 살고, 家持는 그 서쪽에 거주했던 것이 된다.

오호토모노 사카노우헤노 이라츠메(大伴坂上郞女)가 생질인 야카모치(家持)가 사호(佐保)에서 서쪽의 집으로 돌아가므로 준 노래 1수

979   나의 조카가/ 입은 옷이 얇구나/ 사호(佐保) 바람은/ 심하게 불지 말게/ 집에 도착할 때까지

✿ 해설

그대가 입고 있는 옷이 얇구나. 그러므로 사호(佐保)의 강변을 부는 바람은 강하게 불지 말았으면 좋겠네. 그대가 집에 도착할 때까지라는 내용이다.

자신의 생질이면서 앞으로 큰 사위로 삼고자 한 야카모치(家持)가 자기 집으로 돌아갈 때까지 차가운 바람이 불지 말았으면 하는 자상스러운 마음이 나타나 있다.

全集에서는 '여が背子'에 대해, '마음으로 자신의 딸 大孃의 남편으로 정한 야카모치(家持)를 가리켜 말한 것이다. 이 때 家持는 16세'라고 하였다『萬葉集』2, p.160]. 사카노우헤노 이라츠메(坂上郞女)에 대해서는 963번가 해설 참조.

安倍朝臣蟲麿月謌一首

980 雨隱　三笠乃山乎　高御香裳　月乃不出來　夜者更降管

雨隱る¹　三笠の山を　高みかも²　月の出で來ぬ³　夜は降ちつつ

あまごもる　みかさのやまを　たかみかも　つきのいでこぬ　よはくたちつつ

---

1 雨隱る : 'こもる'는 쌓여서 가려진 것을 말한다. '笠'을 수식한다. 달이 나오지 않은 것과 조응시켜서 유희적
으로 표현한 것이다.
2 山を 高みかも : 'を…み'는 'が(이)…から(～므로)'.
3 出で來ぬ : 내용이 여기서 일단락 된다.

아베노 아소미 무시마로(安倍朝臣蟲麿)의 달 노래 1수

980   (아마고모루)/ 미사카(御笠)의 산이요/ 높기 때문에/ 달이 나오지 않나/ 밤은 깊어 가는데

🌸 해설

　비에 싸여서 숨는다고 하는 뜻인 미사카(御笠)산이 높기 때문에 달이 뜨지 않는 것일까. 밤은 점점 깊어 가는데라는 내용이다.

　吉井 巖은 三笠山에 대해, '나라(奈良) 동쪽의 春日山으로 총칭되는 것 중의 한 봉우리로 남쪽으로부터 芳山, 花山, 三笠山으로 이어지며 가장 아름다운 산이라고 하였다[『萬葉集全注』 6, p.157].

　권제4의 667번가의 左注에 '오호토모노 사카노우헤노 이라츠메(大伴坂上郎女)의 어머니인 이시카하(石川) 內命婦와 아베노 아소미 무시마로(安陪朝臣蟲麿)의 어머니 아즈미(安曇) 外命婦는 함께 살던 자매로 친한 사이였다. 그래서 郎女와 蟲麿는 자주 만나 서로 이야기를 하고 하였으므로 이에 장난기어린 연애 노래를 지어서 주고받은 것이다'라고 되어 있다. 이 左注로 보면 大伴坂上郎女와 安倍朝臣蟲麿는 이종사촌 간이 된다.

　아베노 아소미 무시마로(阿倍朝臣蟲麿)에 대해 全注에서는, '坂上郎女의 從兄弟. 天平 9년(737) 외종5위 하, 皇后宮亮, 10년에 中務少輔, 13년에 정5위하 播磨守, 天平勝寶 원년(749) 종4위하 中務大輔로 사망'이라고 하였다[『萬葉集全注』 6, p.260].

　私注에서는, '다음 노래인(981~983) 坂上郎女의 작품과 같은 자리에서 같은 제목으로 부른 것인가'라고 하였다[『萬葉集私注』 3, p.286].

大伴坂上郎女月哥三首

981　獦高乃　高圓山乎　高弥鴨　出來月乃　遲將光

獦高の[1]　高圓山[2]を　高みかも[3]　出で來る月の　遲く照るらむ

かりたかの　たかまとやまを　たかみかも　いでくるつきの　おそくてらむ

982　烏玉乃　夜霧立而　不淸　照有月夜乃　見者悲沙

ぬばたまの[4]　夜霧の立ちて　おほほしく　照れる月夜の[5]　見れば[6]悲しさ[7]

ぬばたまの　よぎりのたちて　おほほしく　てれるつくよの　みればかなしさ

---

1 獦高の : 널리 高圓山을 포함하는 지명인가. 이름이 (獦)高의 高(圓)이므로 '高み'로 연결된다.
2 高圓山 : 三笠山의 남쪽이다.
3 高みかも : 앞의 작품에 대한 화답인가.
4 ぬばたまの : 烏扇(범부채). 열매의 검은 색으로 인해 검은 것을 수식한다.
5 月夜の : '悲しさ'에 이어진다.
6 見れば : 삽입한 것이다.
7 悲しさ : 애상적인 감정을 자아낸다.

오호토모노 사카노우헤노 이라츠메(大伴坂上郎女)의 달 노래 3수

981   카리타카(獵高)의/ 타카마토(高圓)의 산이/ 높아서인가/ 떠오르는 달이요/ 비추는 것 느리네

※ 해설

 아마도 카리타카(獵高)의 타카마토(高圓)산이 높기 때문에 그런 것일까. 떠오르는 달도 좀처럼 환하게
비추지 않는 것인가라는 내용이다.
 사카노우헤노 이라츠메(坂上郎女)에 대해서는 963번가 해설 참조.

982   (누바타마노)/ 밤안개가 끼어서/ 어렴풋하게/ 비추고 있는 달은/ 보면 슬퍼지네요

※ 해설

 어두운 밤에 안개가 끼어 있어서 또렷하지 않고 어렴풋하게 비추고 있는 달을 보면 슬퍼지네요라는
내용이다.

983　山葉　左佐良榎壯子　天原　門度光　見良久之好藻

山の端の　ささらえ壯子[1]　天の原　と渡る[2]光　見らく[3]しよしも

やまのはの　ささらえをとこ　あまのはら　とわたるひかり　みらくしよしも

左注　右一首謌, 或云　月別名曰佐散良衣壯士也, 縁此辭作此謌.

豊前國娘子[4]月謌一首 [娘子字曰大宅. 姓氏未詳也]

984　雲隱　去方乎無跡　吾戀　月哉君之　欲見爲流

雲隱り　行方を無みと　わが戀ふる　月を[5]や君が　見まく欲りする

くもがくり　ゆくへをなみと　わがこふる　つきをやきみが　みまくほりする

---

1 ささらえ壯子 : 'ささら'는 하늘에 있다고 상상한 신성한 곳인가. 'え'는 愛稱이다.
2 と渡る : 'と'는 접두어. 강의 문과 문을 배가 건너는 것에서 航行을 'と渡る'라고 하고 관용화한 것인가.
3 見らく : '見る(보다)'의 명사형이다.
4 娘子 : 명칭의 유형에 의하면 遊女이다.
5 月を : 달에 月經의 우의가 있는 것인가. 'を'는 목적격 조사이지만 영탄을 내포한다.

983　산의 끝 쪽에/ 사사라에 남자가/ 넓은 하늘을/ 떠가는 밝은 빛을/ 보는 것이 좋구나

✿ 해설

　　산의 끝 쪽에서 나온 달이 하늘을 떠가는 빛을 보면 아름답네라는 내용이다.
　　'ささらえ壯子'를 吉井 巖은 '작은 멋진 남자'로 보고 '산의 끝에서 나온 작은 멋진 남자가 신비한 하늘을 달의 배로 건너가는 그 빛을 보는 것은 기분이 상쾌해지는 것이다'고 해석을 하였다『萬葉集全注』6, p.160].
　　左注에 달의 별명이라고 하였으므로 달로 해석을 하면 될 것이다.

　　좌주　위의 1수의 노래는, 혹은 '달의 다른 이름을 사사라에男이라고 한다. 이 말에 의해 이 노래를 지었다'고도 한다.

토요노 미치노쿠치(豊前)國의 娘子의 달 노래 1수 [娘子는 자를 오호야케(大宅)라고 했다. 姓氏는 아직 확실하지 않다]

984　구름에 가려/ 행방을 알 수 없어/ 내가 그리는/ 달을 그대께서는/ 보고 싶다 하나요

✿ 해설

　　멀리 구름에 가려져서 어딘가로 가버려서 행방을 알 수 없기에 내가 그립게 생각하는 달을 그대는 보고 싶다고 하는 것인가요라는 내용이다.
　　'月をや君が 見まく 欲りする'로 인해 全集에서는 '누군가의 노래에 답한 비유가이겠는데 가리키는 것이 분명하지 않다'고 하였다『萬葉集』2, p.162]. 吉井 巖도 그렇게 보았다『萬葉集全注』6, p.163].
　　권제4의 709번가도 같은 작자의 작품이며 달을 노래하였다.

湯原王月謌二首

985　天尓座　月讀壯子　幣者將爲　今夜乃長者　五百夜繼許增

　　　　天に坐す¹　月讀壯子²　幣は爲む³　今夜の長さ　五百夜継ぎこそ

　　　　あまにます　つくよみをとこ　まひはせむ　こよひのながさ　いほよつぎこそ

986　愛也思　不遠里乃　君來跡　大能備尓鴨　月之照有

　　　　愛しきやし⁴　ま近き里の　君⁵來むと　大のびに⁶かも　月の照りたる

　　　　はしきやし　まちかきさとの　きみこむと　おほのびにかも　つきのてりたる

---

1 天に坐す : '坐す'는 경어.
2 月讀壯子 : 달을 인격화한 것이다. 女神으로 되는 경우도 있다.
3 幣は爲む : 幣는 선물, 바치는 물건이다.
4 愛しきやし : 달에 대해서 말한 것이다.
5 ま近き里の 君 : 불특정한 남성을 말한다. 달이 밝으니 가까운 곳의 친구도 오겠지라는 뜻이다.
6 大のびに : 매우 넓게.

유하라노 오호키미(湯原王)의 달 노래 2수

985 하늘에 있는/ 츠쿠요미(月讀) 壯子여/ 선물하지요/ 오늘밤의 길이를/ 오백 밤으로 잇게

🌸 **해설**

하늘에 있는 달이여. 그대에게 선물을 하지요. 그러니 오늘밤의 길이를 오백일 밤의 분량을 이어서 밤을 길게 해 주었으면 좋겠네요라는 내용이다.

권제3의 375번가도 湯原王의 작품이다. 注釋에서는, '湯原王은 田原천황 즉 志貴황자의 아들이다. 親王이라고 한 것은 志貴황자를 田原천황으로 추존한 것과 같은 의미로 후에 존칭을 더한 것이다. (중략) 『만엽집』 제3기 말에서 제4기 초에 걸쳐서의 작품, 天平 초기 무렵의 것이며 優美婉麗한 작품으로 당시의 새로운 작풍을 보이고 있다'고 하였다『萬葉集注釋』 6, p.386].

986 사랑스럽네/ 멀지 않은 마을의/ 그대 올 건가/ 한구석 빠짐없이/ 달이 비추고 있네

🌸 **해설**

달이 정말 사랑스럽네. 멀지 않은 가까운 마을에 사는 그대가 찾아오려고 그런지 달이 모든 곳을 훤히 비추고 있네라는 내용이다.

'大のびにかも'를, 私注·注釋에서는 '큰 들판(大野 : 오호노) 근처(비 : 邊)'로 해석을 하였다『萬葉集私注』 3, p.290], [『萬葉集注釋』 6, p.150]. 全集에서는 '기다리기 힘들었던 것처럼'이라고 해석을 하였다『萬葉集』 2, p.162]. 大系에서는 '높이 떠서'로 해석하였다『萬葉集』 2, p.163].

제3구 '君來むと'의 '君'에 대해 注釋·大系·全集·全注에서는 中西 進과 마찬가지로 남성 친구로 보았다. 그러나 私注에서는, '권제4(640번가)에 같은 작자의 작품 (중략)이 있다. 娘子에게 보낸 것이다. 이 작품도 'きみ'는 그 낭자를 가리킨 것인지 모르겠다'고 하였다『萬葉集私注』 3, p.290].

藤原八束朝臣[1]月謌一首

987 　待難尓　余爲月者　妹之着　三笠山尓　隱而有來

　　　待ちかてに[2]　わがする月は　妹が着る[3]　三笠の山に　隱りてありけり[4]

　　　まちかてに　わがするつきは　いもがきる　みかさのやまに　こもりてありけり

市原王, 宴禱[5]父安貴王謌一首

988 　春草者　後波落易　巖成　常磐尓座　貴吾君

　　　春草は　後は落易らふ[6]　巖なす　常磐[7]に坐せ　貴きわが君[8]

　　　はるくさは　のちはかはらふ　いはほなす　ときはにいませ　たふときわがきみ

---

1 藤原八束朝臣 : 朝臣을 이름 다음에 쓴 것은 경의를 나타낸 표기이다. 그 때 19세였다.
2 待ちかてに : 'かて'는 '할 수 있다'는 뜻이며, 'に'는 부정을 나타낸다. 'かてに'는 '~할 수 없어서, ~힘들어서'라는 뜻이다.
3 妹が着る : 청년다운 정감을 나타낸다.
4 隱りてありけり : 'けり'는 생각이 나서 회상하는 작용.
5 禱 : 축하하는 노래. 主客에 대한 의례가이다.
6 落易らふ : 'うつろふ'로 읽기도 하는데 'うつろふ(변하다, 시들다)'는 주로 꽃에 사용한다.
7 常磐 : 'とこは'와 같다. 'とこ'는 영원하다는 뜻이다.
8 貴きわが君 : 安貴王을 가리킨다.

후지하라노 야츠카(藤原八束)朝臣의 달 노래 1수

987 기다리기가/ 힘들었던 달은요/ (이모가키루)/ 미카사(三笠)의 산 위에/ 숨어 있는 것이라네

🌸 **해설**

　　기다리기가 힘들다고 내가 생각했던 달은, 아내가 쓰고 있는 우산—그 우산을 산 이름으로 한 미카사(三笠)의 산 위에 아직도 숨어 있네라는 내용이다.

　　'妹が着る 三笠'의 '妹が着る'는 '三笠'를 상투적으로 수식하는 枕詞이다. 우산은 일본어 발음이 '카사'이다. '미카사(三笠)'산 이름에 '카사'가 들어 있으므로 거기에 이끌려서 이렇게 표현을 한 것이다. 후지하라노 야츠카(藤原八束)에 대해서는 978번가 左注와 해설 참조.

이치하라노 오호키미(市原王)가 연회에서 父인
아키노 오호키미(安貴王)를 축복하는 노래 1수

988 봄의 풀들은/ 후에는 변합니다/ 바위와 같이/ 영원히 계시지요/ 존귀하신 당신이여

🌸 **해설**

　　봄의 풀들은 결국 변하여서 시들어 버립니다. 바위와 같이 영원히 변하지 말고 그대로 계셔 주시기를 바랍니다. 존귀한 제 아버지여라는 내용이다.

　　'落易らぶ'를, 私注에서는 'ちりやすし'로[『萬葉集私注』 3, p.291], 注釋·大系·全注·全集에서는 'うつろふ'로 읽었다.

　　全注에서는 이치하라노 오호키미(市原王)에 대해, '아키노 오호키미(安貴王)의 아들, 天智천황의 왕자, 志貴황자의 증손, 春日王의 손자다(다만 최근에 春日王과 安貴王의 연령의 모순으로 安貴王, 市原王은 志貴황자의 손자이며 증손은 아니라는 설이 제기되었다)'고 하였다[『萬葉集全注』 6, p.168].

湯原王[1]打酒[2]謌一首

989　燒刀之　加度打放　大夫之　禱豊御酒尒　吾醉尒家里

　　　　燒太刀[3]の　稜[4]打ち放ち[5]　大夫の　禱く[6]豊御酒に　われ醉ひにけり

　　　　やきたちの　かどうちはなち　ますらをの　ほくとよみきに　われゑひにけり

紀朝臣鹿人[7]，跡見[8]茂岡之松樹謌一首

990　茂岡尒　神佐備立而　榮有　千代松樹乃　歳之不知久

　　　　茂岡に　神さび立ちて　榮えたる　千代松の樹[9]の　歳の知らなく[10]

　　　　しげをかに　かむさびたちて　さかえたる　ちよまつのきの　としのしらなく

---

1 湯原王 : 市原王의 숙부.
2 打酒 : 술을 마시는 것, 酒宴歌.
3 燒太刀 : 잘 벼린 칼이다. 稜 · 邊을 강조할 때 사용된다.
4 稜 : 날카로운 날.
5 打ち放ち : 던지듯이 침. 큰 칼을 흔드는, 술을 찬미하는 의례가 있었다.
6 禱く : 축복하다.
7 紀朝臣鹿人 : 安貴王의 처 紀小鹿(키노 오시카)의 父.
8 跡見 : 奈良縣　櫻井市.
9 松の樹 : 松은 가끔 '待(기다린다)'의 뜻을 함께 나타낸다.
10 歳の知らなく : 'なく'는 부정의 뜻을 나타내는 'ない(아니다 · 없다)'의 명사형이다.

유하라노 오호키미(湯原王)가 술을 마시는 노래 1수

989   잘 벼린 칼의/ 날로 힘 있게 치는/ 사내대장부/ 축복하는 술에다/ 나는 취해버렸네

🌸 해설

불에 몇 번이나 잘 벼린 큰 칼의 날로 힘 있게 쳐서 대장부가 축복을 기원하는 술에 나는 취해버렸네라는 내용이다.

잘 벼린 칼날로 후려치는 의례는 사악한 기운을 물리치기 위한 것이다. 私注에서는 이 작품을, '앞의 市原王의 아버지를 축하하는 연회에서의 노래였는지도 모른다'고 하였다[『萬葉集私注』 3, p.293].

키노 아소미 카히토(紀朝臣鹿人)의,
토미(跡見) 시게오카(茂岡)의 소나무 노래 1수

990   시게오카(茂岡)에/ 신령스럽게 서서/ 무성하게 된/ 천대 기다린 나무/ 나이를 알 수 없네

🌸 해설

시게오카(茂岡)에 신령스럽게 서서 무성하게 자란 천대를 기다린 소나무의 나이는 알기 어려운 일이네라는 내용이다.

'기다리다'는 일본어로 '待つ(마츠)'인데, '松(마츠)'와 발음이 같으므로 이렇게 연결시켜 표현한 것이다.

紀朝臣鹿人은 天平 9년(737) 정6위상에서 종5위하가 되었다.

同鹿人, 至泊瀬河¹邊作謌一首

991 石走　多藝千流留　泊瀬河　絶事無　亦毛來而將見

石走り　激ち²流るる　泊瀬川　絶ゆることなく　またも來て見む³

いはばしり　たぎちながるる　はつせがは　たゆることなく　またもきてみむ

大伴坂上郎女, 詠元興寺⁴之里謌一首

992 古鄕之　飛鳥者雖有　靑丹吉　平城之明日香乎　見樂思好裳

故鄕の⁵　飛鳥はあれど⁶　あをによし⁷　平城の明日香を　見らくし⁸好しも

ふるさとの　あすかはあれど　あをによし　ならのあすかを　みらくしよしも

---

1 **泊瀬河**：앞의 작품의 토미(跡見)와 가깝다.
2 **激ち**：힘차게 움직이는 것을 말한다.
3 **絶ゆることなく　またも來て見む**：讚歌에서 관용적으로 사용하는 표현이다.
4 **元興寺**：飛鳥寺의 다른 이름이다. 奈良 천도와 함께 奈良으로 옮겨졌다. 猿澤池 가까이에 있다.
5 **故鄕の**：옛 도읍을 말한다. 『만엽집』에서는 주로 아스카(飛鳥)를 가리킨다.
6 **飛鳥はあれど**：좋기는 해도.
7 **あをによし**：靑土가 좋은 나라(奈良).
8 **見らくし**：보는 대상은 元興寺를 중심으로 한 풍경이다. '見らく'는 '見る'의 명사형이다. 'し'는 강조를 나타낸다.

마찬가지로 카히토(鹿人)가 하츠세(泊瀬)강 근처에 도착하여 지은 노래 1수

991 바위 위 달려/ 힘차게 흘러가는/ 하츠세(泊瀬)강을/ 끊어지는 일 없이/ 또 다시 와서 보자

해설

바위 위를 힘차게 흘러가는 하츠세(泊瀬)강을, 그 강이 끊어지는 일이 없이 계속 흐르듯이 그렇게 끊어지는 일 없이 또 다시 계속해서 와서 보자라는 내용이다.

오호토모노 사카노우헤노 이라츠메(大伴坂上郎女)가 元興寺 마을을 읊은 노래 1수

992 옛 도읍이 된/ 아스카(飛鳥)도 좋지만/ (아오니요시)/ 나라(奈良)의 아스카(明日香)를/ 보는 것도 좋아요

해설

옛 도읍이 되어버린 아스카(飛鳥)도 그 나름대로 좋지만 푸른 흙이 좋은 새로운 나라(奈良)의 아스카(明日香), 즉 元興寺를 옮긴 마을을 보는 것도 좋아요라는 내용이다.
오호토모노 사카노우헤노 이라츠메(大伴坂上郎女)에 대해서는 963번가 해설 참조.

同, 坂上郎女初月[1]詞一首

993 月立而　直三日月之　眉根搔　氣長戀之　君尒相有鴨

月立ちて[2]　ただ三日月の　眉根[3]搔き[4]　日長く戀ひし　君に逢へるかも

つきたちて　ただみかづきの　まよねかき　けながくこひし　きみにあへるかも

大伴宿祢家持[5]初月詞一首

994 振仰而　若月見者　一目見之　人乃眉引　所念可聞

振り放けて[6]　若月見れば　一目見し　人の眉引[7]　思ほゆるかも

ふりさけて　みかづきみれば　ひとめみし　ひとのまよびき　おもほゆるかも

1　初月 : 初月은 정확하게는 新月을 말한다. 이것도 三日月이라고 했다.
2　立ちて : 'たつ'는 시작하는 것이다. 'つきたち(朔)'는 'つごもリ(晦)'의 반대이다.
3　眉根 : 눈썹을 달에 비유한 것은 중국 서적을 응용한 것이다.
4　搔き : 눈썹이 가려운 것은 사랑하는 사람을 만나게 되는 징조로 여겨졌다. 이것도 중국 서적을 응용한
　　것이다.
5　大伴宿祢家持 : 坂上郎女의 생질. 이 노래는 家持의 작품 중에서 연대가 확실한 첫 작품이다. 그 때 16세
　　정도였다.
6　放けて : 'さく'는 멀리 보내는 것이다. 눈을 들어 멀리 바라보는 것이다.
7　眉引 : 실제로 눈썹 끝을 그어 긴 눈썹이다.

마찬가지로 사카노우혜노 이라츠메(坂上郎女)의 초승달 노래 1수

993   새 달이 되어/ 단 삼일 된 달 같은/ 눈썹 긁으며/ 오래도록 그리던/ 그대를 만났습니다

🌸 해설

　달이 또 새로 시작되었는데 단지 삼일 된 달인 초승달과 같은 눈썹을 긁으며 오래도록 날마다 그리워하던 그대를 만났습니다라는 내용이다.
　고대 일본인들은 눈썹이 가려운 것은 사랑하는 사람을 만나게 되는 징조로 여겼을 뿐만 아니라 자기 스스로 눈썹을 긁어도 사랑하는 사람을 만나게 되는 효과가 있다고 믿었다.

오호토모노 스쿠네 야카모치(大伴宿禰家持)의 초승달 노래 1수

994   위를 향하여/ 초승달을 보면은/ 한번 보았던/ 그녀의 눈썹 모양/ 생각이 나는군요

🌸 해설

　하늘 멀리 눈을 들어 초승달을 보면 단지 한번 보았을 뿐인 그녀의 눈썹 모양이 생각이 나는군요라는 내용이다.
　私注에서는 이 작품을 天平 5년(733)의 작품이라고 하였다.

大伴坂上郎女宴親族[1]謌一首

995 如是爲乍　遊飮與　草木尙　春者生管　秋者落去

かくしつつ[2]　遊び飮みこそ[3]　草木すら[4]　春はもえ[5]つつ　秋は散りゆく

かくしつつ　あそびのみこそ　くさきすら　はるはもえつつ　あきはちりゆく

六年甲戌[6]，海犬養宿祢岡麿，應詔謌[7]一首

996 御民吾　生有驗在　天地之　榮時尓　相樂念者

御民われ　生ける驗あり　天地の　榮ゆる時に　あへらく[8]思へば

みたみわれ　いけるしるしあり　あめつちの　さかゆるときに　あへらくおもへば

---

1 **宴親族**: 권제3의 401번가도 이 작품과 같은 제목이다.
2 **かくしつつ**: 'つつ'는 반복과 계속을 나타낸다.
3 **遊び飮みこそ**: 'こそ'는 희망을 나타내는 조사다.
4 **草木すら**: 초목을 들어, 하물며 인간은 그 이상이라는 뜻을 나타낸다.
5 **春はもえ**: '生'은 'おふ'로 읽는 것이 보통이지만 '春은 生ひ'는 부자연스럽다.
6 **六年甲戌**: 天平 6년(734).
7 **應詔謌**: 새해를 축하하는 연회 때의 **應詔歌**인가.
8 **あへらく**: 'あへり'의 명사형이다. 태어난 것을 말한다.

오호토모노 사카노우헤노 이라츠메(大伴坂上郎女)가
친족들과 연회할 때의 노래 1수

995　이렇게 하며/ 놀며 마시고 싶네/ 초목조차도/ 봄엔 무성히 피고/ 가을엔 지는 걸요

🌸 **해설**

　이렇게 하면서 계속 즐겁게 놀며 마시고 싶네요. 변하지 않는 것처럼 보이는 초목조차도 봄에는 무성하게 우거지지만 가을에는 져버리고 마는 것이니까요라는 내용이다.

　하물며 사람 목숨도 영원한 것이 아니니 즐겁게 지내고 싶다는 내용이다.

　'春者生管'을 私注에서는 中西 進과 마찬가지로 '春はもえつつ'로 읽었지만 싹이 트는 것으로 해석을 하였다『萬葉集私注』3, p.297]. 注釋·大系·全集에서는 '春はおひつつ'로 읽었다[『萬葉集注釋』6, p.161), (『萬葉集』2, p.165), (『萬葉集』2, p.164)]. 全注에서는 '春はさきつつ'로 읽었다[『萬葉集全注』6, p.178].

　작자 오호토모노 사카노우헤노 이라츠메(大伴坂上郎女)에 대해서는 963번가 해설 참조.

(天平) 6년(734) 甲戌에 아마노 이누카히노 스쿠네
오카마로(海犬養宿禰岡麿)가 명령에 응한 노래 1수

996　백성인 저는/ 살아 있는 보람 있죠/ 하늘과 땅이/ 번영하고 있는 때/ 태어난 것 생각하면

🌸 **해설**

　백성인 저는 살아 있는 보람이 있습니다. 천지가 이렇게 번영하고 있는 때에 태어난 것을 생각하면요라는 내용이다.

　아마노 이누카히노 스쿠네 오카마로(海犬養宿禰岡麿)는 어떤 사람인지 알 수 없다. 吉井 巖은, '개를 사육하여 군대 창고와 궁정 창고를 지키는 경비견으로 제공한 犬養部를 관장하는 씨족. 후에 군사 씨족이 되었으며 (중략) 海犬養氏와 安曇犬養氏는 海部를 관장하는 安曇氏와 관계를 가지게 되어 이 이름으로 된 것이라고 한다'고 하였다[『萬葉集全注』6, p.180].

　이 작품을 北山茂夫는 天平 6년(734) 2월 1일에 朱雀門에서 남녀 230여명에 의해 행해진 우타가키(歌垣)를 보았을 때의 작품이라고 보았으며, 河崎暢子는 궁중 의례가가 그 용어·형식·발상을 계승하면서 만엽 말기에는 長歌보다 短歌로 이행하는 것을 논하고, 이 작품을 그 사적 전개의 초기의 예로 주목하고 있다[『萬葉集全注』6, pp.180~181에서 재인용].

春三月¹, 幸于難波宮之時謌六首

997　　住吉乃　粉濱之四時美　開藻不見　隱耳哉　戀度南

　　　　　住吉の　粉濱²のしじみ　開けも見ず　隱りてのみや　戀ひ渡りなむ³

　　　　　すみのえの　こはまのしじみ　あけもみず　こもりてのみや　こひわたりなむ

　　　左注　右一首, 作者未詳.

998　　如眉　雲居尒所見　阿波乃山　懸而榜舟　泊不知毛

　　　　　眉の如　雲居に見ゆる　阿波の山⁴　かけて漕ぐ舟　泊知らずも⁵

　　　　　まよのごと　くもゐにみゆる　あはのやま　かけてこぐふね　とまりしらずも

　　　左注　右一首, 船王作

---

1 春三月 : 10일 행행, 19일 돌아감.
2 粉濱 : 大阪市 帝塚山의 서쪽이다.
3 이 작품은 가막조개를 가지고 사랑을 노래했다.
4 阿波の山 : 아하지(淡路)섬을 포함하여 阿波 주위라고 생각되는 산이다.
5 泊知らずも : 행방을 알 수 없는 것을 말한다.

[天平 6년(734)] 봄 3월에 나니하노 미야(難波宮)에 행행하였을 때의 노래 6수

997 스미노에(住吉)의/ 코하마(粉濱)의 바지락/ 열지도 않고/ 감추고만 있으며/ 그리워하는 걸까

🌸 **해설**

스미노에(住吉)의 코하마(粉濱)의 바지락이 껍질을 꼭 닫고 열려고도 하지 않는 것처럼, 그렇게 마음속에 감추고만 있으며 계속 그리워하는 것일까라는 내용이다.

天平 6년(734) 3월 10일 행행하여 19일 돌아갔는데 이 작품의 작자는 누구인지 알 수 없다.

難波宮을 全集에서는, '大阪市 東區 法圓坂町 부근. 孝德천황의 長柄豊碕宮의 遺構地. 天武천황 때 이곳을 副都로 하려는 뜻이 보이고, 聖武천황의 神龜 3년(726)부터 天平 4년(732)에 걸쳐 藤原宇合이 知造難波宮事가 되어 改修에 진력하여 天平 16년 일시적으로 皇都가 되었다'고 하였다[『萬葉集』 2, p.516].

좌주 위의 1수는 작자를 아직 잘 알 수 없다.

998 눈썹과 같이/ 구름 끝에 보이는/ 아하(阿波)의 산을/ 향하여 노 젓는 배/ 머물 곳 모르겠네

🌸 **해설**

구름 저 멀리 눈썹처럼 보이는 아하(阿波)의 산을 목표로 하여 노를 저어서 가는 배가 어디에 머물 것이지 알 수 없는 것이네라는 내용이다.

좌주 위의 1수는 후나노 오호키미(船王)가 지은 것이다.

吉井 巖은, '船王은 舍人親王(天武황자)의 다섯째 아들이다. 淳仁천황의 형이다. 神龜 4년(727) 無位에서 종4위하, 天平寶字 원년(757) 태자를 폐한 사건 때 仲麻呂에 의해 '규방 문제'로 아우인 淳仁이 태자로 즉위하였다. (중략) 天平寶字 2년(758) 淳仁 즉위와 함께 종3위가 된다'고 하였다[『萬葉集全注』 6, p.183].

999　從千沼廻　雨曾零來　四八津之白水郎　網手乾有　沾將堪香聞

血沼廻[1]より　雨そ降り來る　四極[2]の白水郎[3]　網手[4]乾したり　濡れにあへむかも

ちぬみより　あめそふりくる　しはつのあま　あみてほしたり　ぬれにあへむかも

左注　右一首, 遊覽住吉濱, 還宮之時, 道上, 守部王應詔作謌.

1000　兒等之有者　二人將聞乎　奧渚尓　鳴成多頭乃　曉之聲

子らがあらば　二人聞かむを　沖つ渚に[5]　鳴くなる[6]鶴の　曉の聲

こらがあらば　ふたりきかむを　おきつすに　なくなるたづの　あかときのこゑ

左注　右一首, 守部王作

---

1 血沼廻 : 나니하(難波)의 남서쪽이다. 스미노에(住吉)의 對岸.
2 四極 : 住吉의 일부.
3 白水郎 : 白水는 중국 절강성의 지명인데 어로에 종사하는 사람들이 살고 있은 것에 의해 어민을 말하는 것으로 사용하였다.
4 網手 : 綱手처럼 網을 網手라고 한 것인가. 혹은 원문의 '手' 는 '乎'를 잘못 표기한 것인가.
5 沖つ渚に : 沖合의 얕은 여울.
6 鳴くなる : 傳聞 추량으로 소리에 많이 사용한다.

999 치누(血沼) 근처서/ 비가 내려서 오네/ 시하츠(四極)의 어부/ 그물을 말리는데/ 젖지 않고 괜찮을까

해설

치누(血沼) 포구 근처로부터 비가 내리기 시작했네. 시하츠(四極)의 어부들은 그물을 말리고 있는데 그물이 비에 젖어 버리는 것은 아닐까라는 내용이다.

좌주 위의 1수는 스미노에(住吉) 해변에서 놀고 離宮으로 돌아갈 때, 길에서 모리베노 오호키미 (守部王)가 명령에 응하여 지은 노래이다.
吉井 巖은, '守部王은 舍人親王(天武황자)의 여덟째 아들이라고 한다. 天平 12년 1월 무위에서 종4 위상'이라고 하였다[『萬葉集全注』 6, p.185].

1000 그 애가 있으면/ 둘이서 들을 것을/ 삼각주에서/ 우는 것 같은 학의/ 새벽녘의 소리를

해설

그 아이가 지금 나와 함께 있기만 하면 둘이서 들을 것을. 새벽녘에 강의 모래섬에서 울고 있는 학의 소리를이라는 내용이다.
'兒'를 私注 · 全集에서는 中西 進과 마찬가지로 '그 아이, 소녀'로 보았으나[『萬葉集私注』 3, p.302), (『萬葉集』 2, p.166)], 注釋 · 大系 · 吉井 巖은 아내로 보았다[『萬葉集注釋』 6, p.169), (『萬葉集』 2, p.167), (『萬葉集全注』 6, p.186)].

좌주 위의 1수는 모리베노 오호키미(守部王)가 지은 것이다.

1001　大夫者　御獦尒立之　未通女等者　赤裳須素引　清濱備乎

　　　　大夫¹は　御獵に立たし²　少女らは　赤裳裾引く³　淸き⁴濱廻を

　　　　ますらをは　みかりにたたし　をとめらは　あかもすそひく　きよきはまびを

　　　　左注　右一首, 山部宿禰赤人作

1002　馬之步　押止駐余　住吉之　岸乃黃土　尒保比而將去

　　　　馬の步み　抑へ駐めよ　住吉の　岸の黃土に　にほひて行かむ⁵

　　　　うまのあゆみ　おさへとどめよ　すみのえの　きしのはにふに　にほひてゆかむ

　　　　左注　右一首, 安倍朝臣豊継作

---

1 **大夫** : 일반적으로 훌륭한 남자를 뜻하지만 여기서는 조정의 신하를 말한 것이다.
2 **御獵に立たし** : 'し'는 경어이다. 문맥상 **大夫**가 주어이지만 **敬意**는 천황에게 있다. 사냥은 바다 사냥을 말한다.
3 **裾引く** : 해초·조약돌 등을 주우면서 걷는 모습을 형용한 것이다.
4 **淸き** : 천황 군림에 대한 찬미의 뜻이 들어 있다.
5 **にほひて行かむ** : 住吉의 관용구이다.

1001 대장부들은/ 사냥하러 떠나고/ 여성들은요/ 붉은 치마를 끄네/ 깨끗한 해변가를

해설

　조정의 신하들은 바다 사냥을 하러 떠나고, 여성 관료들은 붉은 치맛자락을 끌고 조개껍질을 줍기도 하며 놀고 있네. 깨끗한 해변가를이라는 내용이다.

　여성들의, 바닷물에 젖은 붉은 치맛자락에 매력을 느낀 것 같다.

　　좌주 위의 1수는 야마베노 스쿠네 아카히토(山部宿禰赤人)가 지은 것이다.

1002 말이 걷는 걸음/ 늦춰서 멈추세요/ 스미노에(住吉)의/ 언덕의 황토에다/ 물들여서 갑시다

해설

　말이 걷는 걸음을 늦추어서 멈추게 하세요. 스미노에(住吉) 언덕의 아름다운 황토를 옷에 물들여서 갑시다라는 내용이다.

　　좌주 위의 1수는 아베노 아소미 토요츠구(安倍朝臣豊繼)의 작품이다.

　私注에서는 작자 安倍朝臣豊繼에 대해, '天平 9년(737) 외종5위하에서 종5위하가 되었다. 이때는 외종5위하였을 것이다. 자세한 것은 알 수 없다. 이 작품만 전한다. 이 작품도 住吉 유람의 작품일 것이다'고 하였다[『萬葉集私注』 3, p.303].

筑後守外從五位下葛井連大成, 遙見海人釣船作謌一首

1003　海女感嬬　玉求良之　奧浪　恐海尓　船出爲利所見

　　　海人少女[1]　玉[2]求むらし　沖つ波　恐き海に　船出せり[3]見ゆ

　　　あまをとめ　たまもとむらし　おきつなみ　かしこきうみに　ふなでせりみゆ

按作村主益人謌一首

1004　不所念　來座君乎　佐保河乃　河蝦不令聞　還都流香聞

　　　思ほえず　來ましし君[4]を　佐保川の　河蝦[5]聞かせず　歸しつるかも

　　　おもほえず　きまししきみを　さほがはの　かはづきかせず　かへしつるかも

　　　　左注　右, 內匠大屬[6]按作村主益人聊設飲饌[7], 以饗長官佐爲王, 未及日斜, 王旣還歸.[8] 於時益人, 怜惜不猒之歸, 仍作此謌.[9]

1　海人少女：어부의 딸이다.
2　玉：진주를 말한다.
3　船出せり：종지형이다. 당시의 어법이다.
4　君：佐爲王을 말한다.
5　河蝦：저녁 무렵의 대표적인 풍경으로 생각되었다.
6　內匠大屬：內匠寮는 神龜 5년(728)에 신설되었다. 大屬은 하급관료이다.
7　飲饌：음식물.
8　還歸：돌아간 이유는 알 수 없다.
9　作此謌：일종의, 더 머물도록 붙잡으려는 노래이다.

츠쿠시노 미치노시리(筑後)守 외종5위하인 후지이노 므라지 오호나리(葛井連大成)가 멀리 어부의 낚싯배를 보고 지은 노래 1수

1003　해녀들이요/ 진주 따려는가봐/ 먼 곳의 파도/ 무서운 바다에다/ 배 내는 것 보이네

✿ 해설

　해녀들이 진주를 따려고 하는 것인가 보다. 먼 곳으로부터 밀려오는 파도도 무서운 바다에 배를 내는 것이 보이네라는 내용이다.
　葛井連大成은 神龜 5년(728) 5월에 외종5위하였다.

쿠라츠쿠리노 스구리 마스히토(按作村主益人)의 노래 1수

1004　뜻하지 않게/ 찾아오신 그대를/ 사호(佐保)의 강의/ 개굴 소리 못 듣고/ 돌아가게 하였네

✿ 해설

　생각지도 않게 와 주신 그대였는데 사호(佐保)강에서 해질 무렵에 우는 개구리 소리도 들려주지 못하고 돌아가게 했다는 내용이다.

　좌주　위의 작품은 内匠寮의 大屬인 桉作村主 마스히토(益人)가 연회 자리를 마련해 놓고 内匠寮의 장관인 카미사이노 오호키미(佐爲王)를 대접하였을 때, 아직 해도 저물지 않았는데 왕은 이미 돌아갔다. 그 때 益人은, 佐爲王이 충분히 즐기지 못하고 돌아간 것을 아쉬워하여 이 노래를 지었다. 私注에서는, '内匠寮는 神龜 5년(728)에 설치된 令外이다. 工匠등의 일을 관장하므로 益人은 이전부터 工匠家 桉作 집안의 사람으로 기술을 가지고 일하고 있었을 것이다. 大屬은 4등관이다. 佐爲王은 美努王의 아들, 葛城王 즉 諸兄의 동생으로 훗날의 橘佐爲이다. 뒤에 橘少卿으로 보인다'고 하였다[『萬葉集私注』 3, p.304].

八年丙子[1]夏六月[2], 幸于芳野離宮之時, 山部宿祢赤人, 應詔作謌一首幷短謌

1005 八隅知之　我大王之　見給　芳野宮者　山高　雲曾輕引　河速弥　湍之聲曾淸寸　神佐備而　見者貴久　宜名倍　見者淸之　此山乃　盡者耳社　此河乃　絶者耳社　百師紀能　大宮所　止時裳有目

やすみしし[3]　わご大君[4]の　見し給ふ　吉野の宮は　山高み[5]　雲そたな引く　川速み　瀬の音そ　淸き　神さびて[6]　見れば貴く　宜しなへ[7]　見れば淸けし　この山の　盡きばのみこそ[8]　この川の　絶えばのみこそ　ももしきの[9]　大宮所[10]　止む時もあらめ

やすみしし　わごおほきみの　めしたまふ　よしののみやは　やまたかみ　くもそたなびく　かははやみ　せのとそきよき　かむさびて　みればたふとく　よろしなへ　みればさやけし　このやまの　つきばのみこそ　このかはの　たえばのみこそ　ももしきの　おほみやどころ　やむときもあらめ

---

1 八年丙子 : 天平 8년(736). 7년의 작품은 없다.
2 夏六月 : 6월 27일 행행하였는데, 7월 23일에 돌아갔다.
3 やすみしし : 팔방으로 국토 구석구석 전체를 다스린다는 뜻이다.
4 わご大君 : 'わご大君'이 숙어로 존재했다.
5 山高み : 이하 산과 강을 대구로 사용하였다.
6 神さびて : 'さび'는 그 성질을 나타내는 것이다. '神さびて'는 신령스럽다는 뜻이다.
7 宜しなへ : '宜しく(부디, 잘)'와 같은 뜻이다. 'なへ'는 접미사인가.
8 盡きばのみこそ : 'こそ'와 '絶えばのみこそ'의 'こそ'를 마지막 구의 '止む時もあらめ'의 'め'가 받는다.
9 ももしきの : 많은 돌을 쌓아서 만든 큰 궁전이라는 뜻이다.
10 大宮所 : 큰 궁전이 있는 장소를 말한다. 궁전 자체가 아니다.

(天平) 8년(736) 丙子 여름 6월에 요시노(吉野) 離宮에 행행하였을 때 야마베노 스쿠네 아카히토(山部宿禰赤人)가 명령에 응하여 지은 노래 1수와 短歌

1005 (야스미시시)/ 우리들의 대왕이/ 통치를 하는/ 요시노(吉野)의 궁전은/ 산이 높아서/ 구름이 뻗쳐 있고/ 강물이 빨라/ 물결 소리가 맑네/ 신령스럽고/ 보면 귀한 것이네/ 더 좋은 것은/ 보면은 상쾌하네/ 이 산이 정말/ 없어지는 때에만/ 이 강 흐름이/ 끊어지는 때에만/ (모모시키노)/ 궁전이 있는 곳도/ 없어질 때도 있겠지

❀ 해설

   팔방으로 국토 구석구석 전체를 다스리는 우리 왕이 통치를 하고 있는 요시노(吉野)의 궁전은 산이 높기 때문에 구름이 걸려서 뻗쳐 있고, 강물이 빨라서 여울에 물이 흐르는 소리가 맑네. 신령스럽고 보면 고귀한 것이네. 더더욱 좋은 것은 보면 상쾌한 것이네. 이 산이 없어진다면 그 때에 한해서만, 이 강의 흐름이 끊어진다면 그 때에 한해서만, 많은 돌을 가지고 쌓은 궁전이 있는 곳도 없어질 때가 오는 것이겠지 라는 내용이다. 그러니 절대로 요시노(吉野)의 궁전은 없어지지 않을 것이라는 뜻이다.
   야마베노 스쿠네 아카히토(山部宿禰赤人)에 대해 私注에서는, 이 작품의 제목대로 天平 8년(736)의 작품으로 보고, '赤人의 작품 중에서 창작 연월이 분명한 것은 이 작품이 마지막이다. 이 작품 창작 후 얼마 있지 않아 사망하였는지도 모른다'고 하였다[『萬葉集私注』 3, p.306]. 그러나 吉井 巖은 '이 작품은 天平 8년의 작품이 아닐 것이다. 따라서 연대가 확실한 최후의 赤人의 작품이라고도 할 수 없는 것이다'고 하였다[『萬葉集全注』 6, p.195].

反語一首

1006 自神代　芳野宮尒　蟻通　高所知者　山河乎吉三

神代¹より　吉野の宮に　あり通ひ　高知らせる²は　山川をよみ

かみよより　よしののみやに　ありがよひ　たかしらせるは　やまかはをよみ

市原王，悲獨子謌一首

1007 言不問　木尚妹與兄　有云乎　直獨子尒　有之苦者

言問はぬ³　木すら⁴妹と兄　あり⁵といふを　ただ獨子に　あるが苦しさ

こととはぬ　きすらいもとせ　ありといふを　ただひとりごに　あるがくるしさ

---

1 神代 : 신화에서 吉野宮을 말하는 것은 전하고 있지 않지만, 神武전설에서 吉野는 중요하다.
2 高知らせる : 건물도 높이 짓고 다스리는 것이라는 뜻이다.
3 言問はぬ : '問ふ'는 말을 거는 것이다.
4 木すら : 하물며 인간은이라는 뜻이다.
5 妹と兄 あり : 초목의 암수를 말한다.

反歌 1수

1006　神代로부터/ 요시노(吉野)의 궁전에/ 다니시면서/ 높이 통치를 함은/ 산과 강 좋아서네

✿ 해설

　　아주 먼 옛날 神代로부터, 왕이 요시노(吉野)의 궁전에 다니면서 높이 통치를 하고 있는 것은 산과 강이 무척 좋기 때문이다라는 내용이다.
　　吉井 巖은 '神代より'가, '柿本人麿呂의 '神の御代かも'(권제1의 38번가)의 용법의 영향을 받은 것이며, 柿本人麿呂의 神代가 持統朝를 가리키고 있는 것은 틀림없다. 그러므로 赤人 작품의 '神代'도 持統朝를 가리키는 것이라고 생각된다. (중략) 赤人의 長歌의 결점의 원인을 長屋王 사망 후의 작자의 심정에서 찾기보다는, 이 작품이 赤人에 의해 처음으로 시도된 人麿呂 찬가의 모방이라는 점이 큰 원인이라고 생각 할 수 있다. 그리고 특별한 사태가 일어나지 않는 한 大宮所가 없어지거나 하지는 않을 것이라는 소극적인 찬미의 표현은, 白鳳에서 天平으로 왕권이 넘어가는 것과 관계가 있겠지만 뒤에 나오는 田邊福麿呂에게도 이 양식은 이어지고 있다(1054번가)'고 하였다[『萬葉集全注』 6, p.196].

이치하라노 오호키미(市原王)가 혼자인 것을 슬퍼한 노래 1수

1007　말을 못하는/ 나무조차 남녀가/ 있다 하는 것을/ 오로지 혼자서만/ 있는 것이 괴롭네

✿ 해설

　　말을 하지 못하는 나무조차도 암수 나무가 있다고 하는데 나는 혼자인 것이 괴로운 일이네라는 내용이다.
　　이치하라노 오호키미(市原王)가 자신은 형제가 없이 혼자인 것을 슬퍼한 노래인데 나무의 자웅을 말한 것은 어울리지 않는 것 같다.

忌部首黑麿, 恨友賖[1]來謌一首

1008　山之葉尓　不知世経月乃　將出香常　我待君之　夜者更降管

山の端に　いさよふ[2]月の　出でむかと　わが待つ君が[3]　夜は降ちつつ

やまのはに　いさよふつきの　いでむかと　わがまつきみが　よはくたちつつ

---

1 賖 : 늦는 것을 말한다.
2 いさよふ : 16夜의 달을 말한다.
3 君が : 다음에 와야 할 '오지 않는다'는 뜻의 술어가 생략되어 있다.

이무베노 오비토 쿠로마로(忌部首黑麿)가, 친구가 늦게 오는 것을 원망한 노래 1수

1008 산의 끝 쪽에/ 멈칫거리는 달을/ 나오는가고/ 내 기다리는 그대/ 밤은 깊어가는데

❀ 해설

   산의 끝 쪽에서 떠오르지 않고 멈칫거리고 있는 달을 이제는 떠오를 것인가 하고 기다리듯이, 이제는 올 것인가 이제는 올 것인가 하고 내가 기다리고 있는 그대는 오지를 않네. 밤은 점점 깊어만 가는데라는 내용이다.
   이무베노 오비토 쿠로마로(忌部首黑麿)에 대해 大系에서는 '天平寶字 2년(758)에 정6위상에서 종5위하, 3년에는 連姓을 받았으며 6년에는 內史局助'라고 하였다『萬葉集』2, p.322].

冬十一月[1], 左大辨葛城王等[2]賜姓橘氏之時御製謌[3]一首

1009 橘者　實左倍花左倍　其葉左倍　枝尓霜雖降　益常葉之樹

橘は　實さへ花さへ[4]　その葉さへ[5]　枝に霜降れど　いや常葉[6]の樹

たちばなは　みさへはなさへ　そのはさへ　えにしもふれど　いやとこはのき

> **左注** 右, 冬十一月九日, 從三位葛城王[7] 從四位上佐為王等, 辭皇族之高名, 賜外家[8]之橘姓已訖. 於時太上天皇[9], 々后, 共在于皇后[10]宮, 以爲肆宴[11] 而卽御製賀橘之謌, 幷賜御酒宿祢等[12]也. 或云, 此謌一首太上天皇御哥. 但天皇々后御謌各有一首者. 其謌遺落未得探求焉. 今檢案内[13], 八年十一月九日葛城王等, 願橘宿祢之姓上表[14]. 以十七日[15], 依表乞, 賜橘宿祢.

---

1 冬十一月 : 左注에는 9일이라고 하였지만 『속일본기』에는 11일로 되어 있다.
2 左大辨葛城王等 : 후의 橘諸兄이다. 그 외에 아들인 奈良麿 등이다.
3 御製謌 : 聖武천황이 지은 것이다. 다만 좌주에는 의문이다. 973번가의 左注 참조.
4 實さへ花さへ : 이 구 다음에 와야 할 말이 생략되어 있다. 아름답다고 하는 마음이다.
5 その葉さへ : '常葉'에 이어진다.
6 常葉 : 영원한 잎.
7 葛城王 : 그 때 53세였다.
8 外家 : 葛城王의 母, 犬養宿祢三千代는 和同 원년(708) 11월 25일에 橘姓을 받았다.
9 太上天皇 : 元正천황이다.
10 皇后 : 光明황후다. 三千代와 藤原不比等과의 사이에 태어났다.
11 肆宴 : 천황이 베푸는 연회를 말한다.
12 賜御酒宿祢等 : 973번가 참조.
13 案内 : 의지해야만 할 기록 문서를 말한다.
14 上表 : 『속일본기』에 전한다.
15 十七日 : 『속일본기』의 기록과 일치한다.

[天平 8년(736)] 겨울 11월에 左大辨 카즈라키노 오호키미(葛城王) 등에게 성 타치바나(橘)氏를 내렸을 때 지은 노래 1수

1009   홍귤나무는/ 열매까지 꽃까지/ 그 잎까지도/ 가지 서리 내려도/ 더욱 푸른 나무네

✿ 해설

　홍귤나무는 열매까지도 꽃까지도 빛나고, 그 잎까지도 가지에 서리가 내려도 더욱 푸른 나무네라는 내용이다.

　작품의 창작 동기에 대해서는 左注에 설명이 되어 있다. 吉井 巖은, '左大辨은 국정심의기관인 太政官에 대해, 국무집행을 통할하는 기관으로 성립한 것이 辨官이며 좌우 2관으로 나뉘어졌고 각각 4省씩, 합하여 8省을 관할한다. 左大辨은 左의 辨官의 장관이다. 大辨은 大納言 이상, 8省卿과 함께 勅任官이다. 中少辨 각각 1명씩이다. 左辨官은 中務, 式部, 治部, 民部를, 右辨官은 병부, 형부, 大藏, 宮內의 각 省을 나누어 관장한다'고 하였다『萬葉集全注』6, p.199]. 私注에서는 葛城王에 대해서, '三千代는 縣犬養宿禰東人의 딸로 敏達천황의 황자인 難波황자의 손자 美努王의 아내가 되어 葛城王, 佐爲王, 牟漏여왕을 낳았으며, 美努王이 사망한 후에 藤原不比等에게 재가하여 光明황후, 多比能 등을 낳은 것이다'고 하였다『萬葉集私注』3, p.310].

좌주　위의 작품은 겨울 11월 9일에 從三位 카즈라키노 오호키미(葛城王)와 從四位上 사이노 오호키미(佐爲王) 등이 황족의 高名을 사퇴하고 외가 쪽의 타치바나(橘)姓을 받는 일이 끝났다. 그 때 太上천황과 황후도 함께 모두 황후의 궁전에서 잔치를 베풀고 그 자리에서 홍귤나무(橘)를 칭찬하는 노래를 짓고, 또한 술을 宿禰 등에게 내렸다. 혹은 말하기를 '이 노래 1수는 太上천황, 즉 元正천황의 작품이다. 다만 천황과 황후의 작품은 1수씩 있다. 그 노래는 없어져서 아직 찾을 수가 없다'고 하였다. 그래서 지금 기록을 살펴보면, (天平) 8년 11월 9일에 葛城王 등이 橘宿禰의 성을 받기를 원하여 상표문을 내고 있다. 17일에 상표문에 의해 橘宿禰를 내린 것이라고 되어 있다.

　全集에서는, '왕족을 신하로 강등하는 것은 조정으로서도 경제적이었으므로 호의적으로 허가되었다'고 하였다『萬葉集』2, p.171].

橘宿祢奈良麿[1]，應詔謌一首

1010 奥山之　眞木葉凌　零雪乃　零者雖益　地尓落目八方

奥山の　眞木[2]の葉凌ぎ[3]　降る雪の[4]　降りは益すとも　地に落ち[5]めやも[6]

おくやまの　まきのはしのぎ　ふるゆきの　ふりはますとも　つちにおちめやも

---

1 橘宿禰奈良麿：葛城王의 아들이다. 그때 나이 15, 6세. 21년 후인 寶字 원년(757)에 반란의 혐의로 심문을 당하자 자결하였다.
2 眞木：멋진 나무를 말한다.
3 葉凌ぎ：누르는 것을 말한다.
4 降る雪の：제1구에서 여기까지는 299번가와 거의 같다.
5 地に落ち：구체적으로는 열매를 말하지만 넓게는 홍귤나무가 말라 죽은 것, 즉 일족이 凋落한 것을 우의적으로 나타내고 있다.
6 やも：강한 부정을 동반한 의문을 나타낸다.

타치바나노 스쿠네 나라마로(橘宿禰奈良麿)가 명령에 응한 노래 1수

1010   깊은 산 속의/ 나뭇잎 짓누르며/ 내리는 눈이/ 더욱 내릴지라도/ 땅에 떨어지겠나요

❀ 해설

깊은 산 속의 멋지게 자란 나무의 잎을 눌러 처지게 하며 내리는 눈이 한층 더 많이 내린다고 하더라도
홍귤이 땅에 떨어지는 일이 있겠습니까라는 내용이다.
무슨 일이 있어도 땅에 떨어질 리가 없다는 내용이다. 橘 집안이 계속 번영할 것이라는 뜻이다.

冬十二月十二日, 謌儛所'之諸王臣子等, 集葛井連廣成家宴謌二首

比來古儛盛興, 古歲²漸晚. 理³宜共盡古情, 同唱古謌. 故, 擬此趣輒獻古曲二節.⁴ 風流意
氣⁵之士, 儻有此集之中, 爭發念, 心々和古體⁶

1011　我屋戶之　梅咲有跡　告遣者　來云似有　散去十方吉

わが屋戶の　梅咲きたりと　告げやらば　來といふに似たり⁷　散りぬともよし⁸

わがやどの　うめさきたりと　つげやらば　こといふににたり　ちりぬともよし

1012　春去者　乎呼理尒乎呼里　鶯之　鳴吾嶋曾　不息通爲

春されば⁹　ををりにををり¹⁰　鶯の　鳴くわが山齋¹¹そ　やまず通はせ

はるされば　ををりにををり　うぐひすの　なくわがしまそ　やまずかよはせ

1　謌儛所 : 가무를 관리하는 관서. 율령제에 의하지 않은 옛날부터의 관서인가.
2　古歲 : 舊年. 그때 12월 12일이었다.
3　理 : 당연한 것으로.
4　古曲二節 : 1011번가와 1012번가의 短歌 2수를 가리킨다. 가곡이므로 2節이라고 하였다.
5　風流意氣 : 마음가짐을 말한다.
6　古體 : 다음의 노래를 가리킨다.
7　來といふに似たり : 여기까지는 『古今集』 14권의 노래와 유사하다. 옛날부터 민간에 구송되어져온 발상인가.
8　散りぬともよし : 와주었으면 하고 생각하면서도 져버려도 좋다고 하는 마음의 가벼움에 풍류가 있다.
9　春されば : 봄이 되면.
10　ををりにををり : 'ををる'는 휘어지는 것이다. 꽃에 사용하는 것이 보통이지만 이 작품에서는 휘파람새에 대해서 말하였다.
11　山齋 : 못 속에 만든 작은 정원이다. 廣成의 집은 후에 天平 20년(748) 8월 21일에 행행을 맞이하고 있다.

겨울 12월 12일에 歌儛所의 여러 왕과 신하의 자제들이
후지이노 므라지 히로나리(葛井連廣成)의 집에 모여서 연회하는 노래 2수

요즈음 옛날 무용이 성행하는데, 한 해도 저물어가니 마땅히 함께 옛정을 다하고 또 옛 노래를 창화하여야 할 것입니다. 그러므로 이 취지에 준하여 옛 가곡 2절을 드립니다. 風流로 기개가 있는 사람이 만약 이 중에 있다면 다투어 생각을 개진하여 각각 옛 노래에 창화하세요.

1011 우리 집 정원/ 매화가 피었다고/ 알린다며는/ 오라는 말과 같으니/ 져도 상관이 없네

🌸 해설

우리 집 정원의 매화가 피었다고 알린다면 그것은 마치 꽃을 보러 오라고 하는 말과 같은 것이다. 그러니 꽃이 져버려도 좋다는 내용이다.

일반적으로는 매화꽃 등이 피면 다른 사람에게 보이고 싶어 하는데 이 작품은 남이, 오라고 하는 것에 대해 부담을 느낄까봐 말하지 않는 것으로 되어 있는 특이한 예라고 할 수 있다.

962번가의 左注에도 '위의 작품은, 勅使인 오호토모노 미치타리 스쿠네(大伴道足宿禰)를 장관의 집에서 접대했다. 이 날 그 자리에 모인 많은 사람들이 驛使 후지이노 므라지 히로나리(葛井連廣成)에게 권하여 노래를 지으라고 하였다. 그래서 곧 히로나리(廣成)가 그 말에 응하여 이 노래를 읊었다'고 하였다. 私注에서는 이 작품을 집 주인인 廣成의 작품일 것이라고 하였다『萬葉集私注』 3, p.313].

1012 봄이 되면은/ 가지 휘게 하면서/ 휘파람새가/ 우는 내 정원이네/ 계속해서 오세요

🌸 해설

봄이 되면 가지에 앉아 그 무게로 가지를 휘게 하면서 휘파람새가 우는 우리 집 정원을 끊임없이 항상 보러 와 주세요라는 내용이다.

私注·注釋·全集·全注에서는 'ををりにををり'는 주어가 생략된 것이며 꽃이 만발하여 가지가 휘늘어 지고 나무가 우거진 상태를 말하는 것으로 보았다.

九年¹丁丑春正月, 橘少卿²幷諸大夫等, 集彈正尹門部王家宴謌二首

1013　豫　公來座武跡　知麻世婆　門介屋戶介毛　珠敷益乎

あらかじめ　君來まさむと　知らませば　門に³屋戶にも⁴　珠敷かましを⁵

あらかじめ　きみきまさむと　しらませば　かどにやどにも　たましかましを

左注　右一首, 主人門部王 後⁶賜姓大原眞人氏也.

1014　前日毛　昨日毛今日毛　雛見　明日左倍見卷　欲寸君香聞

前日⁷も　昨日も今日も　見つれども　明日さへ見まく　欲しき君かも

をとつひも　きのふもけふも　みつれども　あすさへみまく　ほしききみかも

左注　右一首, 橘宿祢文成⁸郎少卿之子也.

1　九年 : 天平 9년(737).
2　橘少卿 : 橘佐爲를 말한다. 형인 諸兄에 대해서 말한 것이다.
3　門に : 다음에 'も'가 생략된 것이다.
4　屋戶にも : 문의 안쪽, 정원을 가리킨다.
5　이 작품은 主賓에 대해 인사하는 노래이다.
6　後 : 天平 11년(739)인가.
7　前日 : 'をと'는 遠(をち)의 뜻인가.
8　橘宿禰文成 : 橘氏 계보에는 佐爲王의 아들에 綿裳枝王이 있고 그 아들에 春成城 · 高成을 기록하였다. 文成은 綿裳枝王의 개명한 것인가.

(天平) 9년(737) 丁丑 봄 정월에 橘少卿과 여러 大夫 등이, 彈正尹 카도베노 오호키미(門部王) 집에 모여서 연회하는 노래 2수

1013 사전에 미리/ 그대 오신다는 것/ 알았더라면/ 문에도 집안에도/ 구슬 깔았을 텐데

✿ 해설

그대가 이렇게 오실 줄을 미리 알았더라면 문에도 집에도 구슬을 가득 깔아 놓았으면 좋았을 텐데 그렇게 하지 못해서 아쉽다는 내용이다.

좌주 위의 1수는 주인 카도베노 오호키미(門部王). 후에 성 大原眞人을 받았다.

1014 그저께도요/ 어제도요 오늘도/ 보고 있는데/ 내일도 보고 싶다/ 생각되는 그대여

✿ 해설

그저께도 어제도 오늘도 이렇게 보고 있는데, 게다가 내일까지도 보고 싶다고 생각되는 그대여라는 내용이다.
주인에 대한 인사 노래다.

좌주 위의 1수는 타치바나노 스쿠네 아야나리(橘宿禰文成) 즉 少卿의 아들이다.
少卿은 사이노 오호키미(佐爲王)이다.

榎井王後追和謌一首 志貴親王之子也

1015　玉敷而　待益欲利者　多鶏蘇香仁　來有今夜四　樂所念

珠敷きて¹　待たましよりは　たけそか²に　來る今夜し　樂しく思ほゆ

たましきて　またましよりは　たけそかに　きたるこよひし　たのしくおもほゆ

春二月, 諸大夫等集左少辨巨勢宿奈麿朝臣家宴謌一首

1016　海原之　遠渡乎　遊士之　遊乎將見登　莫津左比曾來之

海原の　遠き渡を³　遊士⁴の　遊ぶを見むと　なづさひ⁵そ來し

うなはらの　とほきわたりを　みやびをの　あそぶをみむと　なづさひそこし

左注　右一首, 書白紙懸著屋壁也. 題云蓬萊仙媛所化囊蘰⁶, 爲風流秀才之士矣. 斯凡客不所望見哉.

1　珠敷きて : 1013번가의 내용을 받아서 노래한 것이다.
2　たけそか : 어떤 뜻인지 알 수 없다. 'た'는 접두어. 'けそか'는 'ひそか(몰래)'와 같은 것인가.
3　遠き渡を : 배의 항로를 말한다.
4　遊士 : 풍류의 마음을 가진 사람이다.
5　なづさひ : 고생하다. 선녀를 작자로 하여 말한 것이다.
6　囊蘰 : 주머니 같은 蘰. 어떤 것인지 알 수 없다.

에노이노 오호키미(榎井王)가 후에 追和한
노래 1수 시키노 미코(志貴親王)의 아들이다.

1015 구슬 깔아서/ 기다리기 보다는/ 뜻하지 않게/ 오는 오늘 밤이요/ 즐겁게만 생각되네

❀ 해설

그대가 문과 집에 구슬을 깔아서 기다리지 못해서 아쉽다고 말했지만, 그렇게 구슬을 깔고 격식을 차리는 것보다는 이렇게 허물없이 손님들이 찾아오는 오늘 밤이 더욱 즐겁게 생각되네요라는 내용이다.
私注에서는 에노이노 오호키미(榎井王)를 志貴親王의 아들이라고 하였다『萬葉集私注』3, p.313]. 이 작품을 손님 입장에서 지은 것, 주인 입장에서 지은 것으로 보는 설들이 있는데 吉井 巖은 주인 입장에서 지은 것이라고 하였다『萬葉集全注』6, p.210].

봄 2월에 여러 大夫들이 左少辨 코세노 스쿠나마로(巨勢宿奈麿)朝臣
집에 모여서 연회하는 노래 1수

1016 넓은 바다의/ 멀고도 먼 뱃길을/ 풍류인들이/ 노는 것을 보려고/ 힘들여서 왔다오

❀ 해설

넓은 바다의 먼 뱃길을 따라서, 풍류인들이 노는 것을 보고 싶다고 생각을 해서 고생하며 온 것이다라는 내용이다.
私注에서는 주인 巨勢宿奈麿가 지은 것일까라고 하였다『萬葉集私注』3, p.317].

좌주 위의 1수는 백지에 써서 방의 벽에 걸었다. 그 제목에 말하기를 '이것은 봉래의 선녀가 화신한 후쿠라 카즈라(嚢蘰)인데, 뛰어난 풍류사들을 위한 것이다. 이것은 보통 사람들, 즉 풍류가 없는 사람들은 쳐다볼 수 없다'고 적혀 있다.

夏四月, 大伴坂上郎女, 奉拜賀茂神社¹之時, 便²超相坂山, 望見近江海, 而晚頭還來作謌一首

1017　木綿疊　手向乃山乎　今日越而　何野邊尒　廬將爲吾等

木綿疊³　手向の山⁴を　今日越えて　いづれの野邊に　廬せむわれ⁵

ゆふたたみ　たむけのやまを　けふこえて　いづれののへに　いほりせむわれ

1　賀茂神社：京都의 賀茂神社다. 4월 두 번째 酉의 祭日에 참배한 것인가.
2　便：편의. 하는 김에. 奈良과의 여정에는 近江을 거치지 않는다.
3　木綿疊：목면을 여러 겹 합친 것이다. 손에 들고 신에게 바친다.
4　手向의 山：相坂山을 말한다. 고개에서 신에게 바쳤다.
5　廬せむわれ：실제로는 들에서 자지 않고 歸京하였다.

여름 4월, 오호토모노 사카노우헤노 이라츠메(大伴坂上郎女)가
카모(賀茂)신사를 참배했을 때 내친김에 아후사카(相坂)산을 넘어
아후미(近江) 바다를 바라보고, 저녁 무렵 돌아와서 지은 노래 1수

1017 (유후타타미)/ 바친다고 하는 산/ 오늘 넘어서/ 어느 곳의 들에다/ 잠을 잘거나 우린

🌸 해설

목면을 여러 겹 겹쳐서 신에게 바친다고 하는 뜻을 이름으로 한 타무케(手向)산을 오늘 넘어서 어느
들판에다 임시로 집을 지어서 잠을 잘 것인가 우리들은이라는 내용이다.
近江海는 琵琶湖를 말한다. 사실 그대로를 노래한 것은 아니다.

十年戊寅¹, 元興寺之僧²自嘆謌³一首

1018 白珠者　人尒不所知　不知友縱　雖不知　吾之知有者　不知友任意

白珠⁴は　人に知らえず⁵　知らずともよし　知らずとも　われし知れらば⁶　知らずともよし

しらたまは　ひとにしらえず　しらずともよし　しらずとも　われししれらば　しらずともよし

右一首, 或云元興寺之僧, 獨覺⁷多智, 未有顯聞, 衆諸狎侮. 因此, 僧作此謌, 自嘆身才也

---

1 **十年戊寅** : 天平 10년(738).
2 **元興寺之僧** : 성과 이름은 알 수 없다.
3 **自嘆謌** : 이 작품은 旋頭歌(577 577 형식의 유형)다.
4 **白珠** : 진주를 말한다.
5 **人に知らえず** : 진가를 알 수 없다. 승려의 재능을 둘러싼 '知られる知られない'의 이야기는 智藏 · 定慧 · 道慈 등 예가 많다.
6 **知れらば** : 'ら'는 완료를 나타낸다.
7 **獨覺** : 혼자 수행을 쌓는 것을 말한다.

(天平) 10년(738) 戊寅에 元興寺의 중이 스스로 탄식한 노래 1수

1018 하얀 구슬은/ 사람들이 모르네/ 남은 몰라도 좋아/ 남은 몰라도/ 나만 알고 있으면/ 남은 몰라도 좋아

✿ 해설

진주는 사람들에게 그 가치가 알려져 있지 않네. 그러나 알려지지 않더라도 괜찮네. 비록 남들은 몰라도 자기 자신이 알고 있다면 남들이 몰라도 좋은 것이다는 내용이다.

私注에서는 이 작품이 있어서 덧붙여진 전설이며 본래는 누가 지었는지 알 수 없는 민간 전승 작품이었을지도 모른다고 하였다『萬葉集私注』3, p.319].

좌주 위의 1수는 혹은 元興寺의 중이 혼자 수행하여 많은 지식을 깨달았지만 아직 세상에 드러나지 않았는데 사람들이 경멸하고 있었다. 이로 인해 중이 이 노래를 지어 자신의 재능을 스스로 한탄하였다고 한다.

石上乙麿卿[1]配土佐國之時詞三首[2]幷短哥

1019 石上　振乃尊者　弱女乃　或尒緣而　馬自物　繩取附　肉自物　弓笶圍而　王　命恐
天離　夷部尒退　古衣　又打山從　還來奴香聞

石の上　布留の尊[3]は　た弱女[4]の　惑に依りて　馬じもの[5]　繩取り附け[6]　鹿猪[7]じもの　弓矢
圍みて　大君の　命恐み　天離る　夷邊に退る　古衣[8]　又打の山ゆ[9]　還り來ぬかも

いそのかみ　ふるのみことは　たわやめの　まとひによりて　うまじもの　なはとりつけ　しし
じもの　ゆみやかくみて　おほきみの　みことかしこみ　あまざかる　ひなべにまかる　ふるご
ろも　まつちのやまゆ　かへりこぬかも

1020 王　命恐見　刺並　國尒出座耶　吾背乃公矣

大君の　命恐み　さし竝ぶ[10]　國に出でますや　わが背の君を

おほきみの　みことかしこみ　さしならぶ　くににいでますや　わがせのきみを

---

1 石上乙麿卿 : 藤原宇合의 미망인이며 服喪 중이던 久米若賣(와카메)와 사랑에 빠져 土佐에 유배되었다.
　다만『속일본기』에는 天平 11년(739) 3월 28일의 일로 되어 있다. 13년 9월 8일 사면되어 소환된 것인가.
　若賣는 같은 때 下總으로 유배되어 12년 6월 19일에 사면되었다. 下總은 宇合의 연고지다. 宇合과의 사이에,
　天平 4년에 태어난 百川(모모카와)이 있다. 乙麿가 유배 중에 지은 한시 4수가『회풍조』에 실려 있다.
2 詞三首 : 이하 國歌大觀 번호는 잘못되어 4수로 하고 있다. 제1수는 당시 사람의 작품, 제2수는 아내의
　작품, 제3수는 乙麿 자신의 작품으로 하여, 제삼자가 지은 이야기식 노래다.
3 布留の尊 : 石上氏는 布留를 본관으로 한다. '布留の尊'은 乙麿를 말한다.
4 た弱女 : 若賣를 말한 것이다.
5 馬じもの : 'じ'는 부정의 뜻으로 '~가 아닌데 ~같다'는 뜻이다.
6 繩取り附け : 관리가 그렇게 하는 것이다.
7 鹿猪 : 鹿猪는 짐승의 대표적인 것이다.
8 古衣 : 헌옷은 뜯어서 빨고 다시 다듬이질을 한다.
9 又打の山ゆ : 紀路의 입구다.
10 さし竝ぶ : 옆에 이어진다는 예가 있다. 계속 나라를 거쳐서라는 뜻이다.

이소노카미노 오토마로(石上乙麿)卿이 토사(土佐)國에 유배되었을 때의 노래 3수와 短歌

1019 이소노카미(石上)/ 후루(布留) 오토마로(乙麿)는/ 미인에 대한/ 미혹된 마음 탓에/ 마치 말처럼/ 새끼로 묶이고/ 짐승과 같이/ 활 화살로 포위돼/ 대왕님의요/ 명령을 두려워해/ (아마자카루)/ 시골로 퇴출하네/ (후루고로모)/ 마츠치(又打)의 산에서/ 돌아오지 않는가

1020 대왕님의요/ 명령이 두려워서/ 이어져 있는/ 나라로 떠나가는가/ 나의 당신이시여

1021　繋卷裳　湯々石恐石　住吉乃　荒人神　船舳尒　牛吐賜　付賜將　嶋之崎前　依賜將
礒乃埼前　荒浪　風尒不令遇　莫管見　身疾不有　急　令變賜根　本國部尒

懸けまくも　ゆゆし¹恐し　住吉の　現人神²　船の舳に　領き³給ひ　着き給はむ　島の崎崎
寄り賜はむ　磯の崎崎　荒き波　風に遇はせず⁴　羔⁵無く　病あらせず　急けく　還し賜はね
本の國邊に

かけまくも　ゆゆしかしこし　すみのえの　あらひとがみ　ふなのへに　うしはきたまひ　つきた
まはむ　しまのさきざき　よりたまはむ　いそのさきざき　あらきなみ　かぜにあはせず　つつ
みなく　やまひあらせず　すむやけく　かへしたまはね　もとのくにへに

1022　父公尒　吾者眞名子叙　妣刀自尒　吾者愛兒叙　參昇　八十氏人乃　手向爲　恐乃坂尒
幣奉　吾者叙追　遠杵土左道矣

父君に　われは愛子ぞ　母刀自⁶に　われは愛子ぞ　參上る⁷　八十氏人の　手向する　恐の坂⁸
に　幣奉り　われはぞ追る⁹　遠き土佐道を

ちちぎみに　われはまなごぞ　ははとじに　われはまなごぞ　まゐのぼる　やそうぢびとの
たむけする　かしこのさかに　ぬさまつり　われはぞおへる　とほきとさぢを

---

1 ゆゆし : 꺼린다는 뜻이다.
2 現人神 : 住吉의 大神이다. 예로부터 항해를 수호하는 신으로 여겨졌다. 화신한 몸을 가진 신이라는 뜻이다.
3 領き : 지배한다는 뜻이다. 이하 경어는 모두 신에 대해서 한 것이다.
4 風に遇はせず : 남편으로 하여금 바람을 만나지 않게 해달라는 것이다.
5 羔 : 방해, 장애.
6 母刀自 : '刀自'는 주부의 존칭이다.
7 參上る : 반대로라는 뜻이 있다.
8 恐の坂 : 험하고 무서운 고개를 말한다. 원래는 보통명사인데 여기서는 紀路의 又打山을 가리키는 것인가.
9 追る : 향하다, 목표로 하다는 뜻이다. 'る'는 완료.

1021 말하는 것도/ 너무나도 두려운/ 스미노에(住吉)의/ 현신한 신이여/ 배의 앞쪽에/ 진좌를 하여서는/ 도착을 할 곳인/ 섬의 곳 곳마다에/ 들르게 될 것인/ 물가의 곳 곳에서/ 거칠은 파도/ 바람 만나게 말고/ 아무 일 없이/ 병도 걸리지 않고/ 바로 빠르게/ 돌려보내 주세요/ 원래의 나라로요

🌸 **해설**

입에 올려서 함부로 말하는 것조차도 너무나도 두렵고 높은, 스미노에(住吉)의 현신한 신이여. 배의 앞쪽에 진좌를 해서 사랑하는 남편인 오토마로(乙麿)가 타고 가는 배가 도착을 할 섬의 곳 곳마다에, 그리고 또한 들르게 될 물가의 여러 곳에서 거친 파도와 바람을 만나게 하지 말고 아무 일 없이, 병도 걸리는 일 없이 무사히 바로 돌려보내 주세요. 원래의 나라, 제가 있는 야마토(大和)로요라는 내용이다.

아내의 입장에서 유배를 가는 오토마로(乙麿)가 안전하게 그리고 빨리 돌아오게 해달라고 스미노에(住吉)신에게 비는 내용이다.

1022 아버지께는/ 난 귀한 자식이죠/ 어머니께는/ 난 귀한 자식이죠/ 상경을 하는/ 수많은 사람 들이/ 공물바치는/ 카시코(恐)산 고개에/ 공물 바쳐서/ 나는 향하여 가네/ 멀고먼 토사(土佐)國을

🌸 **해설**

아버지에게는 나는 사랑스러운 귀한 자식이지요. 어머니에게도 나는 귀여운 귀한 자식이지요. 상경을 하는 수많은 사람들이 공물을 바치는 카시코(恐)산 고개에다 공물을 바치면서 나는 목표로 하고 향하여 가는 것이네요. 멀고도 먼 토사(土佐)國을 향하여라는 내용이다.

오토마로(乙麿)의 입장에서 지은 것이다.

反謌一首

1023 大崎乃　神之小濱者　雖小　百船純毛　過迹云莫國

大崎の　神の小濱¹は　狹けども　百船人も　過ぐといはなくに²

おほさきの　かみのをばまは　せばけども　ももふなびとも　すぐといはなくに

---

1 神の小濱: 和歌山縣 黑江灣 서남쪽이다. 신을 제사지내는 것으로 인해 일부를 '神の小濱'이라고 한 것인가.
2 過ぐといはなくに: 지나쳐 간다고 말하지 않는 것인데.

反歌 1수

1023 오호사키(大崎)의/ 신의 오바마(小濱)는요/ 좁지만서도/ 많은 뱃사람들도/ 지나친다 말
하잖네

🌸 **해설**

오호사키(大崎)의, 신의 오바마(小濱)는 비록 좁은 항구이지만 뱃사람들도 그냥 지나쳐서 가버리는 일이
없이 많이 모여 든다고 하는 것이다는 내용이다.

吉井 巖은 한자 사용상의 특성을 분석하여, '1019번가를 제외한 3수는 福麻呂의 작품이라고 속단할 수는
없으나 福麻呂에 의해 그 가집에 기록되어 있었거나 福麻呂에 의해 이야기식 노래로 편성되었을 가능성을
말할 수 있다'고 하였다[『萬葉集全注』 6, pp.232~233].

秋八月廿日, 宴右大臣橘家謌四首[1]

1024　長門有　奥津借嶋　奥眞経而　吾念君者　千歳尒母我毛

長門なる[2]　沖つ借島[3]　奥まへて　わが思ふ君は　千歳にもがも[4]

ながとなる　おきつかりしま　おくまへて　わがおもふきみは　ちとせにもがも

左注 右一首, 長門守巨曾倍對馬朝臣.

1025　奥眞経而　吾乎念流　吾背子者　千歳五百歳　有巨勢奴香聞

奥まへて　われを思へる　わが背子[5]は　千年五百歳　有りこせぬかも[6]

おくまへて　われをおもへる　わがせこは　ちとせいほとせ　ありこせぬかも

左注 右一首, 右大臣和哥[7].

---

1 宴右大臣橘家謌四首 : 같은 때의 작품 1574번가 이하에도 있다.
2 長門なる : 任地를 수식하여 말한다.
3 沖つ借島 : 山口縣 下關市인가.
4 千歳にもがも : 願望을 나타낸다.
5 わが背子 : 對馬를 가리킨다.
6 有りこせぬかも : 계속 있는 것이다. 'ぬ', 'かも'는 願望을 나타낸다.
7 和哥 : 그 자리에서 바로 창화한 노래이다.

가을 8월 20일에 右大臣 타치바나(橘) 집에서 연회하는 노래 4수

1024 나가토(長門) 소재/ 바다의 카리시마(借島)/ 마음 속 깊이/ 내 사모하는 그대는/ 천 살도
살았으면

✿ 해설

나가토(長門)에 있는 바다의 카리시마(借島)가 바다 멀리 있듯이, 그렇게 마음 속 깊이 내가 사모하는
그대는 나이가 천 살이나 되도록 아무 탈 없이 무사하게 살았으면 좋겠다는 내용이다.

右大臣橘家, 즉 諸兄의 집에서 연회했을 때의 작품이다. 諸兄은 10년 정월에 右大臣이 되었다. 작자가
長門守이므로 長門의 섬 이름을 내세웠다.

吉井 巖은, '제목에 보이는 연회와 그 노래는 권제8(1574~1580)에도 〈右大臣橘家宴歌七首〉라고 보인다.
권제6과 권제8의 두 권에 나누어서 실린 것은, 宴歌 중에서 계절을 노래한 7수가 권제8에 실린 때문이라고
설명되고 있다'고 하였다『萬葉集全注』 6, p.234].

좌주 위의 1수는 長門守 코소베노 츠시마 아소미(巨曾倍對馬朝臣).

私注에서는 巨曾倍對馬朝臣에 대해, '天平 4년(732) 8월 27일에 山陰道節度使의 판관으로 외종5위
하를 받았다. 對馬朝臣이라고 한 것은 敬稱일 것이다'고 하였다『萬葉集私注』 3, p.327].

1025 마음 속 깊이/ 나를 생각한다는/ 나의 그대는/ 천 년도 오백 년도/ 있었으면 좋겠네

✿ 해설

마음 속 깊이 나를 생각하여 준다는 그대야말로 천 년이나 오백 년이나 계속 오래 살아 주면 좋겠다는
내용이다.

좌주 위의 1수는 右大臣이 화답한 노래다.

右大臣은 橘諸兄이다.

1026 百礒城乃　大宮人者　今日毛鴨　暇无跡　里尓不去將有

ももしきの[1]　大宮人は　今日もかも　暇を無みと　里[2]に去かずあらむ

ももしきの　おほみやびとは　けふもかも　いとまをなみと　さとにゆかずあらむ

[左注] 右一首, 右大臣[3]傳云, 故豊嶋釆女謌[4]

---

1 ももしきの : 많은 돌로 견고하게 쌓은 성이라는 뜻이다. **大宮**을 수식하는 **枕詞**다. 옛날에는 궁전에 돌을
  사용하지 않았으며 **天智**천황 이후의 새로운, 중국·한국풍의 건물 관념에 의한 표현이다.
2 里 : 궁중에 대해 **市井**을 말한다. 여기서는 여성이 사는 곳을 가리킨다.
3 右大臣 : **橘諸兄**이다.
4 豊嶋釆女謌 : **豊嶋釆女**도 또 전승한 노래일 것이다. **釆女**는 노래를 **傳誦**하는 것도 그 역할 중의 하나였다.

1026 (모모시키노)/ 궁전의 관료들은/ 오늘도 또한/ 여가가 없으므로/ 마을에 가지 않고 있나

🌸 해설

　많은 돌을 쌓아서 만든 멋진 궁전에서 근무를 하는 문무 관료들은 오늘도 또한 여가가 없다고 해서 마을에 내려가지 않는 것인가라는 내용이다.

　中西 進의 해석에 의하면 관리들이 바빠서 오늘도 여성이 있는 곳으로도 가지 않고 열심히 근무를 하고 있다는 뜻이 된다. 그런데 吉井 巖은 시골로 보고, 수확의 계절에 시골인 마을에도 내려가지 않고 도읍에서 연회를 즐기고 있는 귀족의 모습을 노래했다고 하는 설에 찬동을 하여, '(수확의 계절인데) 궁전의 관료들은 모두 공무로 여가가 없다고 하여(실은 이렇게 연회에서 즐기고 있지만) 오늘도 또한 마을에 가지 않고 있을까 하는 뜻이 된다. 이러한 작품은 수확의 계절에도 시골에 내려가지 않고 있을 수 있었던 귀족들의 마음을 매우 흥겹게 할 수도 있었을 것이다. (중략) 귀족생활의 찬미를 기저로 하여 노래 부르고 있다는 점에서 같은 취향의 작품이다'고 하였다[『萬葉集全注』 6, p.237]. 吉井 巖의 설로 보면 바쁜 농번기에 공무를 핑계하여 연회를 즐기고 있는 귀족생활을 말한 것이 되어 풍자적이거나 귀족들의 자기만족의 노래가 되어 버린다. 귀족이 실제로 농사를 짓지 않았을 것이므로 시골에 가지 않은 것이 잘못된 일이 아닐 것이며, 바쁜 농번기인데도 즐길 수 있는 귀족생활을 찬미한 것이라면 다소 유치한 내용이 되어 버린다. 그러므로 豊島采女가 창작한 작품이든 전승한 작품이든 여성의 노래라는 점을 생각하면, 기다리고 있는데 오늘도 오지 않는 남성을 기다리는 여성의 마음을 노래한 것이 된다.

　'里'는 관리들의 개인 집, 궁정 밖, 右大臣의 별장이라는 설 등이 있다.

　私注에서는, '豊島采女는 攝津 豊島郡의 출신일까. 단, 武藏에도 豊島郡이 있으므로 어느 쪽인지 확실하지 않다. (중략) 豊島采女의 노래라고 하는 것이 그녀의 '作'이 아닌 것을 보면 그것도 늘 전송되었던 노래일지도 모른다'고 하였다[『萬葉集私注』 3, p.329].

　좌주　위의 1수는 右大臣이 전하여 말하기를 사망한 토시마(豊嶋) 采女의 노래라고 한다.

1027　橘　本尒道履　八衢尒　物乎曾念　人尒不所知

橘¹の　本に道履む²　八衢に³　ものをそ思ふ　人に知らえず⁴

たちばなの　もとにみちふむ　やちまたに　ものをそおもふ　ひとにしらえず

左注　右一首, 右大辨高橋安麿卿語云故豊嶋采女之作也. 但或本云三方沙弥, 戀妻苑臣作謌也. 然則, 豊嶋采女, 當時當所口吟⁵此謌歟

---

1 橘 : 시장 같은, 사람이 많이 모이는 장소에는 과실을 얻을 수 있는 나무를 심었다. 은행 등. 귤도 그 중의 하나이다.
2 本に道履む : 길을 걷는 것이다.
3 八衢に : 八은 많다는 뜻이다. 衢은 길이 갈라지는 분기점이다. '八衢는 여러 갈래로 갈라진 거리라는 뜻이 된다.
4 人に知らえず : 수동형이다.
5 口吟 : 당시는 그다지 원래 작자를 의식하지 않고 傳誦하였다. 노래를 전송하는 것은 采女가 맡은 일 중의 하나였다.

1027 홍귤나무의/ 아래서 밟고 가는/ 많은 길처럼/ 이것저것 생각네/ 그가 모르는데도

🌸 해설

홍귤나무의 아래에서 밟고 가는 길이 여러 갈래인 것처럼, 그렇게 이것저것 여러 가지 생각을 많이 합니다. 그 사람에게 내 생각이 알려지지도 못하는데라는 내용이다.

좌주 위의 1수는, 右大辨 타카하시노 야스마로(高橋安麿)卿이 말하기를 "사망한 토시마(豊嶋) 采女의 작품"이라고 한다. 다만 어떤 책에서는 '미카타(三方)사미가 아내인 소노노 오미(苑臣)를 그리워하여 지은 노래'고 한다. 그렇다면 豊嶋采女는 그때 그 자리에서 이 노래를 읊조린 것일까. 私注에서는, '권제2의 125번가에 三方사미의 작품으로 실린 것의 轉訛이므로 어떤 책의 설명이 맞는 것으로 된다고 하고 諸兄이 豊島采女의 노래를 부른 것에 이끌려서 자리를 함께 했던 安麿가 불렀던 것이다'고 하였다『萬葉集私注』3, pp.329~330].

吉井 巖은, '高橋安麿는 養老 2년(718) 종5위하, 養老 4년에는 宮內少輔 (중략) 天平 4년(732)에 右中辨, (중략) 右大辨에 관한 것은『속일본기』에는 보이지 않지만 天平 10년에 右大辨이었을 가능성은 있다'고 하였다『萬葉集全注』6, p.238].

十一年己卯¹, 天皇遊獵高圓野²之時, 小獸泄走³都里⁴之中. 於是適値勇士⁵
生而見獲, 即以此獸獻上御在所副謌一首　[獸名, 俗曰牟射佐妣]

1028　大夫之　高圓山尓　迫有者　里尓下來流　牟射佐妣⁶曾此

　　　　大夫の　高圓山に　迫めたれば　里に下りける　鼯鼠そこれ⁷

　　　　ますらをの　たかまとやまに　せめたれば　さとにおりける　むざさびそこれ

　　　左注　右一首, 大伴坂上郎女作之也. 但, 未逕奏而小獸死斃. 因此獻謌停之.

1　十一年己卯：天平 11년(739).
2　高圓野：나라(奈良) 동쪽 근교이다.
3　泄走：'泄'은 '漏'.
4　都里：市街. 천황 일행이 들판 깊이 들어가 있는 동안 女官들이 대기하던 곳이다.
5　勇士：勇者.
6　牟射佐妣：무사사비(날다람쥐). 야행성이다. 267번가에도 보인다.
7　鼯鼠そこれ：설명하는 노래 형식이다.

(天平) 11년(739) 己卯에 (聖武)천황이 타카마토(高圓) 들에서 사냥을 했을 때 작은 동물이 마을 안으로 달려왔다. 그 때 마침 용사를 만나 생포되었다. 그래서 이 짐승을 천황이 있는 곳에 바치려 하여 첨부한 노래 1수 [이 동물의 이름은 세간에서 무사사비라고 한다]

1028 대장부들이/ 타카마토(高圓) 산에서/ 쫓았으므로/ 마을로 내려왔던/ 날다람쥐죠 이건

해설

대장부들이 타카마토(高圓) 산에서 뒤를 따라 쫓았으므로 마을로 달아나 내려왔던 날다람쥐입니다. 이것은이라는 내용이다.

좌주 위의 1수는 오호토모노 사카노우헤노 이라츠메(大伴坂上郎女)가 지은 것이다. 다만 아직 진상 단계에 이르기 전에 작은 짐승은 죽어버렸다. 이로 인해 노래를 바치는 것을 중지하였다.

十二年¹庚辰冬十月，依大宰少貳藤原朝臣廣嗣謀反²發軍，
幸于伊勢國³之時，河口行宮內舍人⁴大伴宿祢家持作謌一首

1029　河口之　野邊尒廬而　夜乃歷者　妹之手本師　所念鴨

　　　河口の　野邊に廬りて　夜の經れば　妹が手本⁵し　思ほゆるかも

　　　かはぐちの　のへにいほりて　よのふれば　いもがたもとし　おもほゆるかも

---

1 十二年 : 天平 12년(740).
2 謀反 : 藤原朝臣廣嗣가 8월 29일 上表하여 실정을 지탄하고 승려 玄昉과 吉備朝臣眞備를 제거할 것을 청하고 반란을 일으켰다. 천황은 9월 3일에 병사를 일으켜 정토군을 서쪽으로 내려가게 했다. 藤原朝臣廣嗣는 10월 23일에 체포되어 11월 1일에 참수되었다.
3 幸于伊勢國 : 9월 11일에 伊勢神宮奉幣使를 파견, 10월 19일에 造伊勢行宮使를 임명, 10월 29일에 出京. 11월 2일에 河口 행궁에 도착, 3일에 伊勢神宮奉幣使를 파견하여 10일간 체재. 이 기간 동안 廣嗣斬殺의 보고를 받았다.
4 內舍人 : 舍人의 최고 지위로 간부 후보생이다.
5 手本 : 손을 베개로 하는 것을 말한다.

(天平) 12년(740) 庚辰 겨울 10월에 大宰少貳 후지하라노 아소미 히로츠구(藤原朝臣廣嗣)가 모반하여 군사를 일으켰으므로 이세(伊勢)國에 행행하였을 때 河口의 行宮에서 內舍人 오호토모노 스쿠네 야카모치(大伴宿禰家持)가 지은 노래 1수

1029 카하구치(河口)의/ 들 근처 숙소 지어/ 밤이 깊으면/ 아내의 팔베개가/ 생각이 나는군요

해설

카하구치(河口)의 들 근처에 임시로 잠자리를 만들어 잘 때, 밤이 깊어 가면 아내의 팔베개가 생각이 나는군요라는 내용이다.

全集에서, 카하구치(河口)는 '三重縣 一志郡白山町頂 川口'라고 하였다『萬葉集』 2, p.511].

제목을 보면 후지하라노 아소미 히로츠구(藤原朝臣廣嗣 : 藤原宇合의 장남)가 반란을 일으켰기 때문에 伊勢國에 행행한 것으로 되어 있다. 그러나 吉井 巖은『속일본기』를 보면 伊勢國 행행이 반란과 무관하게 행해진 것으로 되어 있다고 하고는, '결국 12월 15일에 恭仁宮에 도착, 도읍 건설을 하고 있으므로 諸兄의 주도하에, 廣嗣의 난을 계기로 하여 諸兄의 세력 기반이었던 相樂郡의 땅에 무리하게 도읍을 옮기는 것을 목적으로 한 행행이었다고 생각된다'고 하였다『萬葉集全注』 6, pp.242~243]. 大系에서도, '10월 29일에 행행, 伊賀・伊勢・美濃・近江을 거쳐 12월 15일에 山背國의 恭仁(久邇)宮에 도착하고, 太上천황(元正)과 황후(光明子)도 뒤에 도착하여 天平 16년(744)까지 이곳이 도읍이 되었다. 伊勢 행행은 보통 행행이 아니었다'고 하였다『萬葉集』 2, p.180]. 私注에서도, '행행이 결국 恭仁宮에 돌아가고 그 후 恭仁, 難波, 紫香樂으로 宮處를 계속 옮기고 안착하는 곳이 없었던 것을 보면 시대의 방랑성을 나타내는 것이었는지도 모른다. 또『일본서기』天平 15년조에 奈良 大極殿을 恭仁宮으로 옮기는데 필요했던 기간을 4년으로 한 것에 의하면, 恭仁 천도는 적어도 이때의 행행 중에 준비되어 있었으므로 행행은 천도를 반기지 않아서 생길 수 있는 시민들의 소요를 피하기 위한 것이었다고 하는 해석도 가능할 것이다'고 하였다『萬葉集私注』 3, p.332]. 이때의 행행은 천도를 위한 행행이었음을 알 수 있다.

藤原朝臣廣嗣가 난을 일으킨 9월 3일에 정부는 종4위상 大野朝臣東人을 대장군으로 임명을 하고 東海, 東山, 山陰, 山陽, 南海 5도의 병사 일만 칠천 명을 징발하여 싸워 廣嗣를 체포하였다고 한다.

天皇¹御製謌一首

1030　妹亦戀　吾乃松原　見渡者　潮干乃滿亦　多頭鳴渡

妹に戀ひ　吾の松原²　見渡せば　潮干の潟に　鶴鳴き渡る

いもにこひ　あがのまつばら　みわたせば　しほひのかたに　たづなきわたる

> **左注**　右一首, 今案, 吾松原在三重郡, 相去河口行宮遠矣³. 若疑御在朝明行宮⁴之時, 所製御謌, 傳者誤之歟.

丹比屋主眞人⁵謌一首

1031　後亦之　人乎思久　四泥能埼　木綿取之泥而　好往跡其念

後れにし　人を思はく⁶　四泥の崎⁷　木綿取り垂でて⁸　幸くとそ思ふ

おくれにし　ひとをしのはく　しでのさき　ゆふとりしでて　さきくとそおもふ

> **左注**　右案, 此謌者, 不有此行之作乎. 所以然言, 勅大夫⁹, 從河口行宮還京, 勿令從駕焉. 何有詠思泥埼作謌哉.

1　天皇：聖武천황이다.
2　吾の松原：어디에 있는지 알 수 없다. 三重縣 四日市 부근, 赤松原(三重郡)인가. 安濃(아노) 松原(安濃津 부근)이라고도 한다.
3　相去河口行宮遠矣：河口行宮에서 吾の松原까지는 직선거리로 약 40킬로미터 정도다.
4　朝明行宮：四日市와 桑名 사이, 朝日町의 근처에 있었던 것인가. 행행은 12일에 河口출발, 14일에 赤坂 頓宮 도착, 23일 朝明 도착.
5　丹比屋主眞人：左注에 의하면 作歌不能. 동행자에 丹比家(야카) 主가 있는데 혼동한 것인가.
6　人を思はく：생각하니 '取り垂でて'에 이어진다.
7　四泥の崎：三重縣 四日市市. 행행은 23일에 통과하였다.
8　垂でて：'四泥(しで)の崎'의 'しで'와 이어진다. 목면을 손에 들고 늘어뜨려서라는 뜻이다.
9　大夫：長屋王을 가리킨다.

(聖武)천황이 지은 노래 1수

1030 (이모니코히)/ 아가(吾)의 마츠바라(松原)/ 바라다보면/ 물이 빠진 개펄에/ 학이 울며 나네요

✿ 해설

그녀를 그립게 생각하는 나라는 이름이 붙은 아가(吾)의 마츠바라(松原)를 바라다보면 물이 빠진 개펄에 학이 울며 날고 있네라는 내용이다.

> **좌주** 위의 1수는 지금 생각하여 보니 吾松原은 三重郡에 있고, 河口의 行宮에서 멀리 떨어져 있다. 혹은 朝明의 行宮에 갔을 때 지은 노래를 전하는 자가 잘못한 것은 아닐까.

타지히(丹比)屋主 마히토(眞人)의 노래 1수

1031 뒤에 남았는/ 사람을 생각하곤/ 시데(思泥)곳에서/ 공물을 손에 들고/ 무사하길 기원하네

✿ 해설

뒤에 남아 있는 사람들을 생각해서 시데(思泥)곳에서 공물을 손에 들고 그들이 무사하게 있게 해달라고 기원하네라는 내용이다.

작자 문제에 대해 私注에서, '左注도 분명한 근거가 있었던 것이겠지만, 이 무렵 丹比氏에는 屋主, 家主와 같이 비슷한 이름을 가진 사람이 있고 家主의 이름은 赤坂頓宮에서 陪從者에게 직위를 내린 자들 중에 보이므로 屋主, 家主의 혼동도 있었다고도 생각할 수 있다'고 하였다[『萬葉集私注』 3, p.335].

> **좌주** 위의 작품은 생각을 해보니, 이 노래는 이 행행 때의 작품일 리가 없다. 왜냐하면 大夫에게 명하여 河口의 행궁에서 도읍으로 돌아가게 하고 함께 하지 않았기 때문이다. 어떻게 시데(泥埼)곳에서 이 노래를 지을 수가 있겠는가.

狹殘¹行宮大伴宿祢家持作謌二首

1032   天皇之　行幸之隨　吾妹子之　手枕不卷　月曾歷去家留

　　　　大君の　行幸のまにま　吾妹子が　手枕纏かず　月そ經にける

　　　　おほきみの　みゆきのまにま　わぎもこが　たまくらまかず　つきそへにける

1033   御食國　志麻乃海部有之　眞熊野之　小船尓乘而　奧部榜所見

　　　　御食つ國²　志摩の海人ならし　眞熊野³の　小船に乘りて　沖邊漕ぐ⁴見ゆ

　　　　みけつくに　しまのあまならし　まくまのの　をぶねにのりて　おきへこぐみゆ

---

1 狹殘 : 狹淺(사사)를 잘못 쓴 것인가. 어딘지 알 수 없다.
2 御食つ國 : 천황의 음식 재료를 제공하는 지방을 말한다. 淡路 등 각 지역에 많다. 志摩는 해초와 생선
　등을 헌상하였다.
3 眞熊野 : '眞(마)'은 美稱이다.
4 漕ぐ : '漕ぐ'는 종지형이다.

사사(狹殘) 행궁에서
오호토모노 스쿠네 야카모치(大伴宿禰家持)가 지은 노래 2수

1032   우리 대왕의/ 행행에 동행하여/ 나의 아내의/ 팔베개도 못 베고/ 한 달이 지나갔네

🌸 해설

   왕의 행행에 함께 따라 가느라고 내 아내의 팔베개를 하여 동침도 하지 못하고 벌써 몇 달이 지나갔네라는 내용이다.
   私注·大系에서는 '月'을 한 달로 해석하고 '실제로는 아직 한 달이 지나지 않았다'고 하였다[『萬葉集私注』 3, p.335), (『萬葉集』 2, p.182)].

1033   식료 바치는/ 시마(志摩) 어부인 것 같네/ 쿠마노(熊野)의요/ 작은 배를 타고서/ 노 젓는
        것 보이네

🌸 해설

   아마도 왕에게 식품 재료를 바치는 지방인 시마(志摩)의 어부 같네. 쿠마노(熊野)의 작은 배를 타고서 바다를 향하여 노를 저어서 나가는 것이 보이네라는 내용이다.
   吉井 巖은 '본 작품의 제1, 2구는 아카히토(赤人)의 작품(934번가)을 모방한 것인지도 모른다. 두 작품을 비교하면 赤人의 작품에는 御食國의 어부들이 봉사하는 모습이 떠오르고 행행 捧供에서의 천황 찬미의 성격이 인정되는 데 비해, 家持의 이 작품은 '小船に乘りて 沖邊漕ぐ見ゆ'라고 하여 어부와 배의 풍경으로 그려진 것일 뿐이다'고 하였다[『萬葉集全注』 6, p.250].

美濃國多藝行宮', 大伴宿祢東人作歌一首

1034 從古　人之言來流　老人之　變若云水曾　名尒負瀧之瀬

　　　古ゆ　人の言ひくる²　老人の　變若つ³といふ水そ　名に負ふ⁴瀧の瀬⁵

　　　いにしへゆ　ひとのいひくる　おいひとの　をつといふみづそ　なにおふたぎのせ

大伴宿祢家持作謌一首

1035 田跡河之　瀧乎清美香　從古　宮仕兼　多藝乃野之上尒

　　　田跡川⁶の　瀧を清みか　古ゆ　宮仕へ⁷けむ　多藝⁸の野の上に

　　　たどかはの　たぎをきよみか　いにしへゆ　みやつかへけむ　たぎののののへに

1　多藝行宮：養老의 瀧 부근인가. 행행은 25일 桑名을 출발하여 26일에 多藝에 도착하여 29일까지 머물렀다.
2　言ひくる：靈龜 3년(717), 元正천황은 多度(타도)산의 美泉을 찾아 젊어지는 효과가 있다고 하여 11월에 養老로 改元하였다.
3　變若つ：ㅋ는 小이며, オ(老)와 반대의 뜻이다.
4　名に負ふ：이름에 부합하다는 뜻이다.
5　瀧の瀬：다음 작품의 '田跡川의 瀬'. 瀧은 격류를 말한다.
6　田跡川：養老川.
7　宮仕へ：궁중에 근무하는 일. 궁전을 만들고 그 궁전에라는 뜻이다.
8　多藝：田跡川 부근의 들을 말한 것인가.

미노(美濃)國의 타기(多藝)行宮에서
오호토모노 스쿠네 아즈마히토(大伴宿禰東人)가 지은 노래 1수

1034 옛날서부터/ 사람들이 말해 온 / 늙은 사람이/ 젊어진다는 물이네/ 이름다운 격류의 물

🌸 해설

옛날 元正천황 때부터 사람들이 말을 하여 전해온, 노인이 마시면 젊어진다는 물이네. 養老라고 이름이
붙여진 그 이름에 어긋나지 않는 이 유명한 격류의 물은이라는 내용이다.

오호토모노 스쿠네 야카모치(大伴宿禰家持)가 지은 노래 1수

1035 타도(田跡)의 강의/ 격류 깨끗해선가/ 옛날서부터/ 궁으로 섬겼던가/ 타기(多藝)의 들 근
처에

🌸 해설

타도(田跡)강의 격류가 깨끗하기 때문에 그런 것인가. 먼 옛날부터 행궁을 세우고 섬겨왔던 것일까.
타기(多藝)들 근처에라는 내용이다.
吉井 巖은 '비슷한 작품에, 아카히토(赤人)의 행행 供奉歌(1006번가)가 있다. 야카모치(家持)의 작품 중에
서 가장 供奉歌다운 내용을 보이고 있다'고 하였다『萬葉集全注』 6, p.252].

不破行宮¹大伴宿祢家持作謌一首

1036　關無者　還尓谷藻　打行而　妹之手枕　卷手宿益乎

關²無くは　歸り³にだに⁴も　うち⁵行きて　妹が手枕　纏きて寢ましを

せきなくは　かへりにだにも　うちゆきて　いもがたまくら　まきてねましを

十五年⁶癸未秋八月十六日, 內舍人大伴宿祢家持, 讚久邇京⁷作謌一首

1037　今造　久邇乃王都者　山河之　淸見者　宇倍所知良之

今⁸造る　久邇の都は　山川の　淸けき見れば　うべ⁹知らす¹⁰らし

いまつくる　くにのみやこは　やまかはの　さやけきみれば　うべしらすらし

1　不破行宮 : 岐阜縣 不破郡 垂井町의 舊 國府 근처인가. 행행은 多藝를 29일에 출발하여 12월 1일에 不破에
　 도착하여 5일까지 체재하였다.
2　關 : 행궁 서쪽의 不破의 關이다. 鈴鹿‧愛發(아라치)과 함께 당시의 三關의 하나였다. 이것을 넘으면 近江
　 으로 돌아가는 것을 의식하였다.
3　歸り : 일시적으로 돌아가는 것이다.
4　だに : … 만이라도라는 뜻이다.
5　うち : 접두어.
6　十五年 : 天平 15년(743).
7　久邇京 : 행행 중에 天平 12년 12월 6일에 橘諸兄을 久邇에 먼저 보내어 천도를 계획하였다. 천황은 5일에
　 不破를 출발하여 6일에 橫川, 7‧8일에 犬上, 9일에 蒲生, 10일에 野洲, 11일~13일에 栗津, 14일에 玉井을
　 거쳐 15일에 久邇에 도착하여 도읍으로 하였다. 다만 天平 15년 7월 26일에 近江 紫香樂(시가라키)에
　 행행하여, 12월에 久邇造都를 중지하였다. 이 작품은 紫香樂 행행 직후의 것이다.
8　今 : '지금은 새롭게'라는 뜻이다.
9　うべ : 당연하게도.
10　知らす : 大宮으로 지배하는 것, 'す'는 경어.

후하(不破) 行宮에서
오호토모노 스쿠네 야카모치(大伴宿禰家持)가 지은 노래 1수

1036 관문 없다면/ 잠시라도 돌아가/ 집에 가서는/ 아내의 팔베개를/ 베고 자고 싶은 걸

✿ 해설

만약 검문소에 해당하는 關所가 없다면 잠시만이라도 집에 돌아가서 아내의 팔베개를 베고 함께 잠을 자고 싶은 것이라는 내용이다. 關所 때문에 그렇게 할 수 없는 것을 말한 것이다.

(天平) 15년(743) 癸未 가을 8월 16일에, 內舍人 오호토모노 스쿠네 야카모치(大伴宿禰家持)가 쿠니노 미야코(久邇京)를 찬미하여 지은 노래 1수

1037 새롭게 짓는/ 쿠니(久邇)의 도읍지는/ 산이랑 강이/ 깨끗한 것 보면은/ 도읍 세움 당연해

✿ 해설

지금 새로 짓는 쿠니(久邇)의 도읍지는 산과 강이 맑고 상쾌한 것을 보면 정말 이곳에서 도읍을 조성하여 군림하는 것이 당연한 것이라 생각되네라는 내용이다.
吉井 巖은 '天平 12년(740) 12월부터 天平 16년 2월까지 皇都였던 久邇京은, 天平 15년 12월 24일에 조영이 중지되어 미완성으로 끝났다. 廣嗣의 난을 계기로 하는 伊勢 행행에 이어 久邇 천도로부터 조영이 중지되기까지의 기간은 그대로 橘諸兄 정권의 흥융과 쇠퇴의 과정을 극히 구체적으로 보여준 것이었다. (중략) 야카모치(家持)의 단 1수의 皇都 찬가가 천황의 부재중에 지어진 것은 이상한데, 小野寬은 이 작품을 安積 황자에게 바쳐진, 그래서 家持의 관인적 지위를 선명하게 한 축복의 노래라고 한다'고 하였다『萬葉集全注』 6, pp.254~255].

高丘河內連¹謌二首

1038 故鄕者　遠毛不有　一重山　越我可良尓　念曾吾世思

故鄕²は　遠くもあらず³　一重山⁴　越ゆるがからに⁵　思ひ⁶そあが爲し⁷

ふるさとは　とほくもあらず　ひとへやま　こゆるがからに　おもひそあがせし

1039 吾背子與　二人之居者　山高　里尓者月波　不曜十方余思

わが背子⁸と　二人し居れば⁹　山高み¹⁰　里には月は　照らずともよし

わがせこと　ふたりしをれば　やまたかみ　さとにはつきは　てらずともよし

---

1 高丘河內連 : 樂浪河內. 神龜 원년(724) 賜姓. 이 표기는 敬稱이다. 이때 久邇에 왔다.
2 故鄕 : 나라(奈良)를 말한다.
3 遠くもあらず : 직선으로 10킬로미터의 거리다.
4 一重山 : 奈良山이다.
5 からに : 그러므로라는 뜻이다.
6 思ひ : 家持를 포함한 久邇에 있는 사람에 대해서.
7 あが爲し : 지금까지 奈良에서.
8 わが背子 : 동석하였던 남성인데 야카모치(家持)를 말하는가.
9 二人し居れば : 기정 조건을 나타낸다.
10 山高み : 久邇는 강을 따라서 있는 좁은 땅이다.

타카오카노 카후치노 므라지(高丘河內連)의 노래 2수

1038 옛 도읍은요/ 먼 것도 아니라네/ 하나의 산만/ 넘으면 되는 거니/ 그립게 난 생각했네

❀ 해설

옛 도읍인 나라(奈良)는 먼 것도 아니네. 산 하나만 넘으면 되는 것이므로 나는 그립게 생각하고 있었네라는 내용이다.

中西 進의 설명에 의하면 高丘河內連은 奈良에서, 家持를 포함한 久邇에 있는 사람에 대해 그립게 생각하고 있었다는 내용이 된다.

大系·私注에서는 久邇京에서 奈良을 생각하는 작품으로 보았다. '越ゆるがからに'를, 私注·全注에서는 中西 進과 마찬가지로 '산 하나만 넘으면 되는 것이므로'로 해석을 하였다. 大系·全集에서는 '越ゆるがからに'를 '산 하나만 넘으면 되는 것인데'로 해석을 하였다.

私注에서는 타카오카노 카후치(高丘河內)에 대해, '원적은 백제라고 한다. 樂浪河內라고 불렀지만 神龜 원년(724)에 高丘連이 되었다. 養老 5년(721)에 憶良 등과 함께 퇴조하여 동궁(聖武천황)을 모시었다. 학문에 의한 것이었다. (중략) 이 시대의 유능한 관료로 보이며 가끔 역사 기록에 이름이 보인다'고 하였다[『萬葉集私注』 3, pp.254~255].

1039 나의 님과요/ 두 사람이 있으면/ 산이 높아서/ 마을에는 달이요/ 비추잖아도 좋네

❀ 해설

내가 사랑하는 그대와 둘이 함께 있을 수 있다면, 久邇山이 높아서 마을에는 달이 비추지 않는다고 해도 상관이 없다는 내용이다.

私注에서는 '산이 높으므로 이 恭仁 마을에는 달이 비치지 않지만'으로 해석을 하였다[『萬葉集私注』 3, p.341].

安積親王[1]，宴左少辨藤原八束[2]朝臣家尒日，內舍人大伴宿祢家持作謌一首

1040 久堅乃　雨者零敷　念子之　屋戶尒今夜者　明而將去

　　　ひさかたの　雨は降りしく[3]　思ふ子[4]が　宿に今夜は　明かして行かむ

　　　ひさかたの　あめはふりしく　おもふこが　やどにこよひは　あかしてゆかむ

---

1 安積親王：聖武천황의 황자. 그때 나이 16세였다. 이듬해 사망하였다. 야카모치(家持)가 지은 挽歌가 있다.
2 少辨藤原八束：그때 29세였다. 大伴과 친교가 있었다.
3 雨は降りしく：'しく'는 중복된다는 뜻이다.
4 思ふ子：실제가 아닌 가공의 소녀이다.

아사카노 미코(安積親王)가

左少辨 후지하라노 야츠카(藤原八束)朝臣 집에서 연회한 날,

內舍人 오호토모노 스쿠네 야카모치(大伴宿禰家持)가 지은 노래 1수

1040　(히사카타노)/ 비는 계속 내리네/ 사랑스런 이/ 집에서 오늘밤은/ 지새우고 가야지

❀ 해설

　　하늘 가득 흐려서 비가 계속 내리고 있네요. 생각나는 사랑스러운 사람의 집에서 오늘밤을 함께 지내고 날이 밝으면 가야지라는 내용이다.

　　吉井 巖은 '思ふ子が'를 후지하라노 야츠카(藤原八束)로 보았으며, '다만 신분이 더 높은 藤原八束을 家持가 '思ふ子'라고 한 것은 있을 수 없는 일로, '연애가처럼 지은 宴會歌. 기분이 좋은 것을 표현하고 安積親王을 대신하여 주인 八束에게 감사의 뜻을 표시한 것'이라고 하는 集成의 해석이 적절할 것이다'고 하였다『萬葉集全注』 6, p.258]. 藤原八束에 대해서는 978번가 左注 참조.

十六年[1]甲申春正月五日, 諸卿大夫,
集安倍蟲麿朝臣[2]家宴謌一首　作者不審[3]

1041　吾屋戸乃　君松樹尓　零雪乃　行者不去　待西將待

わが屋戸の　君松[4]の樹に　降る雪の[5]　行きには行かじ　待ちにし待たむ

わがやどの　きみまつのきに　ふるゆきの　ゆきにはゆかじ　まちにしまたむ

---

1 十六年 : 天平 16년(744).
2 安倍蟲麿朝臣 : 朝臣을 이름 뒤에 쓴 것은 경칭의 표기다.
3 作者不審 : 傳誦歌. 해학적인 노래의 뜻이 전송가에 어울린다.
4 君松 : 그대를 기다리는 소나무. 소나무와 기다리다의 일본어 발음이 '마츠'로 같으므로 연결된 것이다.
5 降る雪の : '雪'의 발음 '유키'를, 다음 구의 '行き(유키)'에 연결시켜 기다리는 것과 가는 것 두 가지를 제시하였다.

(天平) 16년(744) 甲申 봄 정월 5일에 여러 卿大夫들이 아베노 무시마로(安倍蟲麿)
朝臣 집에 모여서 연회하는 노래 1수 작자는 잘 알 수 없다

1041　우리 집 안의/ 님 기다리는 나무/ 오는 눈같이/ 가진 않을 것이네/ 계속 기다리지요

❀ **해설**

　　우리 집 정원에 있는, 그대를 기다린다고 하는 소나무에 내리는 눈, 그 눈처럼 이쪽에서 가는 일 따위는
하지 않을 것이네. 오로지 그대가 오기를 계속 기다리고 기다리지요라는 내용이다.
　　눈(雪 : 유키)과 가다(行 : 유쿠)의 소리가 같은 데서 흥미를 느껴 지은 작품이다.
　　吉井 巖은 '行きには行かじ'를, '맞으러 가지는 않는다'로 해석하였으며, '특히 주목되는 것은 소나무에
눈이 내리는 풍경을 노래하여 경축의 뜻을 나타낸 작품을, 연회 자리에서, 이 작품의 작자라고 생각되는
安倍蟲麻呂가 전송하고 있는 것이다(8・1650). 이 작품에서 경축성을 볼 수 있는 것은 이것으로 더욱 인정
할 수 있을 것이다'고 하여 이 작품의 작자를 安倍蟲麿로 보고 경축성을 지닌 노래라고 하였다[『萬葉集全注』
6, pp.259~260].

同月十一日，登活道岡[1]，集一株松下飲哥二首

1042　一松　幾代可歷流　吹風乃　聲之淸者　年深香聞

一つ松　幾代か経ぬる　吹く風の　聲の淸きは　年深みかも

ひとつまつ　いくよかへぬる　ふくかぜの　おとのきよきは　としふかみかも

左注　右一首，市原王作

---

1 活道岡 : 어딘지 알 수 없다.

같은 달 11일에 이쿠지(活道) 언덕에 올라가
한 그루의 소나무 밑에 모여 연회하는 노래 2수

1042 한 그루 솔은/ 몇 년을 지내왔나/ 부는 바람의/ 소리 상쾌하기는/ 연수 깊어서겠지

✿ 해설

한 그루의 소나무는 몇 년이나 된 것인가. 소나무에 부는 바람 소리가 상쾌한 것을 보면 아마도 많은 세월이 지났기 때문이겠지라는 내용이다.

吉井 巖은 이 작품을, 橋本達雄이 '오랜 풍상을 이기고 서 있는 항상 푸른 오래된 소나무를 소재로 하여 찬양하고 있는 것에 축하의 마음이 들어 있다고 보아야만 할 노래며, 모든 사람에게 대한 축하의 뜻뿐만 아니라 황자의 장수를 기원하는 노래였다고 생각된다'고 한 것에 찬성하고 있다『萬葉集全注』 6, p.262].

좌주 위의 1수는 이치하라노 오호키미(市原王) 작

全注에서는 이치하라노 오호키미(市原王)에 대해, '아키노 오호키미(安貴王)의 아들, 天智천황의 왕자, 志貴황자의 증손, 春日王의 손자다(다만 최근에 春日王과 安貴王의 연령의 모순으로 安貴王, 市原王은 志貴황자의 손자이며 증손은 아니라는 설이 제기되었다)'고 하였다『萬葉集全注』 6, p.168].

1043　靈剋　壽者不知　松之枝　結情者　長等曾念

たまきはる　命は知らず¹　松が枝を　結ぶ²情は　長くとそ思ふ

たまきはる　いのちはしらず　まつがえを　むすぶこころは　ながくとそおもふ

左注　右一首, 大伴宿祢家持作

---

1 命は知らず: '知る'는 지배하다는 뜻이다.
2 松が枝を 結ぶ: 무사하기를 기원하는 풍속이다.

1043　(타마키하루)/ 목숨은 알 수 없네/ 소나무 가지/ 묶고 있는 마음은/ 오래 살길 원해서네

🌸 해설

영혼이 끝나는 목숨은 알 수가 없는 것이네. 소나무의 가지를 묶는 내 마음은 목숨이 길기를 바라서 그러는 것이다는 내용이다.

소나무 가지를 묶는 것은 안전을 기원하며 생명의 보전을 위한 주술적인 행위였다. 권제2의 141번가에 이미 〈아리마노 미코(有間황자)가 스스로 슬퍼하여 소나무 가지를 묶는 노래 2수〉가 있었다.

吉井 巖은, '묶는 행위는 속박과 차단을 결과적으로 초래한다. 그러므로 辟邪와 보호를 위한 적극적 행위로 행해지는 일이 많다. 묶는 행위를 하는 동안 기원하는 말을 한다고 하는 言靈신앙과 소나무를 묶는다고 하는 행위에서 볼 수 있는 樹木신앙이 연결되어 전개되는 일도 많다'고 하였다『萬葉集全注』 6, p.264]. 注釋에서는, '卷頭의 養老 7년 5월의 작품부터 위의 天平 16년(744) 정월까지 연대순으로 실은 작품은 여기에서 끝나고, 다음의 3수와 그 뒤에 이어지는 21수는 天平 16년 전후의 작품을 연대를 알 수 없는 채로 덧붙여 실은 것으로 보아야만 할 것이다'고 하였다『萬葉集注釋』 6, p.236].

좌주　위의 1수는 오호토모노 스쿠네 야카모치(大伴宿禰家持)가 지은 것이다.

傷惜寧樂京荒墟¹作謌三首　作者不審

1044　紅尒　深染西　情可母　寧樂乃京師尒　年之歷去倍吉

　　　紅に　深く染みにし²　情かも³　寧樂の京師に　年の經ぬべき⁴

　　　くれなゐに　ふかくしみにし　こころかも　ならのみやこに　としのへぬべき

1045　世間乎　常無物跡　今曾知　平城京師之　移徙見者

　　　世間を　常無きものと　今そ知る⁵　平城の京師の　移ろふ⁶見れば

　　　よのなかを　つねなきものと　いまそしる　ならのみやこの　うつろふみれば

1　寧樂京荒墟：天平 12년(740) 12월 15일에 久邇造都를 한 후, 17년 9월에 平城으로 환도하였다.
2　深く染みにし：奈良의 도시 분위기에 물든 마음을 말한다. '紅'은 색이 진하다는 뜻과 함께 奈良의 화려함을 표현한 것이다.
3　情かも：'かも'는 영탄이다.
4　年の經ぬべき：황폐한 채로 세월이 지난 것을 말한다. 'べき'는 적당하다는 뜻이다. 言外의 의문과 호응을 나타낸다. 좋을 리가 없다는 기분을 나타낸다.
5　今そ知る：인생무상을 이해한다는 뜻이다.
6　移ろふ：쇠퇴한다는 뜻이다.

나라노 미야코(寧樂京)의 황폐해진 터를 마음 아파하며
안타깝게 여겨 지은 노래 3수 작자는 알 수 없다.

1044 붉은 색깔에/ 깊게 물들어버린/ 마음인가봐/ 나라(寧樂)의 도읍지에/ 해를 보내야 하나

❀ 해설

　　붉은색 같은 화려한 도회지 분위기에 깊게 물들어버린 내 마음이네. 나라(奈良)의 도읍지에는 이렇게 황폐한 채로 해가 지나가 버려도 좋은 것인가라는 내용이다.
　　'寧樂の京師に 年の経ぬべき'를 大系에서는 '붉은 색처럼 깊이 베어 버린 마음 때문에 나는 (도읍이 옮겨 가버린) 奈良에서 언제까지나 세월을 보내어야 하는 것인가'로 해석하였다〔『萬葉集』 2, p.186〕. 吉井 巖은 '奈良의 도읍에서 해를 보내지 않으면 안 될 것인가'로 해석하였다〔『萬葉集全注』 6, p.265〕. 中西 進은 舊都인 奈良이 황폐해진 채로 해가 거듭 바뀌어 가는 것을 노래한 것으로 본 데 비해 大系와 吉井 巖은 작자가 奈良에서 세월을 보내어야만 하는가로 해석을 하였다. 제목에 나라(寧樂)京의 황폐해진 터를 마음 아파하며 지은 것이라 하였으므로 '옛 도읍이 황폐한 채로 계속 세월이 흘러가도 좋은 것인가'로 해석하는 것이 좋을 듯하다.

1045 이 세상살이/ 무상한 것이라고/ 지금 알았네/ 나라(平城)의 도읍지가/ 변하는 것 보면은

❀ 해설

　　이 세상이 무상한 것임을 지금이야말로 알았네. 전에는 번성하였던 나라(奈良)의 도읍지가 지금 이렇게 황폐하게 변하여 가는 것을 보면이라는 내용이다.
　　全集에서는, '久邇京으로 백관들이 이주하였을 뿐만 아니라 平城京의 大極殿과 회랑도 해체하여 옮겼으므로 平城京은 급속하게 폐허가 되어 갔다'고 하였다〔『萬葉集』 2, p.186〕.

1046　石綱乃　又變若反　青丹吉　奈良乃都乎　又將見鴨

　　　　石綱の¹　また變若ちかへり　あをによし²　奈良の都を　また見なむ³かも

　　　　いはつなの　またをちかへり　あをによし　ならのみやこを　またみなむかも

悲寧樂故鄉作謌一首⁴幷短謌

1047　八隅知之　吾大王乃　高敷爲　日本國者　皇祖乃　神之御代自　敷座流　國尒之有者

　　　　阿礼將座　御子之嗣継　天下　所知座跡　八百萬　千年矣兼而　定家牟　平城京師者

　　　　炎乃　春尒之成者　春日山　御笠之野邊尒　櫻花　木晩牟　皃鳥者　間無數鳴　露霜乃

　　　　秋去來者　射駒山　飛火賀山鬼丹　芽乃枝乎　石辛見散之　狹男壯鹿者　妻呼令動　山見者

　　　　山裳見皃石　里見者　里裳住吉　物負之　緖乃　打経而　思煎敷者　天地乃　依會限

　　　　萬世丹　榮將徃迹　思煎石　大宮尚矣　恃有之　名良乃京矣　新世乃　事尒之有者　皇之

　　　　引乃眞尒眞荷　春花乃　遷日易　村鳥乃　旦立者　刺竹之　大宮人能　踏平之　通之道者

　　　　馬裳不行　人裳徃莫者　荒尒異類香聞

　　　　やすみしし　わご大君の　高敷かす⁵　日本の國は　皇祖の　神の御代より　敷きませる⁶

　　　　國にしあれば　生れまさむ⁷　御子のつぎつぎ　天の下　知らしまさむと　八百萬　千年をかね

　　　　て　定めむ　平城の京師は　かぎろひの⁸　春にしなれば　春日山　三笠の⁹野邊に　櫻花

1　石綱の：'つな(츠나)'는 葛・蔦, 蔓草가 계속하여 줄기를 뻗어나가는 것을 'をつ'에 연결시켰다.

2　あをによし：찬미가이다.

3　見なむ：'な'는 강조.

4　悲寧樂故鄉作謌一首：이하 권제6의 끝까지 21수는 田邊福麿歌集의 노래다. 福麿는 橘諸兄에게 종사한 詞人이었다.

5　高敷かす：'高知らす'와 같다. 궁전을 높이 세우고 통치한다는 뜻이다.

6　敷きませる：경어.

7　生れまさむ：'む'는 미래를 나타낸다.

8　かぎろひの：봄 풍경을 대표하는 것이다.

9　三笠の：春日 중의 三笠이다.

1046 (이하츠나노)/ 다시 젊어져서는/ (아오니요시)/ 나라(奈良)의 도읍지를/ 다시 볼 수 있을까

🌸 **해설**

바위 위를 뻗어가는 담쟁이덩굴같이 다시 젊어져서 황토색이 좋은 나라(奈良) 도읍지를 다시 보게 될 것인가라는 내용이다.

吉井 巖은 〈나라(寧樂)京의 황폐해진 터를 마음 아파하며 안타깝게 여겨 지은 노래 3수〉의 구성에 대해, '옛 도읍에 집착하는 마음에서 奈良에 머무르는 심정을 제1수에서 말하고, 제2수에서는 날마다 심해지는 황폐에서 현세무상을 인식하고, 마지막으로 역시 옛 도읍의 부활에 대한 기대를 꿈꾸지 않을 수 없음을 노래하고 있어 맥락을 지니면서 연작풍으로 전개하고 있는 것은 아닌가고 생각된다'고 하였다[『萬葉集全注』 6, p.268].

나라(寧樂) 옛 도읍을 슬퍼하여 지은 노래 1수와 短歌

1047 (야스미시시)/ 우리들의 대왕이/ 통치를 하는/ 야마토(大和)의 나라는/ 왕들 조상인/ 신들의 시대부터/ 통치를 하는/ 나라이기 때문에/ 출생을 하는/ 아들이 계속계속/ 하늘 아래를/ 지배를 할 것이라/ 팔백만이나/ 천년을 겸하여서/ 결정을 했던/ 나라(奈良)의 도읍지는/ (카기로히노)/ 봄이 돌아오면은/ 카스가(春日)산과/ 미카사(三笠)의 들 가엔/ 벚나무 꽃들/ 나무 그늘에 숨어/ 휘파람새는/ 끊임없이 늘 우네/ (츠유시모노)/ 가을이 돌아오면/ 이코마(生駒)산의/ 토부히(飛火)의 산에는/ 싸리 가지를/ 감아 흩뜨리면서/ 수사슴은요/ 짝을 찾느라 우네/ 산을 보면은/ 산도 보고 싶고요/ 마을을 보면/ 마을도 살기 좋네/ 문무백관들/ 많은 사람들이요/ 오랫동안을/ 생각을 했던 것은/ 하늘과 땅이/ 서로 만나는 끝까지/ 영원하도록/ 번영하여 갈 거라/ 생각하였던/ 궁전이었던 것을/ 의지하였던 나라(奈良)/ 도읍이지만/ 새로운 시대/ 일이고 보면은요/ 대왕님께서/ 인솔을 하는 대로/ (하루하나노)/ 변하여 옮겨가고/ (무라토리노)/ 일제히 떠났으니/ (사스타케노)/ 궁중 근무 관료들/ 밟고 다져서/ 다니었던 길은요/ 말도 가지 않고/ 사람도 가지 않아/ 황폐해져 버렸네

木の晩隱り[10]　貌鳥は[11]　間なく數鳴く　露霜の　秋さり來れば　射駒山　飛火が山鬼に[12]　萩の枝を　しがらみ[13]散らし　さ男鹿は　妻呼び響む　山見れば　山も見が欲し　里見れば　里も住みよし　もののふの　八十伴の男の[14]　うち延へて[15]　思へりしくは[16]　天地の　寄りあひの限　萬代に　榮え行かむと　思へりし　大宮すらを[17]　恃めりし　奈良の都を　新世の[18]　事にしあれば　大君の　引[19]のまにまに　春花の　うつろひ易り　群鳥の　朝立ちゆけば[20]　さす竹の[21]　大宮人の　踏み平し　通ひし道は　馬も行かず　人も住かねば　荒れ[22]にけるかも

やすみしし　わごおほきみの　たかしかす　やまとのくには　すめろきの　かみのみよより
しきませる　くににしあれば　あれまさむ　みこのつぎつぎ　あめのした　しらしまさむと
やほよろづ　ちとせをかねて　さだめけむ　ならのみやこは　かぎろひの　はるにしなれば
かすがやま　みかさののへに　さくらばな　このくれごもり　かほとりは　まなくしばなく
つゆしもの　あきさりくれば　いこまやま　とぶひがたけに　はぎのえを　しがらみちらし
さをしかは　つまよびとよむ　やまみれば　やまもみがほし　さとみれば　さともすみよし
もののふの　やそとものをの　うちはへて　おもへりしくは　あめつちの　よりあひのきはみ
よろづよに　さかえゆかむと　おもへりし　おほみやすらを　たのめりし　ならのみやこを
あらたよの　ことにしあれば　おほきみの　ひきのまにまに　はるはなの　うつろひかはり
むらとりの　あさだちゆけば　さすたけの　おほみやびとの　ふみならし　かよひしみちは
うまもゆかず　ひともゆかねば　あれにけるかも

---

10 木の晩隱り : 나무 아래 그늘에 숨어서라는 뜻이다.

11 貌鳥は : 뻐꾸기를 말한다.

12 飛火が山鬼に : 生駒의 봉우리의 하나. '飛火'는 군사적 방위를 위해 불을 올려 급한 일을 알리는 것이다. 和銅 5년(712) 정월, 高安의 飛火을 없애고 이곳으로 옮겼다. 高見烽(토부히)이라고도 한다.

13 しがらみ : 얽히게 하다.

14 八十伴の男の : 八十伴の緒. '토모(伴)'는 천황에게 종사한다는 뜻이며, '伴の造(宮っ子)'는 조정의 신하다. '國の造(호족)'와 대응한다. 이것을 '息の緒(이키노오 : 숨결)'・'年の緒(토시노오 : 세월)'처럼 긴 것으로 본 것이 '伴の緒'이다.

15 うち延へて : 길게

16 思へりしくは : 'リ'는 완료, 'しく'는 명사형 어미.

17 大宮すらを : 궁중관료조차 그렇게 생각하고 있는 것을.

18 新世の : 다음의 구와 2구 삽입. 시대의 변화를 말한다.

19 引 : 인솔.

20 朝立ちゆけば : 사람의 이동 상태를 말한다. 부산스러움, 떠들썩함이 있다.

21 さす竹の : 뿌리를 길게 뻗어가는 뜻으로 찬미를 가지고 '大宮'에 이어진다.

22 荒れ : '平し'와 대응한다.

팔방으로 국토 구석구석 전체를 다스리는 우리 왕이 높이높이 통치를 하였던 야마토(大和)의 나라는, 왕들의 조상신들 시대로부터 통치를 하는 나라이기 때문에, 태어나는 아들들이 이어서 계속하여 여기에서 천하를 다스리도록, 팔백만년 천년까지도 예상을 하여 정하였다고 하는 나라(奈良) 도읍지는, 아지랑이가 피는 봄이 되면, 카스가(春日)산과 미카사(三笠)의 들 가에는 벚꽃이 피는 나무 그늘에 숨어서 뻐꾸기가 끊임없이 계속하여서 우네. 드디어 이슬 서리가 내리는 가을이 오면 이코마(生駒)산의 토부히(飛火)산등성이에는 싸리 가지를 휘감아 흩어서 꽃을 흩뜨리며 수사슴은 짝을 찾느라고 울고 있네. 그렇게 좋으니 산을 보아도 또 보고 싶다고 생각되고, 마을을 보면 마을도 살기 좋은 곳이라 생각이 되네. 궁중에 근무하는 많은 문무백관들이 오랫동안 생각을 했던 것은 하늘과 땅이 서로 만나는 끝까지 그렇게 영원하도록 번영해 갈 것이라고 생각을 해온 궁전이었지만, 또한 의지를 했던 나라(奈良) 도읍이지만, 새로운 시대가 되고 보니 왕이 사람들을 인솔하여 새 도읍으로 떠나가므로 왕을 따라서, 봄꽃이 변하여 가듯이 그렇게 모두 새 도읍으로 옮겨가고 새떼가 아침에 떠나는 것처럼 그렇게 일제히 떠나가 버렸네. 그러므로 대나무가 쑥쑥 자라듯 그렇게 번성을 해가는 궁중에서 근무를 하던 관료들이 많이 밟고 다녀서 단단하게 다져졌던 길은 이제는 말도 지나가는 일이 없고 사람도 지나가지 않으므로 황폐해져 버린 것이네라는 내용이다.

　　나라(奈良) 옛 도읍이 황폐해가는 것을 상세하게 묘사하고 있다. 田邊福麿의 전기에 대해서는 잘 알 수 없다.

　　私注에서는 이 작품을 '아마도 天平 13년(741) 무렵의 작품일 것이다'고 하였다[『萬葉集私注』 3, p.350].

反謌二首

1048　立易　古京跡　成者　道之志婆草　長生尓異煎

たちかはり　古き都と　なりぬれば　道の芝草[1]　長く生ひにけり

たちかはり　ふるきみやこと　なりぬれば　みちのしばくさ　ながくおひにけり

1049　名付西　奈良乃京之　荒行者　出立毎尓　嘆思益

なつきにし　奈良の都の　荒れゆけば　出で立つごとに　嘆きしまさる

なつきにし[2]　ならのみやこの　あれゆけば　いでたつごとに　なげきしまさる

---

1. **芝草** : 잡초를 말한다.
2. **なつきにし** : 익숙해진다는 뜻이다. 'に'는 완료, 'し'는 과거를 나타낸다.

反歌 2수

1048 변해 버려서/ 옛날의 도읍으로/ 되었으므로/ 길가의 잡초들도/ 자라서 무성해졌네

 해설

　　새로운 도읍으로 옮겨가 버렸으므로, 이제 나라(奈良)京은 번영했던 옛날과 다르게 변하여 지금은 옛 도읍으로 되어버렸으므로 길가의 잡초들도 크게 자라서 무성해졌네라는 내용이다.

1049 친숙하여진/ 나라(奈良)의 도읍지가/ 황폐해 가니/ 밖에 나갈 때마다/ 탄식이 더해지네

해설

　　그동안 익숙해져서 친숙하여진 나라(奈良)의 도읍지가 황폐해져 가니 밖에 나가서 볼 때마다 더욱 탄식하게 되네라는 내용이다.

讚久邇新京謌二首并短哥

1050　明津神　吾皇之　天下　八嶋之中尒　國者霜　多雖有　里者霜　澤尒雖有　山並之　宜國跡　川次之　立合郷跡　山代乃　鹿脊山際尒　宮柱　太敷奉　高知爲　布當乃宮者　河近見　湍音叙清　山近見　鳥賀鳴慟　秋去者　山裳動響尒　左男鹿者　妻呼令響　春去者　岡邊裳　繁尒　巖者　花開乎呼理　痛恟怜　布當乃原　甚貴　大宮處　諾己曾　吾大王者　君之隨　所聞賜而　刺竹乃　大宮此跡　定異等霜

現つ神[1]　わご大君の[2]　天の下　八島[3]の中に　國はしも　多くあれども[4]　里はしも　多にあれども　山竝の[5]　宜しき國と　川次の[6]　たち合ふ[7]郷と　山城の　鹿背山[8]の際に　宮柱　太敷き奉り[9]　高知らす　布當の宮は[10]　川近み　瀬の音ぞ清き　山近み　鳥が音とよむ　秋されば　山もとどろに　さ男鹿は　妻呼び響め[11]　春されば　岡邊もしじに[12]　巖には　花咲きををり[13]　あなおもしろ[14]　布當の原　いと貴[15]　大宮所　うべしこそ　わご大君は　君がまに[16]　聞し給ひて[17]　さす竹の　大宮此處と　定めけらしも[18]

1　現つ神 : わご大君과 동격이다.
2　わご大君の : 이 표현이 숙어로 존재했다. 뒤에 나오는 '高知らす'의 주격이다.
3　八島 : 大八洲, 즉 일본을 말한다.
4　多くあれども : 쿠니미(國見 : 높은 곳에 올라가 국토를 바라보는 의식으로 예축의 의미가 있었다)歌의 유형이다. 많은 것 중에서 선택한 하나를 칭찬한다.
5　山竝の : 산들이 늘어선 모양이다.
6　川次の : 강의 상태를 말한다.
7　たち合ふ : 강들이 합류한다.
8　鹿背山 : 京都의 木津川 南岸의 산이다.
9　太敷き奉り : 겸양을 나타낸다. 봉사하는 사람이 주어이다.
10　布當の宮は : 久邇宮과 같다. 和束川을 布當川이라고 하고, 그 일대를 布當이라고 했던 것인가.
11　妻呼び響め : 타동사.
12　岡邊もしじに : 번성한 것, 무성한 것을 말한다.
13　花咲きををり : 꽃이 만발하여 그 무게에 가지가 늘어진 상태를 말한다.
14　あなおもしろ : 'おもしろ'의 어간으로 강조 표현이다.
15　いと貴 : 어간이다.
16　君がまに : 橘諸兄을 가리킨다. 'まに'는 'まにまに'의 축약이다. 다른 예는 없다. 'ながら(そのまま)'와는 다르다.
17　聞し給ひて : 천황이 듣고.
18　定めけらしも : 'けらし'는 'けるらし'의 축약형이다.

쿠니(久邇) 새 도읍을 찬미하는 노래 2수와 短歌

1050 현현한 신인/ 우리들의 대왕이/ 하늘의 아래/ 여덟 섬들 안에는/ 나라들은요/ 많이 있지만
서도/ 마을들도요/ 많이 있지만서도/ 늘어선 산이/ 아름다운 나라로/ 강줄기들이/ 합류하
는 마을로/ 야마시로(山城)의/ 카세(鹿背)산의 근처에/ 궁전 기둥을/ 멋지게 만들고서/
통치를 하는/ 후타기(布當)의 궁전은/ 강이 가까워/ 여울 소리가 맑고/ 산이 가까워/ 새소
리가 울리네/ 가을이 되면/ 산도 울릴 정도로/ 수사슴은요/ 짝을 부르며 울고/ 봄이 되면은
/ 언덕 주위도 온통/ 바위에는요/ 꽃이 만발을 하여/ 아아 멋지구나/ 후타기(布當)의 들판/
정말 귀하네/ 궁전이 있는 곳은/ 당연하게도/ 우리들의 대왕은/ 그대 말대로/ 받아 들으시
고서/ (사스타케노)/ 궁전을 여기라고/ 정한 것 같으네요

あきつかみ　わごおほきみの　あめのした　やしまのうちに　くにはしも　さはくあれども
さとはしも　さはにあれども　やまなみの　よろしきくにと　かはなみの　たちあふさとと
やましろの　かせやまのまに　みやばしら　ふとしきまつり　たかしらす　ふたぎのみやは
かはちかみ　せのとぞきよき　やまちかみ　とりがねとよむ　あきされば　やまもとどろに
さをしかは　つまよびとよめ　はるされば　をかへもしじに　いはほには　はなさきををり
あなおもしろ　ふたぎのはら　いとたふと　おほみやどころ　うべしこそ　わごおほきみは
きみがまに　きかしたまひて　さすたけの　おほみやここと　さだめけらしも

　현실에 모습을 나타낸 신인 왕이, 하늘 아래에 여덟 섬들로 이루어진 일본 안에 나라들은 많이 있지만, 마을도 많이 있지만 병풍처럼 늘어선 산이 아름다운 나라로, 강줄기들이 합류하는 마을로 야마시로(山城)의 카세(鹿背)산 근처에 궁전 기둥을 멋지게 만들어 세워서 궁전을 높게 짓고 통치를 하는 후타기(布當)의 궁전은, 강이 가깝기 때문에 여울 소리가 맑고, 산이 가깝기 때문에 새들 소리가 울리네. 가을이 되면 산도 울릴 정도로 수사슴은 짝을 부르며 울고 봄이 되면 언덕 주위도 바위에는 온통 꽃이 만발을 하여 아아 멋지구나. 후타기(布當)의 들판은. 정말 귀하네. 궁전이 있는 곳은. 당연하게도 우리들의 왕은 그대의 말을 그대로 듣고 대나무가 잘 자라듯이 그렇게 번성하는 궁전을 여기에 정한 것 같네라는 내용이다.

　이 작품은 후타기(布當)의 들판이 정말 좋은 곳이어서 거기에 새로운 도읍이 성립되게 되었다고 하는 새 도읍의 유래에 대해서 노래를 한 것이다.

　私注에서는, '작자는 田邊福麿, 앞의 노래와 전후하여 지어진 것일 것이다. 恭仁宮으로 옮기고 난 뒤 얼마 되지 않은 天平 13년(741)의 작품이라고 보인다. 앞의 奈良을 슬퍼하는 노래와 구조상으로 변화가 적은 것은 이러한 작자로서는 어쩔 수 없다고 생각된다. (중략) 이 1수의 창작 동기에는 諸兄의 新都造營의 공을 찬양하는 마음이 숨어 있는 것은 누구도 부정할 수 없다. (중략) 이 작품에 의하면 천도가 그가 올린 계책에 의한 것을 알 수 있다'고 하였다『萬葉集私注』 3, p.354].

　全集에서는 田邊史福麻呂에 대해, '天平 20년(748) 3월, 造酒司令史였을 때에, 橘諸兄의 使者로 越中國에 가서, 國守였던 家持와 연회를 베풀고 유람하고 노래를 지은 것이 권제18의 앞에 보인다. 『田邊福麻呂歌集』 은 그의 작품을 모은 것일 것이다'고 하였다『萬葉集』 2, p.500].

　久邇京을 全集에서는, '京都府 相樂郡 加茂町을 중심으로 일부, 木津・山城의 여러 마을에 걸쳐 있다. 가운데를 木津川(泉川)이 동서로 흐르고 皇城은 加茂町, 즉 해마다 이세(伊勢)神宮에 바치는 공물이 생산되는 지역에 있었다. 天平 12년 12월부터 16년 윤정월까지 聖武천황은 이곳을 도읍으로 하였다. 『속일본기』 에서는 '恭仁'으로 기록한다'고 하였다『萬葉集』 2, p.512].

反謌二首

1051　三日原　布當乃野邊　清見社　大宮處　[一云, 此跡標刺] 定異等霜

　　　三日の原¹　布當の野邊を　清みこそ　大宮所　[一は云はく,² ここと標刺し]　定めけらしも

　　　みかのはら　ふたぎののへを　きよみこそ　おほみやどころ　[あるいはいはく, こことしめさし]
　　　さだめけらしも

1052　山高來　川乃湍清石　百世左右　神之味將往　大宮所

　　　山高く　川の瀬清し　百世まで　神しみ³行かむ　大宮所

　　　やまたかく　かはのせきよし　ももよまで　かむしみゆかむ　おほみやどころ

1　三日の原 : 久邇京이 있는 곳. 산에 의해 항아리[三日(미카)-甕(카메)] 모양으로 평지가 있다는 뜻인가.
2　一は云はく : 제4구의 다른 전승이다.
3　神しみ : 'しみ'는 'さび'와 같다.

反歌 2수

1051　미카(三日) 들판의/ 후타기(布當)의 들 가가/ 깨끗하므로/ 궁전을 세울 터로[어떤 책에는
　　　말하기를, 여기라 표를 하고]/ 결정을 한 듯하네

🌸 **해설**

　　미카(三日) 들판의 후타기(布當)의 들판 근처가 그야말로 깨끗하기 때문에 궁전을 세울 곳으로 여기가
좋다고 표시를 하여 결정을 한 것 같네라는 내용이다.
　　大系에서는 '三日の原'을, "久邇京'의 중심지다. 사방 산으로 둘러싸인 좁은 평지다. 그 일부분에 지금까
지 瓶原村이라는 이름이 있었고 지금은 山城町에 들어갔다'고 하였다[『萬葉集』 2, p.190].

1052　산이 드높고/ 강여울도 맑으네/ 백년까지도/ 장엄하게 되겠지/ 궁전이 있는 곳은

🌸 **해설**

　　산이 드높고 강의 여울도 맑네. 백년 후까지도 신성하고 장엄하게 되겠지. 궁전이 있는 곳은이라는
내용이다.
　　새로운 도읍이 앞으로 계속 번성할 것을 기원한 노래이다.

1053　吾皇　神乃命乃　高所知　布當乃宮者　百樹成　山者木高之　落多藝都　湍音毛清之　鶯乃　來鳴春部者　巖者　山下耀　錦成　花咲乎呼里　左壯鹿乃　妻呼秋者　天霧合　之具礼乎疾　狹丹頬歷　黃葉散乍　八千年尒　安礼衝之乍　天下　所知食跡　百代尒母　不可易　大宮處

わご大君[1]　神の命の　高知らす　布當の宮は　百樹なし[2]　山は木高し　落ち激つ　瀨の音も清し　鶯の　來鳴く春べは　巖には　山した光り[3]　錦なす　花咲きををり[4]　さ男鹿の　妻呼ぶ秋は　天霧らふ[5]　時雨をいたみ[6]　さ丹つらふ[7]　黃葉散りつつ　八千年に　生れつがし[8]　つつ　天の下　知らしめさむと[9]　百代にも　易るましじき[10]　大宮所

わごおほきみ　かみのみことの　たかしらす　ふたぎのみやは　ももきなし　やまはこだかし　おちたぎつ　せのともきよし　うぐひすの　きなくはるべは　いはほには　やましたひかり　にしきなす　はなさきををり　さをしかの　つまよぶあきは　あまきらふ　しぐれをいたみ　さにつらふ　もみちちりつつ　やちとせに　あれつがしつつ　あめのした　しらしめさむと　ももよにも　かはるましじき　おほみやところ

---

1 わご大君 : 다음의 구 '神の命の'와 동격이다.
2 百樹なし : 많은 나무가 나서 번성하게 하여라는 뜻이다.
3 山した光り : 산 아래가 빛나고.
4 花咲きををり : 가지를 휘게 할 정도로 꽃이 피어서라는 뜻이다.
5 天霧らふ : 'ふ'는 계속을 나타낸다.
6 時雨をいたみ : 'いたし'는 심하다, 격렬하다는 뜻이다.
7 さ丹つらふ : 붉은 빛이 돈다는 뜻이다.
8 生れつがし : 'つがし'는 '續(つ)ぐ'의 경어.
9 知らしめさむと : 뒤에 '한다'는 뜻의 단어가 생략되었다.
10 易るましじき : 'ましじ'는 부정의 추량이다. 다음에 오는 단어를 수식한다.

1053 우리들의 왕인/ 신이신 분께서요/ 통치를 하는/ 후타기(布當)의 궁전은/ 나무 우거져/ 산은 우뚝 높고요/ 급류 흐르는/ 여울 소리도 맑네/ 휘파람새가/ 와서 우는 봄에는 / 바위에는요/ 산자락을 빛내며/ 비단과 같은/ 꽃이 만발을 하고/ 수사슴이요/ 짝 부르는 가을은/ 하늘 흐리는/ 소나기 못 이기어/ 붉게 물들은/ 단풍이 계속 지고/ 팔천 년까지/ 계속 태어나서는/ 하늘 아래를/ 다스리게 될 것인/ 백년 후에도/ 변하는 일이 없을/ 궁전 있는 곳이여

🌸 해설

  우리들의 왕인 신이 높이 궁전을 짓고 통치를 하는 후타기(布當)의 궁전은, 많은 나무들을 무성하게 하고 산은 우뚝하게 높네. 힘차게 흘러 떨어지는 급류의 여울 물 소리도 맑네. 휘파람새가 와서 우는 봄에는 바위에, 산 아래쪽이 빛날 정도로 비단과 같은 아름다운 꽃이 만발을 하고 수사슴이 짝을 찾아 부르는 가을에는, 하늘을 흐리게 하고 내리는 소나기를 못 이겨서, 붉게 물든 단풍이 계속 떨어지고, 팔천 년 후까지 영원히 계속 태어나서는 세상을 다스리게 될 것이라고 생각되는, 백년 후에도 변하는 일이 없을 것인 궁전이 있는 곳이여라는 내용이다.
  新都가 앞으로 더욱 번성할 것을 기원하고 찬양한 노래이다.

反謌五首

1054　泉川　徃瀬乃水之　絶者許曾　大宮地　遷徃目

泉川¹　ゆく瀬の水の　絶えば²こそ　大宮所　移ろひ往かめ

いづみがは　ゆくせのみづの　たえばこそ　おほみやどころ　うつろひゆかめ

1055　布當山　山並見者　百代尒毛　不可易　大宮處

布當山³　山竝見れば　百代にも　易るましじき　大宮所

ふたぎやま　やまなみみれば　ももよにも　かはるましじき　おほみやどころ

1056　女感嬬等之　續麻繫云　鹿脊之山　時之徃者　京師跡成宿

をとめ等が　續麻⁴懸くといふ　鹿背⁵の山　時の往ければ⁶　京師となりぬ

をとめらが　うみをかくといふ　かせのやま　ときのゆければ　みやことなりぬ

---

1 泉川 : 木津川이다.
2 絶えば : 가정. 절대로 없는 것을 가지고 영원을 말한다.
3 布當山 : 和束川을 따라 있는 산인가.
4 續麻 : 짠 삼실이라는 뜻이다.
5 鹿背 : 栲과 鹿背를 이중적으로 말한 것이다. 栲은 짠 삼실을 감는 도구다. 시골 이미지에 의해 京師와
대비된다.
6 時の往ければ : 시대의 변화에 감개가 있다.

反歌 5수

1054 이즈미(泉)강을/ 흐르는 여울물이/ 그쳐야만이/ 궁전이 있는 곳도/ 황폐해져 가겠지

❁ 해설

　　이즈미(泉)강을 흐르는 여울물이 더 이상 흐르지 않고 그쳐야만 궁전이 있는 곳도 황폐해져 가겠지라는 내용이다.

　　이즈미(泉)강의 물이 그치는 일이 없을 것이므로 궁전이 있는 곳도 황폐해질 리가 없다고 하며 새 도읍이 영원할 것을 기원한 것이다.

1055 후타기(布當)산이/ 이어진 모습 보면/ 백년 후까지/ 변하는 일이 없을/ 궁전 있는 곳이여

❁ 해설

　　후타기(布當) 산이 죽 이어진 모습 보면 그와 같이 백년 후까지도 이어져서 변하는 일이 없을 것인 궁전이 있는 곳이여라는 내용이다.

　　吉井 巖은, '위의 2수의 反歌가 長歌의 내용의 표현에 응하여 각각 강, 산으로 장면을 나누어서 豫祝의 反歌로서 기능을 다하고 있다'고 하였다『萬葉集全注』 6, p.290].

1056 아가씨들이/ 짠 삼베 건다고 하는/ 카세(鹿背)의 산은/ 세월이 지나가니/ 도읍으로 되었네

❁ 해설

　　아가씨들이 길쌈을 한 삼실을 건다고 하는 도구인 카세(桛)는 아니지만, 카세(鹿背)산은 세월이 지나서 도읍으로 되었네라는 내용이다.

　　桛(카세)과 지명 鹿背(카세)의 일본어 발음이 같으므로 연상한 것이다. 또는 '아가씨들이 길쌈을 한 삼실을 건다고 하는 도구인 카세(桛)와 같은 이름인 카세(鹿背)산은 세월이 지나서 도읍으로 되었네'라고 해석해도 될 것이다.

1057　鹿脊之山　樹立矣繁三　朝不去　寸鳴響爲　鶯之音

かせのやま　こだちをしげみ　あさ去らず¹　來鳴きとよもす²　鶯の聲

かせのやま　こだちをしげみ　あささらず　きなきとよもす　うぐひすのこゑ

1058　狛山尒　鳴霍公鳥　泉河　渡乎遠見　此間尒不通 [一云, 渡遠哉　不通有武]

狛山に³　鳴く霍公鳥　泉川　渡を遠み　此處に⁴通はず [一は云はく, 渡り遠みか通はずある
らむ]

こまやまに　なくほととぎす　いづみがは　わたりをとほみ　ここにかよはず [あるはいはく,
わたりとほみか　かよはずあるらむ]

1　**朝去らず** : 하루 아침도 빠지지 않고라는 뜻이다.
2　**來鳴きとよもす** : 타동사.
3　**狛山に** : 泉川北岸의 산이다. 카세(鹿背)산의 맞은편이다.
4　**此處に** : 작자는 鹿背山 근처에 있는가.

1057　카세(鹿背)의 산의/ 나무가 무성하여/ 매일 아침에/ 와서 재잘거리는/ 휘파람새의 소리

🌸 **해설**

　　카세(鹿背)산의 나무가 무성하므로 매일 아침마다 휘파람새가 와서 울므로 그 소리가 울려퍼진다는 내용이다.

　　私注에서는, '奈良의 도읍 조성조차 쉽게 완성되지 않았던 것은 天平 4년(732)에 사망한 安倍廣庭(975)이 催造宮 장관이었던 것으로도 알 수 있다. 하물며 새로운 도읍이 어떠했던가는 알려져 있다. 카세(鹿背)는 新都의 중심지였다고 보이는데 노래 내용과 같은 실정이었을 것이다'고 하였다[『萬葉集私注』 3, p.359].

1058　코마(狛山)산에서/ 우는 소쩍새는요/ 이즈미(泉)강의/ 건널목이 멀어서/ 이곳에 오지 않네
　　　　[어떤 책에는 말하기를, 건널목 멀어선가/ 오지 않고 있겠지요]

🌸 **해설**

　　코마(狛)산에서 울고 있는 소쩍새는 이즈미(泉)강의 건널목이 멀어서 이곳으로는 오지 않네[어떤 책에는 말하기를, 건널목이 멀기 때문인가. 오지 않고 있겠지요]라는 내용이다.

　　작품 내용으로 보면 작자는 코마(狛山)산 맞은편의 鹿背山 근처에서 이 작품을 지은 것 같다.

　　吉井 巖은 狛山에 대해, '木津川(泉川)을 끼고 對岸 북쪽에 있는 산. 和名抄의 郷名에 山城國 相樂郡의 '大狛, 下狛'이 있고, 三代實錄 貞觀 3년 8월 19일조의 伴善男의 奏上한 말에 大伴狹, 手彦이 데리고 온 高麗의 죄수가 지금의 山城國의 狛人의 조상이라고 하고 있다. 또 『日本靈異記』 中卷 第十八話에 山城國 相樂郡의 高麗寺의 승려 榮常의 이야기가 있다. 이들로 미루어 보면 狛山이라는 이름은 高麗人이 이주한 곳의 산으로 명명되었을 것이다'고 하였다[『萬葉集全注』 6, pp.293~294]. 私注에서도 狛山에 대해, '相樂郡에 大狛, 下狛 二郷이 있고, 泉橋(木津町) 부근을 중심으로 하여 고려 귀화인이 모여 살고 있었을 것이다'고 하였다[『萬葉集私注』 3, pp.359~360].

春日, 悲傷三香原荒墟作謌一首幷短謌

1059　三香原　久邇乃京師者　山高　河之瀬淸　住吉迹　人者雖云　在吉跡　吾者雖念　故去之　里尒四有者　國見跡　人毛不通　里見者　家裳荒有　波之異耶　如此在家留可　三諸着　鹿脊山際尒　開花之　色目列敷　百鳥之　音名束敷　在欲石　住吉里乃　荒樂苦惜哭

三香の原　久邇の都は　山高く　川の瀬淸し　住みよしと　人は言へども[2]　在りよしと　われは思へど　古りにし　里にしあれば　國[3]見れど　人も通はず　里見れば　家も荒れたり[4]　愛しけやし[5]　かくありけるか[6]　三諸つく[7]　鹿背山の際に　咲く花の　色めづらしく　百鳥の　聲なつかしき[8]　在りが欲し　住みよき里の　荒るらく[9]惜しも

みかのはら　くにのみやこは　やまたかく　かはのせきよし　すみよしと　ひとはいへども　ありよしと　われはおもへど　ふりにし　さとにしあれば　くにみれど　ひともかよはず　さとみれば　いへもあれたり　はしけやし　かくありけるか　みもろつく　かせやまのまに　さくはなの　いろめづらしく　ももとりの　こゑなつかしき　ありがほし　すみよきさとの　あるらくをしも

1　三香原荒墟 : 天平 16년(744) 윤정월 11일에 難波 행행, 2월 26일에 難波 皇都를 선언, 久邇京은 廢都가 되었다. 그 직후의 작품인가.
2　人は言へども : 윤정월 4일에 칙사가 市에 皇都地를 물은즉, 1명씩만 難波와 平城을 원하였고 市人 모두가 久邇를 희망했다고 한다.
3　國 : 일정한 공간을 말한다. 三香の原의 땅을 말한다.
4　家も荒れたり : 방치된 채로 있는 집이 있다. 환도를 기대하는 곳도 있어서 17년 5월 6일의 久邇 還幸에 백성이 만세를 부르고 있다. 반은 사라지고 반은 남은 상태였을 것이다.
5　愛しけやし : 애석한 마음이다.
6　かくありけるか : 다시 황폐한 상태를 알게 된 느낌이다.
7　三諸つく : 신이 강림하는 곳을 제사하는 것이다. 강 건너편 內裏(천황이 거주하는 곳)를 바라보는 鹿背山이 많이 노래 불리어지고 있는 것은 그곳이 聖地이기 때문이다. 그리고 북쪽 기슭에는 國分尼寺가 세워졌다.
8　聲なつかしき : 마음이 친밀해지는 것이다.
9　荒るらく : '荒る'의 명사형이다.

봄날, 미카(三香)들이 황폐한 자취를 슬퍼하고
가슴 아파하여 지은 노래 1수와 短歌

1059 미카(三香)들판의/ 쿠니(久邇)의 도읍지는/ 산이 높고요/ 강여울도 맑네요/ 살기 좋다고/ 남이 말을 하지만/ 있기 좋다고/ 나는 생각하지만/ 유서 깊은/ 마을이고 보면은/ 나라 보아도/ 사람도 다니잖고/ 마을을 보면/ 집도 황폐해졌네/ 애석하구나/ 이렇게 돼버렸나/ 신 맞이하는/ 카세(鹿背)산의 주위에/ 피는 꽃들의/ 색도 아름답고요/ 많은 새들의/ 소리도 정겹구나/ 있고만 싶은/ 살기좋은 마을이/ 황폐해짐 아쉽네

해설

미카(三香)들판의 쿠니(久邇)京은 산이 높고 강여울도 맑네. 살기가 좋은 곳이라고 사람들은 말을 하지만, 있기 좋은 곳이라고 나는 생각을 하지만 이미 오래 되어버린 마을이므로, 나라를 보아도 사람도 다니지를 않고 마을을 보아도 사람이 사는 집은 황폐해져 있네. 애석하구나. 어떻게 이렇게 되어 버린 것일까. 신의 강림을 맞이하는 카세(鹿背)산의 주위에 피는 꽃들의 색깔도 아름답고 많은 새들의 소리에 마음이 끌리네. 있고 싶다고 생각하며 살기 좋은 마을이 황폐해질 것을 생각하면 안타깝네라는 내용이다.

私注에서는, '恭仁宮은 천평 12년(740) 12월 15일에 聖武천황을 맞이하였지만, 13년 정월 朔에 조하를 받을 수 있는 宮垣이 만들어지지 않아서 휘장을 둘렀다고 하는 정도였다. 15년 12월에 이르러 奈良의 大極殿과 步廊을 옮기는 공사가 겨우 끝났지만, 12년부터 시작하여 4년이 걸리고 있다. 비용이 막대한 것과 이때 새로 近江 紫香樂宮의 조영을 시작하고 있으므로 恭仁宮 조영은 정지되었다. 16년 윤정월에는 천황은 難波宮으로 옮겼다. 安積황자가 병이 난 것은 이때다(권제3, 475번가 이하). 2월에는 高御座를 難波宮으로 옮기고 말았다. 17년 5월에는 천황은 한번 恭仁宮에 행차하였지만 그것은 近江 紫香樂宮에서 奈良으로 가는 도중에 숙박을 하기 위한 것이었으며, 며칠 지나서 奈良에 가서 다시 奈良을 도읍으로 하였다. 18년 9월에는 恭仁宮의 大極殿을 國分寺에 귀속시키고, 恭仁京은 완전히 폐지되었다. 이 작품은 아마도 16년 難波宮으로 옮기고 난 후 얼마 되지 않아서 지은 것일 것이다. 다음에 難波宮의 작품도 있으므로, 옛 도읍을 슬퍼하는 작품은 함께 奈良의 것도 있었지만, 이 작품에는 작자 개인적인 집착이 강한 것이 보이는 것이 주목된다'고 하였다『萬葉集私注』 3, pp.361~362].

久邇京을 全集에서는, '京都府 相樂郡 加茂町을 중심으로 일부, 木津 · 山城의 여러 마을에 걸쳐 있다. 가운데를 木津川(泉川)이 동서로 흐르고 皇城은 加茂町, 즉 해마다 이세(伊勢)神宮에 바치는 공물이 생산되는 지역에 있었다. 天平 12년 12월부터 16년 윤정월까지 聖武천황은 이곳을 도읍으로 하였다. 『속일본기』에서는 '恭仁'으로 기록한다'고 하였다『萬葉集』 2, p.512].

反謌二首

1060　三香原　久邇乃京者　荒去家里　大宮人乃　遷去礼者

　　　三香の原　久邇の京は　荒れにけり　大宮人の　移ろひぬれば

　　　みかのはら　くにのみやこは　あれにけり　おほみやびとの　うつろひぬれば

1061　咲花乃　色者不易　百石城乃　大宮人叙　立易奚流

　　　咲く花の　色はかはらず　ももしきの　大宮人ぞ¹　立ち易りける

　　　さくはなの　いろはかはらず　ももしきの²　おほみやびとぞ　たちかはりける

---

1 大宮人ぞ : 불변의 꽃에 대비한 강조.
2 ももしきの : 많은 돌을 쌓아서 만든 훌륭한 궁전이라는 뜻이다. 찬미는, 그것을 빠뜨린 탄식이 된다.

<h1 align="center">反歌 2수</h1>

1060　미카(三香)들판의/ 쿠니(久邇)의 도읍지는/ 황폐해졌네/ 궁중의 관료들이/ 옮겨 떠나버려서

❀ 해설

　　미카(三香)들판의 쿠니(久邇)京은 황폐해졌네. 궁중에서 근무하던 사람들이 새 도읍으로 옮겨 떠나가 버렸으므로라는 내용이다.

1061　피는 꽃들의/ 색은 변하지 않고/ (모모시키노)/ 궁 사람이야말로/ 변해버린 것이네

❀ 해설

　　피는 꽃들의 색은 변하지 않고 옛날 그대로이지만 많은 돌로 멋지게 만든 궁전의 사람들이야말로 다 떠나가 버려서 아무도 없으므로 궁전이 황폐하게 변해버린 것이네라는 내용이다.

　　吉井 巖은, '이 작품이 많은 정치적 쇄신과 文華를 남긴 近江京이 아니라, 권세에 대한 욕망의 결과로 낭비와 곤궁과 혼란만을 남기고 사라진 久邇京의 의례가인 것을 고려할 필요가 있다. (중략) 아마 福麻呂는 諸兄의 명령을 받아 이 의례가를 지은 것이겠다. 요청을 받아 수동적으로 담담하게, 多數에 통하는 悲傷歌를 위험함이 없이 노래 부를 수 있는 것이야말로 福麻呂를 최후의 궁정 가인답게 한 것일 것이다. 작품의 한계도 또한 거기에서 생겨난 것이다'고 하였다『萬葉集全注』 6, p.301].

　　久邇京을 全集에서는, '京都府 相樂郡 加茂町을 중심으로 일부, 木津·山城의 여러 마을에 걸쳐 있다. 가운데를 木津川(泉川)이 동서로 흐르고 皇城은 加茂町, 즉 해마다 이세(伊勢)神宮에 바치는 공물이 생산되는 곳에 있었다. 天平 12년(740) 12월부터 16년 윤정월까지 聖武천황은 이곳을 도읍으로 하였다. 『속일본기』에서는 '恭仁'으로 기록한다'고 하였다[『萬葉集』 2, p.512].

難波宮作謌一首幷短哥

1062　安見知之　吾大王乃　在通　名庭乃宮者　不知魚取　海片就而　玉拾　濱邊乎近見　朝羽振
浪之聲躁　夕薙丹　櫂合之聲所聆　曉之　寐覺尒聞者　海石之　塩干乃共　汭渚尒波
千鳥妻呼　葭部尒波　鶴鳴動　視人乃　語丹爲者　聞人之　視卷欲爲　御食向　味原宮者
雖見不飽香聞

やすみしし¹　わご大君の　あり通ふ²　難波の宮は　鯨魚取り³　海片附きて⁴　玉拾ふ　濱邊を
近み　朝はふる⁵　波の音騒き　夕凪に　楫の聲聞ゆ　曉の　寐覺尒聞けば　海石⁶の　潮干の共
浦洲⁷には　千鳥妻呼び　葭邊には　鶴鳴きとよむ　見る人の　語りに⁸すれば　聞く人の
見まく欲りする　御食向ふ⁹　味原の宮¹⁰は　見れど飽かぬかも¹¹

やすみしし　わごおほきみの　ありがよふ　なにはのみやは　いさなとり　うみかたつきて
たまひりふ　はまへをちかみ　あさはふる　なみのとさわき　ゆふなぎに　かぢのときこゆ
あかときの　ねさめにきけば　いくりの　しほひのむた　うらすには　ちどりつまよび　あしへ
には　たづなきとよむ　みるひとの　かたりにすれば　きくひとの　みまくほりする　みけむか
ふ　あぢふのみやは　みれどあかぬかも

---

1 やすみしし : 나라 팔방, 구석구석을 다스린다는 뜻이다. 여기서는 편안하게 본다는 뜻을 느끼고 있다.
2 あり通ふ : 계속 다니는 것이다.
3 鯨魚取り : 바다를 형용한 것이다.
4 片附きて : 'かた'는 접두어다.
5 朝はふる : 다음의 '凪'와 대치된다.
6 海石 : 바다 속의 바위이다. 바다 속의 바위를 숨기고 있던 바닷물이 빠짐으로써 바위가 나타나는 것을
　표현한 것이다.
7 浦洲 : 浦는 彎曲 부분이며, 洲는 얕은 여울을 말한다.
8 語りに : 이야기하는 것에 찬미의 뜻이 있다.
9 御食向ふ : '味'에 이어진다. 그 외에도 'き', '淡路' 등에 연결된다.
10 味原の宮 : 難波宮을 말한다.
11 見れど飽かぬかも : 찬가의 상투적인 표현이다.

나니하노 미야(難波宮)에서 지은 노래 1수와 短歌

1062 (야스미시시)/ 우리들의 대왕이/ 계속 다니던/ 나니하(難波)의 궁전은/ (이사나토리)/ 바다에 접하여서/ 조약돌 줍는/ 해변이 가까워서/ 아침의 거친/ 파도 소리가 크고/ 저녁뜸에는/ 노 소리 들려오네/ 날이 샐 무렵/ 잠결 속에 들으면/ 바위까지/ 드러내는 썰물/ 포구에서는/ 물떼새 짝 부르고/ 갈밭 가에는/ 학 울며 시끄럽네/ 본 사람들이/ 말하여 전하므로/ 들은 사람이/ 보고 싶어 하게 될/ (미케무카후)/ 아지후(味原)의 궁전은/ 봐도 싫증나지 않네

해설

　팔방으로 국토 구석구석 전체를 다스리는 우리 왕이 계속 다니던 나니하(難波)의 궁전은, 고래도 잡는다고 하는 바다 근처에서, 예쁜 조약돌을 줍는 해변이 가까우므로 아침에 밀려오는 거친 파도 소리가 세고 저녁뜸에는 조용히 노 젓는 소리가 들려오네. 날이 샐 무렵에 잠에서 깨어나 귀를 기울이면 바다에 숨겨져 있던 암초를 드러내면서 물이 빠져서 썰물이 되어감에 따라 포구의 얕은 물가 쪽에서는 물새들이 짝을 부르며 울고 갈대밭 가에서는 학이 울며 시끄럽네. 이곳을 본 사람들이 말하여 전하는 것이므로 그 이야기를 들은 사람이 보고 싶다고 생각을 하는, 왕에게 음식 재료를 바치는 아지후(味原)의 궁전은 아무리 보아도 싫증이 나지 않네라는 내용이다.

　田邊福麿의 작품이다.

　吉井 巖은, '이 難波宮 찬가는 天平 16년 윤정월 11일의 행행 이후, 천황이 難波宮 체재 중에 지어진 것이라 생각된다. 이 기간은 難波 皇都 선언을 하기 전이며, 그렇다고 해도 難波宮은 행행 중의 일시적인 체재를 위한 궁으로도 생각되지 않았다. 이와 같은 사정이 福麿의 작품의 제목에, 행행 供奉歌라고도, 新京 찬가라고도 쓰지 않아, 찬가로는 특이한 양식을 취하게 한 것은 아닐까'라고 하였다『萬葉集全注』 6, p.305].

　難波宮을 全集에서는, '大阪市 東區 法圓坂町 부근. 孝德천황의 長柄豊碕宮의 遺構地. 天武천황 때 이곳을 副都로 하려는 뜻이 보이고, 聖武천황의 神龜 3년(726)부터 天平 4년(732)에 걸쳐 藤原宇合이 知造難波宮事가 되어 改修에 진력하여 天平 16년(744) 일시적으로 皇都가 되었다'고 하였다『萬葉集』 2, p.516].

反歌二首

1063 有通 難波乃宮者 海近見 漁童女等之 乗船所見

あり通ふ 難波の宮は 海近み 漁童女らが 乗れる船見ゆ

ありがよふ　なにはのみやは　うみちかみ　あまをとめらが　のれるふねみゆ

1064 塩干者 葦邊亦躁 白鶴乃 妻呼音者 宮毛動響二

潮干れば 葦邊に騒く 白鶴[1]の 妻呼ぶ聲は 宮もとどろに[2]

しほふれば　あしへにさわく　しらたづの　つまよぶこゑは　みやもとどろに

---

1 白鶴 : '百鶴'이라고 보는 설도 있다. 白鶴은 白濱을 강조하는 풍경이다. 흰 것에 대한 관심이 보인다.
2 宮もとどろに : '響く'가 생략되었다. 949번가를 의식한 것인가. 大和와 다른 풍물에 감흥이 있다.

反歌 2수

1063 계속 다니는/ 나니하(難波)의 궁전은/ 바다 가까워/ 해녀 아가씨들이/ 탄 배가 보이네요

🌸 **해설**

끊임없이 계속 다니는 나니하(難波)의 궁전은 바다가 가깝기 때문에 아가씨 해녀들이 타고 있는 배가 보이네라는 내용이다.

1064 썰물이 되면/ 갈밭에서 시끄런/ 흰 학들이요/ 짝 부르는 소리는/ 궁전도 울릴 정도

🌸 **해설**

썰물이 되면 갈대 밭 근처에서 시끄러운 흰 학들이 짝을 부르는 소리는 궁전도 울릴 정도로 크다는 내용이다.

過敏馬浦時¹作謌一首幷短哥

1065 八千桙之　神乃御世自　百船之　泊停跡　八嶋國　百船純乃　定而師　三犬女乃浦者
朝風尒　浦浪左和寸　夕浪尒　玉藻者來依　白沙　清濱部者　去還　雖見不飽　諾石社
見人毎尒　語嗣　偲家良思吉　百世歷而　所偲將徃　清白濱

八千桙の　神²の御世より　百船の　泊つる泊と　八島國³　百船人の　定めてし　敏馬の浦は
朝風に　浦波騒き　夕浪に　玉藻は來寄る　白砂⁴　清き濱邊は　往き還り　見れども飽かず
うべしこそ　見る人ごとに　語り継ぎ　思ひけらしき⁵　百世経て　思はえゆかむ⁶　清き白邊⁷

やちほこの　かみのみよより　ももふねの　はつるとまりと　やしまくに　ももふなびとの
さだめてし　みぬめのうらは　あさかぜに　うらなみさわき　ゆふなみに　たまもはきよる
しらまなご　きよきはまへは　ゆきかへり　みれどもあかず　うべしこそ⁸　みるひとごとに
かたりつぎ　しのひけらしき　ももよへて　しのはえゆかむ　きよきしらはま

1　過敏馬浦時：敏馬浦는 神戸市 灘區 岩屋町.
2　八千桙の 神：大國王·大汝(나무치)신의 다른 이름이다. 敏馬에 얽힌 八千矛의 신화가 있었는가.
3　八嶋國：일본 전체 국토를 가리킨다.
4　白砂：흰 모래.
5　思ひけらしき：'らしき'는 'らし'의 연체형이다. 여기서 끊어진다.
6　思はえゆかむ：'思ふ'는 賞美한다는 뜻이다.
7　清き白邊：흰 모래 사장이다. 흰색에 대한 관심을 나타낸다.
8　うべしこそ：'こそ'는 '思ひけらしき'와 호응한다.

미누메(敏馬) 포구를 지나갈 때 지은 노래 1수와 短歌

1065 야치호코(八千桙)의/ 신의 시대로부터/ 많은 배들이/ 정박하는 항구로/ 여덟 섬 나라/ 많은 뱃사람들이/ 생각하고 온/ 미누메(敏馬)의 포구는/ 아침 바람에/ 포구 파도가 세고/ 저녁 파도에/ 해초는 밀려오네/ 하얀 모래들/ 깨끗한 해변가는/ 오고가면서/ 보아도 질리잖네/ 당연하게도/ 보는 사람들마다/ 말로 전하여/ 찬미해온 듯하네/ 백 년까지도/ 찬미하여 가겠지/ 깨끗한 흰 해변을

<h1>反謌二首</h1>

1066　眞十鏡　見宿女乃浦者　百船　過而可徃　濱有七國

　　　まそ鏡[1]　敏馬の浦は　百船の　過ぎて徃くべき　邊にあらなくに[2]

　　　まそかがみ　みぬめのうらは　ももふねの　すぎてゆくべき　はまにあらなくに

1067　濱涛　浦愛見　神世自　千船湊　大和太乃濱

　　　濱涛く　浦うるはしみ[3]　神代より　千船の集ふ[4]　大わだの濱[5]

　　　はまきよく　うらうるはしみ　かみよより　ちふねのつどふ　おほわだのはま

　　　[左注]　右廿一首, 田邊福麿之謌集中出也.

　1　まそ鏡 : 거울을 본다는 뜻으로 'み'에 이어진다.
　2　邊にあらなくに : 'に'는 역접이다. '~인데 어떻게 나도 통과할까'라는 뜻이다.
　3　浦うるはしみ : 존귀하고 아름답다는 뜻이다. '神代より'에 호응한다.
　4　千船の集ふ : 원문의 '湊'는 모인다는 뜻이다.
　5　大わだの濱 : 'わだ'는 고인 것이다. 보통명사로 敏馬(神戸市 灘區 岩屋町)의 별칭이다. 神戸市 兵庫區 和田
　　崎町 지역은 아니다.

反歌 2수

1066 (마소카가미)/ 미누메(敏馬)의 포구는/ 많은 배들이/ 그냥 지나쳐가는/ 해변은 아닌 것이네

🌸 **해설**

깨끗하고 투명한 거울을 보는 듯한 미누메(敏馬)의 포구는 많은 배들이 그냥 지나쳐서 갈 그런 해변은 아닌 것이네라는 내용이다.

아름다워서 꼭 들러서 가는 것이라는 뜻이다.

1067 해변도 맑고/ 포구 아름다우니/ 신대로부터/ 많은 배 모여드는/ 오호와다(大和太)의 해변

🌸 **해설**

해변도 맑고 깨끗하고 포구가 아름답기 때문에 먼 옛날 신의 시대로부터 많은 배들이 모여드는 오호와다(大和太)의 해변이여라는 내용이다.

吉井 巖은, '福麻呂 歌集에서 취하였다고 하는 21수는, 권제6 冒頭의 행행 供奉의 공적인 작품들과 본질이 같은 천황찬가를 의도한 공적 작품이 그 대부분을 차지하고 있고, 그 작품군의 끝에 〈~지나갈 때 지은〉 長歌와 反歌, 그것도 장소도 같은 미누메(敏馬)의 포구에서의 작품을 배치하고 있는 것까지 동일하다. 여기에는 명백한 대응 배치의 의도가 있다. 그리고 福麻呂 歌集의 이 21수가 아무렇게나 실린 것이 아니라 선별되어 말미를 장식하게 된 것임을 추정할 수 있다. 이 冒頭部와 末尾部의 대응 배치에 의해 권제6은 聖武朝를 이야기하는 한 권의 雜歌部로서 완성된 것이다. 다만 제일 마지막을 敏馬浦의 진혼가로 마무리를 한 의도에 대해서는 아직 충분한 설명을 할 수 없다. 앞에서 설명한 것처럼 敏馬는 難波津에서 배로 하루 정도 가서 정박하는 선착장이며, 동시에 畿内 최후의 선착장이기도 했다. 그러한 점에 무언가 의도한 것이 있었는지도 모른다'고 하였다(『萬葉集全注』 6, p.312].

좌주 위의 21수는 타나베노 사키마로(田邊福麿)의 가집 속에 나온다.

이 연 숙 李妍淑

　　부산대학교 국어국문학과를 졸업하고 동대학원 국어국문학과 석·박사과정(문학박사)과 동경대학교 석사·박사과정을 수료하였다. 현재 동의대학교 국어국문학과 교수로 있으며, 한일문화교류기금에 의한 일본 오오사카여자대학 객원교수(1999.9~2000.8)를 지낸 바 있다.

　　저서로는『新羅鄕歌文學硏究』(박이정출판사, 1999),『韓日 古代文學 比較硏究』(박이정출판사, 2002 : 2003년도 문화관광부 추천 우수학술도서 선정),『일본고대 한인작가연구』(박이정출판사, 2003),『향가와『만엽집』작품의 비교 연구』(제이앤씨, 2009 : 2010년도 대한민국학술원 우수학술도서 선정) 등이 있으며 논문으로는「고대 동아시아 문화 속의 향가」외 다수가 있다.

한국어역 만엽집 4
- 만엽집 권제5·6 -

초판 인쇄 2013년 12월 9일 | 초판 발행 2013년 12월 16일

역해 이연숙 | 펴낸이 박찬익

펴낸곳 도서출판 **박이정** | 주소 서울시 동대문구 용두동 129-162

전화 02) 922-1192~3 | 팩스 02) 928-4683

홈페이지 www.pjbook.com | 이메일 pijbook@naver.com

등록 1991년 3월 12일 제1-1182호

ISBN 978-89-6292-526-5 (93830)

* 책값은 뒤표지에 있습니다.